ILYA ROSMARIN

AF200761

VERY
IMPORTANT
CARGO

THRILLER

Bibliografische Information der Deutschen Nationalbibliothek: Die
Deutsche Nationalbibliothek verzeichnet diese Publikation in der Deutschen
Nationalbibliografie; detaillierte bibliografische Daten sind im Internet über
dnb.dnb.de abrufbar.

www.ilyarosmarin.de

Lektorat: Michael Lohmann – www.worttaten.de

Cover: Catrin Sommer – www.rausch-gold.de

unter Verwendung von Shutterstock 175992803

Herstellung und Verlag: BoD – Books on Demand, Norderstedt

ISBN: 9783750415898

Vorweg möchte ich mich bedanken:

Bei all den sehr geschätzten Menschen, die sich durch die vielen verschiedenen Stadien dieser Geschichte gelesen, mich bestärkt und auf Kurs gehalten haben.

Bei Roman Baedorf, Kapitän eines Airbus A320, der mich an so vielen Details seines Arbeitsalltags teilhaben ließ. Ohne seinen unermüdlichen Rat wäre dieses Buch nie entstanden. Ein wahrhaft guter Freund!

Bei dem Chirurgen Christian Krause, der im Jahre 1987 mithalf, ein Krankenhaus im äthiopischen Metema zu errichten. Mein tiefster Respekt gilt ihm und seinen Kolleginnen und Kollegen von damals.

Bei Frank Zinnow, der im Jahre 1988 als Pilot auf einer An-26 der NVA-Luftstreitkräfte diente und das Krankenhaus am Rande der Savanne mit Nachschub versorgte. Herzlichen Dank für die detaillierte Schilderung seiner abenteuerlichen Mission.

Bei Thomas Fenske und seinen Kollegen, die mich in der Operationszentrale ihrer Fluggesellschaft einen Blick über viele Schultern werfen ließen. Und mit mir überlegten, wie man ein Flugzeug verschwinden lassen könnte. Rein hypothetisch, versteht sich.

Und bei Michael Lohmann, meinem Lektor. Die Zusammenarbeit war ein überaus großes Vergnügen.

Jeden Tag transportieren die großen Fluggesellschaften der Welt millionenschwere Wertfracht in Passagiermaschinen über den gesamten Globus – schnell und unter hoher Geheimhaltung.

Als Entwicklungshilfeprojekt unterhielt die DDR von 1987 bis 1988 in Nordwestäthiopien ein Krankenhaus, versorgt von einem Flugzeug der NVA-Transportfliegerstaffel. Die Maschine war für die Dauer des Einsatzes in der Hauptstadt Addis Abeba stationiert.

Außerdem führte am 1. Januar 2014 die Republik Lettland den Euro als offizielle Währung ein.

Der Rest der Handlung ist in den dargestellten Zusammenhängen nie geschehen und folglich frei erfunden. Ähnlichkeiten mit lebenden oder verstorbenen Personen sind rein zufällig und nicht beabsichtigt.

Freitag, 13. Dezember 2013

Sie war vor zwei Jahren hierhergezogen, weil sie den Gedanken mochte, auf einer Insel zu leben.

Moabit war komplett von Wasser umgeben, wurde begrenzt durch die Spree, den Westhafenkanal, den Berlin-Spandauer- und den Charlottenburger Schifffahrtskanal. Ihre Wohnung lag im vierten Stock. Im Sommer genoss sie die Aussicht über die Spree und das Hansaviertel, doch nun, im Dezember, lastete der Himmel seit Wochen schon bleiern auf Berlin. Den Fernsehturm und die Hochhäuser des Potsdamer Platzes konnte sie in der grauen Suppe nur mehr erahnen. Tage wie dieser begannen wenig verheißungsvoll.

Sie stand am Fenster ihres kleinen Wohnzimmers.

Gerade eben hatte sie das Frühstück beendet; jetzt überlegte sie, ob sie die sechs Kilometer durch den Tiergarten zur Arbeit joggen sollte. Der gestrige Abend war lang und die Nacht entsprechend kurz gewesen. Sie spürte seit dem Aufstehen leichte Kopfschmerzen. Ein kurzer Dauerlauf würde ihr guttun. In einer Stunde erst begann der Capoeira-Kurs. Zeit genug, im Club zu duschen. Danach würde sie fünfundvierzig Minuten lang einem Dutzend junger Mütter vortanzen, um deren Bäuche, Oberschenkel und Pos zu trainieren.

Unten vor dem Haus kam ein weißer Lieferwagen zum Stehen. Der Transporter parkte in der zweiten Reihe. Zwei bullige Spediteure, beide mit kurz geschorenen feuerroten Haaren, machten sich daran, einen großen Karton aus dem Laderaum zu hieven. Ächzend lud sich einer der Männer das offensichtlich mordsschwere Ding auf den Rücken. Sein Kollege dirigierte ihn zum Hauseingang.

Oben im Schlafzimmer schlüpfte sie in ihre Sportklamotten, zögerte aber, bevor sie ihr Handy in der Oberarmtasche verstaute.

Sollte sie ihrem Online-Date von gestern Abend noch eine Nachricht schreiben? Vor zwei Tagen war sein Bild auf ihrem Telefon-Bildschirm aufgepoppt.

Torben.

Neunzigerjahre-Öko-Biedermeier-Name.

Trotzdem. Hübscher Kerl, hatte sie gedacht und nach kurzem Zögern mit einer noch kürzeren Nachricht geantwortet. Ein paar Minuten später meldete er sich wieder und sie begannen zu chatten, irgendwie deep, aber trotzdem sehr unterhaltsam. Fast eine Stunde hatte sie mit ihm verdaddelt.

Gestern Nachmittag hatte er eine neue Kurznachricht geschrieben und sie mit wenigen wohl gewählten Worten für den Abend zum Essen überredet. Vietnamesisch. Danach waren sie in Mitte noch etwas trinken gegangen. Die halbe Nacht hatten sie in einer Bar gehockt, geredet und erzählt, über Gott und die Welt und all die anderen Dinge.

Alle, wirklich alle Typen, die sie in den letzten Monaten per Online-Dating getroffen hatte, waren am Ende auf Sex aus gewesen. Mit zweien war sie ins Bett gegangen. One-Night-Stands – aus denen sich nichts weiter entwickelt hatte.

Auch gestern hätte sie nicht »Nein« gesagt.

Spät in der Nacht hatten sie sich ein Taxi geteilt. Vor ihrer Haustür hatte Torben sie umarmt, zärtlich geküsst und sich verabschiedet. Allein und unverrichteter Dinge war sie daraufhin ins Bett gefallen.

So ein Vollidiot! Sweet, ja, aber trotzdem ... Beim Anblick des tristen Graus dort draußen über der Stadt erschien ihr das alles verdächtig romantisch.

Sie warf die Idee mit der Nachricht über den Haufen. Auf keinen Fall wollte sie dem Typen allzu großes Interesse signalisieren. Erst mal abwarten. Meldete er sich wieder, konnte sie immer noch entscheiden.

Sekunden später klingelte es. Sie betätigte den Türöffner. Seit zwei Tagen war die Gegensprechanlage des Hauses kaputt. Zu ärgerlich.

Während sie ihre Laufschuhe überstreifte, hörte sie das Poltern schwerer Schritte im Treppenhaus. Sie wartete in der Wohnungstür, bis nach kurzer Zeit zwei Männer die Stufen heraufkamen. Die beiden hätten Brüder sein können, die roten Haare auf den kantigen Schädeln waren auf die exakt gleiche Länge geschoren. Der eine hatte schwere Last, einen großen Karton, auf seinen Rücken gehievt. Eine Waschmaschine hätte dort ohne Probleme hineingepasst. Sie konnte sich jedoch nicht im Entferntesten entsinnen, irgendein Haushaltsgerät bestellt zu haben. Die Männer waren bereits kurz vor dem Treppenabsatz zu ihrer Wohnung.

»Ich glaube, hier liegt ein Irrtum vor«, rief sie den beiden entgegen. Der zweite Mann grüßte sie, mit einem Klemmbrett wedelnd, auf dem wohl so etwas wie ein Lieferschein steckte.

»Das ist kein Irrtum«, antwortete er. »Das ist 'ne Spülmaschine.«

Im ersten Moment wusste sie kaum zu entscheiden, ob sie lachen oder Widerworte geben sollte. Der Mann mit dem schweren Karton auf dem Rücken steuerte zielstrebig auf ihre Wohnungstür zu, musste aber kurz vor der Schwelle abbremsen, da sie keinerlei Anstalten machte, ihm den Weg freizugeben. Sein Kollege hielt sich direkt hinter ihm. Er blickte sich im Treppenhaus um, während er noch einmal auf den Lieferschein an seinem Klemmbrett deutete.

»Das hier ist doch die Wohnung Wegener?«

»Ich habe keine Spülmaschine bestellt. Tut mir leid.«

Ohne Vorwarnung ließ der Träger den Karton plötzlich von seinem Rücken rutschen. Sie erwartete ein lautes, krachendes Geräusch beim Aufschlag. Doch stattdessen gab das Ding nichts als ein dumpfes Plong von sich.

Bevor sie den Gedanken zu Ende denken konnte, dass der Karton sich beim Aufprall seltsam leer anhörte, hatte der Mann sie gepackt, hielt ihr den Mund zu und drängte sie rückwärts in ihren Wohnungsflur. Hinter ihrem Angreifer zückte der Klemmbrett-Typ ein längliches Plastikding von seinem Gürtel. Sie hatte es für einen dieser Touren-Scanner gehalten, Paketboten ließen sich damit den Empfang einer Sendung digital quittieren. Weit gefehlt. Als der Elektroschocker ihren Arm berührte, durchzuckten knapp fünf Milliampere ihren Körper.

7

Der Schmerz war fürchterlich, doch die behandschuhte Pranke auf ihrem Mund hinderte sie daran zu schreien. Sie konnte sich nicht mehr auf den Füßen halten, fühlte keinerlei Kontrolle über ihre Muskeln. Der Mann, der sie gepackt hatte, ließ sie langsam auf den Fußboden hinabgleiten.

Sein Komplize zog ein Glasröhrchen aus der Hosentasche. Er packte ihr Kinn, drückte grob den Kiefer auseinander und kippte den flüssigen Inhalt des Röhrchens in ihren geöffneten Mund.

»Trink. Dann geht's wieder besser«, flüsterte der Typ.

Sie konnte sich nicht wehren. Er hielt ihr die Nase zu. Sie musste die Flüssigkeit schlucken. Währenddessen zog der zweite Mann den großen Karton aus dem Treppenhaus in den Flur und schloss die Wohnungstür.

Nach wenigen Augenblicken verschwanden die Schmerzen im Arm. Sie konnte sich nicht mehr regen. Wollte es auch nicht, denn sie fühlte sich müde. Unsagbar müde. Das Aufschnappen des Klappmessers, das Durchtrennen des Paketbandes und das Öffnen des voluminösen Pappkartons, der tatsächlich gähnend leer war, bekam sie nicht mehr mit. Ihr Geist war in ein tiefes, alles umfangendes Schwarz gesunken.

Eine halbe Stunde später fädelte sich der weiße Transporter auf den Stadtring A100 ein und wurde vom dichten Verkehr verschluckt.

Die beiden Männer in der Fahrerkabine waren zufrieden. Schneller und reibungsloser hätte es kaum laufen können. Es war eine gute Idee gewesen, ein paar Tage zuvor die Gegensprechanlage zu demolieren. So hatten sie sichergestellt, auf jeden Fall in den Hausflur gelassen zu werden. Die tägliche Routine der Frau hatten sie in den letzten beiden Wochen bereits ausgekundschaftet.

Der Mann auf dem Beifahrersitz summte vergnügt vor sich hin, während er mit einem Kabel das Smartphone ihres Opfers mit seinem Laptop verband. Seine Software war illegal, teuer und jeden Cent wert. Schon nach zwei Minuten hatte er Zugriff auf sämtliche Messenger-Dienste und Soziale-Netzwerk-Konten der Frau. Darüber hinaus leitete das Programm alle eingehenden Anrufe und SMS um. Sollte irgendjemand versuchen, sie in den nächsten Tagen zu erreichen, wurden er und sein Komplize darüber informiert.

Auf der Autobahn setzte Sprühregen ein.

Der Mann hinterm Steuer grunzte mürrisch. Bald würde er weit weg unter einer warmen Sonne sitzen. Seine Gedanken wanderten zu dem hübschen Negermädchen in dem Pappkarton hinten im Laderaum.

Das würde die Sonne nie wiedersehen.

Zwei Tage später, Sonntag, 15. Dezember 2013

Die Uhren in der Operationszentrale der German Continental Airways am Flughafen Frankfurt zeigten 5:27.

Jürgen Gombrowitsch schenkte sich in der Teeküche einen letzten Kaffee ein.

An einem Plastikadventskranz auf der Anrichte flackerten drei LED-Kerzen. Irgendjemand hatte den ungelenken Versuch unternommen, heimelige Vorweihnachtsstimmung zu erzeugen.

In einer halben Stunde endete Gombrowitschs Nachtschicht.

Die letzte Nachtschicht seines Lebens, doch das wusste er zu diesem Zeitpunkt nicht.

Zurück an seinem Arbeitsplatz in dem weitläufigen Großraumbüro wurde er von seinem Kollegen Frank Kuliberda begrüßt.

»Morgen, Jürgen. Wie läuft's da draußen?«

Gleich würde Kuliberda übernehmen und die Frühschicht in der Operationszentrale leiten.

»An der Ostküste wird es ungemütlich«, entgegnete Gombrowitsch.

Er öffnete auf einem seiner acht Monitore den Wettersatellitenfilm der USA. Ein polares Tiefdruckgebiet war auf dem Weg die Ostküste entlang in Richtung Süden. Es zog schnell. Das Verkehrschaos würde wieder einmal gigantisch werden.

»Wir haben in der Nacht sämtliche Flüge an die Ostküste storniert. Auf unserer Seite ist also alles unter Kontrolle«, erklärte er und scrollte an einem anderen Monitor durch die digitalen Umlaufpläne der Lang- und Mittelstreckenflotte.

Mithilfe einer mächtigen Computersoftware wurden hier knapp tausend Flugereignisse am Tag geplant und überwacht.

»Unser einziges Problem ist, dass der Logan Airport in Boston bereits dichtgemacht hat. Die Yankee Zulu musste zurück zum Vorfeld rollen.«

Die Boeing 747, von der Gombrowitsch berichtete, trug das Kennzeichen D-ABYZ. Die letzten beiden Buchstaben machten sie im Jargon der Airline zur Yankee Zulu.

Kollege Kuliberda wunderte sich offensichtlich.»Logan Airport hat vor deren Nase geschlossen?«

»Ähm, nicht ganz. Logan Airport hat wegen denen geschlossen. Terroralarm.«

»Was?«

»Die waren schon auf dem Weg zur Runway, als die Kabine meldete, dass in der Businessclass ein alter Koreaner aufgesprungen ist. Die haben mit drei Leuten versucht, ihn wieder auf seinen Sitz zu bugsieren. Erfolglos. Der Mann muss die ganze Zeit in unverständlichem Englisch vor sich her gebrabbelt haben. Einen Satz nur haben die Kollegen verstanden. ›I'm exploding‹. Das haben die Passagiere drumherum leider mitbekommen. Zwei junge Amis sind aufgesprungen und haben sich auf den alten Mann geworfen.«

»Aber der Alte ist offensichtlich nicht explodiert?«

»Nein.« Gombrowitsch grinste.»Er hat sich einfach nur vollgepinkelt. Die beiden Amis auf ihm drauf haben es zu spät mitgekriegt und sind auch nass geworden. Der alte Mann musste aufs Klo, hatte in einer Bar am Abflug-Gate ein paar Bier zu viel getrunken.«

Kuliberda konnte ein Kichern nicht unterdrücken. Dass ein Passagier in die piekfeine Businessclass urinierte, entbehrte nicht einer gewissen Ironie.

Gombrowitsch nahm einen Schluck aus seiner Kaffeetasse.»Tja, wie auch immer, der Kapitän der Yankee Zulu musste den Start abbrechen.«

»Aber Logan Airport hat nicht geschlossen, weil unsere Maschine den Start abgebrochen hat?«

»Irgendein Vollpfosten unter den anderen Passagieren hatte wohl die Telefonnummer der Flugverkehrskontrolle im Handy gespeichert. Und sofort einen Bombenalarm ausgelöst. Die Yankee Zulu steht gerade unter Polizeieskorte in der hintersten Ecke des Flughafens.«

»Scheiße. Das wird teuer.« Kuliberda schüttelte den Kopf.

»Davon abgesehen setzt in vier, maximal fünf Stunden der angekündigte Blizzard an der Ostküste ein.«

»Mit anderen Worten, die kommen da nicht mehr weg.«

»Korrekt. Wenn der Schneesturm erst losgegangen ist, sitzen die mindestens vierundzwanzig Stunden fest.«

»So'n Mist. Die Untersuchung der Maschine wird ewig dauern. Man kennt ja die Amis.« Kuliberda erhob sich. »Okay. Vielleicht steht ja noch irgendwo eine 747 rum.«

Er machte sich auf, um den Kollegen vom technischen Flugzeugeinsatz einen Besuch abzustatten. Nun brauchte es schleunigst einen Jumbojet, um für die festhängende Maschine an der Ostküste einzuspringen. Der in acht Stunden geplante nächste Einsatz nach Tokio fiel aus, wenn es den Verkehrsleitern nicht schnell genug gelang, innerhalb der Flotte ein Ersatzflugzeug bereitzustellen. Und kam es in diesem Fall nicht nur zu einem Flugzeugtausch, sondern wurde in der Not sogar der Wechsel des Flugzeugtyps nötig, bedeutete dies auch einen Austausch der geplanten Crew. Die Piloten einer 747 konnten nicht auf einem Airbus eingesetzt werden. Der Rattenschwanz an unabdingbaren Änderungen wurde dementsprechend immer länger.

Gombrowitsch war froh, dass die Frühschicht sich um dieses Problem kümmern würde. Er wünschte sich nach zwei Jahrzehnten im Dienst nichts mehr als einen monotonen Arbeitsalltag, so eintönig und langweilig wie möglich.

Als Verkehrsleiter war er mit dem Wunsch bei einer der größten deutschen Luftfahrtgesellschaften allerdings völlig fehl am Platze. Hier in der OZ, der Operationszentrale, dem Nervenzentrum der Fluglinie, gehörte der Wahnsinn zum Alltag. In den zweiundzwanzig Jahren, die Jürgen Gombrowitsch als Verkehrsleiter auf dem Buckel hatte, war ihm schon viel Seltsames untergekommen. Eine Altherren-Blase, die den Startabbruch einer 747 und eine Flughafenschließung provozierte, war gänzlich neu. Diese Anekdote würde noch lange durch die Flotte geistern.

Inzwischen trafen die anderen Kollegen der Frühschicht ein. Sie alle starteten mit einer halben Stunde Überschneidung zur vorhergegangenen Nachtschicht, um eine reibungslose Übergabe des Flottenbetriebs zu gewährleisten. Die Geschichte von der Pinkelpause der Yankee Zulu in Boston machte an den Schreibtischen schnell die Runde. Allenthalben war herzhaftes Lachen zu hören.

Gombrowitsch nahm einen letzten Schluck aus seiner Kaffeetasse. Er seufzte. Noch fünf Jahre. Dann würde er den Schreibtisch räumen und in den Ruhestand entschwinden. Er träumte sich in der letzten Zeit immer häufiger weg. Irgendwo ins Warme. Seine Arbeit frustrierte ihn. Die Flugpläne wurden von Jahr zu Jahr enger, Personal kontinuierlich abgebaut, der Kostendruck immer stärker spürbar. Die hausgemachten Probleme führten zu stetig steigenden Verspätungen, Überstunden und einer zusehends angespannten Stimmung innerhalb der Flotte.

Sein Job bestand darin, sämtliche Probleme zu lösen, die im Flugbetrieb auftreten konnten, über den halben Globus verteilt. Was sehr aufregend klang, wenn man Außenstehende auf Partys damit beeindrucken wollte.

Gombrowitsch jedoch besuchte keine Partys.

Er erwachte am frühen Nachmittag. Zwar hatte er nach Ende der Nachtschicht ein paar Stunden geschlafen, trotzdem fühlte er sich gerädert. Das nächtliche Arbeiten fiel ihm in den letzten Jahren schwerer. Nachdem er geduscht und sich angezogen hatte, bereitete er sich in der Küche einen Kaffee. Danach schlurfte er ins Wohnzimmer, warf sich aufs Sofa und beschloss, den Rest des Tages fernzusehen. Wie so oft. Später würde er bei dem Italiener unten im Haus ein frühes Abendessen einnehmen. Das geschah mindestens drei Mal die Woche. Aus reiner Bequemlichkeit – und nicht, weil im Erdgeschoss umwerfende Köstlichkeiten kredenzt wurden. Aus der gleichen Bequemlichkeit hatte er an seiner Wohnsituation nichts mehr verändert, seitdem er vor zwanzig Jahren in die Gutleutstraße gezogen war. Die ewig selben Möbel standen in der ewig selben Anordnung. Es gab keinen Grund, dass dies nicht genauso blieb bis zu seinem dreiundsechzigsten Geburtstag, dem Stichtag, an dem er das Arbeiten bei der German Continental einstellen würde. Fünf Jahre noch. Was auch immer dann kam, es würde bestimmt besser sein.

Gombrowitsch zuckte zusammen, als es an der Wohnungstür schellte. Er erwartete niemanden. Seine Putzfrau kam freitags und hatte ihren eigenen Schlüssel.

Er beschloss, den ungebetenen Gast zu ignorieren.

Als er den Fernseher einschaltete, klingelte es wieder, gefolgt von einem Klopfen an der Wohnungstür.

Seufzend erhob er sich vom Sofa und stapfte in den Flur.

»Ja, bitte?«, fragte er durch die geschlossene Tür.

»Expresskurier. Ich habe eine Sendung für Sie.«

Gombrowitsch öffnete und blickte in das Gesicht eines bulligen Mannes mit kurz geschorenen roten Haaren. Er hatte ein längliches Gerät aus Plastik in der Hand und lächelte Gombrowitsch freundlich an. Aus heiterem Himmel schoss die Hand des Mannes nach vorn. Gombrowitsch hatte keine Zeit zu reagieren, ein Stromschlag jagte durch seinen Körper. Im Bruchteil einer Sekunde verlor er jegliche Kontrolle. Er fühlte nichts als Schmerz. Seine Muskeln versagten ihm den Gehorsam, und er schlug hart auf die Dielen des Flurs. Auf dem Boden konnte Gombrowitsch nur zuschauen, wie der Mann über ihn hinweg stieg, gefolgt von einem weiteren Kerl, ähnlich groß, ähnlich stämmig, ebenso kurze rote Haare.

Die Männer knebelten und fesselten ihn mit Klebeband an Händen und Füßen. Dann zogen sie Gombrowitschs Körper über den Boden ins Wohnzimmer und ließen ihn auf dem Fußboden liegen. Der Mann, der ihn mit dem Elektroschocker überwältigt hatte, zückte ein Smartphone aus der Tasche seiner Jacke. Er tippte kurz auf den Touchscreen des Telefons, dann hielt er es Gombrowitsch vor die Nase.

»Hier, schau hin!«, zischte der Mann.

Gombrowitsch blieb nichts anderes übrig, als auf den kleinen Bildschirm zu starren.

Dort öffnete sich in der nächsten Sekunde ein Video. Der Raum, in dem es gedreht worden war, blieb für den Betrachter in tiefem Schwarz verborgen.

Plötzlich erhellte ein Scheinwerfer oder eine große Taschenlampe den Bildausschnitt. Im Lichtstrahl tauchte eine Gestalt auf. Die Aufnahme war körnig und sehr dunkel. Eine Frau kauerte an einer Wand. Offensichtlich wurde sie in tiefster Finsternis gefangen gehalten. Eine Hand war mit einem Kabelbinder an ein Rohr gefesselt.

Gombrowitsch konnte nur ihre wilde, dunkle Lockenmähne erkennen, denn der Lichtstrahl blendete die Frau so stark, dass sie ihren Kopf abwenden musste.

»Zeig mir dein Gesicht«, ertönte plötzlich eine Stimme aus dem Lautsprecher des Telefons.

Gombrowitsch fuhr es durch Mark und Bein. Die Stimme eines Mannes. Krankhaft heiser und kaputt. Es war schon sehr lange her, seit er sie das letzte Mal gehört hatte.

Mit einem Mal erschien eine Hand im Bildausschnitt, eine Männerhand, alt, runzlig und mit dicken Venen überzogen. Sie bewegte sich langsam auf die Gefangene zu, ergriff sanft ihr Kinn und versuchte, das Gesicht der jungen Frau ins Blickfeld der Kamera zu wenden.

Im selben Moment schrie die Gefangene auf, ohrenbetäubend und völlig übersteuert. Mit aller Kraft trat sie um sich. Sie erwischte wohl tatsächlich den Kameramann des Videos. Die Aufnahme verwackelte. Die alte Hand versetzte der Frau daraufhin mehrere Schläge und Ohrfeigen. Sie begann zu weinen.

Unbarmherzig zwang die Hand das Gesicht der Gefangenen in die Kamera. Ihr Antlitz war tränenüberströmt. Sie war nicht älter als fünfundzwanzig. Die Hälfte ihrer Gene stammte eindeutig aus Afrika.

Gombrowitsch stockte der Atem, als er sie erkannte.

»Was wollt ihr Scheißwichser«, schrie sie. »Was wollt ihr denn? Warum bringt ihr mich nicht einfach um! Lasst mich in Ruhe!«

Hier endete das Video.

Der rothaarige Mann wählte eine Telefonnummer. Gombrowitsch lag reglos auf dem Boden. Er atmete schwer. Der andere Rothaarige hatte es sich auf dem Sofa bequem gemacht und beobachtete die Szene gelangweilt. Grob riss sein Komplize den Klebestreifen von Gombrowitschs Mund und hielt ihm das Telefon ans Ohr.

»Ikarus.« Die heisere Stimme aus dem Video. »Wir haben uns lange nicht gesprochen. Wie geht es Ihnen?«

Ikarus ... Bei diesem Namen war Gombrowitsch seit Ewigkeiten nicht mehr genannt worden. Den Mann, der ihn am anderen Ende der Leitung so überaus freundlich begrüßte, hatte er sicher weggesperrt geglaubt in einer tief verborgenen Schublade seines Gedächtnisses. Ein Gesicht aus lang vergangenen Tagen tauchte vor ihm auf, eine durch und durch schmerzhafte Erinnerung.

»Alles in Ordnung? Sind Sie noch da? Wurden Sie zu grob angefasst?« Die heisere Stimme vibrierte in Gombrowitschs Gehörgang.

»Was wollen Sie?«, flüsterte er in den Hörer.

»Sie klingen so gar nicht begeistert, mein Guter. Wie bedauerlich.«

»Ich rufe die Polizei.«

Gombrowitsch fühlte nichts als Schwäche und Hilflosigkeit. Er wusste, dass er dem Mann nicht drohen konnte.

»Dann kommen wir wohl besser direkt zur Sache. Mein Kollege hat Ihnen das Video ja bereits gezeigt.«

Gombrowitsch schloss die Augen. Hier und jetzt schien alle Kraft aus ihm gewichen.

»Sie heißt Tesfanesh. Der Name sagt Ihnen etwas, nehme ich an? Sie finden die junge Dame im Internet. Sie wissen ja sicher, wie man das benutzt. Dort nennt sie sich aber nur Fanny.«

Gombrowitsch bekam keine Luft mehr.

Tesfanesh.

Fanny.

Er hatte in den letzten Jahren Hunderte Male ihren Namen im Internet gesucht und genauso oft ihre Facebook-Seite durchgeklickt. Die

Zeit verharrte, blieb einfach stehen, nichts war mehr, keine Bewegung, kein Geräusch, nur Schwärze.

»Flugnummer 2508. Übermorgen«, forderte die Stimme, irgendwo weit im Hintergrund. »Ich benötige da ein paar Informationen.« Gombrowitsch hörte nicht hin. Tief unten, in einem spinnwebverhangenen Kellergeschoss seines Hirns, schwang eine morsche Tür auf. Lange verriegelt, gewährte sie Eintritt in längst verlassene Räume. Das ist ein Alptraum, blitze es kurz in seinem Bewusstsein auf. Ich muss nur aufwachen.

Februar 1988

Als Oberleutnant Jürgen Gombrowitsch die Augen öffnete, hätte er schwören können, bereits tot zu sein. Zurückblickend war ihm dieser Moment kein bisschen beängstigend erschienen. Der Gedanke, nicht mehr unter den Lebenden zu weilen, hatte in jener Sekunde alles Furchterregende verloren, da er sie erblickte. So hätte es weitergehen können, gern bis ans Ende aller Zeiten, warum nicht gleich auch noch darüber hinaus?

Wenn Tod bedeutete, dass diese wundervolle Gestalt für immer an seiner Seite sitzen und ihn anlächeln würde, so nähme er gern alle Unannehmlichkeiten in Kauf, die mit dem eigenen Ableben verbunden waren. Schade. Seiner Familie und seinen Freunden hatte er nicht Lebewohl sagen können, die Fliegerei musste man im Paradies sehr wahrscheinlich auch an den Nagel hängen und zu gern hätte er noch mal ein, vielleicht auch drei ordentliche Biere getrunken, bevor er das Wandeln auf dem Erdboden einstellte. Er wusste nichts von Religion, doch wenn er tatsächlich tot war, musste dies ein Engel an seiner Seite sein, der ihm eine kühle Hand auf die Stirn gelegt hatte.

Nachdem einige Sekunden vergangen waren, wurde Gombrowitsch bewusst, dass an der Decke, über dem Kopf des Engels, eine große Lage Farbe abblätterte. Dann konnte das hier nicht das Paradies sein, oder?

»… out of mortal danger. You will have to rest quite a while.«

Er verstand die Worte der Frau nicht. Hatte ihm jemand Watte in die Ohren gestopft? Wild gewordene Erinnerungsfragmente schwirrten in seinem Hirn umher. Im nächsten Moment und mit einem Schlag setzten sie sich zu einem größeren Gesamtbild zusammen.

Die Bauchschmerzen waren so schlimm geworden, dass er wie im Fieber auf die Straße gestürzt war, ohne zu wissen, wo er sich eigentlich hinwenden sollte. Er war allein im Haus gewesen. Sein Chef und die Kameraden hatten aufbrechen müssen. Es war Freitag. Planmäßig waren sie am frühen Morgen zum Flughafen rausgefahren, da heute, so wie jeden Freitag, ein Flug nach Norden anstand. Ihn konnten sie nicht mitnehmen. Die Bauchschmerzen waren zu groß. Hatte er sich beim Restaurantbesuch am Vorabend den Magen verdorben? Sie alle hatten nach dem Essen mithilfe eines hervorragenden Whiskys eine sogenannte innere Desinfektion vorgenommen. Wie üblich. Dem Rest der Besatzung schien das Essen jedenfalls bekommen zu sein.

Bis zum Vormittag dann hatte sich sein Zustand rapide verschlechtert. Eigentlich hätte er die Botschaft verständigen müssen, doch die Panik trieb ihn auf die Straße. Er brauchte Hilfe. Jetzt sofort. Und er wusste, dass der Nachbar nebenan als Arzt praktizierte. Seine Fäuste, die an das Nachbartor hämmerten, waren das letzte, woran er sich erinnerte ...

»Sie verstehen? Ich nicht gut sprech Deutsch.«

Woher war die dunkelhäutige Frau seiner eigenen Sprache mächtig? Er folgte einem Impuls, wollte ihr Gesicht berühren, spüren, dass sie wirklich und keine Einbildung war. Er versuchte kurzerhand, sich aufzurichten. Sein Unterleib protestierte mit plötzlichem Schmerz. Die junge Frau, die auf seiner Bettkante hockte, hielt ihn zurück. So bekam er zumindest die Gelegenheit, eine ihrer Hände zu ergreifen. Spiegelte sich Neugier in ihren Augen? Sorge? Die Anstrengung war zu groß, er konnte sich nicht länger wachhalten und sank zurück in einen traumlosen Schlaf.

Ayana Geresu tat an diesem Nachmittag Dienst als Assistenzärztin. Sie war überrascht, mit welcher Kraft der ausländische Patient ihre Hand ergriffen hatte, sie im Schlaf umklammert hielt und wohl auch nicht mehr loszulassen gedachte. Sie hatte die Krankenschwestern angewiesen, sofort zu melden, wenn der Offizier der Nationalen Volksarmee aus Deutschland erwachte.

Es war reines Glück, dass ihr Vater Solomon den Vormittag zu Hause verbracht hatte, als der Ausländer an die Eingangstür hämmerte, ungestüm und nur in Unterwäsche gekleidet. Dass die Haushälterin überhaupt öffnete, war dem Umstand zu verdanken, dass sie den Mann schon einige Male auf der Straße gesehen hatte. Er gehörte zu den deutschen Soldaten, die im Nachbarhaus wohnten. Der Mann war in Schweiß gebadet, hielt sich den Bauch, schrie immer wieder »pain, pain, pain!« Er brach auf der Schwelle des Hauses zusammen. Ihrem Vater, selbst Arzt, war sofort klar, dass er nichts für den Fremden tun konnte, als ihn schleunigst ins nächstgelegene Krankenhaus zu bringen. Doktor Solomon Geresu hatte den halb bewusstlosen Patienten auf den Beifahrersitz seines alten Fiat 600 gequetscht und ihn hier ins Tikur Anbessa Hospital kutschiert.

Der Verdacht ihres Vaters bestätigte sich während der Notoperation: Die Blinddarmentzündung stand kurz vor dem Durchbruch. Yohannes Ayele, der Chefarzt der Station, operierte persönlich, obwohl heute Freitag war und chirurgische Eingriffe eigentlich nur dienstags und donnerstags angesetzt wurden. Die Geräte waren heute ausnahmsweise allesamt einsatzbereit und sogar der Chefarzt anwesend – ein reiner Zufall. So kam es, dass man dem Patienten aus dem sozialistischen Bruderland die bestmögliche Behandlung angedeihen ließ. Schließlich war das Tikur Anbessa Hospital das führende Krankenhaus Äthiopiens.

Die OP war erfolgreich verlaufen, doch unter den gegebenen Umständen konnten sie froh sein, wenn der Deutsche sich nicht während des Eingriffs eine Infektion zugezogen hatte. Immerhin hatten sie dieses eine Mal vor einer Operation nicht mit Desinfektionsmittel für die Hände geizen müssen.

Ayana war erleichtert, dass der Deutsche nicht an einem der wöchentlichen OP-Tage eingeliefert worden war. Wahrscheinlich hätte man, ohne große Erklärung, einen einheimischen Patienten von der Liste gestrichen. Das wäre eine Tragödie gewesen. Man wartete im Tikur Anbessa sehr lange auf Operationstermine.

Die Schwestern mussten die acht Kranken, die normalerweise in diesem Zimmer untergebracht waren, kurzerhand nach draußen und auf einen anderen Flur verfrachten, wo sie in ihren Betten die nächsten Tage einfach im Weg stehen würden. Für einen deutschen Offizier wurde hier alles möglich gemacht.

Ayana hatte schon einige Minuten am Bett gesessen und den fremden Mann genauer betrachtet. Er war blond. Sehr blond. Mit Sicherheit hatte er blaue Augen, das hatte sie aber noch nicht richtig nachprüfen können. Und so wie es aussah, war er darüber hinaus auch sehr groß. Über einen Meter achtzig.

Sie schätzte ihn auf Anfang dreißig, vielleicht zehn Jahre älter als sie selbst, auch wenn er jünger aussah als ein Äthiopier im selben Alter. Schlechte Ernährung, Bürgerkrieg, sengende Sonne: Hier alterte man schneller, ohne alt zu werden.

Sachte löste Ayana die eigene aus der Hand des deutschen Patienten. Sie würde später wiederkommen.

Sonntag, 15. Dezember 2013

Name, Adresse, Handynummer und Dienstplan. Gedankenverloren spielte Gombrowitsch mit dem USB-Stick in seiner Hand. Seine nächste Schicht begann erst morgen früh. Doch gab es auf dieser Welt wahrscheinlich keinen anderen Verkehrsleiter, der in einem Operation Control Center einen Privatarbeitsplatz unterhielt. Niemand der Kollegen wagte, dem Senior diesen Schreibtisch streitig zu machen.

Gombrowitsch hatte hier schon an manchem langen Abend die Leere seines Zuhauses gemieden. Auch wenn er seit geraumer Zeit keinerlei Erfüllung mehr in seiner Arbeit fand, genoss er den Blick aus den großen Fenstern, hinab auf das geschäftige Flughafenvorfeld. Einem Ameisenhaufen gleich, wuselten die Vorfeldarbeiter im Licht der Scheinwerfer um die Maschinen. Gepäcktrailer fegten halsbrecherisch über den Asphalt und zogen lange Kolonnen mit Trolleys voller Flugcontainer hinter sich her. Dass dem Chaos dort unten auf der Ramp eine verborgene Ordnung innewohnte, entspannte Gombrowitsch zutiefst.

Vor ihm auf einem der Bildschirme bewegten sich, verteilt auf mehrere Hundert Zeilen, eine Unmenge von farbigen Balken. Sie wanderten in Superzeitlupe von links nach rechts. Jeder Balken ein Flug von A nach B, jede Zeile ein Flugzeug der German Continental. In diesem Moment waren alle Flugereignisse grün gefärbt. Die Verkehrsleitung hatte demzufolge nicht viel zu tun. Es gab gerade keine dringlichen Probleme zu lösen.

Die Uhr zeigte inzwischen 18:27 und der Tag war schon lange der Nacht gewichen. Gombrowitsch hasste die dunkle Jahreszeit. Nicht der Kälte wegen. Der Mangel an Licht war ihm unerträglich. Winter für Winter hatte sich sein Entbehren immer mehr verschlimmert.

Nur mit äußerster Anstrengung gelang es ihm, das wilde Durcheinander in seinem Kopf unter Kontrolle zu bringen.

Zwei Stunden hatte er auf dem Fußboden seines Wohnzimmers gelegen. Quälend langsam war die Energie in seinen Körper zurückgeströmt.

Zuvor hatten die beiden Männer das Klebeband aufgeschnitten, mit dem Gombrowitsch gefesselt war. Sie hatten ihm den USB Stick in die Hosentasche gesteckt und dann die Wohnung verlassen. Wortlos und in der sicheren Gewissheit, dass er keinerlei Gefahr für sie darstellte.

An alle Einzelheiten des erzwungenen Telefonats konnte er sich nicht mehr erinnern. Sie hatten in unsanft aus seinem kurzen Blackout gerüttelt. Der Mann am anderen Ende der Leitung hatte weiter auf ihn eingeredet.

»Name, Adresse, Handynummer und Dienstplan des Kapitäns«, hatte die heisere Stimme gefordert. »Flugnummer 2508. Übermorgen. Die Datei auf dem USB-Stick hinterlegen Sie in der Datenbank der German Continental. Das sollte doch kein Problem sein, nicht wahr? Um zehn Uhr heute Abend rufe ich wieder an. Machen Sie sich keine Sorgen. Dem Mädchen wird nichts geschehen.«

Nein, es war in der Tat kein Problem, die drei Informationen zu besorgen und das fremde Foto in der Personal-Datenbank abzulegen, gerade so, wie es der Mann mit der heiseren Stimme verlangte.

Der Mann, der sich von allen immer nur »Juri« hatte rufen lassen.

Der eigentlich Georg Mirow hieß und kein Russe, sondern Brandenburger war. Den er vor über einem Vierteljahrhundert zum ersten Mal getroffen hatte.

»Mischen Sie nicht ein, Ikarus. Keine Polizei. Funken Sie nicht dazwischen. Denken Sie an Fanny. Sie wollen nicht, dass ihr etwas zustößt, oder?«

Gombrowitschs Herz pochte wild, als er das Foto auf dem Speicher-Stick öffnete. Das Passbild eines Mannes in mittleren Jahren erschien.

Gombrowitsch kannte das Gesicht nicht. Er schloss die Datei, öffnete stattdessen den Umlaufplan des übernächsten Tages. »Sie wollen nicht, dass sie noch schlimmer leidet, nicht wahr. Ich möchte das auch nicht. Zwingen Sie mich also nicht dazu.« Deutlich hallte Juris Spott in seiner Erinnerung nach.

»Leck mich am Arsch«, murmelte Gombrowitsch, während er den Umlauf der Maschine studierte.

Es handelte sich um die Sierra Foxtrott, einen Airbus A320, der übermorgen in der Frühe unter der Flugnummer GCA 2508 von Frankfurt abhob. Sein Ziel war der Flughafen in Riga. Danach ging es zurück nach Frankfurt, am Mittag dann weiter nach London und retour, am Nachmittag von Frankfurt nach Lissabon und schließlich als Abendmaschine von Lissabon wieder zurück nach Frankfurt.

Drei Mausklicks und sechzig Sekunden später hatte Gombrowitsch den Namen, die Adresse und die Mobilnummer des Kapitäns der Maschine aus der Personal-Datenbank notiert. Tobias Weiss wohnte in der Paul-Ehrlich-Straße in Frankfurt. Laut Dienstplan hatte er seit gestern frei. Übermorgen würde sein nächster Umlauf beginnen. Die erste Tour war der Flug am frühen Morgen von Frankfurt nach Riga.

Was hatte Juri mit den Informationen vor?

Was wäre die Konsequenz?

Wollte er den Kapitän zu irgendetwas zwingen?

Wollte er ihn bestechen?

Es gab Millionen Möglichkeiten.

Und was würde Juri mit Fanny anstellen?

War vielleicht irgendetwas in der Maschine von Interesse?

Fieberhaft studierte Gombrowitsch zunächst die Crewliste und danach die Passagierlisten der verschiedenen Flüge, die das Flugzeug an jenem Tag unternehmen würde.

Ihm fiel kein Name auf.

Das leise Stimmengewirr der Kollegen um ihn herum nahm er kaum wahr. Weiter hinten in dem weitläufigen Großraumbüro, im Bereich der Langstreckenflotte, diskutierten einige Piloten in Uniform mit den zuständigen Flugdienstberatern ihre Flugrouten. Der Schneesturm an der US-Ostküste zeigte noch Nachwirkungen.

Gombrowitsch jedoch war völlig in seine Gedanken versunken.

Möglicherweise die Frachtliste?

Er klickte sich durch die Aufstellung und fand tatsächlich einen verdächtigen Eintrag. Auf dem Flug von Frankfurt nach Riga hatte man fünf Tonnen Ladung auf vier Flugpaletten reserviert und als ›Wertfracht‹ ausgewiesen. Die Abteilung »Very Important Cargo« war also mit von der Partie.

Ein Glöckchen in Gombrowitschs Kopf begann zu läuten.

Er zögerte nicht lange und wählte eine Telefonnummer.

Nach kurzem Freizeichen meldete sich eine Stimme.

»Tessmann, hallo?«

»Jakob«, erwiderte Gombrowitsch mit überbordender Herzlichkeit, »lange nicht gesprochen. Wie geht's euch Packeseln da drüben?«

Jakob Tessmann arbeitete als Abteilungsleiter in der Frachtdisposition bei German Continental. Er verteilte mit seinen Kollegen die unzähligen Frachtstücke, die von den Maschinen der German Continental in ihren Laderäumen transportiert wurden – zusätzlich zum Gepäck der Passagiere.

»N'Abend, Jürgen! Ist das Jahr schon wieder rum? Wie komme ich zu dieser Ehre?«

»Ja, ich weiß, ich hab es einfach nicht geschafft. Ehrlich, wir gehen bald mal wieder einen trinken.«

»Versprich nichts, was du sowieso nicht hältst.« Tessmanns Lachen quoll dem Hörer. »Weißt du überhaupt noch, wie ich aussehe?«

»Wie könnte ich so einen gut aussehenden Charmebolzen jemals vergessen,« erwiderte Gombrowitsch. »Aber, ich gebe zu, wegen deines unwiderstehlichen Schmerbauches rufe ich nicht an.«

»Na, da bin ich ja mal gespannt.«

»Wir haben ein Problem mit unserer Maschine von Frankfurt nach Riga übermorgen früh. Very Important Cargo hat da fünf Tonnen Fracht reserviert. Eventuell müssen wir aber den geplanten A320 gegen einen A319 tauschen.« Gombrowitschs Hände wurden feucht. Im unverfrorenen Lügen war er wirklich lange aus der Übung.»Und dann hätten wir zu viel Fracht an Bord. Können wir die fünf Tonnen von euch stehen lassen und anderweitig befördern?«

Durch seinen Hörer tönte das Klappern der Tastatur, als Tessmann die betreffende Flugnummer in seinen Computer eingab.

»Hmmm, kann ich dich zurückrufen?«

»Ist es so ernst?«

»Ich melde mich gleich wieder.«

Klick …

Das Besetztzeichen fiepte durch die Leitung.

Very Important Cargo war ein spezieller Service der Frachtabteilung. Ähnliche Angebote gab es auch bei allen anderen großen Airlines. An Bord von Passagiermaschinen wurde täglich Ladung in die ganze Welt transportiert. Bisweilen höchst wertvoll, kurzfristig buchbar, schnell und äußerst diskret. Weder die Verkehrsleitung noch die Piloten wussten, was genau an Bord genommen wurde.

Gombrowitsch beschlich das Gefühl, ins Schwarze getroffen zu haben. Das Glöckchen in seinem Hinterkopf bimmelte nun unablässig und wuchs zu einer tonnenschweren Kirchenglocke, die heftig Alarm schlug.

Nach der rastlosen Ewigkeit einer Viertelstunde klingelte sein Telefon. Tessmann hatte Neuigkeiten.

»Die fünf Tonnen müssen auf jeden Fall mit. Tut mir leid.«

»Aus welchem Grund?« Gombrowitsch versuchte, seine Neugier so gut es ging im Zaum zu halten. Wenn er sich auf der richtigen Spur befand, durfte er kein Misstrauen erregen.

Tessmann stieß einen langen Seufzer aus.»Die Fracht kommt von ›Very Important Cargo‹. Ich weiß selber nicht, was die da losschicken.«

»Dann nenn mir einen Kontakt bei der Abteilung.«

»Vergiss es. Ich habe gerade mit denen telefoniert.«

»Ich will nur verhindern, dass es spätestens übermorgen brennt und wir Probleme beim Beladen kriegen.« Gombrowitsch versuchte, so sachlich wie möglich zu klingen. »Und man kann die Fracht auf keine andere Maschine umbuchen?«

»Was soll die Frage? Das ist Terminfracht. So was wird niemals umgebucht. Wir verdienen damit einen Haufen Geld.«

»Haben die Kollegen gesagt, wer der Kunde ist?«

»Das geht weder dich noch mich was an.«

Auf die Gefahr hin, dass das Gespräch damit beendet war, unternahm Gombrowitsch einen letzten Versuch.

»Aber du hast doch bestimmt gefragt, oder? Fünf Tonnen sind eine ganze Menge. Wer schickt so viel Zeugs unter höchster Geheimhaltung nach Lettland.«

»Jürgen, du nervst«, seufzte Tessmann am anderen Ende der Leitung, senkte dann aber seine Stimme. »Die Europäische Zentralbank. Das habe ich dir nie gesagt, hörst du? Und mehr weiß ich auch nicht. Dafür schuldest du mir einen kompletten Abend.«

»Wann hast du denn Zeit?« Gombrowitsch konnte seine Erleichterung kaum verbergen. Er hatte gerade mehr Informationen erhalten als erhofft.

»Muss ich mit meinem Innenministerium besprechen.« Tessmann klang schon wieder freundlicher.

»Dann bestell Susanne viele Grüße.«

»Ein wirklich gelungener Scherz, mein Freund«, lachte Tessmann. »Mach's gut. Ich melde mich.«

Sie legten auf.

Aus guten Gründen war Gombrowitsch der Ehefrau Tessmanns noch niemals vorgestellt worden. Vor sieben Jahren waren er und Jakob Tessmann einander über den Weg gelaufen. In einem Frankfurter Edelbordell. Tessmann kannte Gombrowitsch vom Sehen und hatte den schrulligen Verkehrsleiter aus der OZ sofort angesprochen. Lächelnd hatte Tessmann ihm in der Lobby des Puffs die Hand hingestreckt und geklungen, als wären sich die beiden zufällig im Supermarkt begegnet. Da sie ihre Verrichtungen gerade beendet hatten, lud Gombrowitsch den Kollegen auf einen Absacker ein – ganz entgegen seinen Gepflogenheiten. Er unterhielt keinen privaten Kontakt zu Mitarbeitern der German Continental.

Um genau zu sein, Gombrowitsch unterhielt überhaupt keine privaten Kontakte.

Dennoch wurde es eine durchzechte Nacht. Seither wiederholten sie diese Treffen in einem unregelmäßigen Jahresrhythmus. Die beiden probierten sich auf diese Weise langsam durch die feineren Etablissements innerhalb der Frankfurter Bordellszene.

»Die Romeo Lima aus Toulouse hat Probleme mit dem linken Triebwerk gemeldet. Landung in fünfunddreißig Minuten!« Die Lautsprecherdurchsage eines Kollegen vom Technischen Flugzeugeinsatz schallte durch das gesamte Büro. »Wir empfehlen dringend einen Flugzeugwechsel.«

Gombrowitsch wurde aus süßlich duftenden Erinnerungen gerissen, während seine diensthabenden Kollegen sich von dem gerade auf diversen Monitoren flimmernden Bundesliga-Spiel verabschieden mussten. Die Frankfurter Eintracht lag tatsächlich mit 1:0 gegen Bayer Leverkusen in Front. Mit dieser beruhigenden Aussicht machten sich die beiden für die Mittelstreckenflotte zuständigen Verkehrsleiter an die Arbeit. Die Empfehlung der Abteilung Technik galt es sofort umzusetzen.

Niemand fragte sich, was der alte Schichtleiter an seinem Schreibtisch eigentlich trieb.

Gombrowitsch konzentrierte sich wieder auf die fünf Tonnen geheimer Fracht, die in sechsunddreißig Stunden auf die Maschine nach Riga geladen werden sollten.

Er ließ die Begriffe ›Europäische Zentralbank‹ und ›Riga‹ durch eine Internet-Suchmaschine laufen.

Wenige Augenblicke später war ihm klar, welches Interesse Juri Mirow an Flug GCA 2508 hegte.

Februar 1988

Später am Nachmittag, als Doktor Ayana Geresu dabei war, verschiedene Krankenakten auf den neuesten Stand zu bringen, wurde sie von einer aufgeregten OP-Schwester beiseitegezogen.

»Der Deutsche ist wach. Sie sollen in sein Zimmer kommen. Direktor Demeksa höchstpersönlich schickt nach Ihnen!«

Was bedeutete das?

Wartete im Zimmer des Ausländers Ärger auf sie? Ayana konnte die Situation nicht einschätzen und machte sich mit klopfendem Herzen auf den Weg zum einzigen Einzelzimmer, das es seit langer Zeit im Tikur Anbessa aufzusuchen gab. Sie passierte mehrere Stockwerke und Flure. Aus den Krankenzimmern, die mit jeweils zehn und mehr Patienten völlig überfüllt waren, drang der Geruch alten Urins.

Auf ihrem Weg kam sie an der Notaufnahme vorbei. Eine unerträglich große Zahl wartender Patienten stand oder hockte auf dem Flur, Angehörige tigerten ruhelos hin und her, auf der Suche nach jemandem, der ihnen helfen konnte. Wer hier krank oder verletzt eintraf, musste viel Geduld mitbringen, bevor er einen Arzt zu Gesicht bekam. Bei diesem Anblick zog sich Ayanas Magen jedes Mal vor Wut zusammen.

Sie betrat das Zimmer des Deutschen und musste kurz stocken. Ein kleiner Menschenauflauf hatte sich vor dem Bett des Ausländers versammelt.

Als Oberleutnant Gombrowitsch die Augen wieder aufschlug, blickte er in ein vertrautes Gesicht – das allerdings viel zu nah vor seinem auftauchte. Ein Gesicht, das in dem schönen Traum von der dunkelhäutigen Frau nichts zu suchen hatte. Ein Gesicht, dem er weder im Traum noch im richtigen Leben begegnen wollte. Das Gesicht des

Genossen Botschaftssekretär Rainer Hintze bedeutete endgültig, dass er nicht im Paradies gelandet war.

»Bin ich tot?«, entfuhr es ihm. Wenn dem so war, dann musste das hier die Hölle sein. Und Genosse Hintze hatte ihm mit der üblichen falschen Freundlichkeit die Pforte geöffnet.

»Sie sind nicht tot, Genosse Oberleutnant.« Hintze stand über den Patienten gebeugt, um dessen Zustand genauer zu inspizieren, was mangels medizinischer Ausbildung einer eher unnützen Demonstration profunden Halbwissens gleichkam. »Diese Menschen hier haben Sie gerettet. Ich bin froh, Sie noch unter den Lebenden zu sehen. Darf ich Ihnen Haile Nalbandian vorstellen, den stellvertretenden Gesundheitsminister Äthiopiens?«

Einmal mehr wusste Gombrowitsch nicht, wie ihm geschah. Das letzte, woran er sich mit Sicherheit erinnern konnte, war das erschrockene Gesicht der alten Haushälterin seines Nachbarn. Gombrowitsch und seine Kameraden waren für die Dauer ihres Einsatzes in einem Haus auf dem angrenzenden Grundstück untergebracht. Und nun stand der stellvertretende Gesundheitsminister Äthiopiens vor seinem Bett – einem völlig durchgelegenen Bett, von dem er nicht wusste, wie er hineingeraten war. Ein netter, älterer Herr war der stellvertretende Gesundheitsminister. Er schüttelte Gombrowitsch freundlich lächelnd die Hand. Irgendwo aus einer Ecke des Zimmers, von dem Gombrowitsch gern gewusst hätte, in welcher Art Gebäude es sich eigentlich befand, flammte ein Blitzlicht auf. Presse? Den mehr als zehnköpfigen Pulk von Menschen, die sich im Hintergrund aufhielten, nahm er jetzt erst wahr. Viele von ihnen trugen weiße Kittel.

Botschaftssekretär Hintze und der stellvertretende Gesundheitsminister unterhielten sich im weiteren Verlauf in Englisch miteinander. Gombrowitsch entnahm der Konversation, dass die Demokratische Volksrepublik Äthiopien gern für die Behandlung des deutschen Leutnants aufkommen werde.

Der Verwaltungschef des Krankenhauses wurde Hintze vorgestellt. Überschwänglich schüttelte der Mann namens Meles Demeksa dem

Botschaftssekretär die Hände und versicherte ihm, dass die Ärzte und Schwestern des Tikur Anbessa Hospitals alles in ihrer Macht stehende tun würden, um nach der erfolgreichen Blinddarmoperation die schnelle Genesung des Piloten aus dem deutschen Bruderstaat zu gewährleisten. Er klopfte Hintze dabei einige Male bekräftigend auf die Schulter, was der mit einer säuerlichen Miene quittierte.

Auch der Chef und der Oberarzt der Chirurgie paradierten.

Und Gombrowitsch war inzwischen wieder einigermaßen Herr seiner Sinne.

Er befand sich hier also in einem Krankenhaus – und schauderte. Er wusste, dass sich die Botschaft im Notfall immer an die große Krankenstation der sowjetischen Militärbasis in Addis wandte. Und niemals an ein örtliches Krankenhaus ...

In diesem Moment öffnete sich die Tür.

Die hinreißende dunkelhäutige Frau stand in ihrem weißen Kittel ein wenig verloren im Raum angesichts des kleinen Menschenauflaufs, den sie hier vorfand.

Sollte sein Traum doch kein Traum gewesen sein?

Von irgendwo in einem Hinterstübchen seiner Erinnerung beschlich ihn der Gedanke, dass sie ihm schon einmal begegnet war. In keinem Traum und auch nicht in diesem Krankenhaus. Gombrowitsch fühlte sich immer noch ein wenig benommen und konnte sich in diesem Augenblick keinen Reim darauf machen.

Direktor Demeksa trat auf die reichlich erstaunte Ärztin zu, ergriff ihre Hand und führte sie zu Hintze.

»Das ist Doktor Ayana, sie ist von Professoren aus Deutschland ausgebildet worden, Ihrem sehr verehrten Heimatland, meine Herren. Doktor Ayana wird sich bis zur Genesung des Oberleutnants um dessen Pflege kümmern.«

Der Botschaftssekretär bemühte sich, so staatsmännisch wie möglich am Bett des operierten Piloten zu posieren, trotz seiner gerade mal sechsunddreißig Jahre.

Ich soll Krankenschwester für einen Ausländer spielen?

Ayana protestierte innerlich gegen die überraschende Anordnung des Verwaltungschefs.

Gombrowitsch hatte sich ein wenig aufgerichtet und lächelte die junge Ärztin zur Begrüßung an.

Ayana gab sich Mühe, seinen freundlichen Blick zu erwidern. Der blonde Patient sah noch sehr blass um die Nase aus. Doch sie konnte nicht umhin, seine blauen Augen zu bemerken.

Strahlend schöne blaue Augen.

Schwarz

Eine Ewigkeit war es nun her, seit sie in dieser unerbittlichen Schwärze aufgewacht war, die rechte Hand mit einem Kabelbinder an ein Rohr an der Wand gefesselt.

Sie wusste nicht, ob die Schweine ihr irgendetwas angetan hatten, während sie bewusstlos gewesen war. Und schob den Gedanken daran so weit von sich wie möglich.

Die hämmernden Kopfschmerzen hatten mit der Zeit nachgelassen, doch inzwischen war ihr ganzer Körper steif, ihre Arme schmerzten, ihre rechte Hand taub und das Handgelenk brannte.

Warum war sie hier?

Wer waren diese Wichser?

Was wollten die von ihr?

War draußen Tag oder Nacht?

Wie lange saß sie hier, angekettet wie ein Tier? Drei Tage? Vier Tage? Eine Woche?

Fünf, sechs, vielleicht sieben Mal hatte sich irgendwo im Raum eine Tür geöffnet, gleißendes Licht war um sie herum explodiert und hatte sie über alle Maßen geblendet. Schloss die Tür sich wieder, flammte in der Dunkelheit eine Taschenlampe auf und strahlte ihr ins Gesicht. Nie konnte sie erkennen, wer sie in der Finsternis aufsuchte. Eines der Arschlöcher vor ihrer Wohnungstür vielleicht?

Das Arschloch hier sprach jedenfalls kein Wort.

Wenn er sich im Gegenlicht der Taschenlampe hinab beugte, um einen neuen Teller Brot und frisches Wasser abzustellen, verharrte er einen Moment. Sie spürte, dass er sie betrachtete. Die Mischung aus billigem Aftershave, Schweiß und Mundgeruch schnürte ihr die Luft ab. Jedes Mal strichen seine Atemzüge für wenige Sekunden an ihrer Stirn und ihren Wangen entlang. Sollte sie jemals diesen stock-dusteren Raum verlassen ... die Ausdünstungen dieses Wichsers würde sie niemals vergessen.

Danach tauschte er den vollen Eimer aus und verschwand. In der Finsternis ihre Notdurft zu verrichten, war unbeschreiblich erniedrigend. Sie zitterte vor Anstrengung, wenn sie Lauftights und Unterwäsche mit ihrer freien Hand herabzog und den entblößten Unterleib auf den Plastikeimer balancierte. Doch es wäre noch ekelhafter gewesen, hätte sie in einer Lache aus Urin in diesem schwarzen Loch liegen müssen.

Beim letzten Mal hatten sie das Ritual geändert. Da kamen die Wichser zu zweit. Dieses eine Mal war eine Stimme hinter dem Licht der Taschenlampe, seltsam heiser, völlig kaputt. Der Stimmband-Krüppel griff nach ihrem Gesicht. Als sie in der Dunkelheit seine Berührung spürte, explodierte sie. Sie musste schreien, treten, heulen. All die Wut, die Angst, die Verzweiflung, alles, was sie bis dahin in der Dunkelheit im Zaum hatte halten können, verschaffte sich einen Weg nach draußen, mit einem Mal, raus an die Oberfläche. Sie trat wild um sich, wofür sie brutale Schläge erntete. Danach hatten die Arschlöcher sie im Dunkeln zurückgelassen.

Seither war niemand mehr erschienen.

Sie versuchte bereits eine Weile, die Plastikfessel per Hebelwirkung mit ihrem Handgelenk zu sprengen. Sie musste sich irgendwie von dem Rohr an der Wand befreien. Verzweifelt riss sie mit den Fingern ihrer Linken an dem Kabelbinder herum.

Sinnlos.

Sie spürte in der Finsternis, dass sie sich wund gescheuert hatte. Es brannte, und als sie die Haut um den Kabelbinder zu lecken begann, schmeckte sie Blut.

Der letzte Abend in Freiheit kam ihr in den Sinn. Hatte dieser Torben sich inzwischen gemeldet? Würde er versuchen, sie zu finden, wenn sie nicht reagierte? Schwachsinn. Aber irgendjemand musste sie doch vermissen. Ihre Freunde? Ihre Eltern? Wenn sie nur wüsste, wie viele Tage inzwischen vergangen waren.

Warum war sie hier?

Wer waren diese Männer?

Sonntag, 15. Dezember 2013

In die Stille mischte sich das leise Rauschen des Abendverkehrs auf der A3. Gombrowitsch hatte kein Licht eingeschaltet. Er lag in der Dunkelheit mit dem Rücken auf dem Bett, hatte die Hände hinter dem Kopf verschränkt und starrte an die Decke. Er wollte auf keinen Fall nach Hause, dort, wo ihm die beiden Männer am Nachmittag aufgelauert hatten. Vor zwei Stunden hatte er sich ins Sheraton am Flughafen einquartiert. Seither lösten sich die Sekunden und Minuten viel zu schnell und unerbittlich in Nichts auf. Er versuchte, seine Gedanken zu sortieren.

In etwas mehr als vierundzwanzig Stunden ließ die Europäische Zentralbank mit German-Continental-Flug 2508 fünf Tonnen Wertfracht in die lettische Hauptstadt Riga fliegen. Noch knapp drei Wochen, dann würde Lettland auf den Euro als Landeswährung umstellen.

Gombrowitsch war sicher: Bei der Ladung handelte es sich um Geldscheine. Ähnlich große Wertfrachttransporte für andere Notenbanken hatte es in der Vergangenheit immer mal wieder gegeben. Allein in Fünf-Euro-Scheinen mussten die fünf Tonnen mindestens fünfunddreißig Millionen wert sein.

Woher wusste Juri von der Ladung?

Zu Georg Mirow, seinem wahren Namen, hielt das Netz keinerlei Informationen bereit.

Gombrowitsch war hundertprozentig überzeugt, Juris Absicht zu durchschauen. Es gab nur eine mögliche Vorgehensweise, wenn man fünf Tonnen Wertfracht aus einem Flugzeug entwenden wollte. Man musste seinen eigenen Piloten auf die Basis der Airline und dann ins Cockpit der Maschine schmuggeln.

Einen Mann mit der nötigen Erfahrung.

Schweiß trat auf seine Stirn. Der alte Juri und seine Komplizen waren nicht zimperlich. Gombrowitsch hatte das am eigenen Leib erfahren müssen. Juri würde den echten Piloten niemals am Leben lassen. Er brauchte nur dessen Dienstausweis.

Fanny.

Sollte er die Polizei verständigen, Juris Spiel ein Ende bereiten und ihr Leben damit aufs Spiel setzen?

Oder sollte er stattdessen Kapitän Weiss' Namen und Adresse an Juri weitergeben? Um Fanny zu retten und damit vielleicht das Todesurteil des nichts ahnenden Mannes unterschreiben?

Schon einmal, in einer anderen Zeit, an einem anderen Ort, hatte Gombrowitsch auf die gleiche Weise entscheiden müssen. War das nun seine späte Strafe?

Und selbst wenn er den Piloten verriet, würde das den Albtraum beenden?

Würde Juri sein Versprechen halten und die entführte Fanny aus ihrer Gefangenschaft entlassen?

Ging es ihn, Gombrowitsch, irgendetwas an, was mit dem Piloten und der jungen Frau geschehen würde?

Er hätte genauso gut aufstehen, dieses Zimmer, dieses Hotel, die Stadt, das Land, den Kontinent verlassen können. Nichts hielt ihn hier. Juri würde ihn nie wiederfinden.

Der Wecker auf dem Schreibtisch am Fenster des Hotelzimmers schlug auf 22:00 um. Sein Handy begann im selben Augenblick zu läuten. Die Nummer des Anrufers war unterdrückt. Seufzend nahm Gombrowitsch das Gespräch an.

Rauschende Stille.

»Und?« Die heisere Stimme.

»Was geschieht mit dem Piloten?«, fragte Gombrowitsch zögernd.

»Nennen Sie mir einfach seinen Namen.«

So dünn und heiser Juris Tonfall auch war, es schwang eine verächtliche Enttäuschung mit. Der kleine Gombrowitsch tat wieder mal nicht sofort das, was Juri ihm aufgetragen hatte.

»Ich muss wissen, was mit ihm passiert.«

»Die viel interessantere Frage lautet, was passiert mit Ihrer lieben Fanny, wenn Sie mir jetzt nicht den Namen nennen und die Adresse.«

»Werden Sie sie gehen lassen?«

»Natürlich.«

»Wann?«

»Wenn alles seinen geregelten Gang genommen hat.«

Gombrowitsch hatte in den zurückliegenden Stunden mit dem brennenden Verlangen gerungen, Juri zu beschimpfen und ihn auf das Übelste zu beleidigen, besser noch, ihn möglichst wirkungsvoll zu bedrohen. Gombrowitsch hatte lange nach den richtigen Worten gesucht. Nun kamen sie. Automatisch. Er konnte sie nicht zurückhalten.

»Tobias Weiss, Paul-Ehrlich-Straße 26a in Frankfurt.«

Er nannte auch noch, wie von Juri gefordert, die Handynummer und den Dienstplan des Piloten.

»Vergessen Sie nicht, das Foto in die Datenbank der German Continental zu laden«, antwortete die heisere Stimme zufrieden. »Ich melde mich wieder. Bald.«

Es klickte in der Leitung, das Besetztzeichen ertönte.

Gombrowitsch blieb eine Weile auf dem Bett liegen, wartete, dass der Schwindel endlich nachließ, wartete vergebens, rollte sich vom Bett herunter, stützte sich die Wand entlang zur Toilette und erbrach dort das wenige, was er am heutigen Tage zu sich genommen hatte.

Der Rest war bittere Galle.

Montag, 16. Dezember 2013

Der Wecker auf dem Schreibtisch zeigte 5:00, als Gombrowitsch aus einem kurzen, traumlosen Schlaf erwachte. Im selben Moment materialisierte sich der Plan mit plötzlicher Klarheit vor seinem inneren Auge.

Er hatte fast die ganze Nacht wach gelegen und darüber gegrübelt. Juri hatte nun Zugriff auf den Flugkapitän, der morgen früh mit zig Millionen Euro an Bord nach Riga steuerte.

Gombrowitsch hatte ihm den Mann ausgeliefert. Aus Furcht. Aus Schwäche. Wieder einmal.

Er würde Juri damit nicht davonkommen lassen. Es war genug der Erniedrigungen. Um Fannys und um seiner selbst willen.

Mit einem Ruck richtete Gombrowitsch sich auf.

Zwei Stunden verblieben ihm, um Vorbereitungen zu treffen.

Er verließ das Hotel wenige Minuten später. Es war dunkel und kalt. Ein paar Meter entfernt lag die Haltestelle. Er bestieg einen der vielen Shuttle-Busse, die den Flughafenring befuhren.

Fünfzehn Minuten später betrat Gombrowitsch die Operationszentrale der German Continental.

»Jürgen, du siehst scheiße aus«, wurde er vom diensthabenden Schichtleiter begrüßt. »Was ist los?«

Der Mann erwartete Gombrowitsch als Ablösung in der anbrechenden Frühschicht.

»Es geht schon. Fühle mich nicht ganz auf der Höhe.«

»Geh mal lieber zum Arzt. Du bist weiß wie eine Wand.«

Dass Gombrowitsch in der vergangenen Nacht nur zwei Stunden geschlafen hatte, wirkte sich in diesem Moment äußerst hilfreich auf sein weiteres Vorhaben aus. Seine bleiche Gesichtsfarbe rechtfertigte jedwede Krankmeldung und bedurfte keiner weiteren Erklärung.

»Vielleicht hast du recht. Ich muss nur kurz eine Sache regeln«, antwortete er und ließ sich an seinem Computer nieder. Die Arztpraxis, die er an diesem Morgen aufsuchen wollte, hatte er mit wenigen Klicks im Internet gefunden. Mit seinem Dienstlaptop loggte er sich ins Intranet der German Continental und buchte sich auf einen Flug, der um kurz nach sieben starten würde. Der Check-in begann in einer halben Stunde im Terminal nebenan.

Gombrowitsch meldete sich für den Tag krank, packte den Laptop und verließ die Operationszentrale. Sein Weg führte mit dem Fahrstuhl hinab, doch er wandte sich nicht zum Ausgang des Gebäudes. Er lenkte seine Schritte stattdessen in das weitläufige Erdgeschoss der Basis, wo das fliegende Personal der German Continental den Arbeitsalltag begann, beziehungsweise beendete.

Zu dieser frühen dunklen Morgenstunde wimmelte es bereits von Uniformierten. Die Mittelstreckenflotte startete gerade die ersten Flüge. An die hundert Kapitäne und deren Copiloten trafen zu diesem Zeitpunkt ein, um an den Computerterminals ihre heute anstehenden Touren vorzubereiten. Gemeinsam mit einer noch weitaus größeren Zahl von Flugbegleiterinnen und Begleitern verwandelten sie die Basis in einen surrenden blau-uniformierten Bienenstock. In den Briefing-Räumen wiesen die Kapitäne ihre Crews für den bevorstehenden Tag ein. Gleichzeitig kehrten die ersten Langstreckenflieger auf die Basis zurück. Es herrschte allenthalben ein großes Hallo unter den startenden und gestenreiche Verabschiedungen unter den heimkehrenden Kollegen.

Gombrowitsch schlenderte durch die große Halle. Lange Reihen von Computerterminals waren hier errichtet. Es herrschte ein geschäftiges Kommen und Gehen, vielerlei Gesprächsfetzen erfüllten die Luft um ihn herum. Überall hockten Uniformierte vor den Bildschirmen.

Angespannt wartete er auf den richtigen Moment.

Schon nach wenigen Minuten eröffnete sich ihm die Gelegenheit, auf die er gelauert hatte: Ein älterer Kapitän erhob sich von einem der Computer und wandte sich in Richtung Ausgang. Die Uniformjacke hatte der Mann über dem Rückenteil seines Stuhls hängen lassen. Sein dunkler Mantel lag daneben auf dem Tisch, darauf die Pilotenmütze. Er wollte nur kurz fortbleiben.

Lange genug für Gombrowitschs Zwecke. Wann hatte er das letzte Mal etwas gestohlen? Er konnte sich nicht erinnern, es war in diesem Moment auch völlig egal. So gemächlich, wie es ihm sein Herzklopfen erlaubte, schritt er die Reihen der Kollegen an den Computern entlang. Schließlich gelangte er zu dem verwaisten Rechner und den Objekten seiner Begierde. Innerhalb weniger Sekunden legte er die Uniformjacke an, zog den dunklen Mantel darüber und setzte sich die Mütze auf. Niemand schenkte Gombrowitsch Beachtung.

Februar 1988

»Ich bin wahrlich kein Militär, aber es ist sicher keine zufällige Entscheidung Ihrer Vorgesetzten gewesen, die Position des Copiloten doppelt zu besetzen.« Im Interesse der Sicherheit dieser Mission.« Botschaftssekretär Hintze lächelte, während er sprach. Er okkupierte den einen Stuhl, den die Krankenhausleitung in das provisorische Einzelzimmer gestellt hatte. Hintzes Lächeln sollte wohl hilfloses Mitleid ausdrücken, konnte seine Überheblichkeit jedoch nicht überspielen.

Gombrowitsch saß in seinem Krankenbett. Er war weder in der Lage noch in der Laune, seinen Ärger zu verbergen. Seit vierzehn Tagen war er hier eingesperrt. Buchstäblich. Vor der Tür hatte man einen äthiopischen Soldaten postiert, der jeden ungebetenen Besucher abhielt. Sein persönlicher Wachhund. Noch nicht einmal auf das stinkende Loch, das sie hier Klo nannten, durfte er allein gehen.

»Das heißt, ich werde nach Hause geschickt?«

»Es gab noch keine Anweisung aus Strausberg diesbezüglich.«

»Ich bin fast wieder gesund. Ich kann weiter machen.«

»Seien Sie versichert, dass über diese Angelegenheit an höherer Stelle entschieden wird. An höherer und berufener Stelle.«

Der zweite Copilot der Mission, Leutnant Hans-Joachim Wegener, hatte sich am Fußende des Bettes postiert und der Unterhaltung bislang nur stumm beigewohnt.

»Ich denke, dass man seine Genesung abwarten kann. Ohne ihn auszutauschen«, bemerkte er. »In den letzten zwei Wochen konnten wir problemlos ohne Oberleutnant Gombrowi...«

»Es ist nicht an mir, über sicherheitsrelevante Fragen des Einsatzes zu entscheiden, Genosse Leutnant«, unterbrach ihn Hintze mit freundlicher Strenge.»Das Kommando Luftstreitkräfte wird sich diesbezüglich mit Major Dengler in Verbindung setzen.«

»Der Kommandant sieht das genauso. Ob mit oder ohne einen zweiten Copiloten als Ersatz … mit jedem Start ignorieren wir einen ganzen Katalog viel wichtigerer Sicherheitsvorschriften«, entgegnete Wegener unbeirrt.»Die Landebahn in Metema zum Beispiel ist eigentlich zu kurz und die Lufttemperatur viel zu …«

»Wollen Sie damit andeuten, dass der Planungsstab im Verteidigungsministerium die Sicherheit eines Flugzeugs unserer Luftstreitkräfte und dessen Besatzung wissentlich aufs Spiel setzt?« Hintze klang nun wesentlich weniger freundlich.

Gombrowitsch blickte seinem Kameraden fest in die Augen und hoffte, dass der das Kopfschütteln in seinem Blick bemerkte. Zum Glück wurde Leutnant Wegener im selben Moment klar, auf welch dünnes Eis er sich begeben hatte.

»Ich wollte nur die Realität der Einsatzbedingungen schildern.« Er ruderte zurück. Ein negativer Bericht des Botschaftssekretärs konnte sehr unangenehme Folgen haben.

»Dass die Flugbedingungen während dieser Mission schwierig sind und unter normalen Umständen nicht regelkonform, ist allen Beteiligten von Anfang an klar gewesen.« Gombrowitsch versuchte, die Situation zu beruhigen.»Wir sind hier schließlich bei den Luftstreitkräften und nicht bei der Interflug.«

Hintze nickte und erhob sich.»Machen Sie sich keine Sorgen, Genosse Oberleutnant. Ich gehe davon aus, dass wir in den nächsten Tagen eine Antwort auf Ihre Frage bekommen werden.«

»Ich war einfach sehr glücklich, an diesem Einsatz teilnehmen zu dürfen.« Gombrowitsch versuchte es auf die weiche Tour.»Ich möchte mit meinem persönlichen Einsatz unserem Land nur zurückzahlen, was mir hier ermöglicht wurde.«

Hintze lächelte.»Sie können unserem Land jederzeit das Vertrauen zurückzahlen, das in Sie gesetzt wurde. Seien Sie unbesorgt.« Er tätschelte Gombrowitschs Bein.

Dankbar empfand Gombrowitsch die Bettdecke als schützenden Puffer zwischen dem eigenen Körper und Hintzes Berührung. Er verstand den kleinen Fingerzeig sofort. In den vier Wochen seines Aufenthalts in Addis Abeba, bevor ihn sein Blinddarm außer Gefecht setzte, hatte er Hintze noch keinen einzigen Bericht geliefert. Der Genosse Botschaftssekretär konnte ihn mal gernhaben.

Leutnant Wegener kramte drei zerfledderte Bände der ›Delikte – Indizien – Ermittlungen‹-Reihe aus seiner Ledertasche.

»Hier. Ein bisschen Unterhaltung. Du bist dem Tod gerade noch mal von der Schippe gesprungen. Wir sind alle froh, dass du wieder auf dem Damm bist.«

»Grüß die Jungs«, entgegnete Gombrowitsch. »Aber sag ihnen, dass der Sensenmann mich nicht verschont. Ich werde mich hier zu Tode langweilen.«

Die Männer lachten, selbst Hintze konnte es sich nicht verkneifen.

In diesem Moment öffnete sich die Tür. Doktor Ayana trat ein und musterte überrascht die beiden Besucher an Gombrowitschs Bett.

»Entschuldigung, ich werde später noch mal kommen.«

Sie wandte sich zum Gehen, doch Gombrowitsch hielt sie freundlich zurück.

»Kommen Sie herein, Doktor Ayana. Die Herren wollten sowieso gerade gehen.«

»Ich will nicht stören.«

»Sie stören in keinem Fall«, beschwichtigte Hintze die zurückhaltende Ärztin in der Tür. Sein Blick spiegelte unverhohlenes Interesse.

Auch Leutnant Wegener konnte seine Augen nur schwer von der Äthiopierin abwenden.

»Ist das nicht die Tochter unseres Nachbarn?«, wandte er sich im Flüsterton zu Gombrowitsch. »Ich würde mir das mit dem Gesundwerden noch mal überlegen, alter Knabe.«

»Ich werde später wiederkommen.« Doktor Ayana verließ das Zimmer so leise, wie sie gekommen war.

Hintze blickte der Ärztin versonnen nach und schüttelte kaum merklich den Kopf. Schließlich lenkte er seine Aufmerksamkeit zurück zu Wegener und Gombrowitsch.

»Leutnant Wegener, ich muss jetzt zurück in die Botschaft. Kann ich Sie unterwegs wieder in Ihrer Unterkunft absetzen?«

Seine Frage war nichts anderes als ein freundlich klausulierter Befehl.

Montag, 16. Dezember 2013

Gombrowitsch sah sich gezwungen, seine Reise als Flugkapitän verkleidet zu unternehmen. Er hatte keine andere Möglichkeit, die Kleidung zu transportieren, die er vorhin in der Basis der German Continental gestohlen hatte.

Nach dreißig Minuten in der Luft setzte die Maschine pünktlich um kurz nach acht Uhr morgens auf der Piste des Dresdner Flughafens auf. Der Dezemberregen war eisig; der Jet zog eine spektakuläre Wasserfontäne hinter sich her.

Auf dem Weg die Taxiway entlang zum Terminal betrachtete Gombrowitsch seine alte Arbeitsstelle – die abseits gelegenen Gebäude des ehemaligen Militärflughafens. Im selben Augenblick stieg ihm der Geruch von ›Wofasept Feindesinfektion‹ gemischt mit Linoleumausdünstungen in die Nase. Der damals vorherrschende Duft auf den Fluren der alten Backsteinbauten, die noch aus der Zeit des Faschismus stammten.

Viele Jahre seines Lebens hatte er hier verbracht.

Fast ein Vierteljahrhundert war es ihm gelungen, eine Rückkehr zu vermeiden.

Das Taxi quälte sich im morgendlichen Verkehr über die Königsbrücker Straße in Richtung Dresdner Neustadt. Zwei Kilometer weiter südlich hatte sich ein schwerer Unfall ereignet. Die Straße war dicht. Es ging nur im Schritttempo voran, nervtötend langsam.

Eigentlich hatte er geplant, sich während der Reise eine passende Begrüßung zurechtzulegen. Doch ihm wollte partout keine angemessene Gesprächseröffnung einfallen. Davon abgesehen brachte jede Minute, die sinnlos auf der verstopften Landstraße verstrich, seine Zeitkalkulation ins Wanken.

»Lassen Sie mich hier aussteigen«, wies er den Fahrer an, während er einen Fünfzig-Euro-Schein nach vorn reichte. »Der Rest ist für Sie.« Die knapp dreißig Euro Trinkgeld ließen den Mann sofort bremsen, ohne weitere Fragen zu stellen. Gombrowitsch sprang aus dem Taxi hinaus in den kalten Regen und setzte seinen Weg zu Fuß fort – viel schneller als die Blechlawine, die neben ihm in Richtung Stadt kroch. Nach zweihundert Metern erreichte er eine Straßenbahnhaltestelle. Deren Überdachung bot ihm und ein paar anderen Wartenden leidlich Schutz gegen den unablässigen Regen.

Im selben Moment kündigte sein Handy einen Anruf an. Die Nummer des Teilnehmers war unterdrückt. Kein gutes Zeichen. Zitternd führte er das Telefon an sein Ohr, während er sich von den Umstehenden abwandte.

Juris Reibeisenstimme erklang.

»Ich habe bereits versucht, Sie an Ihrem Arbeitsplatz zu erreichen.«

»Tut mir leid, da haben Sie Pech gehabt.«

»Soll ich dem Mädchen nur das oder noch irgendetwas anderes ausrichten, wenn ich sie gleich besuche?«

Gombrowitsch fühlte eine Hitzewallung in sich aufsteigen. Er zögerte einen letzten Moment.

Die ganze Sache war sowieso aussichtslos, wenn er die Stimme am anderen Ende der Leitung nicht dazu bringen konnte, sein Eingreifen zu fürchten. Einen Teil seiner Überraschungstaktik musste er aufgeben. Jetzt und hier, an dieser zugigen Straßenbahnhaltestelle im Nirgendwo.

»Lassen Sie mich in Ruhe«, flüsterte er in sein Mobiltelefon, immer auf der Hut vor den Ohren der Umstehenden. »Oder Sie werden es bereuen!«

»Ich versuche nur, Sie vor Dummheiten zu bewahren.«

Juri lachte heiser.

Gombrowitsch starrte durch die Scheiben des Wartehäuschens die mit Autos vollgestaute Straße entlang. Weiter entfernt war die Feuerwehr mit den Bergungsarbeiten des Unfalls beschäftigt. Ein Lkw war von hinten in einen Kleinwagen gerauscht, hatte das Fahrzeug gegen einen vorausfahrenden Transporter gerammt und wie eine Ziehharmonika zerquetscht. Die Feuerwehrleute versuchten gerade, mit einem Schneidbrenner zu den Insassen des PKW vorzudringen. Die Tragödie, die sich dort vorn abspielte, lenkte Gombrowitsch für einen kurzen Augenblick ab. Er war sich sicher, dass nur noch Leichen aus dem Wrack geborgen werden würden.

»Was also darf ich dem Mädchen ausrichten?«, tönte die Stimme aus dem Hörer des Handys.

Gombrowitsch wischte den Gedanken an die Unfallopfer beiseite. Er legte alle verfügbare Gleichgültigkeit in seine Worte.

»Ich lass mich von Ihnen nicht rumkommandieren.«

»Na dann ...« Juris Worte klangen unheilvoll.

»Wenn ich kein Lebenszeichen von ihr bekomme, gehe ich zur Polizei.«

»Die wird mich niemals finden. Und wenn ich mich noch einmal bei Ihnen melden sollte, mein Guter, dann nur, damit Sie sich ordentlich von ihr verabschieden können.«

Gombrowitschs nächster Stich musste sitzen. Zu sehr fürchtete er, dass Juri seine Worte wahrmachen würde. Die nasse Kälte fraß sich durch Gombrowitschs Jacke, die Temperatur konnte nicht mehr als drei, vier Grad betragen. Dennoch schwitzte er am ganzen Leib, während er leise weitersprach.

»Ich weiß, dass für die Europäische Zentralbank fünf Tonnen Banknoten auf den Flug nach Riga verladen werden.«

Wieder breitete sich diese beklemmende Stille in der Leitung aus. Gombrowitsch trat die Flucht nach vorn an.

»Mir ist völlig klar, was Sie mit dem Piloten vorhaben. Und ich kann das ganze Ding auffliegen lassen. Aber wenn das Mädchen freikommt, bevor die Maschine startet, können Sie mit der Ladung an Bord machen, was Sie wollen.«

Stille.

Hatten seine kleinen Drohgeschosse ihr Ziel erreicht und ins Schwarze getroffen?

»Es freut mich wirklich, dass Sie am Ende einen solch väterlichen Beschützerinstinkt entwickeln«, antwortete die Stimme amüsiert. Und verstummte wieder.

»So viele Millionen«, durchbrach Gombrowitsch die Stille in der Leitung. »Wäre doch schade, wenn Sie an das ganze Geld nicht herankämen.«

»Fünfhundert Millionen. In Hundert-Euro-Scheinen. Um genau zu sein«, antwortete Juri heiser und fügte nach einer weiteren Kunstpause an: »Glauben Sie wirklich, dass Sie mich erpressen können?«

»Es liegt ganz bei Ihnen.«

Weitere Schweißperlen rannen Gombrowitschs Rücken hinab.

Ein kurzes, raspelndes Lachen vibrierte durch die Leitung. »So funktioniert das nicht, Ikarus.«

Juri kappte die Verbindung.

Gombrowitsch schnürte es den Hals zu. War er zu weit gegangen? Warum hatte er das hier angefangen? Warum ließ er den Alten nicht einfach gewähren? Was ging es ihn überhaupt an?

Er beobachtete, wie in der Entfernung eine blutüberströmte Frau aus dem Autowrack an der Unfallstelle geborgen wurde. Sie war jung, Anfang zwanzig vielleicht. Die Sanitäter und eine Notärztin schnallten die Schwerverletzte auf eine Bahre und verschwanden mit ihr im Inneren eines Krankenwagens, der am Rande der Bundesstraße parkte, in einer Reihe mit dem Löschzug der Feuerwehr.

Gombrowitsch schauderte. Fünfhundert Millionen Euro. Juri würde sich dieses Geld niemals entgehen lassen.

Und deswegen würde der Alte nicht ohne Weiteres wagen, Fanny zu töten. Punktum. Gombrowitsch war sich hundert Prozent sicher.

Im selben Moment tauchte an der Haltestelle eine Straßenbahn in Richtung Stadt auf. Als sich die beschlagenen Türen öffneten, schlüpfte Gombrowitsch mit den anderen Wartenden ins wärmende Innere.

Juri liebte es, alle Karten in der Hand zu haben. Entrückt beobachte er den Verkehr auf der unter ihm liegenden Schnellstraße. Der Lärm wurde von den isolierten Fenstern seines Büros weitgehend draußen gehalten. Er saß an seinem Schreibtisch. Auf dem Laptop vor ihm lief eine äußerst kostspielige Applikation, die offiziell nicht existierte. Doch wer bereit war, einer Hackergruppe in Südkorea ein kleines Vermögen zukommen zu lassen, durfte Polizei spielen. War ein gesuchtes Telefon in einem Mobilfunknetz eingebucht, ortete die Software dessen Standort auf wenige Meter genau. Das Suchsymbol des gerade überwachten Handys bewegte sich auf einer Karte langsam die Königsbrücker Straße in Dresden entlang, vom Flughafen nach Süden.

Juri kannte Ikarus lange genug. Er hatte damit gerechnet, dass der Mann versucht sein würde, sich seinem Griff zu entziehen. Er war immer schon ein aufsässiger Aal gewesen und stellte per se ein Restrisiko dar. Sehr unangenehm. Lieber hätte Juri ihn verschwinden lassen, so wie das Mädchen und der Flugkapitän verschwinden würden. Noch aber benötigte er den alten Ikarus lebend. Sie wussten beide, wozu der andere in der Lage war. Keiner würde den ultimativen Schritt wagen. So war auch vierzig Jahre lang der Imperialismus in Schach gehalten worden. Hätte doch der alte General Hoffmann im Oktober '89 noch gelebt. Die letzte preußische Armee wäre nicht feige untergegangen, ohne einen einzigen Schuss abzufeuern. Die senilen Greise und Sesselpupser im Politbüro hatten damals einfach nicht den Mumm gehabt. Jedes Mal, wenn Juri über diesen heimtückischen Verrat nachdachte, wurde er wütend.

Er beschloss, Ikarus noch einmal gehörig unter Druck zu setzen und ihn daran zu erinnern, was hier auf dem Spiel stand. Er lächelte versonnen. Das Suchsymbol auf dem Monitor bahnte sich weiter seinen Weg in Richtung der Dresdner Neustadt.

Ikarus war auf dem Weg.

Als Gombrowitsch wenig später die Praxis betrat, klopfte sein Herz einmal mehr wie wild in seiner Brust. Er hatte nie in seinem Leben mit der Begegnung gerechnet, die ihm nun bevorstand.

Es wimmelte vor dem Empfangstresen und im Wartezimmer bereits

von Patienten. Und deren Eltern. Die Erkältungszeit hatte begonnen.
Er musste warten, bis sich die Arzthelferin eines Säuglings, einer circa
Dreijährigen und danach noch eines älteren Jungen samt all deren
Mütter angenommen hatte. Dann war er an der Reihe.

»Ich muss Doktor Wegener sprechen.«

Die Arzthelferin musterte argwöhnisch den älteren Herrn im dunklen Mantel und der Pilotenmütze auf dem Kopf. Gombrowitsch wurde
im selben Augenblick bewusst, dass es ihm, abgesehen von seinem Aufzug, an einem entscheidenden Detail im Zusammenhang mit einer
Kinderarztpraxis mangelte.

»Geht es um einen Patienten? Ihr Enkelkind?«

»Ich habe keine Enkel. Ich muss mit Doktor Wegener sprechen.«

Die Arzthelferin war vielleicht Anfang zwanzig. Ihr Blick verriet
eindeutig, dass ihr eine solche Situation bislang noch nicht untergekommen war. Sie erhob sich von ihrem Stuhl und wandte sich an eine
ältere Kollegin, die im Hintergrund am Computer werkelte. Verstohlen berichtete die Jüngere der Älteren von Gombrowitschs Anliegen.
Scheinbar war es unerhört, einen Kinderarzt aufzusuchen, wenn man
kein krankes Kind mit sich führte. Die Ältere stand auf und kam zu
Gombrowitsch an den Tresen.

»Sie wollen zu Frau Doktor?«

»Ja. Das sagte ich Ihrer Kollegin bereits.«

»Von welcher Firma kommen sie?«

»German Continental Airways.« Gombrowitsch deutete auf das
Emblem der Fluglinie an seiner Pilotenmütze.

Die ältere Arzthelferin schüttelte irritiert den Kopf.

Gombrowitsch wurde immer ungeduldiger. Mit renitentem Personal hatte er nicht gerechnet. Das kostete alles zu viel Zeit.

»Bitte richten Sie Frau Doktor aus, dass Jürgen Gombrowitsch sie
sprechen muss. Dringend.«

Die Arzthelferin sah ihn verständnislos an. Sie schien nicht im Entferntesten gewillt, ihrer Chefin sein Kommen anzukündigen.

»Haben Sie mal geschaut, wie es im Wartezimmer aussieht?«

»Ich bleibe so lange hier stehen, bis Sie mich Frau Doktor Wegener gemeldet haben.«

Gombrowitschs schroffes Auftreten in Uniform zeigte Wirkung. Die Arzthelferin beschloss nun offensichtlich, ihre Vorgesetzte über das weitere Vorgehen entscheiden zu lassen. Sie verschwand in einem der Behandlungsräume.

Kurze Zeit später kehrte sie an den Empfangstresen zurück.

»Bitte nehmen Sie im Wartezimmer Platz.«

»Ich muss sie sofort sprechen.«

»Ich kann auch die Polizei rufen, wenn Ihnen das lieber ist.«

Gombrowitsch nahm schnaubend im voll besetzten Wartezimmer Platz. Wer ihn sah, musste glauben, dass er Doktor Wegener aufgrund seines Bluthochdrucks aufsuchte.

Er wagte es nicht, den Mantel abzulegen und mit der darunter liegenden Uniformjacke für noch mehr Irritation zu sorgen. Wenigstens die Pilotenmütze hatte er abgenommen und knetete sie abwesend zwischen seinen Händen. Er fühlte sich unwohl in Gegenwart der sieben kleinen Racker. Nicht zu vergessen, die mit ihnen wartenden Mütter. Ein Baby weinte penetrant.

Es dauerte quälende zwanzig Minuten, in denen es ihn unendlich viel Überwindung kostete, mit einem distanzlosen kleinen Jungen zu spielen. Die nervige Rotznase hatte sich plötzlich vor ihm aufgebaut und zwang ihn ein ums andere Mal, verkeimte Bauklötze zu immer neuen Türmchen aufzuhäufen, die der Wicht mit größter Freude wieder zerstörte.

»Kolja, jetzt lass den Onkel doch mal in Ruhe.« Die Mutter des Kleinen warf Gombrowitsch einen misstrauischen Blick zu.

»Lassen Sie nur. Das ist überhaupt kein Problem,« antwortete er hastig und hoffte inständig, dass der wohlwollende Blick, den er aufgesetzt hatte, nicht zu gekünstelt wirkte.

Dann endlich bat man ihn in Behandlungszimmer 2.

Auf dem Weg dorthin beschleunigte sich sein Puls wieder in ungesundem Maße. Als er mit klopfenden Herzen eintrat, fand er den

Raum jedoch leer vor. Er riss das Fenster auf und sog die kalte Luft tief in seine Lungen. Die Praxis war im zweiten Stock einer Gründerzeitvilla untergebracht. Auf der gegenüberliegenden Straßenseite blickte er in ein winterliches Stück Park voller kahler Rosenstöcke. Dahinter floss die Elbe gemächlich gen Nordwesten. Trotz des Mistwetters tummelte sich eine stattliche Zahl von Fahrrädern auf dem Uferradweg. Als er selbst das letzte Mal mit einem Fahrrad die Elbe entlang gefahren war, hatte es noch keine Multifunktionskleidung aus Plaste gegeben, auch keine solchen Hightech-Tretmaschinen, wie sie da unten am Ufer vorbeischossen.

Es war im Frühjahr '89 gewesen. Ein letzter sinnloser Ausflug mit Ruth, Wochenendradtour ins Elbsandsteingebirge. Kaum einen Monat später hatte sie ihm eröffnet, dass sie sich scheiden lassen wollte.

Er hatte Radfahren nie gemocht.

Und dass die Ehe fast dreizehn Jahre gehalten hatte, war sowieso einem Wunder gleichgekommen. Er war zweiundzwanzig und Ruth gerade mal neunzehn Jahre alt, als sie heirateten, beseelt von dem naiven Wunsch nach Unabhängigkeit und einer eigenen Wohnung.

Doktor Ayana Wegener befand sich im Nachbarzimmer und bemühte sich ebenfalls darum, ihren Puls unter Kontrolle zu bringen.

Vor einigen Minuten hatte sie den letzten kleinen Patienten samt besorgter Mutter mit freundlichen Worten aus dem Raum entlassen und den Befund – einen unangenehmen, aber harmlosen Infekt der oberen Atemwege – in der digitalen Krankenakte vermerkt. Nun schossen ihr Puls und Blutdruck in die Höhe. Erst jetzt realisierte sie die Bedeutung der Worte, die ihr die Kollegin vorhin zugeraunt hatte.

Jürgen Gombrowitsch wollte sie dringend sprechen.

Sie suchte sein Bild in den Tiefen ihres Gedächtnisses. Doch da war nichts. Sie hatte ihn lange vergessen. War er nicht einfach eine böse Einbildung gewesen? Sollte dieser Mann nun wirklich im Zimmer nebenan auf sie warten?

Wie hatte er sie gefunden?

Warum?

Sie atmete mehrere Male tief ein und aus.

Auf dem Weg in das andere Zimmer warf sie einen bemüht freundlichen Blick ins Wartezimmer. Weitere Opfer der Erkältungsepidemie waren mittlerweile eingetroffen.

Sie öffnete die Tür zum zweiten Behandlungsraum.

Ein Flugkapitän stand am weit geöffneten Fenster und schloss es, als er ihr Eintreten bemerkte. Er nahm seine Pilotenmütze ab und hielt sie nervös vor sich in den Händen.

Der Raum war deutlich abgekühlt.

Doch das war nicht der Grund, warum Ayana fröstelte.

Tiefe Furchen durchzogen das bleiche Gesicht des Mannes. Er war fünfundzwanzig Jahre älter und mindestens ebenso viele Kilo schwerer geworden. Seine wenigen verbliebenen Haare waren grau. Seine Augen lagen in dunkelumrandeten Höhlen, hatten jedoch nichts von ihrem strahlenden Blau verloren.

Er musterte sie.

Sie war fülliger geworden, seit er sie das letzte Mal gesehen hatte. Doch auch nach fünfundzwanzig Jahren war sie immer noch eine überaus attraktive Frau. Ein paar wenige graue Strähnen durchzogen ihre kurzen dunklen Locken.

Gombrowitsch entschied sich, statt Ayana in die Augen zu blicken, erst einmal einen dämlichen Holzclown zu fixieren, der hinter ihr an einer langen Metallfeder von der Decke baumelte. Der Luftzug hatte das bunte Ding beim Eintreten Ayanas zum Schwingen gebracht. Es dauerte eine halbe Ewigkeit, bis Gombrowitsch sich ein Herz fasste.

»Wie geht es dir?«

Sie gab keine Antwort.

»Es tut mir leid, dass ich hier einfach so reingeplatzt bin«, fügte er unbeholfen an.

Ayana schüttelte schnaubend den Kopf. »Was willst du?«

Gombrowitsch hatte nicht damit gerechnet, dass es einfach werden würde. Doch jetzt verließ ihn der Mut. Ayanas Blick, ihr Tonfall, ihre gesamte Körperhaltung spiegelte angewiderte Ablehnung. Er verfluchte seine Idee, hier aufzutauchen. Ayana stand ihm mit fest verschränkten Armen gegenüber. Es war fern jeder Realität, zu glauben, dass er sie zu irgendetwas bewegen konnte. Trotzdem sollte sie den Grund erfahren, warum er sich zu diesem Schwachsinn hatte hinreißen lassen.

»Fanny«, begann er.

Ayana starrte ihn an. »Woher kennst du ihren Namen?«

»Wann hast du sie das letzte Mal gesehen? Oder gesprochen?«

Mit einem Mal schossen alle Bilder der Vergangenheit an die Oberfläche ihres Bewusstseins. Es gab genügend Gründe, warum Ayana diesem Mann nie wieder in ihrem Leben hatte begegnen wollen.

»Verschwinde!«, schrie sie. »Raus! Ich rufe die Polizei! Geh weg! Sofort!«

»Hör mich kurz an. Bitte!« Er hob beschwichtigend die Hände. »Ich gehe sofort. Aber hör erst, was passiert ist.«

Ayana schritt, während Gombrowitsch sprach, entschlossen zum Telefon, das auf dem Schreibtisch des Behandlungszimmers stand. Sie nahm den Hörer und wählte den Notruf. Gombrowitsch redete verzweifelt weiter auf sie ein.

»Ich werde erpresst. Ich soll helfen, ein Flugzeug zu entführen, das morgen früh fünfhundert Millionen Euro an Bord nimmt.«

Ayana sprach unterdessen kühl und gefasst in den Hörer. »Guten Tag, mein Name ist Wegener, Doktor Ayana Wegener, bitte schicken Sie so schnell wie möglich einen Streifenwagen her. Hier sitzt ein Verrückter und will meine Praxis nicht verlassen.«

Gombrowitschs Redeschwall floss unbeirrt weiter.

»Ich hab denen gegeben, was sie wollen, aber ich glaube, dass Fanny trotzdem in großer Gefahr ist.«

»Nein, er randaliert nicht. Aber das kann sich jeden Moment ändern, glaube ich. Carusufer 11a, in der Neustadt.«

»Hör mir zu!«, Gombrowitsch flehte sie an. »Ich bin hier, weil ich nicht will, dass ihr noch mehr zustößt!«

Ayana blickte ihn versteinert an. Sie hatte den Hörer noch am Ohr.

»Entschuldigen Sie, jetzt ist er raus. Es hat sich erledigt. Er ist weg. Ja, wenn noch was ist, melde ich mich wieder.«

Sie legte auf.

»Was heißt ›noch mehr zustößt‹?«

Gombrowitsch zuckte hilflos mit den Achseln: »Man hat sie entführt. Juri Mirow steckt dahinter. Er droht, sie umzubringen.«

Ayana musste sich auf den Schreibtisch stützen. Die heranrauschende Angst verschlang wie eine ungebrochene Flutwelle alle weiteren Gedanken und Bilder. Ihr schwindelte.

»Warum? Was will er von ihr?«

»Er weiß, dass ich ihr Vater bin.«

Sie starrte ihn an. »Wie kommt er darauf? Wie kommst du darauf?«

Gombrowitsch erwiderte ihren Blick, völlig verständnislos. »Du hast es mir doch erzählt, damals.«

»Wie kannst du glauben, dass ich dein Kind jemals geboren habe?«

Er wusste nicht, was er antworten sollte. Der Gedanke, dass Ayanas Tochter nicht von ihm stammte, war ihm nie gekommen.

Zur gleichen Zeit war Flugkapitän Tobias Weiss gerade aus einem langen, süßen Schlaf erwacht.

Im Grauland zwischen Träumen und Wachen hatten sich kurz ein paar unangenehme Gedanken in seinem Bewusstsein breitgemacht. Heute brach sein letzter freier Tag an. Morgen musste er in Allerherrgottsfrühe wieder los und würde dann vier Tage unterwegs sein. Eine schreckliche Vorstellung.

Um die trüben Gedankenfetzen zu vertreiben, schmiegte er sich an den warmen Rücken neben ihm, doch langsam durchströmte die unausweichliche Welle des Erwachens sein Gehirn. Er spürte, dass es kein Zurück in den wohligen Schlaf gab. Das Bett aber würde er so schnell nicht verlassen. Unter der Decke lag immer noch eine zarte Note der vergangenen Nacht. Er schmiegte sich näher an den knackigen Po neben sich. Der war ihm vor fast zwei Jahren zu allererst aufgefallen. Er umarmte liebevoll den traumhaft flachen Bauch und vergrub sein

Gesicht in der herrlich duftenden Nackengrube. Hier würde er sich nicht mehr wegbewegen, den ganzen Tag.

Im Wohnungsflur ertönte der Türsummer.

Kapitän Weiss beschloss, das Summen zu ignorieren. Doch das plötzliche Geräusch hatte seine Sinne geschärft, absolut gegen seinen Willen. Er registrierte, dass Regentropfen leise gegen die Fensterscheiben schlugen. Ein Grund mehr, im Bett zu bleiben. Wer auch immer da draußen etwas wollte, Hauptsache, es summte nicht wieder und die dann erwachende Nackengrube würde ihm plötzlich entzogen.

Es summte ein zweites Mal. Diesmal wesentlich energischer.

»Willst du nicht mal an die Tür gehen?«, tönte es gedämpft durch das Kopfkissen.

Wüst fluchend erhob sich Kapitän Weiss aus dem Bett und taperte noch halb schlaftrunken zur Gegensprechanlage neben der Wohnungstür im Flur.

Er fauchte unwirsch in den Hörer. »Ja, bitte?«

»Expresskurier. Ich habe eine Sendung für Sie.«

»Ich habe nichts bestellt.«

»Von German Continental Airways für Herrn Tobias Weiss persönlich. Sind Sie das?«

Was zum Teufel stellte einem der Scheißladen per Kurier zu, was man nicht auch morgen früh aus seinem Postfach auf der Basis fischen konnte?

Er betätigte den Türöffner und befehligte »Zweiter Stock« in den Hörer der Gegensprechanlage.

Wenig später kamen zwei Kleiderschränke in Kurier-Monturen und tief ins Gesicht gezogenen Basecaps den marmorverkleideten Etagenflur entlang geschritten. Sie steuerten seine Wohnungstür an. Schief lächelnd wedelte der eine mit einem großen A4-Umschlag.

Wieso braucht man zwei doof grinsende Bodybuilder, um einen bescheuerten Brief auszuliefern?

Im selben Augenblick wurde ihm gewahr, dass er vergessen hatte, sich nach dem hastigen Aufstehen etwas überzuziehen. Splitterfasernackt stand er im Türrahmen, als die beiden bulligen Männer vor ihm Halt machten und der eine den Briefumschlag überreichte.

Er beschloss, den Gorillas ihren Spaß zu lassen. Er lebte seit jeher mit dem unerschütterlichen Selbstbewusstsein, dass es an ihm nichts gab, wofür er sich in irgendeiner Weise schämen musste.

»Soll ich noch irgendwo unterschr...«

»Wer ist denn da, Tobi?«

Die Baritonstimme aus dem hinteren Teil der Wohnung unterbrach seine Frage.

Mist. Jetzt war Mark doch aufgestanden.

»Nur zwei Kuriere. Leg dich wieder hin. Ich komm gleich.«

Er widmete sich wieder den beiden Männern. Der eine hatte bereits seinen Scanner aus der Gürteltasche gezückt, um sich den Empfang der Sendung quittieren zu lassen.

Dachte Kapitän Weiss.

Währenddessen hatte Hans-Joachim Wegener den Neun-Sitzer-Bus des Behindertenverbandes in die gewohnte Position manövriert, auf dem engen Stellplatz zwischen Hauswand und Altpapiercontainer. Seine morgendliche Tour war beendet. Am Nachmittag würde er die Kinder wieder abholen. Er hockte auf dem Fahrersitz, in der Hand den Zündschlüssel, und blickte sich um. Hatte jemand eine Tasche, ein Spielzeug oder einfach nur Müll liegen lassen?

Sein Handy klingelte.

Er zückte das Telefon aus seiner Hosentasche und überprüfte die angezeigte Nummer auf dem Display. Ayanas Name leuchtete auf.

Warum rief seine Frau während ihrer Praxiszeiten an? Das war in all den Jahren noch nie vorgekommen.

»Ja?«, meldete er sich.

»Bist du fertig mit deiner Tour?«, hörte er Ayana sagen.

»Ja, klar. Hab den Wagen gerade abgestellt.«

»Komm bitte schnell nach Hause.«

»Was ist los?«

»Komm schnell, ich kann es am Telefon nicht erklären.« Ihre Stimme klang seltsam flatternd und nervös.

»Bist du nicht auf Arbeit?«

»Komm schnell, bitte!«

Jürgen Gombrowitsch hatte Ayana tatsächlich binnen fünfzehn Minuten überredet, ihre Praxis zu schließen, um ein Treffen mit ihrem Mann zu arrangieren. In ihrem Zustand hätte sie sowieso nicht weiterarbeiten können, unter keinen Umständen. Das Schwindelgefühl wollte nicht weichen, ihr Puls raste. Die aufgebrachten Mütter der kranken Kinder im Wartezimmer und die Organisation ihrer Vertretung, all das hatte sie ihren beiden Praxishelferinnen überlassen. Sie war zu nichts mehr in der Lage.

Gombrowitsch hatte sich erboten, sie mit ihrem Wagen nach Hause zu bringen, doch sie hatte vehement abgelehnt. Keinesfalls wollte sie neben dem Mann in einem Auto sitzen.

Während der Heimfahrt hatte sie am Steuer geweint, während er ihr in einem Taxi folgte. An einer Ampel hatte sie sich nicht beherrschen können. Sie musste Gombrowitsch im Rückspiegel betrachten. Er saß neben dem Taxifahrer auf dem Beifahrersitz. Sein Gesicht, ein Vierteljahrhundert gealtert, barg eine schreckliche Faszination. Er starrte mit undurchdringlicher Miene ins Nirgendwo. Sie hatte ihm einen Stich versetzen können, als sie abstritt, dass Fanny seine Tochter war. Für einen Moment fühlte sie befriedigende Rache. Völlig sinnlos.

Fanny war entführt worden.

Juri Mirow hatte seine Finger im Spiel.

Sie war dem Mann niemals begegnet. Doch Hajo hatte vor vielen Jahren seine Akte in der Gauck-Behörde eingesehen. Der Name Mirow war untrennbar mit all dem verbunden, was sie und ihr Ehemann hatten durchmachen müssen.

In Trance schloss sie die Wohnungstür auf, entledigte sich ihres Mantels und ihrer Schuhe und steuerte wortlos die Sofagarnitur im Wohnzimmer an. Gombrowitsch folgte ihr stumm. Nun saß sie hier mit dem bösen Geist aus der Vergangenheit und schwieg. Sie war gelähmt. Kurz überlegte sie, die Polizei zu rufen, entgegen Gombrowitschs Warnungen. Sie verwarf den Gedanken wieder. Hajo sollte die Geschichte hören. Und dann entscheiden, was zu tun war. Sie konnte es nicht.

Auf dem Weg hierher war es Gombrowitsch noch gelungen, sich abzulenken, den Plan, den er in der zurückliegenden Nacht gefasst hatte, noch einmal auf Schwachstellen zu überprüfen. Derer gab es viele. Der größte Teil seines Vorhabens bestand aus Improvisation. Aber es war nicht unmöglich.

Dennoch hatte Ayana mit ihren Worten Befürchtungen geweckt, die sich nun in sein Bewusstsein bohrten. Gombrowitsch rutschte unbequem in seinem Sessel hin und her. Er betrachtete durch das große Wohnzimmerfenster die regenverhangenen Berghänge auf der anderen Seite des Flusses.

Schon wieder Elbblick, die lassen's sich gutgehen, ich gucke nur auf stinkende Mülltonnen und verkommene Fassaden im Hinterhof. Wann war ich eigentlich das letzte Mal zu Hause? Vor einer Woche? Einem Monat?

Nein, seit vierundzwanzig Stunden erst saß er in dieser Achterbahn. Er merkte, wie der Kloß in seinem Hals schwoll und schwoll. Er war kurz davor zu würgen. In wenigen Minuten würde er Wegener gegenüberstehen. Jahrzehntelang hatte er diese Begegnung gefürchtet. Im nächsten Moment tauchte das Bild der gefesselten Fanny vor seinem inneren Auge auf. Wenn die junge Frau nicht seine Tochter war, was tat er dann hier? Warum riskierte er seine Existenz, sein Leben? Setzte er sich dieser Tortur wirklich wegen eines dämlichen Hirngespinstes aus? Was würde Juri mit diesem bemitleidenswerten Kapitän anstellen? Hatte er den armen Mann völlig umsonst ans Messer geliefert? Das durfte nicht sein. Es durfte einfach nicht sein.

Ayana hasste ihn. Offensichtlich. Wahrscheinlich zu Recht. Hatte sie ihm wirklich die Wahrheit vor die Füße geworfen? Er hatte nicht gewagt zu fragen. Bis jetzt.

»Ist Fanny von mir?«

Ayana wandte ihm einen müden Blick zu. Es schien, als hätte sie ganz und gar vergessen, dass er im selben Raum saß. Sie hob kurz an, suchte nach einer Antwort, doch in derselben Sekunde wurde in der Wohnungstür ein Schlüssel umgedreht.

Nun gab es kein Zurück mehr.

Gombrowitsch erhob sich aus dem Sessel.

In Erwartung schlimmster Nachrichten betrat Hans-Joachim Wegener das Wohnzimmer und fand Ayana auf dem Sofa. Trotz ihrer dunklen Gesichtsfarbe wirkte sie aschfahl, ihre Augen waren verquollen. Erst auf den zweiten Blick bemerkte Wegener den älteren Mann. Es dauerte einen Augenblick, bis er realisierte, wer ihm da in seiner eigenen Wohnung die rechte Hand hinstreckte.

»Hajo, ich weiß, dass ...«, stammelte Gombrowitsch.

Der Schock traf Wegener unvermittelt. Sein Puls begann zu rasen.

»Verschwinde«, presste er mühsam hervor. »Hau ab, oder ich schlag' dich tot.«

Der Mann, der sich als Kurier ausgegeben hatte, saß zur gleichen Zeit in einem schwarzen Ledersessel und zog schnaufend sein Basecap vom Kopf. Feuerrote, kurz geschorene Haare kamen zum Vorschein. Er wedelte ausdruckslos mit einem German-Continental-Dienstausweis. Die hellblaue Plastikkarte war mit Kapitän Weiss' Konterfei versehen.

Der lag nackt, gefesselt und geknebelt auf dem Wohnzimmerparkett. Der Kabelbinder schnitt schmerzhaft in seine Gelenke. Noch nie hatte er ein solches Gefühl vollkommener Erniedrigung erlebt.

Mark, sein Verlobter, war ebenfalls zu einem nackten, menschlichen Paket verschnürt und auf das schwarzlederne Sofa verfrachtet worden. In seinen Augen spiegelte sich die schiere Panik, doch das Klebeband auf seinem Mund hinderte ihn, mehr als ein konstantes Stöhnen hervor zu bringen.

Der zweite Kurier kam mit einem Laptop aus dem Arbeitszimmer, das er seinem Komplizen im Sessel reichte. Danach begab er sich in Warteposition und harrte weiterer Anweisungen.

»Wenn er dir den Knebel abnimmt, wirst du nicht schreien«, befahl Kurier Nummer eins.

Weiss nickte und der zweite Mann entfernte mit einem Ruck das Klebeband von seinem Mund. Zurück blieb ein schmerzhaftes Brennen im Gesicht.

»Nehmen Sie alles, was Sie haben wollen und dann verschwinden Sie einfach«, wimmerte Weiss. »Wir werden keine Polizei rufen, versprochen!«

»Ist das dein Dienstcomputer?«, fragte Nummer eins.

Weiss nickte verständnislos.

Nummer eins klappte den Rechner auf, der sofort aus dem Standby hochfuhr.

»Wo hast du den Stick?«

Kapitän Weiss benötigte mehrere Augenblicke, um zu begreifen, was der Mann von ihm wollte.

Er hatte den kleinen Plastikanhänger gestern Abend noch benutzt, um sich bei der German Continental ins System einzuloggen. Wegen der Tickets für ihre Hochzeitsflüge nach Neuseeland. Danach hatte er vergessen, den Stick in seine Uniformjacke zurückzustecken. Es passte in Form und Größe an jeden Schlüsselbund und erzeugte auf einem kleinen Display alle sechzig Sekunden einen neuen Zahlencode.

Und da plötzlich leuchtete ein Gedanke vor ihm auf: Die beiden Verbrecher waren in keiner Weise an den materiellen Werten in dieser Wohnung interessiert. Ihre gesamte Energie hatten sie bislang nur auf das Zusammensuchen seiner Dienstausrüstung verwendet.

Zwei Gewalttätern freien Zugriff auf das German-Continental-Intranet zu gewähren, bereitete ihm noch weitaus größere Angst.

»Was wollen Sie damit?«, entgegnete er schließlich.

»Ihn haben.«

»Der Stick liegt auf der Basis am Flughafen.«

Warum log er?

Die beiden würden das Ding sowieso finden.

Nummer eins im Sessel wechselte einen kurzen Blick mit seinem

Kumpan im Hintergrund. Der trat vor und klebte Weiss' Mund einmal mehr mit Klebeband ab.

Dann griff er sich unvermittelt Marks gefesselte Beine vom Sofa. Bevor Mark reagieren konnte, wurde sein linker Fuß mit einem Ruck herumgerissen. Das Knacken des Gelenks klang fürchterlich. Unter seinem Knebel quoll Marks gedämpftes Schreien hervor.

Auch Weiss schrie wie am Spieß. Das Klebeband auf seinem Mund ließ weniger als ein leises Jammern nach außen dringen. Nicht Mark! Er fühlte blankes Entsetzen. Nie im Leben hatte er solche Angst ausgestanden. Durch einen Fußtritt des zweiten Kuriers wurde er zum Verstummen gebracht.

Mark lag, halb ohnmächtig vor Schmerz, bäuchlings auf dem Sofa. Tränen rannen über sein Gesicht, er wimmerte leise.

»Der Stick«, wiederholte Nummer eins im Sessel.

Nummer zwei riss Weiss ein weiteres Mal das Klebeband vom Mund. Der Fußtritt hatte ihm eine Rippe gebrochen. Mindestens. Dieser Horror sollte aufhören. Sofort. Er schwitzte am ganzen Leib, wollte nur, dass diese Männer endlich verschwanden. Mark sollte keine Schmerzen mehr erleiden.

»Ich hab keine Lust zu suchen«, bekräftigte Nummer eins, »und dein Freund hat noch ganz viele Knochen übrig.«

Bevor Weiss den Verbleib des Sticks verraten konnte, kam wieder Leben in Marks Körper. Sein Mund war zwar mit Klebeband versiegelt. Dennoch vernahm Weiss ein undeutliches »Nein, nein, nein.« Gleichzeitig schüttelte Mark vehement den Kopf, die Augen vor Schrecken weit aufgerissen.

Weiss zögerte. Sie hatten es nicht mit normalen Einbrechern zu tun. Was würden die Männer mit einem Zugang ins Intranet der German Continental anfangen? Und was würden sie Mark und ihm selbst antun?

»Mach endlich das Maul auf!« Der bullige Kurier im Sessel wurde ungeduldig.

Weiss schwieg. Er lag auf dem Boden und blickte Mark auf dem Sofa in die Augen – eine gefühlte Ewigkeit lang war da nichts als das Gesicht des Mannes, mit dem er für immer sein Leben teilen wollte.

»Hey, Schwuchtel, bist du taub? Wo ist das Ding?«

»Leck mich am Arsch«, presste Weiss hervor.

Seufzend klappte der Gorilla im Sessel den Laptop zu.

Die Faust traf Gombrowitsch völlig unvorbereitet ins Gesicht.

Er hatte den entscheidenden Moment zu lange reglos dagestanden, nicht imstande, einen zusammenhängenden Satz herauszubringen. Und Hans-Joachim Wegener hatte sich nur kurz zurückhalten können, dann hatte sein Hass die Oberhand gewonnen.

Gombrowitsch wurde von der Wucht des Treffers in einen Sessel geschleudert. Der Schmerz ließ ihm Tränen in die Augen steigen, Blut schoss aus seiner Nase und besudelte seinen Pullover. Zum Glück hatte er den gestohlenen Pilotenmantel und die Uniformjacke noch vor Wegeners Eintreffen an der Garderobe aufgehängt.

Wegener packte ihn mit einer Hand am Kragen, völlig außer sich, und holte mit der Rechten aus, um dem Mann im Sessel weitere Fausthiebe zu versetzen. Sein flackernder Blick war Bestätigung genug, dass er die Ankündigung ernst meinte. Er wollte Gombrowitsch totschlagen, ein für alle Mal.

Ayana erwachte aus ihrer Lethargie und sprang auf.

»Nicht!«, rief sie. »Hajo, ich bitte dich!«

Für einen Augenblick ließ Wegener von Gombrowitsch ab.

»Was macht er hier?«, herrschte er. »Wie konntest du?«

Ayana warf sich ihrem Mann schluchzend in die Arme.

»Juri Mirow. Er hat Fanny gekidnappt. Er wird sie umbringen, wenn ...« Sie deutete weinend auf Gombrowitsch im Sessel. Der versuchte, mit seinem Pulloverärmel das Nasenbluten zu stillen. »Wenn er nicht hilft, ein Flugzeug zu entführen.«

Wegener löste sich aus Ayanas Umarmung und packte sie an den Schultern. Sein Blick irrlichterte zwischen seiner Frau und dem blutenden Gombrowitsch im Wohnzimmersessel.

»Was soll das?« Er ließ Ayana los und ballte einmal mehr die Fäuste. »Was ist mit Fanny?«

Gombrowitsch im Sessel hob beschwichtigend den dunkelrot verschmierten Arm.

»Ich kann es dir erklären«, näselte er. »Bitte!«

Ein paar Minuten später hatte Gombrowitsch die Situation in kurzen Worten umrissen: Fanny in den Händen von Gewaltverbrechern, fünfhundert Millionen Euro in bar an Bord einer German-Continental-Maschine, er selbst gezwungen, die Adresse des Piloten an Juri Mirow zu liefern und eine kurze Schilderung dessen, was er glaubte, das Juri Mirow mit dieser Information zu tun beabsichtigte.

Wegener hatte sich zwischenzeitlich in den zweiten Sessel fallen lassen. Sein Kreislauf war nach dem ersten Adrenalinschub in die Knie gegangen und es dauerte, bis er das Gehörte in die richtige Reihenfolge gebracht hatte. Ayana reichte ihm ein Glas Wasser. Auch sie hatte sich ein wenig beruhigt.

»Warum bist du nicht einfach zur Polizei gegangen?«, stieß Wegener hervor.

»Und wenn Mirow sie umbringt?« Gombrowitschs Nase schmerzte höllisch.

»Du hast ihm gegeben, was er wollte. Also wird er sie wieder frei lassen.«

»Ach, wird er das?« Gombrowitsch versuchte, höhnisch zu klingen – seinem albernen Näseln zum Trotz. »Nein. Niemals wird er Fanny am Leben lassen. Und mich ebenso wenig. Für den Alten sind wir beide ein Sicherheitsrisiko. Nichts weiter.«

Eine neue hasserfüllte Woge verzerrte Wegeners Gesicht. »Alles, was du in deinem Leben berührst, Gombrowitsch, verwandelt sich in Scheiße. Wenn Juri Mirow dich umbringt, wird diese Welt ein besserer Ort sein.«

Wegener erhob sich aus dem Sessel und begab sich zu dem Regal, auf dem das Telefon stand. »Ich ruf die Polizei an, und dann werden wir sehen, ob überhaupt irgendetwas an deiner Geschichte stimmt. Das ist doch völliger Schwachsinn.«

»Fanny hat seit drei Tagen nichts mehr auf Facebook eingetragen. Schau selbst«, entgegnete Gombrowitsch. Inzwischen war es ihm fast egal, wie die Sache hier ausgehen würde. Seine Nase war wahrscheinlich gebrochen und Fanny ebenso wahrscheinlich nicht seine Tochter. Die konnten ihn alle mal sonst wo.

Wegener hatte das Telefon bereits in der Hand, als sich auch Ayana zu Wort meldete.

»Warte. Er hat recht.« Sie starrte auf das Display ihres Smartphones. »Kein Eintrag seit drei Tagen.«

Wegener schüttelte den Kopf.

»Na und? Vielleicht ist sie krank? Oder verreist!«

»Das wüsste ich«, entgegnete Ayana und begann, mit ihrem Handy eine Nachricht zu schreiben. Nervös flogen ihre Finger über das Display.

»Sie schreibt eigentlich jeden Tag irgendwas«, bemerkte Gombrowitsch. »Das ist mehr als ungewöhnlich.«

»Halt die Klappe!« Geistesabwesend beobachtete Wegener seine Frau. Deutlich sah er, wie sich die Wangenknochen in ihrem langen, schmalen Gesicht hin und her bewegten. So hatte er sie seit vielen Jahren nicht mehr gesehen.

Ayana vollendete die Nachricht und schickte sie auf ihren Weg durch den Cyberspace. Sie hob ihren Blick. Angst lag in ihren rotgeweinten Augen. Und Sorge.

Mark schrie vor Schmerz. Der zweite Kurier schleifte ihn wie einen Kartoffelsack über das Wohnzimmerparkett und ließ ihn hinter dem Küchenblock liegen. Der trennte das Wohnzimmer vom Kochbereich. Damit war Mark aus Kapitän Weiss' Blickfeld verschwunden.

»Wo ist der Stick?«, flüsterte der andere Kurier. Er hatte sich direkt neben Weiss aufgepflanzt und musterte ihn von oben herab.

Weiss lag auf dem Boden.

Er hatte den Kopf weggedreht. Seine Gedanken überschlugen sich.

Was würden die Männer mit ihnen anstellen? Sein Verlobter wusste nicht, wo das Ding lag. Ihr beider Schicksal lag allein in seinen Händen. Er hörte, wie der zweite Mann in der Küche den Wasserhahn an der Spüle betätigte. Sekunden später begann der Wasserkocher zu rauschen. Als Weiss gewahr wurde, was der Mann vorhatte, spürte er Panik aufkeimen. Ganz und gar ergriff sie Besitz von ihm, lähmte seinen Geist, blockierte jedwede Entscheidung.

Das Geräusch des brodelnden Wassers schwoll an, bis der Temperaturschalter laut knackte und den Wasserkocher automatisch vom Strom trennte. Marks Wimmern wurde lauter. Auch ihm war klar, was der bullige Folterknecht beabsichtigte.

Im nächsten Moment fiepte ein Handy. Seelenruhig zog der Kurier am Wasserkocher sein Telefon aus der Hosentasche – eine Facebook-Nachricht an die kleine Schokoladen-Bitch im Keller. Ihre Mama wollte wissen, wie es der Schlampe geht. Ihr Handy zu knacken, hatte sich soeben ausgezahlt.

Kurier Nummer eins musterte Kapitän Weiss mit einer auffordernden Geste. »Deine letzte Chance.«

Der Kapitän schwieg. Fühlte nichts als Verzweiflung. Was sollte er nur tun?

Nummer eins gab ein stummes Zeichen. Wortlos goss sein Kumpan das kochend heiße Wasser von oben herab. Mark wand sich auf dem Boden. Seine geknebelten Schmerzensschreie schrillten in Kapitän Weiss' Ohren.

Der Mann mit dem Wasserkocher indes starrte abwesend auf sein Mobiltelefon. Seine gesamte Aufmerksamkeit galt der Antwort an die Mutti der Bitch. Irgendwas musste er sich aus den Fingern saugen. Er begann, eine Antwort zu tippen.

Wenig später gab Ayanas Handy einen kurzen Benachrichtigungston von sich.

Hoffnungsvoll öffnete sie die Botschaft.

»Sie hat geantwortet.«

»So schreibt Fanny niemals.« Über Ayanas Schulter hinweg warf Gombrowitsch einen Blick auf die Nachricht. »Und sie benutzt auch nie diese seltsamen Figürchen.«

Der Text war kurz, gefolgt von einer Kaskade Dutzender Emojis: *Hab Magendarm. Melde mich wenns mir wieder besser geht. Kuss!* Ayana nickte stumm. Sie starrte auf die bedrohlich fremden Worte vor sich.

Wegener musterte Gombrowitsch misstrauisch.

»Schnüffelst du meiner Tochter hinterher?«

Gombrowitsch hatte keine Zeit für Rechtfertigungen. Im selben Augenblick ertönte sein Handy. Die Nummer des Anrufers war unterdrückt. Das verhieß nichts Gutes. Er nahm das Gespräch an.

»Sie sind immer noch nicht zurück an Ihrem Arbeitsplatz, Ikarus«, grüßte die heisere Stimme.

Geistesgegenwärtig stellte Gombrowitsch den Anruf auf laut. Stumm legte er den Zeigefinger auf seine Lippen. »Wo ich bin, geht Sie nichts an.«

»In unser beider Situation bin ich da ganz anderer Meinung, mein Guter.« Juris Stimme geisterte aus dem Handylautsprecher durch das Wohnzimmer.

Hans-Joachim Wegener erstarrte und ließ das Telefon in seiner Hand sinken. Unterdessen raschelte es dumpf aus Gombrowitschs Handy. Unverständliche Worte wurden gemurmelt. Nach ein paar Sekunden war ein Schrei zu hören.

Fanny.

Ayana verbarg ihren Mund hinter hervorgehobener Hand.

Gombrowitsch vergaß das Pochen in seiner Nase.

»Papa? Bist du das?«

Gombrowitsch starrte Wegener an. Der ballte stumm beide Fäuste, war kurz davor, den Telefonhörer in seiner Hand zu zerquetschen.

»Es ...« Gombrowitsch würgte den Kloß in seinem Hals herab. »Es tut mir leid, das ist ein Irrtum. Ich ... ich bin nicht Ihr Vater.«

»Er hat gesagt, mein Vater wäre am Telefon.« Ihre Worte wurden von Tränen fast erstickt. »Wer sind Sie? Lassen Sie mich mit meinem Vater sprechen!«

Gombrowitschs Herz war kurz davor zu zerspringen.

»Ich bin ein Freund Ihres Vaters. Ich …«

Ein erneuter Schmerzensschrei, gefolgt von dumpfem Rascheln unterbrachen seinen Erklärungsversuch.

»Ikarus, das wäre die Gelegenheit gewesen, Ihrer Tochter die Wahrheit zu sagen.« Juris heisere Stimme war zurück. »Wieso haben Sie sie nicht genutzt?«

»Wenn Sie ihr ein Haar krümmen …«, brüllte Gombrowitsch.

»Ich will nur verhindern, dass Sie Mist bauen. Ihnen ist klar, dass Fannys Leichnam niemals auftauchen wird? Sie werden sie nicht einmal beerdigen können.«

Ayana wollte laut schreien, wandte stattdessen ihren Blick ab und hielt sich die Ohren zu. Sie konnte Gombrowitsch und den Klang der Stimme aus dem Mobiltelefon nicht länger ertragen.

»Ihr wird nichts geschehen. Halten Sie sich einfach unsere Abmachung.«

»Ich gebe der Kripo Ihren Namen!«, schrie Gombrowitsch. »Und die fünfhundert Millionen können Sie abschreiben.«

»Wir haben beide viel zu verlieren. Sie können dafür sorgen, dass am Ende jeder als Gewinner dasteht.«

Das Besetztzeichen ertönte. Juri hatte die Verbindung abgebrochen.

Unter Gombrowitschs Schädeldecke hämmerte das Blut. Langsam spürte er wieder die Schmerzen in seiner malträtierten Nase.

»Ist sie meine Tochter?«

Er atmete schwer.

Ayana erwiderte seinen Blick. Tränen füllten ihre Augen.

»Und was, wenn nicht?«, schrie sie.

»Dann werde ich für immer verschwinden.«

Ayana und Wegener starrten Gombrowitsch an.

»Bin ich ihr Vater? Ich weiß, wie wir sie retten können. Ihr beide und ich. Gemeinsam. Aber ich muss es wissen: Ist Fanny meine Tochter?«

Tränen rannen Ayanas Wangen hinab. Es widerstrebte ihr so unbeschreiblich, die Wahrheit laut auszusprechen. Die Wahrheit, vor der sie ihre Tochter von Geburt an hatte bewahren wollen. In diesem Augenblick wurde ihr bewusst, dass alles völlig vergebens war.

»Du hast sie gezeugt, ja, bei Gott.«

Gombrowitsch spürte, wie sein Herz kurz aussetzte. Und dann einen Hüpfer vollzog.

»Aber ihr Vater bist du nicht«, entgegnete Wegener. »Niemals.«

Marks dumpfe Schreie nahmen kein Ende. Der Wasserkocher wurde wieder befüllt und angeschaltet.

Der erste Kurier stand breitbeinig über Kapitän Weiss. »Gib mir den Stick und alles ist gut.«

»Was wollt ihr damit?«, schrie Weiss aus Leibeskräften. Der Mann über ihm versetzte ihm einen Tritt, der Kapitän ging k.o.

Der Kocher auf der Küchenzeile begann wieder zu brodeln und wurde von seiner Basisstation gehoben. Einen Augenblick später wiederholte sich das Plätschern des herabstürzenden Wasserstrahls, Marks geknebelte Schreie wurden sofort lauter, verstummten aber plötzlich.

»Bitte! Hören Sie auf!« Weiss' Stimme überschlug sich.

»Dein Freund ist in Ohnmacht gefallen. Sollen wir ihn wecken? Oder gibst du uns das kleine Ding und wir verschwinden?«

»In der Jeans über dem Stuhl im Schlafzimmer.«

Aller Widerstand war gebrochen. Tränen erstickten Weiss' Stimme. Er robbte gefesselt über das Parkett in Richtung Küchenblock. Sein Verlobter gab kein Lebenszeichen mehr von sich.

Die beiden Kuriere ließen ihn desinteressiert gewähren. Der eine verließ das Wohnzimmer, um Weiss' Angaben zu überprüfen. Der andere öffnete den Laptop wieder und klickte auf das German-Continental-Icon in der Mitte des Bildschirms. Ein Anmeldefenster erschien.

Nummer zwei kehrte keine Minute später ins Wohnzimmer zurück. Er hatte den kleinen Codegenerator gefunden. Die sechsstellige Zahlenkombination, die der Stick in seinem Mini-Display anzeigte, gewährte den Gewalttätern freien Zugang zu den Computerservern der Fluggesellschaft.

Die Männer scrollten grinsend durch den aktuellen Dienstplan des Kapitäns, durch die Crewliste, die Flugrouten, Karten und Wettervorhersagen für den morgigen Tag. Hier fanden sie alles, was sie benötigten.

Weiss hatte es trotz seiner Fesseln und trotz aller Schmerzen bis zu Marks leblosem Körper geschafft. Dessen nackter Rücken war feuerrot und mit unzähligen Brandblasen übersät. Er lag auf dem Bauch, bewusstlos, sein Atem ging nur noch stoßweise. Weiss konnte Marks Gesicht nicht sehen. Seine Fesseln hinderten ihn, die Lippen des Verlobten zu küssen. Er weinte. So gern hätte er Mark und auch sich selbst ein wenig Trost gespendet.

»Ihr müsst sofort einen Krankenwagen rufen«, schrie er.

»Das machen wir.« Der Kurier mit dem Laptop erhob sich. »Aber erst mal hole ich den Karton für dich.«

Er nickte seinem Komplizen zu. Der hockte sich neben den Kapitän und nahm dessen Kopf in seine Hände.

Weiss fühlte den fast schon zärtlichen Griff um seinen Schädel, fühlte sich nackt, erniedrigt und elend, fühlte keinerlei Kraft mehr, sich gegen sein Schicksal zu wehren und wusste in diesem Moment, dass der grausam verbrühte Rücken seines Verlobten das Letzte war, das zu betrachten das Schicksal ihm vergönnt hatte.

Hans-Joachim Wegener stand am Wohnzimmerfenster und ließ seinen Blick über die Hänge am gegenüberliegenden Ufer des Flusses schweifen. Sie waren durch die grauen Regenschleier kaum mehr auszumachen.

Ayana und er hatten in der letzten halben Stunde Gombrowitschs Ausführungen gelauscht. Mit einem Kühlakku auf der angeschwollenen Nase hatte der Mann aus der Vergangenheit detailliert dargelegt, wie er ihre Tochter aus den Fängen der Entführer zu retten beabsichtigte. Gombrowitsch musste völlig verrückt geworden sein. Er schien zwar an alles gedacht zu haben, doch davon abgesehen, dass sein Plan

Entführung, Raub und Körperverletzung beinhaltete, gab es einen weiteren entscheidenden Haken.

»Ich habe das letzte Mal vor zwölf Jahren in einem Cockpit gesessen«, entgegnete Wegener. »Ich kann das nicht. Ich kann mich unmöglich wieder auf einen Pilotensitz quetschen. Auf keinen Fall.«

Gombrowitsch rieb sich müde die Augen, verursachte dadurch ein unangenehmes Ziehen an der Nasenwurzel und zuckte fluchend zusammen. Die letzte Nacht war viel zu kurz gewesen. Dann griff er ächzend nach der Tasche, die er vor knapp einer Stunde neben dem Wohnzimmertisch abgestellt hatte.

»Ich habe den Laptop hier mitgebracht, da ist alles drauf, was du wissen musst«, beschwor er Wegener, der starr zum Fenster hinausblickte. »Handbuch, Cockpit-Darstellungen, alles, was du willst. Da hat sich in den letzten Jahren nichts verändert. Wenn du dir das noch mal anschaust, wirst du es schaffen. Ich bin ganz sicher.«

»Ich weiß sehr genau, wie ein A320-Cockpit aussieht«, fauchte Wegener. »Warum machst du es nicht einfach selbst?«

»Ich bin seit fünfundzwanzig Jahren nicht mehr geflogen. Und einen Airbus schon gar nicht. Außerdem kennen mich auf der German-Continental-Basis viel zu viele Leute.«

»Und du glaubst wirklich, dass das funktioniert?«, wandte Ayana ein. »Da finden doch Sicherheitskontrollen statt, oder nicht.«

»Vertrau mir einfach.«

»Niemals.«

Dann eben nicht, dachte Gombrowitsch und wandte sich wieder an Wegener: »Wenn du nicht fliegst, wird es nicht gehen. Und dann ... Dann weiß ich auch nicht, zum Teufel.«

Wegener starrte weiter auf die graugrünen Hänge, die hinter dem gegenüberliegenden Ufer emporstiegen. Er wog alle Möglichkeiten ab.

Sie werden sie noch nicht einmal beerdigen können, hatte Juri Mirow gedroht. Der Gedanke trieb Wegener Tränen in die Augen.

Ayana brach das Schweigen. »Es geht nicht. Wir müssen zur Polizei.«

»Nein!«, insistierte Gombrowitsch. »Die werden Fanny töten!

Fünfhundert Millionen Euro in bar! Juri wird keine Zeugen am Leben lassen.«

»Du hast nur Angst um dich selbst«, entgegnete Ayana wütend.

»Da irrst du.« Gombrowitsch fühlte sich in diesem Moment wieder unendlich müde. »Da irrst du gewaltig.«

»Fakt ist, Hajo kann nicht fliegen. Ich rufe jetzt die Polizei.«

Gombrowitsch wusste nichts mehr zu erwidern. Es war hoffnungslos. Er lauschte stattdessen dem Pochen in seiner Nase.

»Ich mach's«, tönte es vom Fenster. Wegener hatte sich umgedreht. Sein Blick ruhte auf Ayana, während er die Tränen aus seinen Augen wischte. »Gombrowitsch hat recht. Es gibt keine andere Chance, als den alten Mirow dort zu erwischen, wo es ihm am meisten wehtut.«

Für einen Moment war Ayana völlig perplex.

»Wie willst du das schaffen?«

»Ich kann fliegen. Ich kann nur nicht in einem Flugzeug sitzen. Irgendwie muss es eben gehen.«

Gombrowitsch ballte die Faust. Das war die Chance. Fanny war seine Tochter. Er würde sie retten.

»Wenn alles so funktioniert, wie ich denke, seid ihr in ein paar Tagen zurück und niemand wird bemerkt haben, dass ihr jemals fort wart.«

»Und was wird aus dir?«, fragte Ayana.

Gombrowitsch hielt inne und überlegte. Weiter als bis zur Rettung seiner Tochter hatte er nicht gedacht. Über die Konsequenzen seines Vorhabens hatte er sich noch keine Gedanken gemacht.

»Wenn ich Glück hab, und Juri mich nicht vorher umbringt, wandere ich in den Knast. Bis an mein Lebensende.«

»Gut.« Ayana nickte bedächtig. Ihr erschöpftes Gesicht zeigte keinerlei Regung.

Gombrowitsch zog es vor, ihre Antwort nicht weiter zu kommentieren. Er wandte sich wieder an Wegener.

»Wir haben noch sehr viel zu besprechen. Aber zu allererst brauche ich ein einigermaßen aktuelles Passfoto von dir.«

Februar 1988

Gombrowitsch blätterte durch eines der von Wegener mitgebrachten Bücher. Er machte sich nichts aus Krimis. Aber das war immer noch besser, als aus dem Fenster zu starren und darüber nachzudenken, dass er seine Zeit sinnlos in diesem Krankenhaus vergeudete. Den Obelisken da draußen, mit dem roten Stern auf der Spitze, hätte er inzwischen aus der Erinnerung malen können.

Endlich betrat sein einziger Lichtblick der letzten Tage den Raum.

»Wie geht es dir«, fragte Ayana freundlich.

Sie zog den Stuhl ans Bett.

»Kannst du mir sagen, wann ich endlich hier raus darf?«

»Lass mich schauen.«

Sie schlug die Decke zurück und schob Gombrowitschs Unterhemd so weit hoch, dass sie seinen Bauch abtasten und die OP-Narbe kontrollieren konnte.

Gombrowitsch versuchte, sich nicht anmerken zu lassen, wie sehr er die Berührung ihrer Hände genoss. Nach viel zu kurzer Zeit war die Untersuchung vorüber.

»Du hast sehr viel Glück gehabt«, erklärte Ayana. »Es fühlt sich alles normal an und deine Narbe ist sehr gut verheilt. Ich werde dem Chefarzt empfehlen, dass du entlassen werden kannst. Es bleibt aber seine Entscheidung. Morgen kann er dich vielleicht persönlich untersuchen.«

»Danke. Ich bin froh, wenn ich hier raus kann.«

»Ich denke, dass auch das Krankenhaus glücklich darüber sein wird, dich entlassen zu können. Dein Zimmer hier wird dringend benötigt. Außerdem haben sie Angst, dass du dich doch noch mit irgendwas infizierst und sie dann die Verantwortung dafür tragen müssen.«

Gombrowitsch lachte bitter.

In den letzten vierzehn Tagen hatte Ayana die Gelegenheit genutzt und ihr Deutsch ein ganzes Stück aufpoliert. Davon abgesehen sprach sie fließend Englisch. Die Mixtur der beiden Sprachen ermöglichte den beiden, Gespräche zu führen, die weit über ›Guten Tag‹ und ›Dankeschön‹ hinausgingen.

Ayana war sehr neugierig. Vier Leipziger Mediziner hatten sie in Gondar an der Universität ausgebildet und ihr Interesse an Deutschland geweckt. Gombrowitsch hatte ihr bereitwillig alles über den Hilfseinsatz berichtet, an dem er hier für die Nationale Volksarmee beteiligt war, und über sein Land, das seit vier Jahrzehnten am Sozialismus baute. Die Befürchtung, dass seine Heimat dabei nicht so recht vom Fleck kam und kurz vor dem Kollaps stand, hatte er lieber für sich behalten.

Ayana wiederum hatte ihm in den letzten Tagen das Leben in Äthiopien geschildert, jenseits der Armut, die er in den zurückliegenden Wochen auf den Straßen zu Gesicht bekommen hatte. Jenseits des brutalen Terrors der Machthaber, die dem Elend der Bevölkerung völlig gleichgültig gegenüberstanden und es im Endeffekt für ihre eigenen Zwecke in Kauf nahmen. Jenseits des ebenso brutalen Gegenterrors der Opposition, die nicht weniger menschenverachtend agierte.

Ayana betrachtete ihren deutschen Patienten. Er lächelte. Seine Augen strahlten blau.

»Dann werde ich dich morgen wahrscheinlich ein letztes Mal besuchen«, sagte sie.

»Ich werde unsere Gespräche vermissen.«

»Ich auch.« Ayana wandte sich zum Gehen. »Auf Wiedersehen, bis morgen.«

»Musst du schon weg?«

Ayana zögerte an der Tür. »Ich habe noch viel zu tun heute.«

»Komm später noch einmal.« Gombrowitsch ließ nicht locker. »Ich glaub, ich fühle doch noch ein paar Schmerzen.« Er hielt sich den Bauch. »Hier.«

Ayana lächelte.

»Du müsstest dann noch ein paar Tage länger hierbleiben.«
Gombrowitsch grinste.

»Ich habe wohl keine andere Wahl.«

Sie lachte, schüttelte den Kopf und verschwand.

Er war wieder allein.

Ayana war der einzig gute Grund, in diesem Krankenhauszimmer zu bleiben. Er hatte sich bis über beide Ohren in die Ärztin verknallt und würde sie schmerzlich vermissen.

Er hatte sie pro Tag vielleicht eine halbe Stunde zu Gesicht bekommen und nie gewagt, sich ihr in irgendeiner Weise zu nähern. Sie war jedes Mal sehr höflich, aber auch sehr zurückhaltend gewesen.

Ayana war ihm zuvor bereits aufgefallen. Sie lebte mit ihrer Familie im Nachbarhaus seiner Unterkunft, war die Tochter des Arztes, der ihn hier ins Krankenhaus gebracht hatte. Gombrowitsch hatte sie ein paar Mal in ein Taxi steigen sehen, mit dem sie jeden Tag zur Arbeit gebracht wurde.

In den letzten Tagen hatte er geglaubt, etwas in Ayanas Blicken zu entdecken, das ihm Hoffnung machte, nicht abgewiesen zu werden. Er hatte den Gedanken jedoch rasch wieder verworfen, als Einbildung abgetan. Seine Gefühle verwirrten ihn, waren gefährlich und aufregend. Auch deshalb musste er dieses Krankenbett so schnell wie möglich verlassen. Es war nicht erlaubt und in jedem Fall unmöglich, mit der Äthiopierin irgendeine Form von Beziehung einzugehen.

Ayana war auf dem Weg zurück in die Chirurgie. Morgen standen wieder Operationstermine an, und sie wollte noch einige Vorbereitungen treffen. Der junge Offizier aus Deutschland ging ihr so unerlaubt wie unaufhaltsam im Kopf umher. Sie war sich nicht sicher, ob er sich ebenso für sie interessierte. Die Deutschen waren allesamt immer so höflich und zurückhaltend. Das war ihr bei den Professoren in Gondar bereits aufgefallen. Diese Männer hätten allerdings ihre Väter sein können. Der Leutnant aber war ein junger Mann. Wenn sie ihm gefiel, hätte er das doch durchaus zeigen können?

Als sie im OP ankam, hatte sie kurzzeitig vergessen, was sie hier eigentlich wollte. Er hatte es bedauert, sie nicht mehr sehen oder zumindest nicht mehr sprechen zu können. Dachten deutsche Männer so? Wollte er nichts weiter von ihr? Er hatte ihr vorgeschlagen, nach ihrer Arbeit wieder zu ihm zu kommen. Vielleicht war das ein Zeichen seines Interesses? Sprachen die Deutschen einfach nicht aus, was sie wollten? Oder erwarteten sie von einer Frau, das Heft des Handelns selbst in die Hand zu nehmen?

Ayana rang mit sich. All ihre Gedanken kreisten seit Tagen um den jungen Deutschen. Sie durften in keinem Fall gedacht werden, sie waren verboten und gehörten sich nicht.

Und wenn der Leutnant einmal das Tikur Anbessa Krankenhaus verlassen hatte, würde sie ihn nie mehr wiedersehen.

Ein paar Stunden später beobachtete Gombrowitsch durch das Fenster seines Zimmers den Anbruch der Dunkelheit. Auch wenn er wusste, dass es durch die Äquatornähe bedingt war, hatte er sich immer noch nicht an das rasante Tempo gewöhnt, mit dem die Nacht über das Land kam. In den niedrigen Häusern der Millionenstadt um ihn herum flammten die Lichter auf. Nur wenige Scheinwerferpaare bahnten sich ihre Wege die Straßen entlang. Der Autoverkehr in Addis war ab Einbruch der Dunkelheit noch übersichtlicher als am Tage.

Eine Krankenschwester brachte sein Essen. Ayana hatte ihm versichert, dass das Tikur Anbessa sich bemühte, dem deutschen Offizier die bestmögliche Verköstigung zu bieten. Er konnte das bis zur Unkenntlichkeit und mitsamt Knochen zerhackte, verkochte Hammelfleisch mit Fladenbrot mittlerweile nicht mehr sehen und nahm nur wenige Bissen. Als die Schwester den Teller wenig später wieder abräumte, bedachte sie ihn mit einem besorgt klingenden Schwall amharischer Sätze. Gombrowitsch verstand kein Wort und es war ihm egal. Morgen würde er diesen Ort verlassen.

Er war nicht müde, schloss jedoch seine Augen in der Hoffnung, irgendwie dem Schlaf entgegen zu dösen und umso eher den Tag seiner erhofften Entlassung begrüßen zu können. Sie dürften ihn nicht zurück nach Hause schicken. Er wünschte sehnlichst, seinen Dienst wieder aufzunehmen. In dem schläfrigen Dämmerzustand, der ihn langsam umfing, schien ihm das jedoch fern jeder Hoffnung.

Eine ganze Weile lag er so da.

Die Tür wurde geöffnet. Im selben Augenblick war Gombrowitsch wieder hellwach. Um diese Zeit war noch nie jemand in seinem Zimmer aufgetaucht. Etwas stimmte nicht, sein Puls beschleunigte sich. Im Raum herrschte Dunkelheit, er nahm jedoch einen Schatten wahr, der sich seinem Bett näherte. War seine Wache vor der Tür eingeschlafen?

»Wer ist da?«, fragte er so Ehrfurcht gebietend wie möglich.

Er wollte aus dem Bett springen, irgendeine Verteidigungshaltung einnehmen, doch ein Stechen seiner OP-Narbe behinderte ihn, und der Schatten war schneller. Überrascht hielt Gombrowitsch inne. Die Gestalt, die sich vor ihm aus dem Dunkel schälte, hatte er als allerletztes erwartet.

»Wo genau sind die Schmerzen?«, flüsterte Ayana, während sie seine Decke zurückschlug und sich neben ihn sinken ließ.

Gombrowitsch spürte deutlich ihre Aufregung. Auch sein Herz schlug vor wilder Freude um sich.

»Die Wache vor der Tür?«, fragte er ungläubig.

»Hat mich fünfzig Bir gekostet.«

Ayanas Hände strichen über seinen Körper. Sie duftete unglaublich und fühlte sich noch unglaublicher an. Sie küssten einander, atemlos, verzweifelt, und brachten ihr Gewissen zum Schweigen, bis da nichts mehr war als Sehnsucht und Verlangen, ungeahnt und unbeschreiblich.

Montag, 16. Dezember 2013

Kein weiteres Wort war mehr gefallen über das, was fünfundzwanzig Jahre zuvor geschehen war. Während sie gemeinsam den Ablauf der Rettungsaktion durchsprachen, hatten er und sie und Wegener alle Erinnerungen abgeschaltet, weggeblendet und verschlossen.

Auf dem Flug zurück nach Frankfurt ließ die Wirkung der Schmerztablette nach, die Ayana ihm am Mittag verabreicht hatte. Im Sinkflug, als der Luftdruck sich veränderte, beschloss Gombrowitschs geschwollene Nase zu explodieren.

Nach der Landung kaufte er in einer Apotheke am Flughafen neue Schmerztabletten und schluckte mehrere der Pillen, noch vor den Augen des erstaunten Apothekers, halb zerkaut und ohne irgendwelche Flüssigkeit.

Eine halbe Stunde später, vor dem Eingang der Operationszentrale am Flughafen, begann das Schmerzmittel die Qualen in seiner blau-grünen Nase zu lindern. Gombrowitsch konnte für einen kurzen Moment durchatmen. Sein Blick schweifte die hässliche Fassade des Funktionsbaus hinauf. Seine letzten vierundzwanzig Stunden als Verkehrsleiter der German Continental Airways brachen nun an. Er musste kurz grinsen. Dann machte er sich auf den Weg zu seinem Arbeitsplatz im vierten Stock.

»Was ist denn mit dir passiert?«

Ungläubig betrachtete ihn der diensthabende Schichtleiter. Gombrowitsch versuchte gerade, an dessen Arbeitsplatz vorbei zu schleichen.

»Treppe runtergefallen«, murmelte Gombrowitsch ausweichend, während er sich in Richtung seines Privatschreibtisches bewegte.

»Hat sich das mal ein Arzt angeguckt?«, rief der Schichtleiter hinter ihm her. »Was machst du überhaupt hier?«

Auch die anderen Kollegen wandten ihre Köpfe.

»Sieht schlimmer aus, als es ist.« Gombrowitsch vergrub sich hinter seinen Computermonitoren. »Und jetzt arbeitet gefälligst weiter.«

Mit zitternden Fingern öffnete er mit dem Internetbrowser seines Rechners die öffentliche Webseite der Europäischen Flugsicherung. Dort meldete er einen neuen German-Continental-Flug an: GCA 1614. Über das Internet umging er das interne Computersystem der Fluggesellschaft. Auf diese Weise wurde das Flugereignis keiner Abteilung in der Operationszentrale zur Vorbereitung angekündigt, niemand würde auch nur ahnen, dass der Flug morgen früh vom Flughafen Frankfurt starten sollte. Gombrowitsch musste zur Anmeldung allerdings seinen persönlichen Zugangscode bei der Europäischen Flugsicherung verwenden. Damit würde man ihm später auf die Schliche kommen. Aber dann wäre Flug GCA 1614 schon längst in die Geschichte der German Continental eingegangen.

Schwarz

Ein warmer Sommerabend in der Neustadt Dresdens. Es ist schon spät, aber noch nicht ganz dunkel. Die Luft duftet exotisch nach irgendwelchen indischen Gewürzen, die aus der Küche des ›Scheunecafé‹ herüberwehen. Globalisierung ist Scheiße, aber das Essen da drüben schmeckt echt lecker.

Sie war ein paar Mal mit Mama und Papa dort.

Davon hat sie Wolli und Kralle natürlich nichts erzählt. Sie sitzt mit den beiden und noch ein paar anderen Punks auf der Alaunstraße herum und schnorrt die vorbeiziehenden Passanten an. Das Bier in ihrer Hand schmeckt warm und köstlich. Sie hatte heute schon ein paar davon und ist super drauf, beseelt von einem Gefühl, als würden Tabak und Getränke nie zur Neige gehen.

Kralle schwadroniert mal wieder von seinen Abenteuern mit der Staatsgewalt. Zuletzt sei er bei einer Demo eingekesselt worden. Die Bullen hätten dann jeden von ihnen einzeln weggetragen und mit diesen Kack-Plastikkabeln gefesselt.

»Dann haben die uns die Schnürsenkel aus den Schuhen gezogen, die Ärsche.«

»Warum'n das?«, fragt sie.

»Weil du die als Reibsäge benutzen kannst«, erklärt Wolli.

»Kapier ich nich«, erwidert sie.

»Damit kannst du die Kabelbinder durchreiben. Hin und her, mit übelst viel Druck.«

Sie spricht in den Hals ihrer Flasche. »Das ist doch totaler Quatsch.« Und nimmt einen neuen Schluck Bier.

»Steht in so Army-Handbüchern und so'm Zeugs.«

Sie muss lachen und verschluckt sich prustend. »Seit wann liest du Army-Handbücher und so'n Zeugs?«

»Wenn sie dir die Hände vorm Bauch gefesselt haben«, erklärt Kralle voller Ernst, »kannst du 'n Schnürsenkel aus dem Schuh ziehen, fummelst das Ding über den Kabelbinder, machst links und rechts 'ne Schlaufe in den Schnürriemen, steckst die Füße da rein und dann geht's los.«

Abrupt erwachte sie im schwarzen Nichts. Ihr Magen knurrte und sie hatte Durst.

Das Plastikband, mit dem sie an das Rohr gefesselt war, hatte sich tief in ihre Haut geschnitten. Ihr rechtes Handgelenk brannte fürchterlich.

Die Erinnerung ans Plattemachen und an ihre Freunde damals in der Neustadt machte ihr neuen Mut. Sie spürte, wie ihre Verzweiflung wich. Die Wut kam zurück. Und Wut war gut.

Sie werden sie noch nicht einmal beerdigen können, hatte die heisere Stimme gesagt.

»Du kannst mich mal am Arsch lecken«, fluchte sie laut in die Finsternis.

Wolli und Kralle wären stolz auf sie gewesen. Was die beiden heute wohl trieben?

Neun Jahre war es her. Eine Ewigkeit. Sie war damals sechzehn. Und die Punks der Neustadt ihre sichere Heimstatt. Zuvor hatte sie sich seit ihrer Grundschulzeit ein halbes Dutzend Verfolgungsjagden durch Dresdner Parks und Hinterhöfe liefern müssen. Zugedröhnte Skins und anderen Neonazis waren eine latente Bedrohung für ein Mädchen mit dunkler Hautfarbe.

Ihre alternative Phase war kurz, aber wild. Schnell war ihr klar geworden, dass ihr Aufbegehren als Wohlstandspunkerin die eigenen Eltern nur mäßig schockierte. Die nahmen es lediglich zur Kenntnis. Hatten für anderes nur wenig Zeit, ihre Mutter war Ärztin und sehr beschäftigt mit der neuen, eigenen, deutschen Praxis. Solche Probleme waren in Nichts vergleichbar mit dem, was alle ihre Freunde damals erlebten; in deren Elternhäusern waren die Erziehungsberechtigten voll und ganz mit dem Zusammenkehren ihrer zerbrochenen Lebensläufe beschäftigt und es räkelte sich in einigen Familien die Existenzangst genüsslich an den Esstischen. Okay, ihr eigener Vater war damals zumindest amtlich erwerbsunfähig mit seiner Klaustrophobie. Und ihren Freunden damit durchaus vorzeigbar. Aber immer, wenn man das Wörtchen ›Flugkapitän‹ in den Mund nahm, war es auch schon wieder vorbei. Verständlicherweise.

Sie war ein schwieriger Teenager, ziemlich verwirrt, sehr aufsässig und extrem egozentrisch.

Wusste ihr Papa, dass man sie entführt hatte? Verzehrte er sich in diesem Moment vielleicht vor Sorge? Wusste Mama Bescheid? Sie würde wahnsinnig werden vor Angst.

Doch das alles spielte keine Rolle. Hier und jetzt konnte nur sie selbst sich helfen.

Schnürsenkel, Reibsäge, hin und her, übelst viel Druck.

Danke, Kralle, aber wie sollte das gehen, verdammte Axt?

In der sitzenden Haltung, zu der sie gezwungen war, konnte sie nur unter größter Verrenkung ihre Füße an der Wand entlang und hoch zu ihrer gefesselten Hand bewegen. Ihre Muskeln schmerzten höllisch. Sie benötige unendlich lange; es gelang ihr jedoch, einen Schnürsenkel aus einem ihrer Laufschuhe heraus zu fädeln. Und war eine Weile unschlüssig, was sie jetzt tun sollte.

»Das wäre die Gelegenheit gewesen, Ihrer Tochter die Wahrheit zu sagen.«

Wie aus dem Nichts schlich die Erinnerung an diesen Satz aus der Dunkelheit heran.

Tochter? Wahrheit? Wer war der Mann, mit dem der Entführer sie hatte telefonieren lassen?

Sie wollte nicht weiter darüber nachdenken.

Stattdessen sah sie plötzlich die Lösung ihres akuten Problems vor sich, klar und deutlich: ein hellstrahlender, wärmender Stern in der Finsternis.

Sie streifte mit gefesselten Händen ihre Laufschuhe und -socken ab. Mit Hilfe ihrer freien Linken führte sie den Schnürsenkel unter den Kabelbinder, der ihre Rechte fesselte. Dann, mit steifen Fingern, versuchte sie, an beiden Enden des Riemens eine Schlinge zu knoten. Die Dunkelheit war undurchdringlich. Es kostete sie eine Unzahl von Anläufen, in fortwährender Angst, dass im selben Moment ihr Bewacher den Raum betreten und ihren Befreiungsversuch entdecken könnte. Die vage Aussicht, ihre schmerzende Fessel zu durchtrennen, trieb sie jedoch an, immer wieder aufs Neue, immer weiter.

Nach einer Ewigkeit gelang es ihr tatsächlich, und sie konnte jeweils einen Fuß durch die beiden Schlingen stecken. Dann begann das Spiel. Hin und her, hin und her, rieb sie den Schnürsenkel über die Plastikfessel, gesteuert mit der ganzen Kraft ihrer Beine, die sie abwechselnd auf und ab führte.

Sie werden sie noch nicht einmal beerdigen können.

Der letzte Satz des Mannes mit der heiseren Stimme fraß sich unaufhaltsam durch ihr Bewusstsein.

Montag, 16. Dezember 2013

Ayana stand unschlüssig in ihrer Praxis und blickte sich verloren um. Die Räumlichkeiten waren inzwischen leer, die Arzthelferinnen hatten die Patienten heute Morgen auf Vertretungsärzte verteilt und waren später selbst nach Hause gegangen.

Sie betrachtete die vielen Kinderzeichnungen, die überall an den Wänden aufgehängt waren, und ließ ihre Hand über das Holz des Empfangstresens gleiten. Mehr als ein Jahrzehnt hatte sie hier gearbeitet, sie hatte die Praxis aufgebaut und einen mittlerweile großen Stamm kleiner Patienten. Doktor Ayana Wegener war eine angesehene Kinderärztin in Dresden, sie kannte wahrscheinlich jedes zweite Kind, das in der Neustadt geboren oder wenigstens großgezogen wurde.

Sie wanderte ziellos durch die einzelnen Zimmer. Das wahrscheinlich letzte Mal, dass sie ihre Praxis betrat. Auch wenn Gombrowitsch so tat, als stünde Hajo und ihr ein unbeschwerter Familienurlaub bevor. Sie glaubte dem Mann kein Wort. Und es war ihr egal.

Gott hatte ihr ein Geschenk gemacht, als er sie und Fanny nach Deutschland gebracht hatte. Sie hatte die Chance ergriffen, konnte als Kinderärztin arbeiten, sich sogar niederlassen. Doch nun hatte er eine neue Aufgabe für sie erkoren. Wenn nötig, würde sie alles für das Leben ihrer Tochter opfern.

Sie gab sich einen Ruck, schulterte die Tasche, in der sie den kleinen Sechserpack mit Injektionsampullen verstaut hatte und verließ die Räume durch die schwere Eingangstür. Zweimal drehte sie den Schlüssel im Schloss, als sie die Praxis absperrte. Wie sie es jeden Abend tat. Dann verließ sie das Gebäude und fuhr mit ihrem Auto zurück nach Hause.

Sie fand Hajo Wegener im Arbeitszimmer. Er saß am Schreibtisch und starrte auf die Instrumententafeln, die sich vor ihm erhoben.

Vor drei Jahren, zu seinem achtundfünfzigsten Geburtstag, hatte ihm seine Tochter Fanny einen Flugsimulator für den PC geschenkt. Seither flog Wegener zwei bis drei Mal die Woche. Im 3D-Cockpit eines digitalen Airbus A320. Fanny hatte ihm die wunderbare Möglichkeit eröffnet, sich seiner alten Leidenschaft zu widmen, ohne in die aluminiumbeplankte Röhre eines echten Flugzeugs gesperrt zu sein.

Mit Gombrowitsch war er am Mittag durch die Abläufe des morgigen Tages gegangen und hatte die geplante Route in den virtuellen Bordcomputer des Simulators programmiert. Während Ayana sich auf den Weg in ihre Praxis gemacht hatte, war Wegener mit seinem Simulator gestartet, um den Verlauf des morgigen Fluges zu testen. An die hinter dem Schreibtisch liegende Wand hatte er über und neben dem Monitor mehrere ausgedruckte Poster mit 1:1-Darstellungen der A320-Instrumententafeln gehängt. Anstatt nur auf dem Computerbildschirm mit der Maus herum zu klicken, wollte er auch in der Realität die richtige Reihenfolge beim Bedienen der Instrumente einüben.

Ayana riss ihren Mann aus seiner Konzentration und hielt die Injektionsampullen in die Höhe. »Ich hab alles. Einmal das Betäubungsmittel. Und ...« Sie wühlte ein Päckchen aus ihrer Tasche und hielt es in die Höhe. »... ein Prepaid-Handy für dich. Die mit den extragroßen Tasten sind die günstigsten. Es ist unregistriert.«

Wegener blickte hoch und musterte das Mobiltelefon in Ayanas Hand. Ein Rentnerhandy. So weit war es jetzt also schon.

»Und wie ist es bei dir gegangen?«, wollte Ayana wissen.

»Ich bin die Strecke geflogen. Im Zeitraffer natürlich. Es funktioniert.«

»In einem Computerspiel?« Die Sorge in Ayanas Stimme war nicht zu überhören.

Wegener zuckte die Achseln.

»In einer sehr guten Simulation«, entgegnete er. »Nur die Landung. Die kann kein Programm dieser Welt nachstellen.«

Ayana blickte ihren Mann eine Weile lang schweigend an.

»Ich habe im Auto mit meinem Vater telefoniert. Er hat keine Minute gezögert. Er wird sich morgen früh in den ersten Flieger setzen. Der alte Mann würde alles für Fanny tun.« Sie schüttelte energisch den Kopf, um ihre letzten Zweifel zu zerstreuen. »Der Zug geht in anderthalb Stunden. Ich packe unsere Sachen zusammen.«

Wegener hatte es nie übers Herz gebracht, seine alte Ausrüstung auf den Müll zu verfrachten. Selbst sein früheres Uniformhemd hing irgendwo in den Tiefen seines Kleiderschranks. Niemandem würde auffallen, dass es das letzte Mal vor über einem Jahrzehnt getragen worden war. Nun also kam es zu seinem letzten Einsatz, gemeinsam mit der German-Continental-Uniform, die Gombrowitsch gestohlen hatte.

Ayana verließ das Arbeitszimmer, während Wegener nachdenklich auf den Bildschirm starrte. Er verschwieg seiner Frau, wie sehr ihm vor dem Moment graute, da morgen früh die Cockpit-Tür geschlossen und er mit dem Copiloten auf engstem Raum zusammengepfercht wurde. Der dumpfe Druck in seiner Brust war nicht gewillt, auch nur einen Millimeter zurückzuweichen.

Die Dunkelheit war angebrochen, während Gombrowitsch seine Planungen in der Operationszentrale abschloss. Draußen strahlten die Lichter der umliegenden Flughafengebäude, einer kleinen Stadt gleich.

Die Wettervorhersage der knapp fünftausend Kilometer langen Strecke sah erfreulich unproblematisch aus. Die genaue Flugroute, aktuelle Wetterdaten und alle anderen relevanten Details hatte er inzwischen per E-Mail an Ayana und ihren Ehemann geschickt. Wegener würde diese Informationen morgen früh benötigen.

Gombrowitsch begab sich über das hellerleuchtete Gelände der German-Continental-Basis in Richtung des Parkhauses. Die Temperatur war nahe dem Gefrierpunkt gefallen.

Zwanzig Minuten später parkte er am Frankfurter Hauptbahnhof. Dort reizte er an einem der vielen Geldautomaten mit der Summe von sechstausend Euro die Tageslimits für Abhebungen von seinem Giro-

und seinen beiden Kreditkartenkonten aus. Vollständig. Er verstaute die Scheine unauffällig in seiner Manteltasche.

Kaum hatte er das Geldbündel verschwinden lassen, wurde ihm schwindelig und er musste sich an der Wand abstützen. Das Pochen in seiner geschwollenen Nase war mit einem Mal zurück und die zurückliegenden vierundzwanzig Stunden mit erheblichem Schlafdefizit forderten ihren Tribut, unnachgiebig.

Gombrowitsch wagte nicht, sein Spiegelbild in einem der vielen Imbissbudenfenster zu prüfen. Er wusste auch so, dass sein Gesicht in diesem Augenblick kreidebleich war. Einige Sekunden stand er da, schwer atmend, sich an der Wand abstützend, den müden Blick zu Boden gesenkt, als ihn die Berührung einer fremden Hand zusammenzucken ließ.

Ein hochgewachsener Rastafari, eingehüllt in einen voluminösen, schwarzen Daunenmantel, hatte seine Hand auf Gombrowitschs Schulter gelegt. Die Größe des dunkelhäutigen Mannes wurde durch den Turm seiner Dreadlocks noch verstärkt, die sich imposant unter einer schwarz-grün-gelben Wollmütze wölbten. Sein Alter war unmöglich zu schätzen, der mit silbrigen Fäden durchwirkte Bart wucherte wild in seinem Gesicht, aus dem weit aufgerissene, rotgeäderte Augen starrten.

»Greetings, King, I man see de devil a rollin' with you«, drang aus dem Bart des Rastafaris an Gombrowitschs Ohren.

Gombrowitsch verstand nicht, was der Fremde von ihm wollte. Der Teufel? Rollen? Mit ihm? Wohin? Erschrocken tastete er nach den Geldscheinen, die er in seiner Manteltasche verstaut hatte. Beabsichtigte der Penner sein Geld zu stehlen?

»Take care, my friend«, hörte Gombrowitsch den Rastafari nuscheln, während er erleichtert das gesuchte Bündel in den Tiefen seines Mantels spürte. Als er wieder aufblickte, um dem Bettler zu erklären, dass er nicht gewillt war, ihm auch nur einen Cent zuzustecken, war der Rastafari im Feierabendgewusel des Hauptbahnhofs verschwunden.

Der Schreck hatte Gombrowitschs Lebensgeister zurückgebracht. Vorsichtig setzte er einen Schritt vor den nächsten und schleppte sich zu einem nahe gelegenen Imbissstand in der Bahnhofshalle. Dort verjagte er die Reste seines Schwächeanfalls mit zwei Rindswürsten und einer angemessenen Portion Kartoffelsalat.

Eine Viertelstunde später saß er wieder im Auto.

Gombrowitschs Ziel lag in der Frankfurter Innenstadt: der Ableger einer günstigen Hotelkette. Alle zwei Wochen quartierte er sich hier für eine Nacht ein. Seit knapp einem Jahr nun betrieb er dieses Arrangement. Das immer selbe Zimmer war auch für die nächsten Monate bereits reserviert. Beim ersten Mal hatte er aus Vorsicht einen falschen Namen angegeben und bar bezahlt. So hatte er es bis heute beibehalten.

Er nutzte die noch verbleibenden zwanzig Minuten, um sich auf das Bett zu legen und wieder zu Kräften zu kommen. Dann klopfte es an der Tür. Gombrowitsch erhob sich. Und stand im nächsten Augenblick einer attraktiven jungen Frau im Türrahmen gegenüber.

»Hallo?«, begrüßte sie Gombrowitsch. »Du siehst ja schrecklich aus. Bist du in eine Schlägerei geraten?«

»Frag nicht. Ich hatte einen Scheißtag.«

Claire Brunner war vierundzwanzig Jahre alt und studierte Betriebswirtschaft. Zumindest ab und zu. Sie konnte sich mit ihrem Nebenerwerb ein anspruchsvolleres Leben leisten als die meisten ihrer Kommilitonen. Am heutigen Abend zum Beispiel war sie in das ausgesucht hochpreisige Kleid eines ausgesucht britischen Modelabels geschlüpft. Modelle dieses Designers nannte sie inzwischen eine beträchtliche Zahl ihr Eigen. Deren klassischen Stil bevorzugte sie, wenn sie zahlungskräftige Herren am Ende der mittleren Altersskala aufsuchte. Wie jenen ›Jürgen‹ jetzt. Der Escort-Service, bei dem sie angeheuert hatte, offerierte seinen Kunden eine exquisite Behandlung. Und Claire hielt, was ihr Arbeitgeber versprach. Seit einem Jahr nahm Gombrowitsch die Gesellschaft und Dienste der jungen Frau in Anspruch. So führte sie ihn auch heute zu dem Doppelbett, das in der Mitte des Zimmers stand.

»Komm her, mein starker Ritter.« Sie knöpfte Gombrowitschs Hemd auf. »Ich werde deine Wunden pflegen.«

Die junge Frau begann ihn zu entkleiden.

»Ich habe eine kleine Bitte«, erklärte Gombrowitsch währenddessen. »Kannst du morgen etwas für mich tun?«

»Tut mir leid, ich bin morgen schon gebucht.«

»Du musst nur einen Anruf erledigen. Nichts weiter. Ich zahle dafür. Mehr als das Doppelte deiner Tagesgage.«

Claire lachte. »Das muss aber ein sehr wichtiger Anruf sein.«

»Ein lebenswichtiger.«

Gombrowitsch erklärte der jungen Frau, wen sie morgen zu kontaktieren und was sie zu erzählen hatte. Als er seine Ausführungen beendete, waren Claires Bemühungen so weit fortgeschritten, dass er nur noch in Unterhose auf dem Bett saß.

Claire betrachtete ihn eine Weile stumm.

»Für einen solchen Anruf kommt man ins Gefängnis«, erwiderte sie schließlich.

»Nimm eine Telefonzelle«, riet Gombrowitsch ungerührt. »Niemand wird das jemals zurückverfolgen können.«

Er erhob sich und kramte die sechstausend Euro aus seinem Mantel. Er reichte Claire das Geldbündel.

»Das gebe ich dir für heute Abend und den Anruf morgen.«

Sie betrachtete die Scheine in ihrer Hand. »Das kann ich nicht machen.« Und schüttelte den Kopf.

»Doch. Das kannst du.«

»Tut mir leid. Das mach ich nicht. Vergiss es.«

Gombrowitsch überlegte eine Weile.

Seufzte.

Und zückte sein Smartphone aus der Jacke, die über dem Fußteil des Bettes hing. Das Fotoalbum des Telefons war schnell geöffnet.

»Ich weiß, dass du in Wahrheit Laura Mayer heißt.« Er zeigte ihr mehrere Fotos auf dem Bildschirm seines Handys – Selfies, er, nackt mit der ebenso nackten Laura alias Claire, sie schläft neben ihm im Bett, völlig ahnungslos. Gombrowitschs erigiertes Glied im Bild verleiht dem Ganzen eine sehr spezielle Note.

»Ich weiß auch, dass deine Eltern in Feuchtwangen wohnen. Dein Vater ist in der CSU. Und Landrat eures Kreises.«

Claires Blick wurde kalt.

»Wenn du morgen diesen Anruf nicht machst, bekommt Papa Kopien hiervon.«

»Das ist Erpressung«, zischte Claire.

Gombrowitsch deutete auf das Geldbündel in ihren Händen. »Das sehe ich anders.«

»Wer kennt diese Fotos noch?«

»Niemand. Nur ich.«

Wieder deutete Gombrowitsch auf das Geld.

»Fick dich«, entgegnete Claire. Und steckte die Scheine ein.

»Ja, das werde ich wohl«, bestätigte Gombrowitsch. »Aber wehe, du rufst morgen nicht an.«

Sechzig Sekunden später war Claire zur Tür hinaus. Aufnimmerwiedersehen.

An Beischlaf wäre an diesem Abend sowieso nicht zu denken gewesen. Gombrowitschs blaue Pillen lagen im heimischen Badezimmer. Und angesichts seiner immensen Anspannung war es völlig aussichtslos, eine Erektion ohne chemische Hilfsmittel zustande zu bringen.

Während er die Fotos der schlafenden Claire noch einmal betrachtete, schüttelte Gombrowitsch den Kopf. In all den Jahren hatte ihn sein auf Dienstleistung basierendes Liebesleben mehr als frustriert. Je älter er wurde, schienen die Frauen, die er aufsuchte, immer jünger zu werden – inzwischen war es der Jahrgang seiner Tochter Fanny. Ein Umstand, der ihn in manch unruhiger Nacht aufs tiefste beschämte. Denn niemals würde er davon lassen können.

Er musste pinkeln. Im Badezimmer endlich wagte er, in den Spiegel zu schauen. Bleich wie ein Clown musterte er die verunstaltete Nase in der Mitte seines faltigen Gesichts. Das Schicksal hatte dem traurigen alten Pierrot bereits gehörig die Fresse poliert.

Dienstag, 17. Dezember 2013, 01:00 Uhr MEZ

Wenige Stunden später schreckte Gombrowitsch durch den Fiepton seines Handys hoch. Zu mehr als einem dämmrigen Halbschlaf hatte es nicht gereicht. Er fühlte sich wie erschlagen, als er nach dem Mobiltelefon neben sich auf dem Nachttisch tastete. Er richtete sich auf und blieb einen Moment lang auf dem Bett sitzen, versuchte, die Erschöpfung und Müdigkeit aus Kopf und Gliedern zu schütteln. Das Pochen seiner geschwollenen Nase hatte aufgehört. Immerhin. Als er sicher war, dass alle Körperteile an der richtigen Stelle die richtige Funktion ausübten, öffnete er die SMS.

Sind im Hotel angekommen.

Die Wegeners hatten sich am Nachmittag mit dem Zug in Richtung Frankfurt aufgemacht und waren nun im Flughafenhotel einquartiert. Gombrowitsch schrieb sofort seine Antwort. Dann ließ er sich wieder in das Kissen sinken. Drei Stunden blieben ihm noch.

Gombrowitschs SMS erschien keine Sekunde später auf Ayanas Handy.

Treffen um 4:45 in der Hotelgarage, las sie die Nachricht laut vor und seufzte. »Das ist nicht mehr viel Zeit.«

»Ich kann sowieso kein Auge zu tun«, seufzte Wegener. Er lag auf dem Bett und beobachtete seine Frau, die an dem kleinen Schreibtisch des Hotelzimmers saß und aus einer der Ampullen, die sie am späten Nachmittag aus der Praxis geholt hatte, eine Einwegspritze aufzog.

»Du musst es zumindest versuchen«, erwiderte Ayana, während sie fast zärtlich die fertig befüllte Spritze vor sich auf den Schreibtisch legte. Den Inhalt der restlichen fünf Ampullen tröpfelte sie behutsam in eine leere, kleine Plastikwasserflasche. Sie verschloss die Flasche wieder und stellte sie neben die Spritze.

Danach entkleidete sie sich, löschte das Licht und sank müde ins Bett, verkroch sich unter ihre Decke.

Seit vielen Jahren schliefen die Wegeners mittlerweile in getrennten Zimmern. Für beide barg es ein seltsames Gefühl, nach langer Zeit wieder eine Nacht gemeinsam zu verbringen.

»Mir ist kalt«, flüsterte Ayana.

Wegener nahm sich ein Herz und schob seinen Arm um den Körper seiner Frau. Sie ließ es ohne Proteste geschehen.

Eine Weile lagen die beiden still umschlungen da.

Wegener wagte kaum zu atmen.

»Werden wir sie retten?«, flüsterte Ayana.

»Ja«, antwortete er. »Wir werden sie retten. Ihr wird nichts geschehen.«

Ayana barg ihr Gesicht an seinem Hals.

Es lag eine Ewigkeit zurück, dass sie den Geruch ihres Mannes so intensiv wahrgenommen hatte.

Februar 1988

Wie immer war es ein brüllend heißer Nachmittag, als die Antonow von der Buschpiste abhob. Die improvisierte Startbahn lag nur wenige Autominuten von Metema und dem Krankenhaus entfernt, das vor Monaten unter Regie der DDR buchstäblich aus dem Boden gestampft worden war. Sozialistische Bruderhilfe wurde das gemeinhin genannt. Hans-Joachim Wegener und seine Kameraden flogen von Addis Abeba zwei Mal wöchentlich die Station an, um das deutsche Personal dort mit Lebensmitteln und Medikamenten zu versorgen.

Die Maschine hatte gerade von der Buschpiste abgehoben und gewann schnell an Höhe, um die Akazien am Ende der Piste in ausreichender Höhe zu überfliegen, als Wegener die Kranichgruppe hinter den Baumwipfeln auftauchen sah. Auch Major Dengler zu seiner Rechten, der Kommandant der An-26, hatte die Tiere entdeckt und fluchte lautstark. Die wenigen Sekunden bis zum Aufprall reichten nicht mehr, um ein Ausweichmanöver einzuleiten.

Die gesamte Besatzung, Kommandant, Copilot, Bordingenieur und Navigator, ebenso wie die Handvoll Techniker, die als Passagiere hinten im Laderaum der Maschine mitflogen, spürten die Erschütterung, als fünf der insgesamt vierundzwanzig Kraniche gegen die harte Hülle der An-26 rammten. Zwei weitere Vögel wurden vom rasenden Propeller am linken Flügel der Maschine zerfetzt, der Aufprall der Tiere zerstörte gleichzeitig mit voller Wucht die Blätter und das Getriebe des Turboprop-Triebwerks. Mit einem dumpfen Knall schlug ein weiterer Vogel auf die Frontscheibe und versetzte ihr dadurch einen Riss, dicht hinter dem Tier folgte ein zweiter Kranich, der nun, einem Tandemgeschoss gleich, die Scheibe durchschlug und im selben Augenblick in einen blutigen Kadaver verwandelt wurde. Das tote Tier prallte in

Major Denglers Gesicht, ungeheuer heftig, in einer prasselnden Wolke aus Vogelfedern und geborstenen Scheibensplittern, von denen ein Teil auch Wegener das Gesicht zerschnitt.

Im selben Moment schlug ihm der Fahrtwind brüllend entgegen. Der Bordingenieur auf dem Platz hinter ihm, in der Mitte des Cockpits, schrie erschrocken auf. Auch ihn hatten Glassplitter an der Wange erwischt.

»Wir haben das linke Triebwerk verloren«, brüllte in Wegeners Kopfhörer die Stimme des Navigators. Der genoss aus seiner seitlichen Kanzel, hinten unterhalb des Cockpits, einen hervorragenden Blick auf die nunmehr unnatürlich verbogenen und bedrohlich still stehenden Propeller der 2800-PS-Iwtschenko-Turbine unter dem linken Flügel der Maschine. Die Antonow gierte im selben Moment nach Backbord. Unter Aufbietung aller Kräfte trat Wegener in die Fußpedale vor sich und fing auf diese Weise über das Seitenruder die Maschine ab. Der schneidende Fahrtwind, der durch die zerstörten Scheiben ins Cockpit wirbelte, trieb ihm Tränen in die Augen. Geistesgegenwärtig versuchte er, das Fahrwerk einzufahren. Doch der Vogelschlag hatte nicht nur das linke Triebwerk zerstört, auch das linke Doppelrad der Maschine ließ sich nicht mehr in die Triebwerksgondel versenken.

Der daraus folgende Luftwiderstand würde ihren Flug weiter verlangsamen, das rechte, noch intakte Triebwerk lieferte ohnehin zu wenig Schub, um den Steigflug fortzusetzen. Sie hatten nach dem Start kaum mehr als hundert Meter Höhe erreicht. Die Antonow segelte mit knapp zweihundertzehn Stundenkilometern im Tiefflug über die Savanne. Unten am Boden stand die Hitze. Auch hier oben herrschten noch knapp vierzig Grad. Es war ein unerbittliches Gesetz der Physik, dass bei diesen hohen Temperaturen und der damit verbundenen Ausdehnung der Luft ihre Geschwindigkeit zu gering war, um unter den Flügeln der Maschine einen ausreichenden Auftrieb zu erzeugen. Die Antonow begann bereits zu sinken. Eben diese Situation hatte Wegener vor ein paar Tagen dem nervigen Botschaftssekretär an Gombrowitschs Krankenbett zu erklären versucht. Nach normalen Sicherheitsstandards hätte die Maschine in der Hitze niemals starten dürfen. Der Ausfall eines Triebwerks war unter diesen Bedingungen nicht zu kompensieren. Warum hatte er nicht einfach die Klappe gehalten?

Major Dengler neben ihm hing leblos in den Sicherheitsgurten seines Sitzes, Gesicht und Körper mit den blutigen Überresten des toten Kranichs übersät. Wegener blieb keine Zeit, sich über den Zustand seines Kommandanten ein genaues Bild zu machen.

»Stöckel, sind Sie in Ordnung? Helfen Sie dem Major!«, befahl Wegener dem Bordingenieur hinter ihm, der sofort begann, an dem reglosen Kommandanten zu rütteln.

»Genosse Major«, hörte Wegener den Bordingenieur in seinem Kopfhörer, »Genosse Major, können Sie mich hören.«

Unter lauten Ekelbekundungen pulte Stöckel mit seinen Fingern im roten Kranichschleim, der das Gesicht Major Denglers bedeckte. Er suchte die Halsschlagader des Kommandanten.

»Er hat noch Puls!«

»Wir stürzen ab«, erklang die panische Stimme des Navigators in Wegeners Kopfhörern. »Es ist viel zu heiß hier!«

»Ruhe!«, brüllte Wegener. »Wir nehmen die Straße.«

»Was?«

»Ich lande auf der Straße nach Metema.«

Die führte von der einhundertfünfzig Kilometer entfernten Provinzhauptstadt Gondar in den Sudan. Direkt an der Grenze kauerte auf äthiopischer Seite der kleine Flecken Metema.

Wegener zog die Antonow in einem weiten Bogen nach Steuerbord. Wenige Augenblicke später konnte er die geschotterte Landstraße in geschätzten acht Kilometern Entfernung ausmachen. Wem auch immer sie auf der Straße nach Metema entgegenkamen, in diesem nicht mehr flugtauglichen Transportflieger der Nationalen Volksarmee, mit einer Flügelspannweite von knapp dreißig Metern und einem Gewicht von über zwanzig Tonnen, er würde hoffentlich über genügend Reaktionsschnelligkeit verfügen, um rechtzeitig auszuweichen.

Hundertzwanzig Sekunden später schwenkte die An-26 in Höhe der

Baumwipfel über der Schotterpiste ein und touchierte dabei die Krone einer alten Maulbeerfeige. Der Verkehr auf der Landstraße bestand hauptsächlich aus Fußgängern. Die Äthiopier waren seit jeher gezwungen und gewöhnt, weite Entfernungen per pedes zurückzulegen. Ein Dutzend Frauen, die schwere Wasserkrüge auf dem Rücken schleppten, und Männer, die mittelalterlich anmutendes Feldwerkzeug mit sich trugen, blieben ungläubig stehen. Das Flugzeug schwebte langsam gen Schotterdecke. Ein uralter 190er Mercedes und ein verbeulter IFA W50 Lastwagen quälten sich über die Straße, der Antonow entgegen.

Kurz durchzuckte Wegener am Steuerhorn der Gedanke, dass er nicht sterben wollte, nicht jetzt, nicht hier, nicht beim Zusammenstoß mit einem DDR-Lastwagen, der zehn Jahre zuvor nach Äthiopien verschifft worden war, im Austausch gegen dringend benötigte Kaffeebohnen.

Gerade noch rechtzeitig gelang es ihm, die beiden entgegenkommenden Fahrzeuge zu überfliegen, in denkbar knapper Höhe. Der LKW- und der Mercedesfahrer brachten ihre Vehikel zum Stehen, sprangen wild gestikulierend aus ihren Fahrzeugen und rannten dem landenden Flugzeug hinterher. Sie wurden in eine staubige Schotterwolke gehüllt, die aufwirbelte, als Wegener die Maschine auf der Straße niedergehen ließ. Das Fahrwerk rappelte und ruckelte, der Schotter schlug mit besorgniserregender Wucht gegen den Unterboden des Flugzeugs und die gesamte Besatzung an Bord wurde wild durcheinandergeschüttelt. Die Räder der Antonow frästen sich mit aller Gewalt durch die Piste.

Siebenhundert Meter würde die An-26 unter den gegebenen Umständen benötigen, um zum vollständigen Halt zu kommen. Ein Ochsenkarren, hoch beladen mit unzähligen Getreidesäcken, tauchte nur fünfhundert Meter entfernt im noch verbleibenden Bremsweg auf.

»Hau ab, du blöder Vollidiot!«, brüllte Wegener im Cockpit dem Kutscher auf der Straße entgegen. Sinnlos. Im Lärm der Turboprop-Turbine verlor sich jedes Geräusch auf Nimmerwiederhören.

Der Kutscher auf dem Karren erkannte endlich, dass die dichte Dreckwolke, die ihm mit rasender Geschwindigkeit entgegen jagte, nicht gewillt war, auszuweichen oder gar anzuhalten. Er lenkte seine Ochsen samt Gefährt in den Straßengraben. Er fluchte wild, und fast wäre der Karren umgestürzt, während noch der rechte Flügel der Maschine nur wenige Zentimeter entfernt am Kopf des Mannes vorbeischoss und mindestens die Hälfte der Getreidesäcke herunterriss.

Sekunden später kam die Antonow zum Stehen.

Ein scheinbar endloser Moment der Stille folgte.

Dann plötzlich erhob sich ein wildes Geheul aus der Maschine. Die ausladende Wolke aus Staub verzog sich langsam. Die Angst der Männer im Inneren des Flugzeugs entlud sich in tosendem Jubel. Sie schrien alle Anspannung heraus.

Nur Hans-Joachim Wegener starrte stumm durch das Cockpitfenster auf die Schotterstraße, die vor ihm einen leichten Bogen nach links beschrieb. Er spürte, wie der Adrenalinstoß langsam verebbte. Sein ganzer Körper zitterte.

5:01 Uhr MEZ

Vor fünfzehn Minuten war Wegener vor dem Eingang des Flughafenhotels zu Gombrowitsch in den Wagen gestiegen. Die Männer schwiegen. Eisig. Das Auto passierte die Schranke des German-Continental-Parkhauses und steuerte das oberste Parkdeck an, wo die Mitarbeiter der Fluggesellschaft ihre Fahrzeuge eigentlich nur ungern abstellten. Der Weg zum Ausgang im Erdgeschoss des Gebäudes war den meisten zu weit. So stand auch an diesem dunklen, frühen Morgen nur eine Handvoll Fahrzeuge auf dem weiten Parkdeck. Keine Menschenseele war zu sehen.

Im Wageninneren herrschte Halbdunkel. Gombrowitsch beobachtete im Rückspiegel, wie Hans-Joachim Wegener sich aus dem Fußraum der Rückbank nach oben arbeitete. Niemandem vom Wachpersonal an der Einfahrt der Basis war aufgefallen, dass sich an Bord des Wagens eine zweite Person versteckt hatte.

Eine zweite Person ohne jegliche Zugangsberechtigung zum Gelände der German Continental.

»Wir sollten hier nicht zusammen gesehen werden«, erklärte Gombrowitsch. »Wir treffen uns im Erdgeschoss der Basis. Findest du den Weg allein?«

Wegener nickte.

Ihrer beider Blicke trafen sich im Rückspiegel.

»Es tut mir leid«, entgegnete Gombrowitsch unvermittelt.

»Was?«

Gombrowitsch suchte nach den passenden Worten. »Die ganze Sache.«

»Die ganze Sache?« Wegener holte laut hörbar Luft und schnaubte vor Wut. »Die ganze Sache tut dir leid!«

»Ich schwöre, wenn ich das alles irgendwie rückgängig machen könnte …«

»Tatsächlich? Willst du mir weismachen, dass du so etwas wie ein Gewissen hast?«

Wegener öffnete kopfschüttelnd die Wagentür auf seiner Seite. Er nahm Pilotenkoffer und -mütze, die neben ihm auf der Rückbank gelegen hatten. Dann zog er den Reißverschluss des Koffers auf und wühlte die Spritze hervor, die Ayana vor wenigen Stunden im Hotelzimmer aufgezogen hatte. Er reichte sie wortlos nach vorn. Gombrowitsch steckte die Spritze in seine Jackentasche. Wegener stieg aus, schlug wütend die Fondtür zu und stapfte entschlossen über das in kaltes Neonlicht getauchte Parkdeck davon. Sein Rollkoffer schrammte laut über den Beton.

Gombrowitsch starrte ihm hinterher.

In diesem Moment begriff er, wie sehr er Wegener beneidete: Ex-Pilot, frühverrenteter Minijobber, gebrochen, aber aufrecht, im Begriff, sein Leben aufs Spiel zu setzen, getrieben von der unerschütterlichen Liebe zu seiner Tochter.

Fanny hatte so unglaublich verzweifelt geklungen, als sie mit *ihm* anstelle Wegeners am Telefon verbunden worden war. Was maßte Gombrowitsch sich eigentlich an? Wie konnte er erwarten, dass er mit dem, was er zu tun beabsichtigte, seine Tochter, in welcher Weise auch immer, für sich einnehmen könnte? Wäre dann irgendetwas gewonnen? Und wie konnte er Wegener und Ayana diesem Risiko aussetzen? Am Ende des Weges, den die beiden vor sich hatten, lauerte vielleicht der Tod. Gombrowitsch hatte die Gefahr heruntergespielt. Doch Wegener war nicht dumm. Mutig und entschlossen ging er seinem Schicksal entgegen.

Auch darum beneidete Gombrowitsch ihn. Und darum, dass Ayana gleichermaßen bereit war, sich bis zum Äußersten für ihre Tochter zu opfern, gemeinsam mit Wegener, ihrem Ehemann. Gombrowitsch war mit seiner Frau damals nur auseinander, aber niemals durch die schlechten Tage gegangen.

Machte es ihn zu einem echten Vater, wenn er sich bis zum Äußersten wagte? War er mutig und entschlossen genug? Sollte er dem Ganzen nicht besser hier und jetzt ein Ende bereiten, alles abblasen, Wegener und Ayana aufhalten, weil die Sache wahnwitzig und wahrscheinlich aussichtslos war?

Er ließ diesen letzten Gedanken für einen Moment durch seine Vorstellung treiben. Dann wandte er den Blick zur anderen Seite des Parkdecks.

Dunstige Schleier zwischen den Gebäuden des German-Continental-Geländes ließen die Wirklichkeit verschwimmen, hüllten verschwörerisch die vielen Lichter ein, die dort draußen in der Dunkelheit leuchteten.

Guten Morgen, Nebel, alter Geheimniskrämer. Kommst uns tatsächlich wie gerufen, dachte Gombrowitsch. Und stieg aus.

Eine halbe Stunde später betrat der Mann, der vorgab, Flugkapitän Tobias Weiss zu sein, die Basis der Flotte durch das metallene Drehkreuz am Eingangstor.

Er klemmte sich den gestohlenen Dienstausweis ans Revers seiner Pilotenuniform. Der in der Plastikkarte eingebaute Funkchip hatte ihm Eintritt auf das Gelände gewährt. Nach kurzem Fußweg erreichte der Mann das Gebäude der Basis und begab sich ins allmorgendliche, dunkelblau-uniformierte Gewusel des fliegenden Personals.

In einem Pulk anderer Piloten betrat er den Briefing-Bereich der Cockpit-Crews. An den Computerterminals herrschte reger Betrieb.

»2508 nach Riga?« Er nannte mit lauter Stimme seine anstehende Flugnummer in die Runde.

Es war ein ungeschriebenes Gesetz, dass die Copiloten mit den Vorbereitungen der anstehenden Flüge begannen. Die Kapitäne trugen vor allem die Verantwortung. Und so blickte nun ein junger Erster Offizier von seinem Laptop hoch und hob freundlich lächelnd die Hand, um sich seinem Kapitän zu erkennen zu geben.

Der Mann, der nicht Kapitän Weiss war, steuerte augenblicklich auf den Copiloten zu, ebenfalls lächelnd.

»Tobias Weiss, guten Morgen«, begrüßte er den jungen Mann mit einem festen Händedruck.

»Carsten Örtel, sehr erfreut. Ich bin gleich fertig. Sie müssen nur noch festlegen, wie viel Treibstoff wir mitnehmen.«

»Hervorragend. Lassen Sie mich noch kurz einloggen«, antwortete der Kapitän, verband sein gestohlenes Laptop mit dem Computersystem der German Continental, zückte den ebenfalls gestohlenen Stick des echten Kapitän Weiss aus seiner Hosentasche und meldete sich mit dem angezeigten Code im Intranet der Fluglinie an.

Im selben Moment vermerkte der Zentralcomputer der Operationszentrale, dass Kapitän Tobias Weiss pünktlich zum Dienst angetreten war. Andernfalls hätte das System in einer halben Stunde automatisch Alarm geschlagen.

Auf diesen Augenblick lauerte Gombrowitsch. Ein paar Minuten zuvor hatte er sich in einer Ecke des Briefing-Bereichs postiert.

»2508 nach Riga?«, rief er nun laut und beobachtete, wie der vermeintliche Flugkapitän abrupt den Kopf zu ihm drehte. Gombrowitsch kannte das Gesicht des Mannes. Sein Foto befand sich auf dem USB-Stick, den Juris Schergen nach ihrem Überfall zurückgelassen hatten. Gombrowitsch bildete sich ein, kurz einen Anflug von Panik im Antlitz des Kapitäns zu erkennen. Im nächsten Augenblick hatte der Mann seine Gesichtsmuskeln wieder unter Kontrolle. Er hob die Hand zum Gruß. Gombrowitsch stellte sich den beiden Piloten vor.

»Ich leite die Frühschicht in OZ. Es gibt ein kleines Problem«, wandte er sich an den Kapitän. »Können wir kurz oben miteinander sprechen?«

Der junge Copilot machte große Augen. Dass ein Schichtleiter der Operationszentrale persönlich hier unten auftauchte, geschah so gut wie nie. Unter normalen Umständen zumindest. Und dass jener Schichtleiter aussah, als wäre er in eine Kneipenschlägerei geraten, erschien noch ungewöhnlicher.

»Natürlich«, antwortete der Mann, der sich als Kapitän Weiss ausgab, nach unmerklichem Zögern.

»Es dauert nicht lange«, erklärte Gombrowitsch.

Kurz hob sich die linke Augenbraue des Kapitäns, dann tat er wie geheißen und folgte Gombrowitsch zu den Aufzügen.

Wortlos erwarteten die beiden Männer die nächste sich öffnende Kabinentür. Um sie herum herrschte das emsige Kommen und Gehen uniformierten Flugpersonals. Gombrowitsch schätzte, dass sein Gegenüber ungefähr so alt sein musste wie er selbst. Die Stirn des Mannes hatte auf dem Weg hier her deutlich zu glänzen begonnen. Auch Gombrowitsch fühlte, wie seine Nervosität die Schweißflecken unter seinen Achseln immer weiter wachsen ließ.

»Ihnen ist klar, dass die Ihre Tochter …«, begann der Kapitän mit gedämpfter Stimme.

»Nicht hier!«

Nachdem endlich einer der beiden Aufzüge den Weg ins Erdgeschoss gefunden und die Türen sich hinter ihnen geschlossen hatten, waren die beiden Männer allein in der Kabine auf dem Weg in den vierten Stock. Bevor der Flugkapitän etwas unternehmen konnte, ging Gombrowitsch in die Offensive.

»Die Kabinenchefin des Riga-Fluges kennt Kapitän Weiss persönlich. Ich hab's vor ein paar Minuten herausgefunden.«

Gombrowitschs Herz schlug rasend schnell, doch die Lüge war ihm erstaunlich unverfroren über die Lippen gegangen. Und sie tat sofort ihre Wirkung.

Der Mann, der an diesem Morgen als Tobias Weiss auftrat, starrte ihn völlig entgeistert an.

»Was soll das heißen?«

»Dass Sie auffliegen werden! Sie müssen die Sache abbrechen«, setzte Gombrowitsch nach. »Informieren Sie Juri. Sofort.«

In diesem Moment öffnete sich die Aufzugtür.

»Kommen Sie, schnell.« Gombrowitsch schob den Kapitän aus dem Aufzug in den Flur der vierten Etage. »Es gibt einen Ort, wo Sie ungestört telefonieren können. Folgen Sie mir.« Er leitete den verunsicherten Mann den Gang entlang.

An die weitläufige Bürolandschaft der Operationszentrale grenzte ein großer Konferenzraum: das Lagezentrum. Er wurde nur in Notfällen genutzt, wenn der Krisenstab der German Continental zusammengerufen werden musste.

Der Raum war durch eine Glaswand abgetrennt, so dass man aus seinem Inneren einen freien Blick auf die Vorgänge in der Verkehrsleitung hatte. Das allerdings nur, wenn der Krisenstab tatsächlich zusammentrat. Ansonsten waren die Fenster verhangen. Von seinem Platz als Schichtleiter aus hatte Gombrowitsch schon unzählige Male die Lamellen an den heruntergelassenen Jalousien gezählt.

In der Operationszentrale nahm niemand Notiz von dem Kapitän in Gombrowitschs Begleitung. Die Mitarbeiter waren allesamt mit der Übergabe an die Kollegen der anstehenden Frühschicht beschäftigt.

Die Eingangstür des Lagezentrums lag in einem verwaisten Flur, der von niemandem eingesehen werden konnte. Die Gelegenheit war günstig. Schnell öffnete Gombrowitsch die Tür mit einem Schlüssel seines Schlüsselbundes und schob den Kapitän ins Innere. Der hatte bereits sein Handy gezückt.

»Hier! Leise! Machen Sie kein Licht!«, befahl Gombrowitsch.

Im Inneren herrschte diffuses Halbdunkel. Gombrowitsch und der Kapitän waren durch die herabgelassenen Jalousien an der Fensterwand jeglichen Blicken verborgen.

»Rufen Sie Juri an. Schildern Sie ihm die Situation«, befahl Gombrowitsch.

Der Kapitän scrollte hektisch durch die Telefonbucheinträge seines Handys. »Wie haben Sie das herausgefunden?«

Gombrowitsch zückte hinter dessen Rücken jene Spritze aus der Jackentasche, die ihm Hans-Joachim Wegener vor einer Dreiviertelstunde im Parkhaus ausgehändigt hatte.

»OZ weiß alles« Gombrowitsch zog die Plastikschutzkappe von der Kanüle ab. »Diese Weisheit ist auch Ihnen ein Begriff, nicht wahr?«

Im selben Moment führte der Kapitän das Mobiltelefon an sein Ohr, die Verbindung zu Juri baute sich auf. Gombrowitsch trat hinterrücks einen Schritt nach vorn, rammte die Spritze in den Oberarm des Mannes und jagte ihm mit einem kräftigen Druck auf den Kolben die gesamte Injektionslösung in den Trizeps. Der Kapitän schrie kurz auf vor Schmerz und Überraschung, während ihm Gombrowitsch das Handy aus der Hand schlug. Das Mobiltelefon landete polternd auf dem Fußboden. Gombrowitsch fischte es sofort auf und unterbrach den Anruf. Im selben Moment riss ihn der Flugkapitän von hinten zu Boden. Der Mann wusste, wie man einem Gegner schnörkellos Schmerzen zufügte. Mit großem Geschick drehte er Gombrowitschs Arm blitzschnell auf dessen Rücken. Gombrowitsch stöhnte laut, versuchte, auf keinen Fall zu schreien, um nicht die Aufmerksamkeit seiner Kollegen zu erregen. Die saßen, nur durch die verhangene Glaswand getrennt, ein paar Meter entfernt an ihren Computern. Schließlich konnte er nicht mehr anders und ließ das Handy aus seiner Hand gleiten. Der Flugkapitän packte es, versetzte Gombrowitsch einen schmerzhaften Tritt in die Seite und stütze sich dann schwer atmend auf die Platte des langen Konferenztisches. Das Gesicht des Kapitäns war aschfahl. Gombrowitsch hielt sich schmerzverzerrt die Seite. Er lag auf dem Boden und beobachtete, wie der Kapitän auf das Telefon in seiner Hand starrte, so, als müsse er überlegen, was mit dem Ding eigentlich anzustellen sei. Der Mann rieb sich die Augen, ein Mal, zwei Mal. Als er die Hand zum dritten Mal in sein Gesicht führte, gab unvermittelt der andere Arm nach, mit dem er sich auf dem Schreibtisch abstütze. Der Kapitän brach in sich zusammen, knallte im Fallen mit der Schläfe auf die Tischkante und stürzte schwer zu Boden.

Das Anästhetikum aus Ayanas Kinderarztpraxis war eines der wenigen Betäubungsmittel, das sich auch durch einen Laien wie Gombrowitsch verabreichen ließ – ungezielt in den nächstbesten großen Muskel. Es konnte in diesem Fall durchaus ein paar Minuten dauern, bis die Wirkung eintrat, doch der kurze Kampf hatte den Puls des falschen Kapitäns ausreichend beschleunigt, um den Wirkstoff schnell in sein Gehirn zu transportieren. In den nächsten drei Stunden würde der Mann im Reich der Träume schlummern.

Gombrowitschs Arm und seine Seite schmerzten immer noch heftig, aber ihm blieb keine Zeit zum Wundenlecken. Er robbte über den Boden und prüfte keuchend, ob er den vermeintlichen Flugkapitän tatsächlich außer Gefecht gesetzt hatte.

Eine schier endlos quälende Minute verbrachte er damit, den Puls des Mannes zu finden. Vergeblich. Als er schließlich dessen Atmung kontrollierte, musste er feststellen, dass sein Gegner für alle Ewigkeit ruhiggestellt war.

»Scheiße«, entfuhr es Gombrowitsch. Der Schreck hatte seine eigenen Schmerzen mit einem Mal vertrieben.

Den Mann umzubringen, war nicht Teil seines Plans gewesen.

Versteinert musterte er das Gesicht des Toten. Was nun?

Weitermachen!

Er nestelte den German-Continental-Ausweis vom Revers des Toten. Gombrowitsch betrachtete das Foto eines jungen Flugkapitäns, der dem Mann vor ihm auf dem Boden in keiner Weise ähnlich sah. Was aus dem armen Tobias Weiss wohl geworden war?

Sieben Minuten später fand Gombrowitsch seinen Mitstreiter Hans-Joachim Wegener wie abgesprochen in der Cafeteria im Erdgeschoss der Basis. Wegener saß an der Bar und rührte in einer Tasse Kaffee. Er entdeckte Gombrowitsch sofort und erhob sich schnell von seinem Hocker. Gombrowitsch reichte ihm verdeckt den Ausweis, den er dem falschen Kapitän oben im Lagezentrum der Operationszentrale entwunden hatte.

Im Gehen prüfte Wegener die Plastikkarte.

»Da steht der Name ›Tobias Weiss‹ und ein fremdes Foto drauf«, flüsterte Wegener irritiert. »Was, wenn jemand von der Crew genauer hinschaut?«

»Blödsinn«, antwortete Gombrowitsch. »Steck dir das Ding einfach an. Niemand wird irgendwas bemerken.«

Gombrowitschs Arroganz machte Wegener wütend. Trotzdem kam er im Laufen dessen Anweisung nach. Hatte er eine andere Wahl?

»Warum humpelst du?«, wollte Wegener wissen.

»Der Kerl hat sich ganz schön gewehrt.«

Wegener konnte sich ein Grinsen nicht verkneifen. »Wo ist er jetzt?«

»Exakt dort, wo geplant«, log Gombrowitsch.

Dann erreichten die beiden Männer das Briefing-Areal.

Wo Gombrowitsch ihn verlassen hatte, harrte der junge Copilot Carsten Örtel der Dinge, die da kamen. Als er den verunstalteten OZ-Schichtleiter in Begleitung eines fremden Kapitäns eintreten sah, straffte sich seine Haltung.

»Wenn ich auffliege, wanderst du mit in den Knast«, drohte Wegener leise. »Nur dass dir das klar ist«,

Gombrowitsch reagierte nicht, schob sich schweigend durch eine Gruppe von Uniformierten, dem Copiloten entgegen.

»Herr Örtel.« Gombrowitsch versuchte, so überzeugend wie möglich zu klingen, »ich erzähle es Ihnen im Vertrauen: In der Familie von Kapitän Weiss gab es einen tragischen Unfall. Er wurde bis auf Weiteres vom Dienst freigestellt.«

Gombrowitsch deutete auf Hajo Wegener an seiner Seite.

»Ich möchte Ihnen Kapitän Sullenberger vorstellen. Er ist gerade aus dem Standby geholt worden.«

»Carsten Örtel, angenehm.« Der Copilot streckte seinem neuen Kapitän die Rechte hin.

Hans-Joachim Wegener griff beherzt zu. Sein Händedruck war triefend nass vor Aufregung.

6:07 Uhr MEZ

Ayshe Bitmez war vor einundvierzig Jahren nach Frankfurt gekommen und hatte seither als Putzfrau in verschiedenen Anstellungen gearbeitet. Sie hatte inzwischen die sechzig überschritten und ihren Beruf auf einige wenige Putzstellen reduziert.

Sie arbeitete äußerst gewissenhaft, und die daraus resultierende

Mund-zu-Mund-Propaganda garantierte ihr immer wieder ausreichend Beschäftigung.

Ohne diese vielgerühmte Gewissenhaftigkeit wäre Ayshe Bitmez an diesem frühen Morgen vielleicht unverrichteter Dinge wieder nach Hause gegangen. Das Schloss der Eingangstür ihrer heutigen Putzstelle schien kaputt zu sein. Es gelang ihr noch nicht einmal, den Schlüssel in den Zylinder zu stecken. Doch davon ließ sie sich nicht beirren, wusste sie doch, dass es am Ende des langen Hausflurs noch einen weiteren Zugang gab. Und dort fand sie tatsächlich problemlosen Einlass zu der Wohnung, in der sie ihrer Arbeit nachzugehen hatte. Sie ärgerte sich kurz, dass die Hausherren ihr nicht wegen der kaputten Eingangstür Bescheid gegeben hatten.

Dann nahm sie ihre allwöchentliche Routine auf.

Die große Altbauwohnung in der Paul-Ehrlich-Straße gehörte zu ihren liebsten Stellen. Das weitläufige Wohnzimmer kam ihr vor wie der Ausstellungsraum eines Kunstmuseums oder einer Galerie. So etwas kannte sie sonst nur aus dem Fernsehen. Die Miete für den umgebauten alten Hotelspeisesaal musste eine unerhörte Menge Geld kosten. Jedes der wenigen Möbelstücke war kostspielig, jedes einzelne Teil an die perfekt passende Stelle drapiert. Und überall war genügend Raum gelassen, so dass sie ungehindert ihrer Arbeit nachgehen und die Böden in Rekordzeit staubsaugen und wischen konnte. Ansonsten fragte sie sich oft, wie man allen Ernstes in einer solchen Halle leben, und dieses Zuhause so wenig wohnlich einrichten konnte. Sie schüttelte dann jedes Mal den Kopf und kehrte wieder zu ihrer Arbeit zurück. Nein, das hier war nicht ihre Welt, aber es bereitete ihr große Freude, sie einmal in der Woche so wenig aufwendig und mühelos reinigen zu können.

Sie kam oft am frühen Morgen. Herr Weiss, ihr Auftraggeber, arbeitete als Flugkapitän und musste regelmäßig schon vor Sonnenaufgang zur Arbeit. Sein Mitbewohner, Herr Kampmann, ging als Arzt einer Beschäftigung im Krankenhaus nach und war häufig in der Frühschicht eingeteilt. Darüber, dass die beiden Männer sich ein Schlafzimmer teilten, machte sie sich keine Gedanken mehr. Als ihr dieser Umstand zu Beginn ihrer Tätigkeit aufgefallen war, hatte sie noch vor Schreck fast den Eimer mit Putzwasser auf das Parkett fallen lassen. Widerlich! Doch sie hatte dann beschlossen, dass sie sich nicht weiter darum kümmerte, was in dem großen Bett dort passierte. Die Herren waren immer ausgesucht freundlich und höflich und zahlten noch dazu einen hervorragenden Stundenlohn. Nein, über diese Männer würde sie nichts Schlechtes sagen oder denken.

Die Küche lag zum Wohnzimmer offen. Als sie dort mit ihrer Arbeit beginnen wollte, registrierte sie erstaunt die zweite Merkwürdigkeit des heutigen Morgens: die Reste einer Wasserpfütze. Die musste sich schon einige Zeit zuvor großflächig auf dem Fliesenboden und bis über dessen Rand auf das teure Holzparkett ausgebreitet haben, denn dort begannen die Dielen bereits aufzuquellen. Schnell beseitigte sie das Wasser mit einem Lappen. Seltsam. Eine solche Unachtsamkeit der Hausherren war ihr, seit sie vor zwei Jahren ihre Stelle hier angetreten hatte, noch nie begegnet. Dann startete sie wie gewohnt mit der Säuberung der Küchenzeile, der dazugehörigen Geräte und der Arbeitsplatte aus poliertem Beton. Alles hier sah aus, als wäre es gestern erst aufgestellt und eingebaut worden.

6:27 UHR MEZ

Inzwischen saß Wegener mit Copilot Örtel und der vierköpfigen Kabinencrew im Briefing-Raum 4 der Basis und hatte sich fest im Griff. Er war überrascht, wie selbstverständlich ihm die Routine nach ein paar Minuten von der Hand ging. Besprechungen wie diese hatte er in seinem früheren Leben oft genug exerziert.

Katja Kersten, die Kabinenchefin auf diesem Umlauf, und die drei anderen Flugbegleiterinnen nickten, während sie sich Notizen zu den kurzen Anweisungen ihres Kapitäns machten. Die Flugzeit nach Riga würde zwei Stunden und fünf Minuten betragen. Probleme mit dem Wetter waren nicht zu erwarten.

Wegener hatte seine Besatzung zu Beginn der Besprechung darüber aufgeklärt, dass er als Ersatz für den ursprünglich vorgesehenen Kapitän Weiss aus seiner Bereitschaft gerufen worden war. Kurzfristige Ausfälle waren an der Tagesordnung. Niemand in der Crew schöpfte Verdacht, so, wie es niemandem aufzufallen schien, dass Wegener heute sein erstes Crew-Briefing seit zwölf Jahren hinter sich brachte.

»Bleibt nur noch zu erwähnen, dass wir zwei Bundespolizisten in Zivil an Bord haben werden«, erklärte er zum Abschluss.

Briefings beinhalteten natürlich auch alle Details zu besonderen Passagieren auf dem bevorstehenden Umlauf.

»Flight Marshalls?«, wollte die Kabinenchefin wissen.

»Nein, normale Sicherheitsbeamte. Wir werden die Herren dementsprechend in Empfang nehmen.«

Die Kabinenchefin nickte beflissen.

»Wir haben nach Riga mehrere Tonnen Wertfracht an Bord«, erklärte Wegener. »Ich denke, die beiden passen auf die Ladung auf.«

Die Kabinencrew vervollständigte ihre Notizen. Dass Bewaffnete an Bord mitflogen, kam nicht selten vor, und nach dem Inhalt einer Wertfrachtsendung zu fragen war zwecklos. Dass derlei Ladung unter strikter Geheimhaltung mitflog, war allen bekannt.

»Na dann, verehrte Kollegen«, beendete Wegener das Briefing. »Los geht's. Ich freue mich, dass wir heute zusammenarbeiten werden.«

Daraufhin machten er und die Crew sich gemeinsam auf den Weg zur Sicherheitskontrolle. Die fand, fußläufig entfernt, in einem separaten Gebäude der Basis statt. Es dauerte eine Weile, bis sie in der Schlange anderer Besatzungen an der Reihe waren, um ihr Gepäck durchleuchten und sich selbst kontrollieren zu lassen. Währenddessen gab Wegener sich äußerst schweigsam. Sein Puls war wieder auf mindestens einhundertachtzig Schläge pro Minute hochgeschnellt. Was, wenn Gombrowitsch gepatzt hatte?

Drei Stockwerke entfernt öffnete Gombrowitsch am Computer seines Arbeitsplatzes die Eingabemaske der Crew-Datenbank. Wenige

Mausklicks später befand er sich im Datensatz von Kapitän Weiss und starrte in das lächelnde Gesicht des jungen Mannes. In höchster Eile löschte Gombrowitsch das Bild. Stattdessen lud er Wegeners Passfoto in die Datenbank. Ayana hatte noch gestern daheim in Dresden ein altes Automatenfoto ihres Mannes gescannt.

Im Rahmen der Sicherheitskontrolle war die Reihe in diesem Moment an Wegener. Er fischte, wie der Rest seiner Crew auch, den Dienstausweis vom Revers seines Jacketts, so beiläufig es ihm nur möglich war, und hielt die Plastikkarte an eines der bereitstehenden Lesegeräte. In einem Sekundenbruchteil wurde das in der Personal-Datenbank hinterlegte Foto geladen und erschien auf einem Bildschirm der Wachmannschaft.

Unmerklich atmete Wegener auf, als er auf dem großen Monitor sein eigenes Konterfei erblickte – seine Identität als German-Continental-Kapitän war hiermit bestätigt.

Keiner der Sicherheitsleute hielt Wegener auf, als er seinen Koffer vom Rollband nahm. Selbst die kleine Wasserflasche darin, vollgefüllt mit Ayanas Betäubungsmittel, erregte kein Misstrauen. Das fliegende Personal durfte eine unbeschränkte Menge Flüssigkeiten an Bord nehmen. Nervös folgte Wegener seiner Crew in Richtung der Vorfeldbusse.

Die Uhren in der Abflughalle von Terminal 1 schlugen inzwischen auf 6:36 Uhr um. Jetzt war es noch eine Stunde bis zum Start. Im Wartebereich suchte Ayana eine der vielen Bars auf und bestellte sich einen Kräutertee. Auf ihren morgendlichen Kaffee würde sie heute verzichten, sie fühlte sich viel zu nervös für einen solchen Koffeinschub. Sie war hellwach, obwohl sie in der Nacht nicht zur Ruhe gekommen war. Ihre Haare trug sie unter einer Wollmütze, ihre Augen hinter einer Sonnenbrille verborgen. Möglichst wenige Details ihres Gesichtes sollten den allgegenwärtigen Überwachungskameras präsentiert werden. Ihr Mann hatte darauf bestanden; sie hegte jedoch arge Zweifel, dass diese Aufmachung dabei hilfreich war. Hinter den dunklen Brillengläsern fühlte sie sich ungefähr so unauffällig, als hätte sie den Flughafen nackt betreten, bestenfalls wie ein peinlicher D-Promi, der die Blicke aller Umstehenden auf sich ziehen wollte, schlimmstenfalls wie jemand, der dunkle Absichten zu verbergen suchte.

Sie betrat das Warteareal und steuerte die Panoramascheiben an, die den Blick auf die Ramp und das Vorfeld des Terminals freigaben. Alle Fluggastbrücken waren mit Maschinen belegt. Beim Personal unten auf der Ramp herrschte quirliger Hochbetrieb. Vorsichtig musterte Ayana das Flugzeug, das heute zu ihrem Schicksal werden sollte. Sie befand sich auf gleicher Höhe mit dem Cockpit des Airbus, der vielleicht fünfzig Meter entfernt an das Terminal angedockt war. Im Inneren der Pilotenkanzel entdeckte sie den Kopf ihres Mannes. Ayanas Herz machte einen mächtigen Sprung. Hajo hatte es tatsächlich geschafft. Sie dankte Gott. Und konnte sich gerade noch zurückhalten, um nicht an die Scheibe des Panoramafensters zu klopfen, so stark war der Impuls, ihn wissen zu lassen, dass sie hier oben war und dass sie ihn sehen konnte. Keine Sekunde ließ sie ihren Mann aus den Augen.

In jenem Augenblick sank Wegener mit pochendem Herzen neben seinem Copiloten in den Sitz des Kapitäns. Die vergangenen zwölf Jahre schrumpften zu einem lächerlich kurzen Moment zusammen. Alles war noch so, wie er es verlassen hatte. Seinen Ersten Offizier schickte Wegener augenblicklich auf den obligatorischen Kontrollgang um die Maschine und blieb allein in der Kanzel. Wie in Trance begann er, den anstehenden Kurs in den Bordcomputer zu programmieren. Mit einem Flugziel, das am Flughafen auf keiner Anzeigetafel veröffentlicht worden war. Wegeners Hände berührten die altvertraute Instrumententafel. Er musste sich beeilen, sein Copilot würde jeden Moment ins Cockpit zurückkehren. Er sog die trockene Luft im Inneren der Kanzel durch die Nase: die Witterung eines Hauchs von Plastik, versetzt mit der leichten Andeutung menschlicher Ausdünstungen.

Dass er das letzte Mal als Kapitän im Cockpit eines A320 gesessen hatte, schien nur mehr wenige Wochen zurückzuliegen, so, als sei er aus einem langen Urlaub zurückgekehrt.

Wäre er hier nur nicht so ekelhaft eingezwängt.

Der Gedanke schob sich unvermittelt vor Wegeners erwachende Erinnerungen, verschwand jedoch im selben Moment, als Carsten Örtel sich wieder auf den Sitz neben ihn setzte und mit seinem Teil der Vorbereitungen im Cockpit begann. Äußerliche Beschädigungen hatte der Copilot nicht entdecken können, nirgends traten Dampf oder Flüssigkeiten aus dem Rumpf der Maschine aus, wo sie nicht hätten austreten dürfen, die Bremsen waren in Ordnung, das Profil der Reifen absolut ausreichend. Die Sierra Foxtrott war einsatzbereit.

»Unser Kurs ist programmiert«, erläuterte Wegener. »Ich muss noch mal nach hinten.«

Er schälte sich aus seinem Sitz.

Die Kabinenchefin glich in der engen Küchensektion des Airbus die Essenanlieferung für den heutigen Umlauf mit der entsprechenden Liste ab.

»Katja«, unterbrach Wegener ihre Arbeit. »Ich pflege eine kleine, abergläubische Marotte. Liegt der Erste-Hilfe-Kasten vorn in der Gepäckablage? Ich möchte ihn nur kurz kontrollieren. Dann weiß ich sicher, dass ich auch heute wieder heil zurückkomme.«

»Der liegt ganz vorn in der Ablage.« Die Kabinenchefin grinste. »Klingt ja beruhigend, dass heute nichts passieren wird.«

Wegener nickte lächelnd und wandte sich zur vorderen Gepäckablage. Das Wort Erste-Hilfe-Kasten wurde der Ausrüstung, die an Bord einer Passagiermaschine mitgeführt wurde, nicht gerecht. Die Tasche enthielt alles, was ein Arzt für lebensrettende Sofortmaßnahmen während eines Fluges benötigte: ein Blutdruckmessgerät, einen Defibrillator, verschiedene Medikamente, darunter Blutdruckmittel und Kortison, dazu mehrere Operationsbestecke. Selbst ein Narkosemittel war vorhanden, doch ein Narkotikum, das intravenös verabreicht werden musste, war für Wegeners Zwecke wertlos. Er packte sich schnell eine der verschweißten Einwegspritzen und verbarg sie unbemerkt in der Tasche seines Uniformjacketts. Eine Spritze durch die Sicherheitskontrolle auf der Basis zu schmuggeln, wäre zu riskant gewesen. Im

Vorbeigehen warf er der Kabinenchefin ein Augenzwinkern zu und verschwand auf der Bordtoilette, direkt hinter der Cockpit-Tür gelegen.

Die Enge der Toilettenkabine war äußerst beunruhigend. Wegener setzte sich auf den geschlossenen Klodeckel und atmete tief durch. Er zog die Einwegspritze aus der einen Jacketttasche, das unscheinbare Wasserfläschchen mit Ayanas Anästhetikum aus der anderen. Als er die Spritze befüllte, zitterten seine Hände.

Fünfundvierzig Sekunden später betrat er das Cockpit.

Februar 1988

Das enervierende Rattern der Dieselgeneratoren war allgegenwärtig. Die drei fahrbaren Aggregate parkten unter einer Wellblechüberdachung. Sie stellten Tag und Nacht die Stromversorgung des Metema Hospitals sicher. Ohne Elektrizität war an ausreichende ärztliche Versorgung der Patienten nicht zu denken.

Am ehesten ertrug man die zweiundvierzig Grad in absoluter Bewegungslosigkeit. Die neun Ärzte, zehn Krankenschwestern und -pfleger, die Hebamme und der Apotheker, die man allesamt aus Deutschland hierhergeschickt hatte, konnten sich den Luxus einer Siesta im Schatten jedoch nicht leisten. Das medizinische Personal verrichtete auch in der größten Hitze den Dienst am Patienten. Und derer gab es viele.

Wenn das Krankenhaus morgens die Pforten öffnete, warteten bereits Dutzende Menschen vor den Toren und hofften auf Behandlung.

Wegener hatte sich ein schattiges Plätzchen im dürren Gras neben dem Chirurgiecontainer gesucht, um die brütende Hitze des Nachmittags zu überstehen. Die Nationale Volksarmee hatte den mobilen Feld-OP samt Sterilisation und Labor hertransportieren lassen.

Zwei Tage war es inzwischen her, dass ein Vogelschlag das linke Triebwerk der Antonow 26 zerstört hatte. Die Maschine war nach ihrer Notlandung auf der Landstraße von einem Armee-LKW auf die Startpiste zurückgeschleppt worden. Und dort lag sie nun auf der gestampften Erde, niedergestreckt wie ein verletzter Riesenalbatros.

Major Dengler, der Kommandant des Flugzeugs, hatte bei dem Zwischenfall eine schwere Gehirnerschütterung und Gesichtsverletzungen erlitten. Er war hier mit einem Elektriker des Krankenhauses in einem von acht Bauwagen untergebracht. Die teilte sich das deutsche Personal als Unterkünfte. Die äthiopischen Patienten des Krankenhauses lagen auf Bettenlagern in mehreren großen Bambushütten. Solcherlei Behausung wollte man dem Kommandanten zu dessen Genesung allerdings ersparen.

Nicht umsonst verglichen die Deutschen das Hospital hier mit Lambaréné im heutigen Gabun. Albert Schweitzers Urwaldkrankenhaus musste bei seiner Gründung im Jahre 1913 ähnlich ausgesehen haben.

Der Rest der Antonow-Besatzung – Wegener als Copilot, der Navigator, der Bordingenieur und vier Mechaniker – waren nun in der Gluthitze zum sinnlosen Warten verdammt. Dabei war eigentlich höchste Eile geboten. Metema lag in kriegerischem Gebiet. Die Maschine musste wieder einsatzbereit gemacht werden, schließlich war der Auftrag der Mission, das kleine Feld-Krankenhaus mit Nachschub zu versorgen und die Sicherheit des deutschen Personals zu gewährleisten. Nicht umsonst war die Anlage von Stacheldrahtzäunen umgeben und von äthiopischen Soldaten bewacht. Im Falle eines Angriffs der oppositionellen Milizen aus Tigray oder Eritrea hätten alle siebenundzwanzig DDR-Bürger von Metema nach Addis Abeba ausgeflogen werden sollen. Die dreiundzwanzig Angehörigen des medizinischen und technischen Personals wurden von vier Sicherheitsleuten beschützt. Die Männer waren seit Beginn der Mission in zivil zugegen. Ihre genaue Truppenzugehörigkeit gaben sie nicht preis. Niemand im Lager ging davon aus, dass die vier Aufpasser nicht zum Ministerium für Staatssicherheit gehörten.

Theoretisch war es kein Problem, in Addis Abeba ein neues Triebwerk und eine neue Frontscheibe für die Antonow aufzutreiben. Die dortige russische Militärbasis verfügte über ausreichende Ersatzteile. Doch die Verhandlungen zwischen dem Kommando Luftstreitkräfte in Strausberg und den russischen Befehlshabern in Addis dauerten noch an. Ende und Ausgang offen.

Ein paar Meter entfernt, am Eingang des Camps, hockte ein Dutzend Einheimischer in der prallen Sonne. Die Männer und Frauen hatten sich größtenteils in weiße Tücher gehüllt. Sie erwarteten geduldig ihren Aufruf zur Sprechstunde. Ein wenig abseits kauerte eine kleinere Gruppe von fünf Männern. Vier von ihnen versuchten, einem fünften, in unsäglicher Trauer aufgelösten Mann beizustehen. Er war nicht zu beruhigen. Die Stimme tränenerstickt, weinte und wehklagte er immerfort.

Wegener konnte nicht anders, als unverhohlen dort herüber zu starren. Auch wenn er sich sich wie ein Gaffer fühlte – die Szene rührte und faszinierte ihn.

»Der Mann kommt aus einem Umsiedlerdorf weiter nördlich. Er hat seine Frau gestern einen halben Tag lang auf dem Rücken hierhergetragen, um sie behandeln zu lassen«, schreckte ihn Etefus Stimme auf. Der junge äthiopische Apotheker war unbemerkt neben ihn getreten. »Sie ist heute Mittag gestorben. Malaria.«

»Das tut mir sehr leid.« Wegener suchte hilflos nach passenden Worten der Anteilnahme.

»Inzwischen sind es viel weniger Opfer. Bevor ihr kamt, starben die Menschen hier wie die Fliegen.«

Auch Etefu konnte seinen Blick nicht abwenden. Der weinende Mann am Eingang des Camps war in seiner tiefen Trauer von niemandem zu trösten.

»Das ist der wahre Grund, warum unser weiser Präsident in Addis Abeba euch hergeschickt hat.«

»Welcher Grund?«, wollte Wegener wissen.

»Die Malaria. Der größte Teil der Leute hier ist aus dem Hochland im Norden umgesiedelt worden. Aus Tigray und Eritrea. Da gibt es keine Malaria. Hier jedoch werden sie sofort krank.«

»Aber da oben herrschen Dürre und Bürgerkrieg. Oder nicht?«

Etefu erwiderte nichts. Er würde am Ende der Mission die Apotheke des Krankenhauses alleinverantwortlich weiterführen, so wie man das gesamte Krankenhaus in einem Jahr in äthiopische Hände übergeben wollte. Hilfe zur Selbsthilfe. Im Moment noch assistierte Etefu dem Apotheker, der aus Deutschland geschickt worden war.

Es war nicht zu übersehen, dass er mit sich rang. Etwas Unausgesprochenes drängte, in Worte gefasst zu werden.

»Manche Leute sagen, der große Hunger sei erst mit den Umsiedlungen gekommen«, antwortete er schließlich.

»Wie meinst du das?«

»Manche Leute sagen, dass die Partei die Menschen hierher bringt, damit die Rebellen im Norden weniger Unterstützung finden. Allein in den Hütten da drüben in Metema leben sechstausend Menschen, die umgesiedelt wurden. Und das ist nur eins von vielen Umsiedlerdörfern. Die Landwirtschaft in den Nordprovinzen ist erst danach zusammengebrochen, sagt man. Und man sagt auch, wer dortbleibt, muss hungern.«

»Aber niemand würde sein Volk einfach verhungern lassen!«

Etefu zuckte mit den Achseln.

»Die Leute sagen, dass der Präsident seine Feinde in Tigray und Eritrea loswerden will.«

»Und was sagst du?«, wollte Wegener kopfschüttelnd wissen.

Wieder zuckte Etefu mit den Achseln. »Was weiß ich. Ich bin nur Apotheker.«

Er machte auf dem Absatz kehrt und begab sich auf den Weg zum benachbarten Apothekenzelt.

Wegener blieb allein zurück. Ein Unbehagen befiel ihn. Es hatte nichts mit der viel zu hohen Temperatur zu tun. Er kannte das Gefühl bereits von zu Hause. In der letzten Zeit hatte er es des Öfteren gespürt.

Er konnte den Anblick des wehklagenden Witwers nicht weiter ertragen und schlich sich fort durch die sengende Sonne. Freundlich grüßte er die deutschen Kollegen, die seinen Weg kreuzten. Alle kannten die Transportpiloten, denn jede und jeder der Frauen und Männer war mit der Antonow von Addis Abeba hierher geflogen worden.

Verstohlen musterte er die vielen äthiopischen Patienten, die ihm zwischen Bambushütten und alten Armeezelten entgegenkamen. Die Mehrzahl der Menschen hatte die hellere Hautfarbe der Hochlandprovinzen. Diejenigen, die hier aus der Tiefebene stammten, waren nahezu schwarz. Und in der Unterzahl.

Etefus Worte arbeiteten unaufhörlich in Wegeners Kopf. Er hatte den Sinn und Zweck dieser Mission nie in Frage gestellt. Die vielen Bewohner eines äthiopischen Umsiedlerdorfes brauchten dringende Unterstützung, hieß es. Etwas Edleres und Gerechteres als diesen Menschen in Not zu helfen, konnte es doch eigentlich nicht geben? Um nicht ständig über Etefus ernüchternden Andeutungen nachdenken zu müssen, beschloss Wegener, sich mit etwas Schönem abzulenken.

Er stellte sich die hübsche Doktor Ayana vor.

Oftmals ließ er in letzter Zeit seine Gedanken zu der äthiopischen Ärztin schweifen. Seit er sie zum ersten Mal auf der Straße in ihr allmorgendliches Taxi zum Tikur Anbessa Hospital hatte steigen sehen, war er vom Anblick der exotischen Frau gefangen. Er hatte Gombrowitsch wirklich um dessen Krankenhausaufenthalt beneidet. Für ein paar Tage in der Nähe der Äthiopierin hätte Wegener den eigenen Blinddarm gern gegeben. Aber niemals gewagt, sie einfach anzusprechen. Im Umgang mit dem anderen Geschlecht war er viel zu befangen. Seine Ehefrau daheim war folgerichtig das erste weibliche Wesen, mit dem er jemals intensiveren Kontakt gehabt hatte. Und das auch nur, weil Anke ihn von sich aus eines sonnabends in der Disko im örtlichen Kulturhaus angesprochen hatte. Vier Wochen später war sie schwanger. Über zehn Jahre und die Geburt des zweiten Sohnes war das nun her.

Der plötzliche Gedanke an seine Familie bereitete Wegener ein beißend schlechtes Gewissen. Er hatte schon lange nicht mehr an sein Zuhause gedacht. Er schwitzte. Die Hitze ließ sich kaum aushalten. Sein Hemd klebte am Körper. Die Warterei hier ging ihm auf den Geist. Er wollte schnellstmöglich weg.

Und dann, mit einem Mal, kam ihm eine Idee, wie sich die Beschaffung eines Triebwerks bei den Russen beschleunigen ließ. Er kehrte um und lenkte seine Schritte in Richtung des Bauwagens, in dem Major Dengler lag.

Hoffentlich würde der Alte seinem Einfall zustimmen.

6:50 Uhr MEZ

Kurz bevor das Boarding begann, wurden die beiden zivilen Bundespolizisten an Bord der Sierra Foxtrott gelotst, diskret vorbei an den wartenden Passagieren am Abflugschalter.

Hans-Joachim Wegener erwartete die Beamten direkt am Cockpiteingang. Er begrüßte die Männer mit freundlicher Höflichkeit. Wie es das Sicherheitsprotokoll verlangte, übergaben die beiden Zivilpolizisten ihre Pistolen an den Kapitän. Sie würden die Maschine in Riga ebenfalls als erste Passagiere wieder verlassen und auf dem Weg nach draußen würde ihnen der Kapitän die Waffen aushändigen.

Zur gleichen Zeit rollte ein Konvoi, bestehend aus zwei Polizeifahrzeugen und einem Zweiunddreißig-Tonnen-Sicherheitstransporter, auf das Gelände der German Continental Basis. Ein VW-Bus mit der Aufschrift *Very Important Cargo* setzte sich sofort vor den Geleitzug und dirigierte den LKW und die beiden Polizeiautos zu einem abgesperrten Bereich auf dem Flughafenvorfeld, direkt vor der Basis gelegen. Kaum war der Konvoi zum Stehen gekommen, verließen sechs mit Maschinenpistolen bewaffnete Polizisten in schusssicheren Westen die Begleitfahrzeuge und sicherten das weitere Geschehen. Im nächsten Augenblick öffnete sich die Heckklappe des LKW und gab den Blick frei auf vier Frachtpaletten, jede mit einer Grundfläche von fast anderthalb Quadratmetern hüfthoch beladen und dazu ordentlich in durchsichtige Plastikfolie eingeschweißt. Giftig grün schimmerten die vier großen Schrumpffolienwürfel. Ein Gabelstapler begann sofort, die Paletten aus dem Inneren des LKW auf zwei wartende Anhänger zu verladen. Mehrere Mitarbeiter der Frachtabteilung versponnen feste, dichte Netze um die Paletten. Nach wenigen Minuten konnte sich das Schlepper-Transportanhänger-Gespann in Bewegung setzen, hinaus auf das Vorfeld. Konturlose Dunstfetzen waberten über die Betonfläche. Hunderte gelblich-orangener Scheinwerfer erleuchteten die Dunkelheit. Der dünne Nebel reflektierte diffus ihr Licht. Der Schlepper zog die beiden Anhänger am Gelände der Basis entlang, in Richtung Terminal 1, eskortiert von dem Bulli der Abteilung Very Important Cargo. Nach fünf Minuten erreichten sie die Sierra Foxtrott. Eilig wurden die vier bis zur Unkenntlichkeit verzurrten Paletten über eine Hebebühne in das Innere des A320 bugsiert. Der Ramp Agent, der unten auf dem Vorfeld für die Abfertigung der Sierra Foxtrott verantwortlich war, meldete nach oben ins Cockpit, dass das Beladen der Maschine beendet war.

Währenddessen hatte auch das Boarding der Passagiere begonnen.

Ayana betrat die Kabine des Flugzeugs. Ihr Herz klopfte wild, und sie fürchtete beinahe, dass die Umstehenden das Bollern in ihrer Brust hören konnten. Sie warf einen kurzen Blick durch die geöffnete Cockpit-Tür. Hajo saß auf dem linken Pilotensitz. Er hatte ihr den Rücken zugewandt, schien mit Startvorbereitungen beschäftigt und unterhielt sich mit dem jungen Copiloten.

In der langen Reihe der Passagiere, wenige Meter hinter Ayana, folgte eine Frau, vielleicht Anfang vierzig. Auch sie trug eine dunkle Sonnenbrille. Und auch sie warf einen unbeteiligten Blick ins Cockpit, während sie warten musste, bis im hinteren Teil der Kabine alle Gepäckstücke in den Ablagen verstaut waren und sich die Reisenden auf die zugewiesenen Sitze gezwängt hatten. Das charakteristische Surren der Klimaanlage und des Hilfsstromaggregats im Heck der Maschine war allgegenwärtig. In dieses Grundrauschen mischte sich ein babylonisches Stimmengewirr aus Deutsch, Lettisch und Russisch, mitsamt einigen Fetzen Finnisch.

Ayana bezog einen Fensterplatz in der Mitte der Kabine. Ihre Knie zitterten. Sie beobachtete angespannt das Treiben draußen auf dem hell erleuchteten Vorfeld, wurde jedoch kurz abgelenkt, als die Fremde mit Sonnenbrille den Gangplatz in Ayanas Reihe bezog, nur einen Sitz von ihr getrennt.

Unter ihrem Mantel war die Frau in einen teuren Hosenanzug gekleidet. Offensichtlich reiste sie geschäftlich. Sie bedachte die sichtlich nervöse Ayana am Fenster mit einem sonnenbebrillten Blick.

Dann zückte sie ihr Mobiltelefon.

Zunächst öffnete sie zwei Fotodateien. Das eine Bild zeigte Hans-Joachim Wegener beim Aussteigen aus dem Behindertentransporter, den er werktags fuhr.

Auf dem zweiten Bild war Ayana zu sehen. In einem Supermarkt beim Einkaufen.

Die Frau betrachtete die beiden Fotos eine Weile. Es gab tatsächlich keinen Zweifel. Dann schrieb sie eine Textnachricht. Auf Russisch, in kyrillischen Buchstaben: *Wegener sitzt im Cockpit. Warum ist seine Frau an Bord?*

Nach einer knappen Minute kam eine Antwort.

Sehr gut. Wir machen weiter wie geplant. Neue Instruktionen folgen.

Die Fremde fluchte stumm. Von der Ehefrau des Piloten war nie die Rede gewesen. Sie steckte das Mobiltelefon wieder ein.

Einhundertzweiundfünfzig Passagiere saßen mittlerweile in der Maschine. »Boarding completed.«

Kapitän Sullenberger alias Hans-Joachim Wegener befahl, die Flugzeugtüren zu verriegeln. Er war erleichtert, dass es zu keinen weiteren Verzögerungen kam. Oft genug musste man auf fehlende Passagiere warten. Dem hätte sein Nervenkostüm nicht standgehalten. Jede Faser seines Körpers stand unter Hochspannung.

Im Inneren des Terminal 1 wechselte in diesem Augenblick auf allen Anzeigetafeln der Status des German-Continental-Fluges 2508 nach Riga automatisch von *Einstieg* auf *Gestartet*.

»Ich mach zu«, erklärte Wegener beiläufig, erhob sich aus seinem Sitz und schloss die Cockpit-Tür.

Niemand würde von jetzt an ungewollt von außen eindringen können. Oder nach draußen entkommen. Sofort fühlte Wegener, wie seine

Haut zu prickeln begann. Sein Herz schlug bis weit über seinen Hals. Seine Angst vor geschlossenen Räumen durfte nicht auch nur den Hauch einer Chance haben. Er projizierte ein überdimensionales Bild seiner Tochter auf eine große Leinwand mitten in seinem Kopf. Von dort herab blickten ihn Fannys braune Augen aufmunternd an. Sie schenkte ihm jenes wundervolle Lachen, dem er noch nie in seinem Leben etwas entgegenzusetzen vermocht hatte.

Er würde diesen Weg zu Ende gehen.

Die Angst würde ihn nicht aufhalten.

Sie durfte es nicht.

Das Prickeln verebbte, sein Herzschlag beruhigte sich; es gelang ihm, sich auf seine nächste Aufgabe zu besinnen.

Carsten Örtel, der Copilot, nahm über Funk Kontakt mit den Freigabelotsen auf.

»Guten Morgen, Frankfurt Freigabe«, sprach er in sein Headset. »German Continental 2508 erbittet Routenfreigabe nach Riga und die Erlaubnis zum Triebwerkstart.«

»Guten Morgen, German Continental 2508. Sie sind freigegeben nach Riga. Triebwerkstart ist genehmigt. Wir wünschen Ihnen einen guten Flug!«

Wegener stand immer noch am Cockpiteingang, außerhalb des Sichtfeldes seines Copiloten. Seine Hände zitterten, als er mit der Linken die Betäubungsspritze zückte. Mit der Rechten löste er seinen Schal vom Kleiderbügel hinter seinem Pilotensitz. Dann löschte er die Cockpitbeleuchtung, trat blitzschnell einen Schritt vor und jagte die Nadel in den Oberarm des Copiloten. Von draußen war es unmöglich, die Vorgänge in der verdunkelten Kanzel zu beobachten.

»Aua!«, rief Örtel überrascht.

Wegener drückte die Injektionslösung unerbittlich durch die Kanüle in dessen Oberarm. Der Copilot versuchte, sich zu wehren, sein linker Arm war nun jedoch taub und im Sitzen hatte er einen zu großen Nachteil gegenüber Wegener, der über ihn gebeugt stand und ihn nach unten presste. Im nächsten Augenblick gelang es Wegener, Örtels Kopf mithilfe des Schals an der Kopfstütze des Copilotensitzes zu fixieren und ihn damit gleichzeitig zu knebeln. Er musste Örtel um jeden Preis am Schreien hindern.

Im selben Moment begann eine kleine Lampe über Wegener zu blinken und ein kurzes Summen ertönte. Die Kabine wollte mit dem Cockpit sprechen. Warum ausgerechnet jetzt? Er fingerte nach einem der Headsets in der Deckenschalttafel und zog es mit seiner freien Hand über den Kopf. Der Erste Offizier versuchte weiterhin, sich Wegeners Griff zu entwinden. Es gelang Wegener, die Sprechtaste in der Instrumententafel zu drücken. »Ja?«

»Es wäre jetzt Zeit für die Begrüßung«, mahnte die Kabinenchefin über Interkom.

»Alles klar«, keuchte Wegener.

Leicht verwundert trennte Katja Kersten die Verbindung und widmete sich den weiteren Vorbereitungen für die Sicherheitsinstruktion der Passagiere.

Ein lautes Rascheln dröhnte Sekunden später durch die Lautsprecher der Kabine.

»Guten Morgen, meine Damen und Herren«, ertönte Wegeners Stimme schwer atmend. »Mein Name ist …«, er zögerte, besann sich dann aber wieder, »Stefan Sullenberger. Ich bin heute Morgen Ihr Kapitän auf dem Weg nach Riga.«

Erneutes Rascheln und Rauschen war zu hören.

»Uns erwartet ein ruhiger Flug«, presste Wegeners Stimme hervor. »Die Flugzeit beträgt circa zwei Stunden. In Riga warten frosti … Aua!«

Seine Stimme aus den Kabinenlautsprechern hustete und atmete schwer. Die Übertragung brach ab. Einige der Passagiere hoben verwundert die Köpfe.

Ayanas Herz stockte. Sie konnte sich ungefähr ausmalen, was in diesem Moment vorn im Cockpit vor sich ging. Aus den Augenwinkeln beobachtete sie ihre Sitznachbarin, die unter ihrer undurchdringlichen Sonnenbrille die geschlossene Cockpit-Tür am vorderen Ende des Ganges fixierte.

»Entschuldigung ...«, meldete sich Wegeners Stimme wieder. »In Riga warten frostige minus ein Grad, leichte Bewölkung und eine schwache Brise. Bezüglich unserer Flugroute werde ich mich später noch mal melden.«

Damit war die Ansage beendet.

Die Passagiere wussten nicht so recht, wie sie das gerade Gehörte einzuordnen hatten. Die Flugbegleiterinnen schauten einander an, versuchten aber, ihre Irritation so gut wie möglich zu verbergen.

Wegener zitterte am ganzen Körper und fühlte sich mit einem Mal zu alt für all das. Er stand keuchend im Cockpit, immer noch halb über den Copiloten geworfen. Wegeners Weichteile schmerzten, der Erste Offizier hatte ihm im unpassendsten Moment einen Schlag in die Genitalien versetzt.

Wegener verfluchte Gombrowitsch für dessen selten dämliche Wahl des Decknamens Sullenberger und verfluchte sich selbst, hatte er doch beim Briefing vorhin vergessen, die Begrüßung durch den Kapitän zu streichen. Nun hatte er Crew und Passagiere irritiert. Eigentor. Immerhin fanden die wilden Befreiungsversuche des Copiloten ein Ende, der Körper des jungen Mannes entspannte sich und er hing nur noch schlaff in seinem Sitz. Ayanas Anästhetikum tat endlich seine Wirkung. Wegeners Uniformhemd klebte nass vor Schweiß an seinem Körper. Er trat die Flucht nach vorn an und wiederholte seine Ansage in zwar eingerostetem Englisch, dafür aber mit der beruhigenden Autorität eines Flugkapitäns im Vollbesitz seiner geistigen Kräfte. Und ohne einen sich lästig wehrenden Ersten Offizier im Schwitzkasten.

Im Monitor, der die Vorgänge in der Kabine hinter der Cockpit-Tür überwachte, konnte Wegener keine ungewöhnlichen Aktivitäten erkennen. Er wischte sich mit dem Unterarm durch sein nasses Gesicht. Einmal kurz durchatmen, nur ein wenig verschnaufen.

Keine Zeit.

Er drehte sich um. An der Cockpitrückwand prangte eine Tafel mit mehreren Hundert Sicherungsknöpfen. Jedem elektronischen System an Bord konnte im Notfall per Sicherung der Strom abgedreht werden. Wegener zog zwei der Knöpfe und schaltete auf diesem Wege das komplette ACARS-System des Flugzeugs aus. Ab diesem Moment war die Datenfunkverbindung zur Operationszentrale der German Continental gekappt, die automatische Übermittlung des Flugstatus unterbunden.

Gehetzt ließ Wegener sich in seinen Sitz fallen. Rasch schaltete er auch den sogenannten Transponder der Maschine ab. Von diesem Moment an war die Sierra Foxtrott auf den Radarschirmen der Lotsen dort draußen nicht mehr zu identifizieren. Der Transponder übermittelte den Radarstationen das Luftfahrtkennzeichen, die Flugnummer und die Flugroute der Maschine. Das Ausbleiben des Signals würde binnen kurzer Zeit auffallen und lästige Nachfragen der Fluglotsen heraufbeschwören.

Hastig kramte Wegener sein Handy aus dem Jackett und versandte die Nachricht *Jetzt*.

Draußen rollte bereits der Flugzeugschlepper herbei. Er umschloss das Bugrad der Sierra Foxtrott und schob die Maschine rückwärts auf den Rollweg. Im Zurücksetzen startete Wegener die Turbinen. Die Triebwerke heulten sirrend auf.

Im selben Augenblick starrte Gombrowitsch durch die acht Monitore vor sich auf dem Schreibtisch hindurch. Er konzentrierte sich auf nichts als die inständige Hoffnung, dass Hans-Joachim Wegener in diesem Moment all seine Aufgaben meisterte.

Gombrowitschs Handy vibrierte.

Er prüfte die eingegangene Nachricht und seine linke Faust ballte sich vor Erleichterung: *Jetzt*. Wegeners SMS kam wie vereinbart. Er hatte den Copiloten überwältigt. Und die Sierra Foxtrott war auf dem Weg. Sofort griff Gombrowitsch zum Telefon.

»Guten Morgen, hier ist die Operationszentrale der German Continental«, sprach er leise in den Hörer. Die umsitzenden Kollegen durften von diesem Anruf nichts mitbekommen. »Verbinden Sie mich bitte mit dem Tower.«

Mit einem kurzen Knopfdruck an der oberen Instrumententafel des Cockpits löschte Wegener alle bisherigen Aufzeichnungen des Stimmrekorders und setzte das Gerät durch Ziehen einer weiteren Sicherung außer Betrieb. Wieder wischte Wegener sich den Schweiß aus dem Gesicht. Hoffentlich hatte Gombrowitsch keinen Mist gebaut und den bevorstehenden Flug bei der Europäischen Flugsicherung korrekt angemeldet. Wenn nicht, war dies der Moment, in dem Wegener auffliegen würde. Sein Magen zog sich zu einer Kinderfaust zusammen. Er wählte die Funkfrequenz der Freigabe-Lotsen – wie zuvor der nunmehr bewusstlose Copilot.

Dann begann die Charade.

»Guten Morgen, Frankfurt Freigabe. German Continental 1614 auf dem Weg nach Kairo erbittet Routenfreigabe und Erlaubnis zum Triebwerkstart.«

Schwarz

Hin und her, hin und her.

Längst schon war sie am Ende ihrer Kräfte.

Wie lange sie mittlerweile versucht hatte, mithilfe ihres Schnürsenkels das Plastikkabel an ihrer Hand zu durchtrennen, wusste sie nicht. Sie wusste nur, dass sie bislang erfolglos geblieben und immer noch an ein Metallrohr entlang der Wand gefesselt war. Die Schmerzen in ihren Muskeln waren fürchterlich, ihre Beine waren seit einer halben Ewigkeit eingeschlafen und das Kribbeln machte sie wahnsinnig. Es war reines Glück, dass sie von ihren Entführern nicht längst entdeckt worden war. Sie wusste, dass dies unweigerlich geschehen würde, irgendwann, denn sie war in der Stockfinsternis nicht in der Lage, die beiden Schleifen um ihre Füße wieder zu entknoten. Was ihr dann blühen sollte, versuchte sie sich gar nicht erst auszumalen. Eigentlich war es auch egal. Viel schlimmer als der Schmerz in Muskeln und Gelenken konnte es nicht kommen. Ihre Hoffnung war versiegt. Was auch immer die mit ihr anstellen wollten, sie würde sich ihrem Schicksal ganz und gar ergeben. Ihr Wille war gebrochen.

So hing sie apathisch in der Dunkelheit, die angewinkelten Beinen halb abgestützt an einer kalten Betonwand. Über ihre Hände hatte sie bereits vor Ewigkeiten die Kontrolle verloren. An den Enden ihrer beider Arme fühlte sie nichts als ein taubes Pulsieren.

Einen letzten Versuch, hörte sie ihre eigene Stimme, weit, weit weg in den dunklen Tiefen ihres Bewusstseins. Einmal noch. Versuch es wenigstens.

»Ich kann nicht mehr«, flüsterte sie in die Dunkelheit. »Es geht einfach nicht.«

Tränen stiegen ihr in die Augen.

Einmal noch. Nur noch ein Mal!, hallte die Stimme in ihrem Kopf.

Dieses letzte Mal bewegte sie ihre schmerzenden Beine nach oben und unten. Sie versuchte wieder, mit dem Schnürsenkel Druck auf die Plastikfessel um ihre gefühllose Hand aufzubauen. Der Schmerz in ihren Ober- und Unterschenkel war so groß, dass sie laut zu schreien begann. Deswegen hörte sie das leise Knacken nicht, mit dem das Plastikkabel endlich entzweisprang.

Mit grober Wucht schlugen ihre nackten Hacken alsdann auf den Fußboden und ihr Oberkörper sackte zum ersten Mal seit Anbeginn ihrer Gefangenschaft zur Seite. Sie lag unter höllischen Qualen auf dem harten Boden.

Kalter Estrich.

Inmitten von undurchdringlichem Schwarz.

Sie konnte sich vor Schmerz und Erschöpfung nicht einen Millimeter regen.

Doch Fanny Wegeners Hand war frei.

7:18 Uhr MEZ

Durch den Äther meldete sich die Stimme des Freigabe-Lotsen. Wie schon zuvor dem Copiloten für die Maschine nach Riga, so erteilte der Mann nun auch Wegener die Freigabe für den falschen Flug nach Kairo. Der Lotse bestätigte den Triebwerkstart des Airbus, ohne zu wissen, dass dessen Turbinen bereits liefen. Der Mann war ahnungslos. German Continental 1614 nach Kairo war ordnungsgemäß im System der Flugsicherung gemeldet.

Im Cockpit ließ Wegener erleichtert die angehaltene Luft aus seinen Lungen entweichen.

»Unser Radartransponder funktioniert nur im A-Modus«, belog er den Lotsen über Funk.

In dieser Betriebsart wurde das Flugzeug auf den Radarschirmen der Flugverkehrskontrolle mit nichts als seiner aktuellen Flugnummer ausgewiesen. Das war eigentlich verboten. Dennoch kam es nicht selten vor, dass Flugzeuge mit defekten oder veralteten Transpondern unterwegs waren. Keinem der Fluglotsen auf dem Weg in Richtung Kairo würde es möglich sein, die wahre Identität der Maschine zu überprüfen. Das tatsächliche Flugzeugkennzeichen am Heck der Maschine blieb ihnen hoch am Himmel verborgen.

Der Schlepper hatte die Sierra Foxtrott mittlerweile frei gegeben. Während sie langsam vorwärts rollten, und die Flugbegleiterinnen in der Kabine mit der üblichen Sicherheitsunterweisung begannen, war jegliche Unruhe unter den einhundertzweiundfünfzig Fluggästen verflogen. Die absonderliche Begrüßung des Kapitäns schien vergessen.

Für einen Moment entspannte Ayana sich auf ihrem Sitzplatz. Sie standen kurz vor dem Abflug. So weit war Hajo nun bereits gekommen. Nur die Geschäftsfrau im Sitz neben Ayana trommelte mit unruhigen Fingern auf ihrer Armlehne. Unauffällig behielt sie die geschlossene Cockpit-Tür am Ende der Sitzreihen im Blick.

Hinter jener Tür saß Hans-Joachim Wegener und manövrierte die Sierra Foxtrott durch das Lichtermeer des Flughafenvorfelds. Den Copiloten hatte er mit Fünf-Punkt-Gurt und Schal an dessen Sitz festgezurrt. Wäre nicht dieses leblose Paket Mensch neben ihm gewesen und der Umstand, dass er im Begriff war, ein Flugzeug mit über einhundertfünfzig Passagieren an Bord zu stehlen ... er hätte sich wieder ganz und gar zurückversetzt gefühlt in die nicht unbedingt gute alte, aber trotzdem bessere Zeit.

Über den nördlichen Hauptrollweg bewegte sich bereits ein Dutzend weiterer hellleuchtender Roll- und Positionslichter: andere Maschinen, die in der morgendlichen Rushhour dicht gestaffelt auf dem Weg zu den beiden Startbahnen waren. Wegener stoppte die Sierra Foxtrott vor einem Abzweig und wechselte auf die Funkfrequenz der nächsten Sicherheitsinstanz, der Rollkontrolle. Deren Lotsen regelten den dichten Verkehr auf den Hauptrollbahnen des Flughafens und taten im neuen Nordwest-Tower ihren Dienst.

Wegener atmete tief durch. Wenn er jetzt scheiterte, würde das für seine Tochter den sicheren Tod bedeuteten.

»Frankfurt Rollkontrolle«, funkte er. »Guten Morgen, hier ist German Continental 1614 nach Kairo.«

Der Lotse reagierte nicht sofort.

»German Continental 1614«, kam es nach einiger Verzögerung. »Bitte wiederholen!«

Wegener schluckte. Dann wiederholte er seine Meldung.

»Sind Sie nicht die 2508 nach Riga?«, antwortete der Lotse.

»Negativ. Wir sind die 1614 nach Kairo.«

Kreischende Stille im Äther.

Hinten in der Kabine versuchte Ayana unterdessen, irgendein telepathisches Lebenszeichen ihrer Tochter zu erspüren. Ihre Gedanken kreisten um nichts als Tesfanesh, das wilde, zornige, sture, wunderbare Mädchen, das sie in Gondar geboren hatte, und mit dem sie dann später nach Deutschland gekommen war. Ihre Tochter war ein schwieriges Kind gewesen. Danach ein aufsässiger Teenager. Später eine komplizierte junge Erwachsene. Nicht verwunderlich, angesichts der Geschichte, die Tesfanesh miterlebt hatte. Nachdem sie vor ein paar Jahren ausgezogen war, hatte sich ihr beider Verhältnis deutlich verbessert. Erst aus der sicheren Distanz hatte sich eine Art Verbundenheit zwischen Mutter und Tochter entwickeln können. Im selben Augenblick fühlte Ayana die unbändige Gewissheit, dass ihr Kind noch am Leben war. Irgendwo da draußen. Der Gedanke wärmte sie über alle Maßen.

Sie musterte unauffällig die Mitreisende neben sich. Die Fremde hatte mittlerweile ihre Sonnenbrille abgenommen und die Augen geschlossen. Sie schien entspannt in ihrem Sitz zu schlummern. Irgendetwas an dieser Frau irritierte Ayana.

Und wieso fuhren sie nicht weiter? Die Maschine hielt inzwischen beunruhigend lange auf dem Vorfeld.

Vorn im Cockpit umklammerte Wegener die Bugradsteuerung in seiner Linken dermaßen fest, dass seine Fingernägel kurz davor waren, die Handflächen blutig zu ritzen.

Würde in diesem Moment einer der Lotsen dort drüben im Tower durch ein Fernglas über das weite Vorfeld das Kennzeichen am Heck der Sierra Foxtrott überprüfen? Würde ihm auffallen, dass dies nicht die Maschine war, die der Flugsicherung für den Flug nach Kairo angemeldet worden war?

Das durfte nicht geschehen. Es herrschte Dunkelheit. Und Nebel. Außerdem kam derlei in der Hektik der Hauptverkehrszeit niemals vor. Jetzt, am frühen Morgen, starteten und landeten die Maschinen im Sechzig-Sekunden-Takt. Solange sich keines der unzähligen Flugzeuge hier unten auffällig verhielt, interessierten sich die verschiedenen Abteilungen der Flugverkehrskontrolle lediglich für dessen unfallfreie und rasche Abfertigung.

»Haben Sie eine unserer Maschinen verloren?«, sandte Wegener mit dem Mut der Verzweiflung in die Funkstille. »Mitten auf dem Vorfeld?«

Ein kleiner Scherz. Zur Auflockerung. Und zur Überspielung der Tatsache, dass er kurz davorstand, die Nerven zu verlieren. Bitte, bitte, bitte!, versuchte er, den Lotsen der Rollkontrolle dort draußen telepathisch zu überzeugen, dass hier alles seine Richtigkeit hatte.

Nichts geschah. Ein weiterer Airbus A319 der German Continental näherte sich in der Dunkelheit auf dem Hauptrollweg.

Er würde aufgeben. Mit Hilfe des Notseiles, das den Piloten zur Verfügung stand, durch eines der Cockpitfenster auf das Vorfeld fliehen. Das war natürlich sinnlos. Besser, er knüpfte sich mit dem Strick einfach auf, sofort, aus dem Cockpit heraus. Denn niemals würde er je wieder in ein Gefängnis gehen.

»Entschuldigung, German Continental 1614, hier herrschte kurz Verwirrung, wir erwarteten eigentlich die 2508 nach Riga«, meldete die Stimme des Rollkontroll-Lotsen. »Aber die wurde von Ihrer Operationszentrale gerade mit technischen Problemen gemeldet.«

Wegeners eiserner Griff um die Bugradsteuerung entspannte sich.

»Nach dem vorbeifahrenden Airbus 319 biegen Sie rechts auf den nördlichen Hauptrollweg. Rollen Sie bis Runway 18. Guten Flug!«

Wegener versuchte, seinen Jubelschrei zu unterdrücken, so gut es ihm möglich war.

Augenblicke später begann das Telefon auf Gombrowitschs Schreibtisch zu läuten.

»Operationszentrale?«, nahm er das Gespräch entgegen.

»Ich hab's geschafft!«, brüllte Wegeners Stimme aus dem Hörer, »German Continental 1614 nach Kairo ist auf dem Weg zur Runway!«

»Großartig!«, flüsterte Gombrowitsch.

Dann wechselte er in normale Lautstärke: »Das klingt nicht gut. Soll ich die Technik informieren?«

»Du bist ein Arschloch, Jürgen Gombrowitsch, aber du hast verdammt noch mal recht gehabt!«, erwiderte Wegener freudetrunken durch die Telefonleitung.

»Kein Problem. Natürlich«, entgegnete Gombrowitsch laut hörbar.

»Ich hoffe, dass wir uns nie mehr wiedersehen. Und du wirst die Finger von meiner Tochter lassen, hörst du? Wenn du auch nur ein

Wort mit ihr wechselst, werde ich dich bis in jeden gottverdammten Winkel dieser Erde verfolgen.«

»Machen Sie sich keine Sorgen«, gab Gombrowitsch mit freundlicher Höflichkeit zurück.

Und beendete das Gespräch.

Nun wurde es höchste Zeit, die vermeintlichen Probleme des Riga-Fluges offiziell zu machen.

»Die Sierra Foxtrott nach Riga steht auf dem Vorfeld und muss ein Computer-Reset im Cockpit machen«, rief Gombrowitsch in den Kreis seiner Mitarbeiter. »Unsere Technik weiß schon Bescheid.«

»Scheiße, das kann dauern«, entgegnete einer der Kollegen, zuständig für die A320-Flotte.

»Packen Sie die Maschine vorsichtshalber auf zwei Stunden Verspätung«, befahl Gombrowitsch.

Weitere Kommentare blieben aus. In der Verkehrsleitung herrschte die konzentrierte Betriebsamkeit der Rushhour. Der angesprochene Verkehrsleiter verschob Flug 2508 innerhalb des Computersystems um zwei Stunden und bestätigte die Eingabe. Automatisch wurden die Flugsicherung und die Flughäfen in Frankfurt und Riga über die Verspätung in Kenntnis gesetzt.

Gombrowitschs Herz schlug schnell. Alles lief nach Plan. Wegener und Ayana hatten nun zwei Stunden Vorsprung. Das würde erst einmal genügen. Er nickte zufrieden. Wieder öffnete er die Personal-Datenbank. Im Datensatz des Kapitän Weiss löschte er Wegeners Foto. Niemand sollte später über ein astreines Porträt des Mannes stolpern, der einen Passagierjet der German Continental gestohlen hatte.

7:21 Uhr MEZ

Ayshe Bitmez hatte sich mittlerweile durch die halbe Wohnung gewienert. Als Nächstes wollte sie das Schlafzimmer in Ordnung bringen. Auch wenn sie sich mit dem Gedanken arrangiert hatte, dass sich zwei

Männer hier das Bett teilten, kostete es sie immer ein wenig Überwindung, den Raum zu betreten. Bevor sie eintrat, klopfte sie laut und fragte: »Hallo?«

Dann erst öffnete sie die Tür.

Das Licht flammte auf, als sie den Schalter neben dem Türrahmen betätigte. Immer schon hatte sie mit der ekellustigen Angst zu kämpfen gehabt, die beiden Männer versehentlich auf frischer Tat zu ertappen. Als sie tatsächlich in derselben Sekunde den nackten Körper auf dem Bett entdeckte, stammelte sie vor Schreck »Entschuldigung!« und verließ sofort den Raum.

Warum hatte der Mann sich nicht vorher zu erkennen gegeben? Wollte er sie erschrecken? Überfallen? Oh, wie entsetzlich. Es war unerhört. Sie wollte sofort verschwinden, nie mehr wiederkommen, alles stehen und liegen lassen, war schon auf halbem Weg durch das riesige Wohnzimmer zur Hintertür der Wohnung. Doch dann stockte sie. Das Bild des jungen Mannes hatte sich in ihre Netzhaut eingebrannt. Sie wurde es nicht wieder los. Abgesehen davon, dass der Mann auf diesem Bild nackt war, gab es ein Detail, das einfach nicht passen wollte.

Langsam machte sie kehrt und schlich zurück zur Schlafzimmertür. Sie klopfte. Keine Antwort. Sie öffnete die Tür einen Spalt. In ihrer Panik hatte sie das Licht im Raum brennen lassen. Vorsichtig spähte sie hinein. Da lag der Mann. Auf dem Bett. Sie glaubte, Herrn Kampmann zu erkennen, den Mitbewohner des Flugkapitäns. Er lag splitternackt da. Jetzt wurde ihr bewusst, was an dem Bild nicht stimmte.

Der Mann lag auf der Seite, der Tür abgewandt, deutlich erkannte sie seinen Rücken. Sein Kopf jedoch war, ganz und gar unnatürlich, ihr entgegen gedreht. Zwei seltsam stumpfe Augen blickten sie an.

Ayshe Bitmez begann zu schreien.

So laut wie sie noch in ihrem Leben geschrien hatte.

7:28 Uhr MEZ

Zur gleichen Zeit bog die Sierra Foxtrott auf das viertausend Meter lange Betonband der Startbahn West. Wegeners Herz pochte wie wild. Er schaltete die Landescheinwerfer des Airbus ein. Die Runway vor ihm erstrahlte hell in dunstigem Licht. Er stoppte die Maschine und wartete auf die Take-off-Freigabe.

»German Continental 1614«, meldete sich nach kurzer Zeit der Tower über Funk, »Wind zwo-drei-null Grad, fünf Knoten, Runway 18, Start frei.«

Wegeners Körper straffte und sein Herzschlag beruhigte sich. Er war nun ganz und gar bei sich selbst. Seine Rechte ergriff die beiden Hebel der Triebwerkssteuerung und schob sie nach vorn. Die erste Raste klickte, dann die zweite, links und rechts heulten die Turbinen auf. Als sie nach ein paar Sekunden Volllast erreichten, rotierten die Ventilatorschaufeln in ihrem Inneren mit zwölftausend Umdrehungen pro Minute und verwandelten knapp fünf Liter Kerosin pro Sekunde in unglaublichen Lärm, der einen Schub von knapp hundertfünfzig Kilonewton entwickelte.

Die Sierra Foxtrott stürmte los.

Wegener wurde fest in seinen Sitz gedrückt, ebenso sein bewusstloser Copilot und die restlichen hundertfünfzig Passagiere und Crewmitglieder in der Kabine.

Knapp dreißig Sekunden und tausendachthundert Meter später, bei zweihundertfünfzig Stundenkilometern, zog Wegener den Joystick in seiner Linken ein Stück nach hinten und verstellte damit die Höhenruder am Heck des Flugzeugs ein wenig nach oben. Im selben Augenblick entkam die Sierra Foxtrott mithilfe der Luftströmung unter und über ihren Tragflächen der Schwerkraft und hob ab. Ein ebenso erhebendes, fast schon berauschendes Gefühl durchströmte Wegener. Selbst die fest verschlossene Cockpit-Tür in seinem Rücken verlor für den Moment ihren Schrecken. Das hier war der Grund, warum er immer Pilot hatte werden wollen. Die Nase nach oben gereckt, stieg die Maschine behände in den dunklen Himmel. Als sie nach wenigen Minuten auf zweitausendachthundert Metern die Wolkendecke durchstießen, drehte Wegener nach Osten ab und steuerte für einen Moment dem aufziehenden Morgen am Horizont entgegen. Dann manövrierte er die German Continental 1614, jenen Flug, auf den keiner seiner Passagiere eingecheckt hatte, nach Süden.

Die Fremde hinten in der Kabine öffnete im selben Moment die Augen. Sie hatte keine Sekunde geschlafen. Sie war vielmehr äußerst beunruhigt und hatte im Kopf alle ihr zur Verfügung stehenden Optionen geprüft. Der Mann, der dort vorn die Maschine steuerte, hatte seine Frau mit an Bord geschmuggelt. Davon hatte ihr Auftraggeber nie etwas erwähnt. Dessen Anweisung, die vorhin per SMS eingegangen war, hatte sie nicht zu hinterfragen gewagt. Dem alten Mann mit der heiseren Stimme widersprach man nicht. Die Anwesenheit der Ehefrau irritierte sie. Nun musste sie abwarten, wie sich die Lage an Bord entwickelte. Sie hasste das Gefühl, einer Situation ausgeliefert zu sein.

Ayana hielt in diesem Augenblick die Augen geschlossen und dankte Gott. Sie hatten abgehoben – ein wahres Wunder. Schließlich brach sich ihre Anspannung Bahn und Tränen rannen über ihre Wangen.

»Hey? Are you alright?«, hörte sie eine Stimme mit deutlich slawischem Akzent. »Can I do anything for you?«

Ayana öffnete die Augen. Ihre Nebenfrau hatte ihr Weinen bemerkt und hielt ihr ein Papiertaschentuch entgegen. Ayana schalt sich selbst wegen ihres dummen Misstrauens der Fremden gegenüber. Sie griff dankend das Taschentuch, winkte ansonsten aber freundlich ab und zwang sich zur Ordnung. In wenigen Minuten würde sie in die Rettung ihrer Tochter eingreifen. Eine Rettung, die noch fünftausend Kilometer entfernt lag.

Schwarz

Fanny hatte eine ganze Zeit lang in der Dunkelheit gelegen, ausgestreckt, jedem einzelnen Muskel ihres schmerzenden Körpers hinterher spürend. Würden sie ihren Dienst versagen, wenn sie versuchte, sich irgendwie hochzurappeln? Sie nahm allen verbliebenen Mut und alle Kraft zusammen und stemmte sich in eine sitzende Position. Tränen schossen ihr in die Augen. Alles tat weh. Sie blieb sitzen, wartete, streckte stöhnend die Beine aus, zog sie zu sich, streckte sie wieder und wiederholte die Prozedur einige Male. Die Blutzirkulation musste in Gang kommen, das allgegenwärtige Kribbeln aufhören, sie musste wieder Herrin über ihre Körperteile werden. Die fühlten sich im Moment nur wie lose, unkontrollierbare Anhängsel ihres Rumpfes an. Es dauerte eine Weile, bis sie die vage Gewissheit hatte, dass sie den nächsten Schritt tun konnte. Sie rollte sich, vor Schmerz ächzend, auf die Knie und stütze sich an der Wand ab. Schließlich zog sie das linke Knie an, stellte ihren linken Fuß auf den Boden, verlagerte ihr Gewicht auf das angewinkelte Bein und drückte sich ab. Sie kam tatsächlich in den Stand, lehnte dann mit beiden Händen abgestützt an der Wand, keuchte und ächzte, und dennoch ... sie stand. Sie stand tatsächlich auf ihren beiden Beinen. Wieder kamen ihr die Tränen. Wenn nun ihre Entführer den Raum betraten, war alles umsonst. Sie musste sich beherrschen. Durfte nicht panisch werden. Sie atmete gleichmäßig und tief. Versuchte wieder, jede Muskelfaser ihres Körpers zu erspüren, zu kontrahieren und dann zu entspannen. Nach einer Weile fühlte sie sich ausreichend stabil, um sich an der Wand entlang durch die Dunkelheit zu tasten. Und nach ein paar Metern berührten ihre Finger einen Lichtschalter. Instinktiv schloss sie die Augen. Sie betätigte den Schalter. Das Knacken des Plastiks dröhnte durch die stille Dunkelheit, dann ertönte das Sirren aufflammender Neonröhren an der Decke.

Fanny öffnete ihre Augen.

Kurz nur, sie wagte eher ein Blinzeln denn einen echten Blick. Dennoch explodierte ein greller Lichtblitz auf ihrer Netzhaut und sandte eine Kaskade wirrer Impulse an das Sehzentrum ihres Hirns. Sie hielt die Augen sofort wieder geschlossen, so fest sie nur konnte, doch das schmerzhafte Gleißen wollte nicht mehr aufhören. Sie wusste nicht, wie lange sie benötigen würde, um sich an normales Licht zu gewöhnen. Sie wusste nur, dass es sehr schnell gehen musste, wenn sie eine Chance haben wollte.

9:33 Uhr Ostafrikanische Zeit (MEZ + 2h)

Zur gleichen Zeit ließ die Sonne das moderne Backsteingebäude des Flughafens von Gondar in hellem Braun erstrahlen. Als das Terminal errichtet worden war, hatten die Erbauer das Dach mit einem mittelalterlichen Zinnenkranz versehen und dabei offensichtlich die in Gondar gelegene, vierhundert Jahre alte Kaiserfestung Fasil Ghebbi im Sinn gehabt. Anders als jene imposante Festungsstadt war das Flughafengebäude jedoch keine zwanzig Jahre alt und eher klein geraten, ein knapp fünfzig Meter langer, zweigeschossiger Quader. Dessen automatische Türen entließen in jenem Moment knapp hundert Menschen in die noch angenehm kühle Morgenluft, mitten hinein in ein buntes und lautes Knäuel aus Taxi- und Minibusfahrern. Die Männer bestürmten vorrangig die weißen Passagiere der eben gelandeten Boeing 737 aus Addis und boten ihre Dienste zum Weitertransport in die ein paar Kilometer entfernte Stadt. Oder wohin sonst auch immer.

Wohin sonst auch immer, war Solomon Geresus Ziel. Er war im Pulk der Passagiere aus dem Terminal getreten, blieb von den lautstarken Anpreisungen der Fahrer aber ebenso verschont wie die anderen mitgereisten Äthiopier. Die wurden zumeist von Verwandten oder Kollegen abgeholt und fielen somit als potenzielle Fahrgäste aus.

Solomon hatte in der letzten Nacht kein Auge zugetan. Nach Ayanas Anruf war ihm nicht mehr viel Zeit geblieben, die nötigen Vorkehrungen für seine Reise in den Norden zu treffen. Seine Tochter hatte das Flugticket im Internet bereits gebucht, bevor sie überhaupt mit ihm gesprochen hatte. Es war kaum Zeit zum Überlegen geblieben und er hatte zugesagt. Danach musste Ayana sich mit ihrem Mann schon auf den Weg zum Frankfurter Flughafen machen. Es war Wahnsinn, was die beiden vorhatten. Ein ebensolcher Wahnsinn war, was Ayana glaubte, dass Tesfanesh zustoßen würde, wenn sie nicht sofort handelten. Deswegen war er vor einer Stunde in dieses vermaledeite Flugzeug gestiegen. Er hasste Fliegen. Er war in den einundsiebzig Jahren, die er nun auf dieser Erde wandelte, zwei Mal geflogen, um Tochter und Enkeltochter zu besuchen. Einmal nach Deutschland und dann wieder zurück nach Hause. Er hatte die beiden Flüge nur mithilfe starker Reisemedikamente, genauer gesagt: völlig sediert überstanden. Doch das hatte er sich heute nicht erlauben dürfen. Er würde in den folgenden Stunden seine volle Geisteskraft benötigen.

So stand er nun da, nach fünfundvierzig Minuten Flug in Todesangst, und atmete gierig die frische Luft hier unten auf dem sicheren Boden ein. Die gesamte Flugzeit hatte er sich mit den Fingern in die Armlehnen seines Sitzes gekrallt. Die Kuppen schmerzten immer noch. Er stellte sich ein wenig abseits in den Schatten einer Palme, die sich neben dem Ausgang des Terminals erhob, und musste sich erst einmal sammeln.

Er hatte Fanny das letzte Mal vor knapp zwei Jahren gesehen. Da hatte sie während des europäischen Winters einige Wochen bei ihm verbracht. Er liebte seine Enkelin über alles. Sie allein war es gewesen, die ihm in den zurückliegenden Jahren sein Lebensglück zurückgegeben hatte. Tesfanesh bedeutete für ihn eine Art Brücke. Eine Brücke, die ihn und seine Tochter Ayana verband, nach einer langen Zeit des Schweigens, über eine tiefe Kluft hinweg.

Das Leben seiner Enkelin stand auf dem Spiel. Er würde alles daransetzen, sie zu retten. Er war Äthiopier. Mit Gier, Gewalt und Entführung hatte er wie alle seine Landsleute böse Erfahrungen gemacht, war der Willkür der Herrschenden lange genug hilflos ausgeliefert gewesen.

Damals. Jetzt aber hatte seine Tochter einen Weg gefunden, sich den drohenden Gewalttätern zu widersetzen. Er würde seinen Teil dazu beitragen.

Er beobachtete das Knäuel der Taxifahrer, das inzwischen eine kleine Gruppe europäischer Touristen belagerte, junge Weiße mit Rucksack, die eigentlich einen der Minibusse in die Stadt nehmen wollten, nun aber von der kostengünstigen und viel komfortableren Möglichkeit einer Taxifahrt überzeugt werden mussten. Jeder der Fahrer wollte die vier als Kunden gewinnen und ein langwieriges Feilschen um den besten Fahrpreis hatte zwischen allen Beteiligten begonnen.

Solomons Wahl fiel schließlich auf einen der Männer, den er auf Anfang vierzig schätzte. Der Fahrer war klein und dürr. Er hielt sich in der lauten Diskussion um die Beförderung der vier Weißen still im Hintergrund und erschien Solomon aufgrund seiner Statur als am besten geeignet. Wenn es hart auf hart käme, würde sich selbst Solomon mit seinen einundsiebzig Jahren noch dieses mageren Bürschchens erwehren können.

Er trat zu dem schmächtigen Taxifahrer.

»Guten Morgen, mein Freund«, grüßte er den Mann. »Ich heiße Solomon. Wie ist Ihr Name?«

Der Fahrer drehte sich überrascht um und musterte den Alten von oben bis unten. Keine zehn Schritte entfernt hatte das lautstarke Tohuwabohu um die Beförderung der vier Rucksackreisenden noch immer kein Ende gefunden.

»Caleb«, antwortete er.

»Wissen Sie, wo Metema liegt?«, fragte Solomon.

»Acht Stunden entfernt.« Caleb war kein Mann großer Worte.

»Schaffen Sie es in sechs Stunden hin und morgen wieder zurück?«, fragte Solomon, während er einen Packen Fünf-Dollar-Noten aus seiner Hosentasche zückte.

Calebs Augenbrauen hoben sich kurz. Dann nickte er und bedeutete Solomon, ihm zu folgen. Wenige Meter entfernt stand sein alter Toyota Landcruiser. Er öffnete die Beifahrertür. Solomon schwang sich in die

Kabine und platzierte das Bündel mit insgesamt einhundert Dollar auf dem Fahrersitz.

Für jemanden wie Caleb bedeutete dies einen halben Jahreslohn.

Für Solomon bedeutete es ein Zehntel der Dollar-Barreserven, die er sich in den letzten fünfundzwanzig Jahren hatte zusammensparen können. Den Rest trug er mit sich, in einem Geldgürtel um seinen Bauch. Das würde er Caleb allerdings niemals auf die Nase binden. Der zählte mit ausdruckslosem Gesicht die Dollarnoten in seiner Hand.

Wenige Minuten später verließen sie das Flughafengelände über eine Staubpiste in Richtung Norden. Solomon schwieg. Die erste Hürde war genommen. Sein Herz schlug schnell.

Knapp einhundertneunzig kurvenreiche Kilometer durch zerklüftete Berge lagen vor ihnen. Gegen Ende würde der Weg aus dem Hochland hinab führen in die heiße Tiefebene bis an die Grenze zum Sudan. Was genau ihn dort erwartete, war für Solomon Geresu unmöglich vorherzusagen.

7:38 Uhr MEZ

Juri Mirow saß seit zwanzig Minuten an seinem Arbeitsplatz. Zufrieden betrachtete er, wie so oft, den dichten Verkehr auf der Schnellstraße, mehrere Stockwerke unterhalb seines Büros.

Er lauschte dem Takt seiner Atemzüge. Langsam legte sich seine freudige Erregung. Was auch immer mit dem Piloten geschehen war, den er in die Operationszentrale der German Continental geschleust hatte, Hans-Joachim Wegener saß nun im Cockpit des Flugzeugs. Ein Lächeln erschien auf Juris Gesicht. Wurde breiter und breiter. Er hegte keinerlei Zweifel, dass die Puzzleteile in die richtige Ordnung fielen. Ja, Gombrowitsch würde liefern. So oder so.

Das Handy in seiner Tasche begann zu läuten.

Juri nahm den Anruf an.

»Was ist mit der Maschine?« Eine Männerstimme raunzte auf Russisch durch das Telefon. »Im Internet wird sie noch nicht einmal angezeigt. Ist sie überhaupt gestartet?«

»Sie wurde uns gerade eben mit zwei Stunden Verspätung gemeldet«, erklärte Juri heiser.

»Müssen wir abbrechen?«, fragte der Russe ärgerlich.

»Laut Fluggesellschaft geht es in zwei Stunden weiter. Wir müssen abwarten, wie es sich entwickelt.«

»Ist unser Pilot an Bord?«

»Natürlich.«

»Hat dein Informant uns verraten?«

»Dann wäre längst die Polizei hier aufgetaucht. Mach dir keine Sorgen. Ich melde mich später mit neuen Informationen.«

Juri beendete das Gespräch.

Der Name des Anrufers lautete Victor Krupski. Er wartete in diesem Moment mit einer Gruppe bis an die Zähne bewaffneter Söldner auf das Eintreffen des German-Continental-Fluges 2508. Sie hielten sich auf einem verlassenen Militärflugplatz in Kaliningrad bereit. Der Pilot, den Juri an Bord der Maschine geschmuggelt hatte, sollte das Flugzeug auf dem Weg nach Riga dort landen.

Es war ein ausgeklügelter Plan, nun allerdings obsolet. Denn inzwischen saß Hans-Joachim Wegener am Steuer der Maschine.

Und der gute alte Victor würde bis zum Sanktnimmerleinstag auf die Maschine warten. Auf die fünfhundert Millionen Euro ebenso. Und die achtzigtausend Dollar Anschubfinanzierung der Operation würde er wohl oder übel als Verlust abschreiben müssen. Es war zu tragisch. Der ehemalige KGB-Offizier hatte Juri in so vielen wodkadurchtränkten Nächten versichert, welch beste Freunde sie beide für immer und ewig waren. Unter Alkoholeinfluss schlug die slawische Schwermut gern in höchsten Überschwang um. Doch am heutigen Tage endete die ewige Freundschaft. Und Victor würde es nicht gelingen, Juri jemals wieder aufzuspüren – nirgendwo auf der ganzen, weiten Welt.

7:41 Uhr MEZ

Wegener lenkte die Sierra Foxtrott indes hochkonzentriert durch den Luftraum bei Würzburg. »Hier ist German Continental 1614 nach Kairo«, meldete er sich über Funk im nächsten Kontrollsektor.

»Guten Morgen, German Continental 1614«, antwortete der Lotse. »Sie sind identifiziert.«

Flug 1614 war durch das Eurocontrol-System fehlerfrei angemeldet. Alles verlief ordnungsgemäß. Es bestand kein Zweifel mehr. Niemand würde Wegener aufhalten.

»Steigen Sie auf siebentausendfünfhundert Meter«, wies der Lotse an. »Halten Sie ihren Kurs.«

Wegener kam der Aufforderung nach. Blieb ein letztes Risiko: Wann würde dem ersten Passagier oder Crewmitglied auffallen, dass die Maschine in die falsche Richtung unterwegs war? Doch zunächst war es wichtig, die Bordroutine aufrecht zu erhalten. Mit einem Griff ans Overhead-Panel legte Wegener einen Schalter um ...

Und die Anschnallzeichen in der Kabine erloschen.

Kurz darauf begann die Kabinencrew mit dem Bordservice.

Die fremde Frau spähte zum wiederholten Male links und rechts aus den Kabinenfenstern, nachdem ihr die freundlichen Stewardessen einen Kaffee serviert hatten. Auch die dampfende Plastiktasse auf dem heruntergeklappten Tablett vor sich änderte nichts an der Tatsache, dass der Sonnenaufgang auf der falschen Seite stattfand. Sie flogen nach Süden statt nach Norden. So wie es der alte Mann mit der seltsamen Stimme vorausgesagt hatte. Die Fremde warf einen verstohlenen Blick auf ihr Handy. Sie waren bereits in zu großer Höhe. Ihr Telefon hatte keinen Empfang mehr.

Ayana blickte zu ihrem Fenster hinaus. Die Wolkendecke unter ihnen verbarg die Landschaft, über die das Flugzeug gerade schwebte.

Verstohlen beobachtete sie die Mitreisenden in ihrem Blickfeld. Die Frau auf dem Gangplatz packte gerade ihr Handy in die Handtasche. Sie wirkte genauso ahnungslos wie die anderen Umsitzenden.

7:48 Uhr MEZ

Gombrowitsch saß zur gleichen Zeit an seinem Arbeitsplatz und starrte abwesend auf das emsige Treiben des Flughafenvorfeldes unten vor dem Gebäude.

Die Würfel waren gefallen. Es gab kein Zurück mehr. Ayana und Wegener waren auf dem Weg. Und er hoffte inständig, die beiden nicht ins Verderben geschickt und gleichzeitig das Todesurteil für Fanny unterschrieben zu haben. Hatte er alles richtig bedacht, Juris Reaktion korrekt vorhergesagt? Was, wenn nicht?

Eine Lautsprecherdurchsage der Technik dröhnte plötzlich durch die gesamte Bürolandschaft und mischte sich störend in Gombrowitschs Gedankengang, der von der alles entscheidenden Frage bestimmt war: Was, wenn ich mit allem falsch liege?

Und was hatte der Kollege von der Technik gerade über Lautsprecher durchgegeben?

Gombrowitsch hatte vom Inhalt der Ansage nicht ein einziges Wort mitbekommen. Er hatte seit Beginn der Schicht sowieso keinen einzigen Gedanken an die Vorgänge um sich herum verschwendet. Warum auch. Seine Karriere bei German Continental Airways hatte vor knapp zwanzig Minuten geendet, als die Sierra Foxtrott von der Runway des Frankfurter Flughafens gestartet war. Davon abgesehen, dass eine gute Stunde zuvor durch sein Verschulden ein Mensch im Lagezentrum der Operationszentrale den Tod gefunden hatte.

Nichts von all dem wäre geschehen, wenn ...

Ja. Wenn.

In den letzten vierundzwanzig Stunden war Gombrowitsch ausschließlich mit der Rettungsaktion für seine Tochter beschäftigt gewesen. Nun saß er hier auf heißen Kohlen, zum Warten und Nichtstun verdammt, spürte seine alten Gewissensbisse und musste sich eingestehen, dass die Vergangenheit nicht mehr rückgängig zu machen war.

Um sich abzulenken, rief Gombrowitsch die Passagierliste des Fluges 2508 nach Riga im Computersystem der German Continental auf. Mit einem Mausklick löschte er Ayana Wegeners Namen aus der Liste. Nun gab es keinen offensichtlichen Hinweis mehr, dass sie sich an Bord der Maschine befunden hatte.

7:51 Uhr MEZ

Sie waren seit zwanzig Minuten in der Luft. Es wurde höchste Zeit für die nächste Stufe ihres Plans. Im selben Augenblick konnte Ayana die Kabinenchefin beobachten, die vorn in der Maschine plötzlich den Interphone-Hörer in die Hand nahm und nach einem kurzen Gespräch im Cockpit verschwand. Ayana fühlte ihren Herzschlag hochschnellen. Endlich war es so weit.

Nach wenigen Minuten trat die Kabinenchefin aus dem Cockpit heraus und steuerte rasch und mit ernster Miene auf die Sitzreihe zu, in der Ayana am Fenster saß.

»Frau Doktor Wegener?«, fragte mit gesenkter Stimme. »Sind Sie Medizinerin?«

»Ja? Warum?« Ayana versuchte, einigermaßen überrascht zu tun.

»Könnten Sie mich bitte kurz ins Cockpit begleiten? Unser Kapitän würde Sie gern sprechen.«

Die Blicke der fremden Frau folgten Ayana und der Kabinenchefin den Gang entlang auf dem Weg in die Pilotenkanzel. Auch wenn sie von dem deutschen Gespräch kein Wort verstanden hatte, die Sache stank zum Himmel. Sie erhob sich von ihrem Sitz und steuerte die Bordtoilette im Heck der Maschine an. Es war höchste Zeit, sich einen kleinen Vorteil gegenüber ihrem Widersacher zu verschaffen.

Ayana betrat im Gefolge der Kabinenchefin das Cockpit.

»Frau Doktor Wegener, wir haben Sie in unserer Passagierliste entdeckt«, begrüßte ihr Ehemann sie mit einem förmlichen Handschlag. »Unser Copilot ist plötzlich bewusstlos geworden. Wir brauchen dringend Ihre Hilfe.«

Der junge Mann saß zusammengesunken in seinem Sitz neben Hajo. Ohne Umschweife begann Ayana, seinen Puls zu suchen. Plötzlich stieß er einen Schrei aus, stöhnte und zuckte kurz. Eine Nebenwirkung des Anästhetikums. Mit angehaltenem Atem beobachtete die Kabinenchefin die Szene.

»Herzschlag und Atmung scheinen normal«, attestierte Ayana.

»Hat der Mann irgendwas genommen?«

Wegener und die Kabinenchefin zuckten die Achseln.

»Gibt es an Bord einen Notfallkoffer?«, wollte Ayana wissen.

Die Kabinenchefin nickte und begab sich ohne Fragen zurück in die Kabine, um das Medical Kit aus der Gepäckablage zu holen.

Der Moment war günstig. Kurz drückte Wegener seiner Frau den Arm. »Wir schaffen das«, raunte er.

Die Kabinenchefin kehrte mit dem Notfallkoffer zurück.

»Katja«, befahl Wegener, »ich mache gleich eine Durchsage in der Kabine. Ich lande auf dem nächstmöglichen Flughafen. Bitte bereitet hinten alles vor.«

Für jede Notsituation gab es ein vorgeschriebenes Prozedere. Natürlich auch beim Ausfall eines der beiden Piloten.

Die Kabinenchefin nickte und verließ das Cockpit, um den Rest der Crew über die Situation aufzuklären.

Kaum hatte sich hinter ihr die Tür der Kanzel wieder verschlossen, ergriff Wegener die Hand seiner Frau. Ayana erwiderte seinen festen Griff, zog seine Hand zu sich und hauchte einen Kuss auf seinen Handrücken. Wann waren die beiden das letzte Mal so erleichtert gewesen, einander wiederzusehen?

»Bist du in Ordnung?«, wollte Wegener wissen.

Ayana nickte stumm.

Sie umarmte und drückte ihn so fest sie nur konnte.

Schließlich machte sie sich los, prüfte mit dem Blutdruckmessgerät aus dem Medical Kit den Zustand des Copiloten. Er schien einigermaßen stabil. Ayana und Wegener machten sich daran, den jungen Mann auf den hinteren Sitz im Cockpit zu verfrachten. Wegener schnallte ihn fest und zog ihm eine Sauerstoffmaske über das Gesicht. Im Falle eines Druckabfalls wurde die Cockpitbesatzung durch diese Masken mit Luft versorgt. Ayana nahm den Copilotensitz ein. Wegener half auch ihr, eine Sauerstoffmaske anzulegen. Sie bemerkte, wie die Luftzufuhr sofort zu arbeiten begann.

Nachdem Wegener seine eigene Maske übergestreift hatte, ergriff er die Hand seiner Frau.

»Da hinten wird niemand zu Schaden kommen«, hörte sie Wegeners Stimme in ihrem Kopfhörer. »Versprochen.«

Ayana drückte die Hand ihres Mannes und versuchte, ihm in die Augen zu schauen, obwohl das Plexiglas ihrer beider Sauerstoffmasken den Blickkontakt erheblich erschwerte.

Sie nickte noch einmal zu Bestätigung.

Für Gewissensbisse war es längst zu spät.

Nach einem letzten, kurzen Zögern schaltete Wegener die beiden Klimaaggregate des Flugzeugs ab. Die komplette Frischluftzufuhr wurde damit unterbrochen. Das Luftablassventil im Heck des Flugzeugs blieb jedoch geöffnet. Unablässig würde nun Atemluft aus dem Rumpf der Maschine entweichen.

Zwei Minuten später und nur wenige Schritte entfernt, auf der anderen Seite der verriegelten Cockpit-Tür, wurde Katja Kersten, die Kabinenchefin, von einem der beiden Sicherheitsbeamten aufgehalten.

»Können Sie mir sagen, was hier los ist?«, verlangte der Mann so leise wie unfreundlich nach Aufklärung. »Wir fliegen seit über zwanzig Minuten in die falsche Richtung.«

»Wie meinen Sie das?«, fragte Katja Kersten verunsichert.

»Ich möchte sofort den Kapitän sprechen.«

Die Situation war zu verwirrend.

Katja Kersten beschloss, sich strikt an das Protokoll zu halten: »Das geht jetzt nicht.«

»Natürlich geht das«, blaffte der Beamte barsch, während er Kersten seinen Dienstausweis ins Gesicht hielt.

»Es geht jetzt nicht. Unser Copilot ist bewusstlos. Wir sind gezwungen, sofort zu landen«, erwiderte sie leise.

»Verdammt noch mal!« Der Beamte schüttelte den Kopf. »Lassen sie mich wenigstens mit ihm ...«

Begleitet durch ein lautes Klacken lösten sich im selben Augenblick überall in der Maschine die Sauerstoffmasken aus ihren Fächern über den Köpfen der Passagiere.

»Scheiße«, entfuhr es Katja Kersten.

Ein vielstimmiger Panikschrei aus den Reihen der Passagiere erklang.

»Was soll das?« Der Sicherheitsbeamte war völlig irritiert.

Sekunden später tönte Wegeners Stimme durch die Maschine: »Hier spricht Ihr Kapitän. Bitte nehmen Sie sofort einen Sitzplatz ein und benutzen Sie die Sauerstoffmasken vor Ihnen. Es ist alles unter Kontrolle. Ich melde mich gleich mit neuen Informationen.«

Druckabfall? Das war kein Zufall. Der Mann namens Wegener machte tatsächlich ernst.

Die fremde Frau in der Hecktoilette saß in diesem Moment auf einem heruntergeklappten Klosettdeckel und betrachtete halb ungläubig, halb erstaunt den gelben Plastikbecher, der vor ihr an einem dünnen Schlauch von der Decke baumelte. Instinktiv zog sie das Ding über Mund und Nase und versuchte, ruhig weiter zu atmen. Sie durfte jetzt auf keinen Fall in Panik verfallen. Da sie sowieso nichts weiter tun konnte, stopfte sie ihre Bluse zurück in den Bund ihrer Hose und zog sich das Sakko über. Dann griff sie das lange, schwarze Messer. Sie hatte es vor sich im Waschbecken abgelegt. Vorsichtig strich sie mit einem Finger über die beruhigend scharfe Keramikklinge. Die Waffe war bis vor einem Moment mit Pflastern an ihrem Rücken befestigt gewesen, unentdeckt von den Metalldetektoren während der Sicherheitskontrolle am Flughafen. Schließlich ließ sie das Messer in ihrer linken Sakkotasche verschwinden. Was auch immer der Mann dort vorn plante, sie fühlte sich nun ein ganzes Stück besser gewappnet.

Februar 1988

Die zehn Kästen Bier und die Kiste Schnaps, die am Morgen von der Botschaft geliefert worden waren, würden ihm die Pforte ins Glück öffnen. So jedenfalls hoffte Gombrowitsch.

Tags zuvor war die Ladung Alkohol mit der Interflugmaschine von Ost-Berlin nach Addis Abeba geliefert worden. Nachschub für die in der Hauptstadt Äthiopiens stationierte Besatzung der DDR-Luftstreitkräfte. Ein Gruß aus der Heimat an die Soldaten, die ihren heldenhaften und mutigen Beitrag zur Aufbauhilfe des sozialistischen Bruderlandes leisteten.

Für Gombrowitsch war die Lage der Himmel auf Erden. Am Tag seiner Entlassung aus dem Hospital in Addis war die Antonow-Transportmaschine in Metema liegengeblieben. Nicht nur das Flug-, auch das vierköpfige Bodenpersonal hatte sich mit an Bord befunden. Einmal im Monat machten die Mechaniker den wöchentlichen Flug mit, als eine Art Betriebsausflug, um der Langeweile des ständigen Bereitschaftsdienstes zu entfliehen. Ein hilfreicher Zufall. Bis zur Reparatur der Maschine würde Gombrowitsch nun allein über das Haus seiner Mannschaft verfügen – und das weitgehend unbeobachtet. In unmittelbarer Nachbarschaft zu der Frau, die seit ihrer gemeinsamen Nacht in seinem schäbigen Krankenzimmer nicht mehr aus seinen Gedanken verschwinden wollte. Zwei Tage war das her und es kam ihm vor wie eine halbe Ewigkeit. Er hatte keine Ahnung, ob sie ihn überhaupt jemals wiedersehen wollte.

Als er am nächsten Morgen erwacht war, hatte er sich in seinem Bett allein wiedergefunden. Noch am selben Tag war er entlassen worden und hatte sie seither nicht mehr gesehen.

Er musste sie treffen.

Ayana schaltete und waltete als uneingeschränkte Herrscherin in Gombrowitschs Gedankenwelt. Er roch immer noch ihren Duft, konnte sie schmecken und hörte ihre Stimme in imaginären Unterhaltungen, die er in ständigen Tagträumereien mit ihr führte. Er fühlte sich verliebt wie ein Sechzehnjähriger. Und da das Schicksal verfügt hatte, dass er von der Frau seiner Träume nur durch eine übermannshohe Ziegelmauer getrennt war, musste er die einmalige Chance ergreifen.

Einfach in der Nacht hinüber zu klettern, kam nicht in Frage. Zu ungebührlich, zu plump und zu gefährlich. Das Haus der deutschen Fliegerbesatzung wurde von äthiopischen Wachleuten gesichert. Die offizielle Bezeichnung dafür, dass sie bewacht und kontrolliert wurden und sich höchstens in Pärchen in der Stadt bewegen durften. Nicht, weil es den äthiopischen Behörden ein Dorn im Auge war, sondern aufgrund des Misstrauens ihrer eigenen Vorgesetzten zu Hause. Irgendjemand aus ihrer handverlesenen Gruppe hätte sich vielleicht doch zum Gang in den Westen verlocken lassen können.

Ayana lag auf ihrem Bett und versuchte zu lesen. Es war früher Abend, bald würde die Dämmerung heraufziehen. Sie war am Nachmittag von ihrem Dienst nach Hause zurückgekehrt.

Sie gab es nur ungern zu, war sich aber ganz und gar bewusst, dass sie zu einem höchstprivilegierten Teil der äthiopischen Bevölkerung gehörte. Nur deshalb hatte sie Medizin studieren dürfen. Als eine von insgesamt drei Frauen unter knapp neunzig Kommilitonen in ihrem Jahrgang. Das Studium verdankte sie zum einen dem Umstand, dass ihrem Vater kein Sohn vergönnt worden war, der in seine Fußstapfen hätte treten können. Zum anderen verband ihn und Ayana eine innige Beziehung, in der die Tochter sehr genau wusste, welche Saiten des Vaters sie zum Klingen bringen musste, um zu erreichen, was sie sich in den Kopf gesetzt hatte. Ihre Mutter hatte keine weiteren Kinder geboren und starb, als Ayana zwölf Jahre alt war. Als Teenager noch war unzähliges Geschirr in Scherben gegangen und es hatte ganze Tage gegeben, die ihr gleichsam wütender wie hilfloser Vater sie in ihrem Zimmer einsperrte. Inzwischen hatte sie diplomatischere Wege gefunden, um an ihre Ziele zu gelangen, auch wenn diese oft genug die Grenzen der Traditionen überschritten, denen ihr Vater sich verpflichtet fühlte.

So arbeitete Ayana mittlerweile im angesehensten Krankenhaus des Landes, dank weitreichender Beziehungen ihres Vaters und trotz seiner Bedenken, dass eine berufstätige Frau sich noch schwerer verheiraten ließ. Vor wenigen Monaten war ihre Verlobung mit dem Spross einer wohlsituierten Familie aus Addis Abeba gefeiert worden. Diesen Preis hatte sie hinnehmen müssen. Quid pro quo. Die Medizin gegen eine standesgemäße Ehe. Sie war bereits fünfundzwanzig Jahre alt. Eine alte Jungfer, die zu verloben ihren Vater gehörige Anstrengungen gekostet hatte. Sie wusste genau, dass sie niemals einen Affront ihrer einflussreichen Schwiegerfamilie riskieren, ihre Verlobung aufs Spiel setzen und die Abmachung mit ihrem Vater brechen durfte. Das hätte ihm eine schreckliche Enttäuschung bereitet und unabsehbare gesellschaftliche Folgen nach sich gezogen.

Folgerichtig gab es in ihrer Situation einzig eine mögliche Lösung: Der Mann namens Gombrowitsch musste vergessen werden.

Eben dieses Mantra betete Ayana unablässig vor sich her, während sie an nichts anderes denken konnte als den deutschen Offizier. Und so sehr sie auch das schlechte Gewissen plagte, es gelang ihr nicht, den feinsinnigen Fremden mit den unglaublich blauen Augen aus ihren Gedanken zu verdrängen. Die Nacht, die sie mit ihm verbracht hatte, ließ sich nicht mehr aus ihrer Erinnerung löschen und bedeutete noch mehr Gefahr. Intimer Umgang mit Ausländern wurde von der Obrigkeit äußerst ungern gesehen.

Ein Läuten ertönte an der Pforte. Ayana hörte Feker, die alte Mamita des Hauses, wie sie den kleinen Innenhof durchquerte und das Tor öffnete. Wenig später kehrte die Haushälterin zurück, um Ayanas Vater Solomon von einem überraschenden Besucher zu berichten. Gleich darauf hörte Ayana die Schritte und Stimme ihres Vaters draußen im Hof. Ein unverständliches Gemurmel folgte, kurzes Palaver, Männerlachen, dann war klar, dass der Besucher den Hof des Hauses betreten hatte.

Die freundliche Unterhaltung ihres Vaters und des Neuankömmlings hallte durch ihr geöffnetes Zimmerfenster im ersten Stock des Hauses. Ayana erkannte die Stimme des Neuankömmlings. Ihr Pulsschlag beschleunigte sich, im ersten Moment erschrak sie, doch dann wichen ihre Bedenken, und sie wurde von purer Freude erfüllt.

Sie erhob sich rasch von ihrem Bett und stürmte die Treppe hinab in den weitläufigen Flur des Hauses. Ihr Vater schritt gerade durch die Eingangstür. Dicht hinter ihm folgte der deutsche Offizier. Gombrowitsch hatte sich in den letzten beiden Tagen noch einmal deutlich erholt. Die zurückliegende Blinddarmoperation konnte man dem stattlichen Mann nicht mehr ansehen. Er trug eine Kiste mit mehreren braunen Flaschen auf der Schulter und stellte sein Mitbringsel nun klirrend auf die hellen, kühlen Fliesen des Fußbodens.

»Ich habe Bier aus meiner Heimat mitgebracht.« Gombrowitsch lächelte ein unwiderstehliches Lächeln. »Als Dank, dass Sie beide mich gerettet haben. Und um gemeinsam meine Wiedergeburt zu feiern.«

Lachend schlug ihr Vater dem Deutschen auf die Schulter.

Während Ayana nicht anders konnte, als das Lächeln Gombrowitschs von ganzem Herzen zu erwidern.

Knapp drei Stunden später war der Deutsche immer noch zugegen.

Die Situation erschien Ayana so aufregend und bizarr, dass sie mehrere Male unter einem Vorwand das Zimmer verlassen musste, um nicht die Fassung zu verlieren. Sie wusste nicht, ob sie lachen oder weinen sollte. Was wollte Gombrowitsch in ihrem Haus?

Es kostete sie eine unerhörte Disziplin. Sie hatte sich die ganze Zeit verstellen müssen, die zurückhaltende Tochter des Gastgebers spielen, lächeln, dann und wann nicken, nur auf Ansprache reagieren und während des Abendessens die servile Hausfrau geben. In Gedanken hatte sie den Geliebten schon längst auf ihr Zimmer gezerrt, um all die Dinge fortzusetzen, die vor zwei Nächten begonnen worden waren.

Ihr Vater bemerkte nicht die bedeutungsvollen Blicke, die unaufhörlich zwischen ihr und dem deutschen Gast hin und her schnellten. Auch der sehr klein zusammengefaltete Zettel, den Gombrowitsch ihr beim Servieren des Essens heimlich zusteckte, entging seiner Aufmerksamkeit.

So hatte sie sich inzwischen von den Männern verabschiedet und auf ihr Zimmer zurückgezogen, wie es sich gehörte. Ayana entfaltete mit klopfendem Herzen Gombrowitschs Nachricht. Sie kam sich wie ein kleines Schulmädchen vor und genoss das Gefühl, als flösse warmer Honig in ihren Adern. Die kühle Abendluft drang durch ihr Fenster. Sie lag auf ihrem Bett und las begierig die kurzen Zeilen, die er in Deutsch verfasst hatte.

Liebste Ayana,

ich weiß nicht, wie es mit Dir steht. Ich weiß nur, dass ich an nichts anderes mehr denken kann. Ich muss Dich wiedersehen. Unbedingt! Um 23:00 werde ich oben auf der Mauer auf Dich warten. Wenn Du willst, werde ich Dir auf meine Seite herüberhelfen. Ich habe das Haus für mich ALLEIN. Dein Vater wird heute Nacht sehr gut schlafen. Auch die Wachleute haben bereits eine Flasche ›Schnaps‹ bekommen. Sie werden keine Gefahr sein.

Ich vermisse Dich so sehr.

Ich sende Dir einen Kuss! Viele weitere sollen folgen.

Dein J.

Gombrowitsch hatte währenddessen keine Ahnung, wie er sich auf das Gespräch mit dem äthiopischen Arzt konzentrieren sollte, hoffte er doch, dass Ayana oben in ihrem Zimmer seine Nachricht lesen und sein Bitten erhören würde. Er saß mit Ayanas Vater im Wohnzimmer in voluminösen Ledersesseln. Der Äthiopier löcherte ihn schon den ganzen Abend mit Fragen über die Weltpolitik, die Gombrowitsch in diesem Moment keinen Deut interessierten und die er einem fremden Menschen auch niemals auf die Nase binden wollte. Ayanas Vater aber lechzte förmlich nach der Meinung seines ausländischen Gastes: Russen, Amerikaner, Äthiopien als Spielball der beiden großen Mächte, Ostdeutschland, Westdeutschland – das Themenkarussell drehte sich heftig, während das Englisch des Äthiopiers von flüssig zu dickflüssig wechselte, denn inzwischen war man vom Bier zu der ebenfalls mitgebrachten Flasche Schnaps übergegangen. Irgendwie gelang es Gombrowitsch, sich durch den Rest der Konversation zu manövrieren, ohne viel sagen zu müssen. All seine Gedanken waren bei der Frau, die er ein Stockwerk über sich wusste. Geschickt überließ er deren angetrunkenem Vater den allergrößten Redeanteil der ohnehin einseitigen Unterhaltung. Bis es nach einer weiteren halben Stunde an der Zeit war zu gehen.

Ayana las Gombrowitschs Botschaft zum inzwischen zweihundertsten Mal, als sie hörte, wie ihr Vater den Gast durch die Tür des Hauses zum Hoftor geleitete und dort verabschiedete. Kurz vor zehn. Ausgangssperre. Niemand durfte sich ab diesem Zeitpunkt auf der Straße sehen lassen. Zuwiderhandeln konnte lebensgefährlich werden.

Doch Ayana hatte nicht vor, sich an diesem Abend noch einmal auf die Straße zu wagen. In den Garten würde sie entwischen, aber der war von außen nicht einsehbar.

Ihr Vater polterte leise singend die Treppe nach oben, um sich in seinem Zimmer schlafen zu legen. Und es dauerte nicht lange, da hörte Ayana ihn so laut und gleichmäßig schnarchen, wie sie es selten zuvor erlebt hatte. Der Alkohol, den Gombrowitsch ihrem Vater eingeflößt hatte, tat seine Wirkung.

Kurz vor elf, nach der längsten Stunde ihres Lebens, konnte Ayana es nicht länger erwarten. Sie schlich lautlos die Treppe hinab und öffnete leise die Tür des Hauses. Behände glitt sie durch den dunklen Garten. Ihr Herz klopfte wild. Vorsichtig schlich sie die Gartenmauer entlang. Die war über vier Meter hoch und ihre Oberkante lag im Dunkel der Nacht verborgen.

»Ayana?«, kam es gedämpft von oben.

Sie konnte ihn nicht sehen, erkannte Gombrowitschs Stimme aber sofort und antwortete leise.

Im nächsten Augenblick wurde eine alte Holzleiter von oben herabgelassen. Ayana zögerte nicht lange und stieg die Sprossen hinauf. Oben saß Gombrowitsch rittlings auf dem Mauerrücken. Er fasste Ayanas Arm, zog sie zu sich hoch, und die beiden verloren kein weiteres Wort, wie auch, denn ihre Lippen machten sich selbstständig und fielen im selben Moment übereinander her.

So saßen Ayana und Gombrowitsch eine Weile im Dunkeln auf der Mauer, einander still liebkosend. Sie konnten kaum begreifen, den anderen wirklich in den Armen halten zu dürfen und ließen sich von einer alles verschlingenden Woge fortreißen. Weit weg, an einen sicheren Ort, an dem das, was sie taten, weder verboten noch gefährlich war.

Irgendwann machte Gombrowitsch sich los. Mit Ayanas Hilfe beförderte er die alte Holzleiter von der einen Seite der Gartenmauer auf die seines eigenen Grundstücks. Leise kletterten die beiden hinab und begaben sich im Schutze der Dunkelheit in das Haus, über das Gombrowitsch in dieser Nacht allein verfügen würde.

8:01 Uhr MEZ

Per Funk kam die Anweisung des nächsten Streckenlotsen, auf eine Höhe von knapp elftausend Metern zu klettern. Wegener bestätigte und begann mit dem Steigflug. Sie würden, schätzte er, mehrere Minuten dafür benötigen und sich dann bereits im Luftraum südöstlich von München befinden.

Dann schaltete er das Mikrofon in seiner Sauerstoffmaske auf die Kabinenlautsprecher. Die Passagiere harrten da hinten seit mehr als zehn Minuten mit Notfallmasken auf ihren Gesichtern aus. Es war höchste Zeit für eine neuerliche Beschwichtigung durch den Kapitän.

»Meine Damen und Herren, wir bitten die Unannehmlichkeiten durch unseren technischen Defekt zu entschuldigen, wir werden in wenigen Minuten sicher auf dem nächstgelegenen Flughafen landen. Wie es dann für sie weitergeht, werden wir sofort mit unserer Fluggesellschaft klären. Vielen Dank.«

Ein Raunen der Passagiere ging durch die Kabine. Es war kalt. Viel kälter als es sein sollte. Die ängstliche Anspannung war deutlich zu spüren und zu sehen, doch bislang verhielten sich alle ruhig. Was sollten sie auch tun, durch die Sauerstoffmasken war ihnen kaum noch Bewegungsfreiheit gegönnt.

»Und warum sinken wir dann nicht?«, hämmerte es durch Katja Kerstens Kopf.

Die Ansage des Kapitäns irritierte sie vollends. Die Kabinenchefin hatte, wie ihre drei Kolleginnen auch, sofort nach dem Ausklappen der Sauerstoffmasken den nächstbesten Sitzplatz eingenommen und sich eine freie Maske über das Gesicht gezogen, nachdem sie den erbosten Sicherheitsbeamten auf dessen Sitzplatz befehligt hatte.

Nun aber wurde Katja Kersten unruhig. Von Sinkflug war nichts zu spüren. Sie hatte vielmehr das Gefühl, dass die Maschine noch weiter stieg. Wie lange wurden sie nun schon über die Notfallmasken versorgt? Zehn Minuten? Der Kapitän musste doch irgendetwas unternehmen? War die Ärztin noch im Cockpit? Natürlich, sie hatten schließlich einen Druckabfall, jeder hatte auf seinem Platz zu verharren und eine Sauerstoffmaske über zu ziehen.

Was für eine Geschichte. Der Erste Offizier klappt vorn zusammen, und dann auch noch das.

Was für ein unglaublicher Zufall.

Zufall ...

Konnte das Zufall sein? So viel Pech auf einmal?

Etwas stimmte nicht.

Katja Kersten zitterte vor Kälte, trotzdem brach ihr der Schweiß aus. Sie ging noch einmal alle Abläufe des heutigen Morgens durch. Zunächst wird der eigentliche Kapitän krank. Ein Ersatzmann kommt. Nichts Ungewöhnliches. Während des Fluges dann fällt plötzlich der Erste Offizier aus, auch das kann passieren. Im nächsten Moment gibt es einen Druckabfall in der Kabine.

Kann das ...?

Was, wenn ...?

Sie fühlte Panik in sich aufsteigen.

Doch sie durfte sich davon nicht lähmen lassen.

Sie musste irgendetwas tun.

Wie hoch mochte der Druck in der Kabine gerade sein? Sie wusste, dass, je dünner die Luft wurde, die Zeit, die einem Menschen zu sinnvollem Handeln blieb, immer kürzer wurde. In der üblichen Reisehöhe von elftausend Metern waren es circa dreißig Sekunden. So hoch war die Maschine aber noch nicht, schätzte sie. Bis zu ihrem eigentlichen Platz, der Station der Kabinenchefin, direkt vor dem Cockpit-Eingang gelegen, waren es nur wenige Meter. Dort hing eine weitere, freie Sauerstoffmaske an einem Plastikschlauch herab. Dort musste sie hin. Das konnte sie schaffen. Tief einatmen. Mit einem Ruck riss sie ihre Maske

vom Gesicht, sprang aus ihrem Sitz und versuchte, so schnell wie möglich ihre Station zu erreichen. Die Köpfe vieler Passagiere und ihrer Kolleginnen reckten sich nach ihr. Mit angehaltener Luft erreichte sie die unbenutzte Maske, die über dem Platz ihrer Station baumelte. Sie zog den Plastikbecher hastig über Mund und Nase und atmete.
Und atmete.
Und atmete.

Gleichmäßig sog Ayana im Pilotensitz neben Wegener den Sauerstoff aus der Gesichtsmaske in ihre Lungen und beobachtete nervös die Kabinendruckanzeige in der Instrumententafel vor sich.

Ayana hielt den Kipptaster des Druckregelungssystems nach vorn geschoben, so, wie Hajo es ihr vor ein paar Minuten gezeigt hatte. Mit Hilfe der manuellen Druckregulierung sorgte sie dafür, dass der Druck in der Maschine einer Höhe von siebentausend Metern entsprach. Die Luft war nun so dünn, dass ein untrainierter Mensch innerhalb von Minuten in Ohnmacht fiel.

Sie schloss kurz ihre Augen und betete inständig zu Gott, dass keinem der Passagiere etwas geschehen, dass die Rettung ihrer Tochter kein fremdes Leben kosten würde.

Dann konzentrierte sie sich wieder auf die leuchtende Druckanzeige.

Katja Kerstens Herz schlug schnell, sie hatte ihre Atmung wieder unter Kontrolle, zitterte jedoch vor Kälte und Aufregung. Sie wollte gerade das Interphone benutzen, um das Cockpit anzurufen, als sich eine Hand von hinten auf ihre Schulter legte. Erschrocken fuhr sie herum. Hinter ihr standen die beiden Sicherheitsbeamten der Bundespolizei. Sie hatten sich von ihren Sitzen erhoben, trugen dementsprechend keine Sauerstoffmasken.

»Sind Sie völlig ...«

»Schauen Sie«, unterbrach der Beamte, der sie vor wenigen Minuten bereits angesprochen hatte.

Er keuchte jämmerlich und deutete auf das kleine Sichtfenster in der

Flugzeugtür neben ihr. Völlig überrumpelt kam sie seiner Aufforderung nach und blickte nach draußen. Im nächsten Moment verstand sie, was der Mann von ihr wollte: Aus der Wolkendecke ragten, nicht mehr weit entfernt in Flugrichtung, die Gipfel eines mächtigen Bergmassivs.

»Wir sind nicht auf dem Weg nach Lettland«, stieß der Beamte hervor. »Das da vorn sind die Alpen!«

Panik stieg in Katja Kersten auf, als ihr klar wurde, in welcher Gefahr sie sich alle befanden. Was auch immer der Mann im Cockpit im Schilde führte ... er hatte mit Sicherheit den Druckabfall in der Kabine provoziert. Sie wusste nicht genau, wie lange die Sauerstoffreserven noch reichen würden. Insgesamt wurde die Kabine circa fünfzehn Minuten mit Notsauerstoff versorgt. Eigentlich Zeit genug, um die Maschine auf eine ungefährliche Flughöhe zu bringen. Doch es war unübersehbar, dass sich ihr Flugzeug weiterhin viele Tausend Meter über dem Boden befand.

»Lassen Sie mich ins Cockpit«, forderte der Beamte.

»Unmöglich, ich kann von außen die Verriegelung nicht öffnen«, antwortete Katja Kersten schwach. Die Angst hatte nun von jeder Faser ihres Körpers Besitz ergriffen.

»Dann lassen Sie mich wenigstens mit denen da drinnen sprechen!«

Geschlagen reichte sie dem Zivilpolizisten das Interphone.

»Ja?«, meldete sich Wegeners Stimme.

»Was haben Sie vor?«, bellte der Beamte in den Hörer.

»Setzen Sie sich hin«, befahl Wegeners Stimme. »Benutzen Sie eine Atemmaske, wir werden gleich landen.«

»Wo wollen Sie denn landen? Mitten in den Alpen?«

Diejenigen Passagiere, die den Ausbruch des Mannes mitverfolgen konnten, wurden nun unruhig. Das musste verhindert werden.

Katja Kersten fing sich wieder und riss dem Beamten den Hörer aus der Hand. Trotz aller Umstände war Diskretion immer noch ihre höchste Priorität. Sie wollte auf jeden Fall eine Panik unter den Fluggästen vermeiden. Dieser Teil der Ausbildung war ihr schon lange in Fleisch und Blut übergegangen.

»Sie werden unschuldige Menschen umbringen, das ist Ihnen klar, oder?«, flüsterte sie flehend in den Hörer.

»Niemand wird umkommen«, erklärte Wegeners Stimme beruhigend. »Setzen Sie sich, entspannen Sie sich, wir werden gleich landen, dann ist die Situation überstanden. Es ist alles unter Kontrolle.«

Hoffnungslos rüttelte Katja Kersten an der verriegelten Cockpit-Tür. Der Sicherheitsbeamte neben ihr sah dabei zu, schwer atmend, völlig abwesend und desorientiert. Sein Kollege hinter ihm, der die ganze Zeit noch kein Wort gesagt hatte, brach unvermittelt in albernes Gelächter aus – die Höhenkrankheit setzte ein.

Entgegen aller Sicherheitsbestimmungen klappte Katja Kersten den Crew-Sitz ihrer Station aus, schnallte den gackernden Bundespolizeibeamten darauf und zog ihm ihre eigene Sauerstoffmaske über. Dann griff sie sich, so schnell sie konnte, dessen lethargischen Kollegen und bugsierte ihn keuchend auf den nächsten freien Sitzplatz. Sie wies die Umsitzenden an, dem Mann eine der ungenutzten Masken überzuziehen, während sie selbst nach der nächstbesten freien Notfallmaske fingerte.

»Werden wir sterben?«, fragte eine ältere Dame unter der gelben Plastiktasse auf ihrem Mund. Sie blickte schicksalsergeben in Katja Kerstens Gesicht.

»Nein, wir werden gleich landen, keine Angst«, beschwichtigte Katja Kersten die Frau, wandte dann jedoch ihren Blick ab. Niemand sollte sehen, wie sich ihre Augen mit Tränen füllten. Im nächsten Moment versiegte der Luftstrom in ihrer Sauerstoffmaske.

Wegener spürte eine Gänsehaut am ganzen Leib. Noch dazu kämpfte er mit einem Schweißtropfen, der ihm unter seiner Sauerstoffmaske in den linken Augenwinkel geronnen war. Schließlich musste er sich eingestehen, dass es sich in Wahrheit um eine Träne handelte, die ihn zum Blinzeln zwang.

Im hektischen Chaos der letzten vierundzwanzig Stunden hatte er kaum einen Gedanken an die Konsequenzen seines Handelns verloren. Es war nie seine Absicht gewesen, die Menschen dort hinten in Todesangst zu versetzen.

»Was hast du?«, fragte Ayana besorgt.

»Die Polizisten und die Kabinenchefin haben mitbekommen, das etwas faul ist.«

Ayana starrte ihren Mann durch die Gläser ihrer Sauerstoffmaske erschrocken an.

»Und jetzt?«

»Nichts«, entgegnete Wegener leise. »Wir müssen einfach weitermachen.«

Verzweifelt ließ Katja Kersten ihrer Angst freien Lauf. War das hier also das Ende? Sie schloss die Augen, sah vor sich das Bild ihres Mannes, der in diesem Moment die beiden Töchter in den Kindergarten brachte. Die drei ahnten nicht, dass ihre Mutter und Ehefrau nie wieder nach Hause kommen würde.

Sie atmete ängstlich ein und aus. Da war noch Luft. Sie atmete weiter. Nein. Sie würde nicht einfach aufgeben. Sie würde kämpfen. Und erinnerte sich mit einem Mal, wo an Bord es noch Sauerstoff gab.

Sie riss sich die nutzlose Notfallmaske vom Gesicht und stolperte, mehr als dass sie lief, zu ihrer Station. Sie durchwühlte hastig die Schubfächer, atmete schwer, zu wenig Luft, viel zu wenig Luft, nicht daran denken, weiter machen. Sie entdeckte endlich das Paket, das sie suchte, riss die durchsichtige Verpackung auf, entfaltete die Brandschutzhaube darin, versuchte verzweifelt, die darauf angebrachte Bedienungsanleitung zu entziffern und merkte, wie die Buchstaben vor ihren Augen zu tanzen begannen.

Ein Extrembergsteiger wäre auch unter den herrschenden Druckverhältnissen noch zu physischen Höchstleistungen im Stande gewesen. Weil er darauf trainiert war, und sich sein Körper durch den langsamen Aufstieg an die entsprechenden Luftdruckänderungen gewöhnen konnte. All das traf für Katja Kersten nicht zu. Sie war von einem Moment zum nächsten dem rapiden Druckabfall in der Kabine ausgesetzt. Sie starrte die Brandschutzhaube in ihrer Hand an und wusste im nächsten Moment schon nicht mehr, was sie mit dem Ding eigentlich anfangen wollte.

Sekunden später wurde sie von einem erlösenden Schwarz umfangen.

8:14 Uhr MEZ

Vögeln, dachte Marcel Bettermann, während er die Treppe in den Keller hinunterstieg, gleich werd ich die Schokoschlampe vögeln. Höchste Zeit. Seit sie die Braut in Berlin mitgenommen hatten, trug er jedes Mal, nachdem er ihr im Keller das Essen hinstellen und den Pisseeimer wechseln musste, einen heftigen Ständer mit sich rum. Der Opa hatte ihm verboten, sie anzufassen. Und auch André hatte ihn belabert: »Der Alte flippt aus, wenn ihr auch nur ein Haar gekrümmt wird.« Typisch, sein großer Bruder. Wen interessierte denn, ob die Tussi gevögelt wurde? Aber heute war's so weit. In ein paar Stunden würden sie hier aufräumen. Dann musste die Schlampe sowieso weg. Wäre also Verschwendung, sie nicht vorher noch mal ordentlich zu ficken. Und er musste nicht zimperlich sein. Die Lady würde schreien. Spuren würden die Bullen hinterher keine finden. Die Braut landete im gleichen Bad wie der schwule Pilot. Natronlauge. Geiles Zeug. Der Typ, den sie in dieser Chemiefabrik an der Hand hatten, war Gold wert. Blubb und weg. Nur scheiße, dass sie gestern das Pilotenliebchen nicht mitnehmen konnten. Ein zweites Mal mit dem Karton in die Bude rein zu latschen, wäre zu auffällig gewesen. Scheißegal. So schnell würde kein Arsch in die Wohnung reinkommen.

Als Marcel Bettermann die Kellertür erreichte, versuchte sein Penis bereits, sich freudig erregt zu voller Größe aufzurichten. Der feste Stoff der ihn umfangenden Hose hinderte ihn jedoch daran. Bettermann drehte den Schlüssel im Schloss, drückte die Klinke herunter, schwang die Tür auf und schaltete das Licht ein.

Vielleicht lag es an jener bestimmten Menge Blut, die in diesem Moment im Schwellkörper seines Gemächts benötigt wurde, anstatt sein Gehirn mit Sauerstoff zu versorgen – es dauerte jedenfalls den Bruchteil eines Augenblicks länger als gewöhnlich, bis er das Bild verarbeitet hatte, das sich ihm präsentierte: Der Platz, an dem die Gefangene kauern sollte, war leer.

Und noch bevor er sich darüber richtig wundern konnte, zertrümmerte Fanny den Teller, von dem ihr Marcel Bettermann vor fast zwölf Stunden die letzte Mahlzeit gefüttert hatte, auf dessen kurz geschorenem Schädel.

Scheiße, der Gorilla mit der Waschmaschine, schoss ihr ein Erinnerungsfetzen durch den Kopf, ihr, deren ganzer Körper mit Adrenalin vollgepumpt war, deren Muskeln bis vor wenigen Minuten noch höllisch geschmerzt hatten, ihr, die nun nichts fühlte als die Explosion einer wilden Mischung aus Anspannung, Angst und dem unbändigen Willen, diesem Arschloch zu entkommen.

Der Gorilla drehte sich in ihre Richtung, wankte, eher vor Überraschung denn vor Schmerzen, fiel jedoch nicht. Fanny riss den Eimer neben sich hoch und kippte dem Mann mit Schwung ihren Urin samt einiger Brocken Kot ins Gesicht. Der Gorilla schrie auf. Brannte das Zeug in den Augen oder ekelte sich das Arschloch einfach nur vor Exkrementen?

Egal, sie hatte keine besseren Waffen zur Hand. Mit der ungezügelten Energie ihres blanken Hasses landete sie in der nächsten Sekunde einen gezielten Tritt zwischen seinen Beinen, noch während der Typ sich ihren Urin aus den Augen rieb. Er schrie wieder auf und ging in die Knie. Endlich.

Fanny stürmte aus dem Raum, ohne weiter nachzudenken, ohne zu wissen, wo es eigentlich lang gehen würde. Sie flehte im Laufen lediglich, bitte nicht noch mehr Arschlöchern da draußen zu begegnen.

Nachdem sie es gewagt hatte, das Licht einzuschalten, waren es vielleicht fünfzehn Minuten gewesen, die ihre Augen benötigt hatten, um sich an die Helligkeit des Neonlichts zu gewöhnen. Vielleicht auch länger, vielleicht weniger. Ihr Zeitgefühl war einfach hin. Sie war mit dem leeren Teller und dem leidlich gefüllten Eimer neben der verschlossenen Tür auf den Boden gesunken, mit klopfendem Herzen, lauschend, darauf wartend, dass ihr Peiniger zurückkäme.

Keuchend flog sie nun einen Gang entlang, erhellt von einer schier endlosen Reihe schummriger Kellerleuchten, bis ihre Beine sie eine steile Betontreppe hinauftrugen. Je weiter sie den Stufen folgte, desto deutlicher zeichnete sich schimmerndes Tageslicht am oberen Absatz ab. Ihr Puls hämmerte, als sie am Ende durch die offenstehende Tür trat. Sie musste kurz innehalten, durchschnaufen. Ihr japsender Atem hallte durch ein leeres, weiß getünchtes Treppenhaus. War da ein Geräusch hinter ihr? Folgte ihr der Mann von unten? Vorsichtig öffnete sie die nächste Tür. Eine große, leere Lagerhalle. Sie vernahm ein stöhnendes Grunzen hinter sich auf der Kellertreppe. Weg hier. Schnell. Sie lief los, eine lange Reihe vergitterter Fenster entlang. Oh, bitte, wo war der verdammte Ausgang. Draußen erkannte sie eine Straße, dichten Autoverkehr, Passanten, hörte ihre eigenen Schritte von den nackten Wänden und Böden widerhallen, entdeckte einen Durchgang, ein nächster leerer Lagerraum, sie fühlte nun Panik in sich aufsteigen, hörte deutlich, dass der wütende Gorilla sie verfolgte. Sie gelangte in einen kleineren Raum, einen Vorraum, wie es schien. An dessen Ende entdeckte sie eine Tür.

Sie war völlig außer Atem, ihr Puls wummerte.

Aus dem stählernen Türblatt ragte keine Klinke, nur ein glänzender, runder Knauf.

Nicht gut.

Die Türangeln befanden sich rechts, also versuchte sie, den Knauf nach rechts zu drehen.

Nichts rührte sich.

»Nein«, schrie sie, »nein, nein, nein!«

Scheißegal, ob das Arschloch hinter ihr sie hören konnte.

Sie rüttelte noch einmal an dem Knauf, vergeblich. Das Ding bewegte sich keinen Millimeter, die Schritte ihres Peinigers erklangen im

Nebenraum, sie rüttelte weiter, drehte den Knauf wieder nach rechts, nach rechts, verdammt, geh auf, probierte nun, den runden Griff in ihrer Faust nach links zu drehen, was eigentlich völlig sinnlos schien, doch dann, klack, gab das Ding tatsächlich nach, der Riegel des Schlosses schob sich zurück, sie stieß die Tür auf und stand im Freien.

Eiskalter Nieselregen schlug ihr entgegen. Doch davon spürte sie nichts. Orientierungslos rannte sie durch die Kälte. Du warst gut in Form, dachte sie, lauf einfach, lauf, nicht nachdenken, lauf!

Die wenigen Passanten, die ihr entgegenkamen, mussten sie für eine mutige Joggerin halten, eine, die in ihren dünnen Sportklamotten dem Wetter und dem inneren Schweinehund trotzte. Niemand schenkte ihr Beachtung.

Ich muss jemanden ansprechen, muss irgendwen um Hilfe bitten, die Polizei rufen.

Den Wagen sah sie nur aus den Augenwinkeln auf sich zu kommen.

Der Fahrer, ein älterer Herr, Mitte sechzig, würde später zu Protokoll geben, wahrlich nicht schnell aus der Einfahrt des Matratzenmarktes gefahren zu sein, dass vielmehr die Joggerin so plötzlich von links heran gerauscht kam und dass der Zusammenprall unvermeidlich war.

Begleitet von einem dumpfen Knall, kugelte Fanny über die Fronthaube und schlug auf der anderen Seite des Autos auf den Bürgersteig.

Sie erlebte den Zusammenstoß wie in Zeitlupe und hatte Glück, denn durch das Abrollen über die Motorhaube landete sie nicht mit dem Kopf, sondern mit dem Po auf dem Boden. Trotzdem war die Erschütterung ihres Körpers heftig genug, der Schreck saß ihr in den Gliedern und für ein paar Sekunden blieb sie reglos liegen.

»Sind sie verletzt?«, hörte sie die Stimme eines älteren Herren. »Können Sie mich hören?«

Fanny schlug die Augen auf und erblickte, ganz nah vor dem ihren, das Gesicht des Rentners, der sie angefahren hatte.

»Sie müssen mir helfen«, flehte sie den Mann an, »bitte!«

Der zögerte nicht lange und half ihr ächzend auf die Beine. Noch während sie sich auf die verbeulte Motorhaube stützte, sah sie in knapper Entfernung den Bodybuilderschrank näherkommen. Sein leicht gequälter Laufstil verriet, dass ihr Tritt ihm ein kleines Andenken bereitet hatte. Auf seinem verzerrten Gesicht spiegelten sich Wut und Schmerz.

»Ich rufe sofort einen Krankenwagen«, hörte sie den Alten neben sich sagen. »Können Sie gehen?«

Sie musste laufen, nicht gehen. Sie durfte diesem Arschloch nicht wieder in die Hände fallen.

Dieser Gedankenblitz führte in Fannys Gehirn zu einer folgenschweren Fehlzündung: Noch während der ältere Herr neben ihr darauf wartete, per Handy mit dem Notruf verbunden zu werden, schubste Fanny den Mann mit aller Kraft von den Füßen. Ihr massiger Verfolger war nur noch wenige Meter entfernt. In der nächsten Sekunde umrundete sie die Motorhaube, warf sich auf den Fahrersitz, der Zündschlüssel steckte, zum Glück, sie ließ den Motor an, riss das Steuer nach rechts herum und gab Vollgas.

Du Scheißschlampe, war das Letzte, was Marcel Bettermann dachte, bevor einen kurzen Moment später der Wagen mit Fanny hinter dem Steuer frontal in ihn hineinkrachte. Der Aufprall bescherte ihm lediglich ein paar gebrochene Rippen und eine Platzwunde am Kopf. Doch die Frau, die er in seinen Träumen bereits Dutzende Mal vergewaltigt hatte, hielt das Gaspedal durchgedrückt.

Die Bahn war frei und Fanny konnte ungehindert auf die vierspurige Straße preschen. Mit sehr viel Glück. Und einem blutenden, rothaarigen Gorilla vor der Nase, der versuchte, sich irgendwie an dem glatten Blech festzukrallen. Tatsächlich erwischte er den oberen Rand der Motorhaube unterhalb der Scheibenwischer. Fanny gab weiter Vollgas, hatte nur Augen für das Arschloch, dem es gelang, nicht auf die Straße zu stürzen. Sie fühlte ihre Wut, fühlte ihre Angst, verlor die Kontrolle und der Wagen brach nach links aus. Die schlingernde Fahrt endete mit einem ohrenbetäubenden Krachen im Betonsockel einer Straßenbahnhaltestelle. Die Gleise separierten die vier Fahrspuren in der Mitte der Straße. Der Wagen hatte sich schräg in die Haltestelle gerammt, das Heck ragte noch halb in eine der Fahrspuren. Der Unfall hätte ein Massaker unter den wartenden Fahrgästen anrichten können, wenn nicht die Straßenbahn bereits vor anderthalb Minuten hier gehalten hätte. So war es einzig der Körper des Entführers, der mit Wucht durch die gläserne Rückwand des Warteunterstandes geschleudert wurde. Blutüberströmt landete er in einem Haufen Tausender Splitter auf dem Bahnsteig.

Stille.

Einen Moment lang.

Fannys Kopf war während des Zusammenstoßes durch den Airbag aufgefangen worden.

Surreal sachte öffnete sich die Fahrertür.

»Nicht bewegen«, hörte sie eine Frauenstimme. »Hilfe ist schon unterwegs.«

Die Frau war mit ihrem Wagen als eine der Ersten an der Unfallstelle eingetroffen. Sie ließ von Fanny ab und rannte zu dem schwer verletzten Mann auf dem Bahnsteig.

Fanny hatte nicht die Absicht, sich zu bewegen. Der Fahrersitz war wunderbar weich und gemütlich.

Dann erhob sich ein Pfeifton von irgendwoher.

Er tönte in ihrem Schädel, wurde lauter und lauter.

Darin vermischt sprach plötzlich eine andere Stimme zu ihr.

Kralle, ihr alter Freund aus Punkertagen, hockte nun neben ihr, auf dem sommerwarmen Asphalt der Dresdner Alaunstraße.

»Alter, die werden dich mitnehmen, die werden dich verhören, die werden dich einsperren«, beschwor er Fanny. »Die Bullen sind unterwegs ... ey, du bist schwarz ... die Bullen sind unterwegs ... ey, du hast'n Auto geklaut ... die Bullen sind unterwegs ... ey, du hast'n Weißen abgemurkst ...«

Das Pfeifen ebbte ab.

Und Kralle verschwand, wie er gekommen war.

Er ließ jedoch etwas zurück. Einen Gedanken. Einen Gedanken, der alles andere verdrängte: Sie musste fort von hier. Weit, weit fort. Sie blickte durch die halb geöffnete Tür neben sich nach draußen. Autos hatten gehalten, ein langer Stau bildete sich gerade, viele Fahrer waren ausgestiegen. Die Menge begaffte die blutige Szenerie, die sich auf dem Bahnsteig der zerstörten Haltestelle bot, niemanden interessierte die unverletzte Frau im Inneren des Unfallwagens.

Im selben Augenblick stoppte eine Straßenbahn am gegenüberliegenden Bahnsteig.

In Trance kletterte Fanny auf den benachbarten Sitz, öffnete die Beifahrertür und ließ sich aus dem schrottreifen Auto rutschen. Auf allen vieren kam sie zu Boden. Ihr Körper tat weh. Sie atmete stoßweise, panisch, hyperventilierte fast, kroch so schnell sie konnte über den nassen Asphalt, weg von dem Autowrack, von nichts als einem Fluchtreflex getrieben, über den sie keinerlei Kontrolle besaß. Sie musste zu dieser Straßenbahn. Irgendwie. Keiner der Schaulustigen beachtete sie, als Fanny sich, so schnell sie konnte, aufrappelte, bis zum wenige Meter entfernten Fußgängerübergang humpelte und die Gleise überquerte.

Im Inneren der Straßenbahn setzte der Fahrer gerade einen Notruf an die Leitzentrale ab, während die Fahrgäste nur Augen für den schaurig blutigen Körper auf dem gegenüberliegenden Bahnsteig hatten. Unzählige Handys schossen Fotos oder drehten Videos. Niemand nahm Notiz von der farbigen Joggerin, die in letzter Sekunde, schwer atmend, klitschnass und verdreckt, in den hinteren der beiden Waggons einstieg. Um das bevorstehende Chaos auf der Linie 4 der Stadtwerke Verkehrsgesellschaft Frankfurt am Main nicht noch zu vergrößern, setzte der Straßenbahnfahrer seinen Triebwagen in Bewegung und nahm seine Fahrt in die Innenstadt wieder auf. Fanny saß in der letzten Reihe, fror jämmerlich, hielt die Augen geschlossen, um ihre Tränen aufzuhalten, fühlte nichts als die reine Erschöpfung und wünschte sich sehnlichst, alles, was ihr in den letzten Tagen und Stunden widerfahren war, zu vergessen.

Für immer und ewig.

8:16 Uhr MEZ

Das Erste, was Kabinenchefin Katja Kersten spürte, waren hämmernde Kopfschmerzen, die im Inneren ihres Schädels wüteten. Sie lag auf dem Boden der Kabine. Schlug langsam die Augen auf. Der Sicherheitsbeamte, den sie auf ihren Sitz geschnallt hatte, saß immer noch, wo sie ihn verlassen hatte, sein Kopf jedoch hing reglos auf seiner Brust. Die Notfallmaske war ihm vom Mund gerutscht. Der Beamte war bewusstlos.

Plötzlich verstellte der Helm eines Astronauten Katja Kerstens Blick. Ihr Gesicht spiegelte sich in der reflektierenden Maske. Tatsächlich stand Ayana über die Kabinenchefin am Boden gebeugt und trug eine Feuerschutzmaske. Die wurden ebenfalls im Cockpit gelagert. Ihr Kopf war durch die hitze- und rauchbeständige Haube komplett verhüllt, ihre Sicht durch die integrierte Schutzbrille stark eingeschränkt. Eine Sauerstoffpatrone versorgte die Brandschutzmaske mit Atemluft und erlaubte Ayana, sich trotz des geringen Luftdrucks in der Maschine zu bewegen.

»Atmen Sie ruhig weiter«, beschwichtigte sie die Kabinenchefin, »ganz ruhig.« Sie injizierte ihr ein Beruhigungsmittel, das die Frau für die nächsten Stunden ruhigstellen würde. Der Tranquilizer samt Spritze stammten aus dem Medizinischen Notfallkoffer an Bord der Maschine.

Wegener, ebenfalls unter einer Brandschutzhaube, kontrollierte die restlichen Sitzreihen. Die Passagiere waren allesamt in Ohnmacht gefallen. Er vergewisserte sich, dass sie noch atmeten. Die Druckregulierung war wieder auf Automatik geschaltet. Der Kabinendruck stieg stetig und würde sich in ein paar Minuten normalisieren. Wegener hoffte sehnlichst, dass die Passagiere sich wieder erholten, von starken Kopfschmerzen und Orientierungslosigkeit abgesehen. Denn in genau diesem Zustand benötigte er seine Fluggäste für den nächsten Akt.

Währenddessen verabreichte Ayana den beiden Bundespolizeibeamten und den drei anderen Flugbegleiterinnen eine ausreichende Menge des bordeigenen Beruhigungsmittels. Bis zum allgemeinen Wiedererwachen galt es, diese fünf Widersacher kampfunfähig zu halten. Sie alle würden in den nächsten Stunden schlafen. Und nicht mehr eingreifen können.

8:17 Uhr MEZ

Zur gleichen Zeit hockte Gesine Bach auf dem zugeklappten Klodeckel in ihrem kleinen Badezimmer.

Sie hatte sich seit einer Stunde mehrmals übergeben müssen.

Nun versuchte sie, sich von den Strapazen des Erbrechens zu erholen und gleichzeitig allen Mut für die bevorstehende Prozedur zu sammeln.

Sie erhob sich, ließ ihre Schlafanzughose und ihren Slip herabgleiten, nahm das Plastikstäbchen, das sie auf dem Rand des Waschbeckens bereitgelegt hatte, hockte sich zurück auf die Klobrille und begann zu pinkeln. Schließlich hielt sie das Stäbchen zwischen ihren Beinen in den Urinstrahl. Die folgenden Minuten verharrte Gesine Bach in todesähnlicher Starre auf der Toilette. Sie wagte nicht, das Plastikstäbchen in ihrer Hand zu betrachten. Tief in ihrem Inneren kannte sie bereits das Ergebnis, das ihr das Ding mitteilen würde.

Schließlich hob sie das Teststäbchen an ihre Augen. Darauf zeichneten sich deutlich zwei senkrechte rosa Streifen hinter einem kleinem Sichtfeld ab.

Scheiße.

Sie hatte die Zeichen bereits erkannt. Sie war gerade neunzehn gewesen, da hatte sie schon einmal einen solchen Test vornehmen müssen. Auch der hatte ein positives Resultat ergeben. Das war zwölf Jahre, die schwerste Entscheidung ihres Lebens und eine lange Reihe schlimmer Selbstvorwürfe und Alpträume her.

Schwanger.

Das durfte einfach nicht wahr sein. Nicht jetzt. Monatelang ausfallen? Unmöglich. Sie war seit einem halben Jahr Mitglied einer Ermittlungsgruppe in der Kriminaldirektion Frankfurt. Hatte hart dafür gearbeitet.

Und wie sollte sie es Sebastian erklären? Demnächst wollte er sein Staatsexamen ablegen und seine Facharztweiterbildung beginnen. Jetzt gerade war der denkbar schlechteste Zeitpunkt für ein Baby.

Es war zum Heulen.

Ihr Handy summte und bimmelte im Flur der Wohnung. Nicht jetzt! Das Telefon verstummte.

Meldete sich jedoch nach dreißig Sekunden erneut. Sie schleppte sich in den Flur und prüfte, wer sie so dringend zu erreichen versuchte.

»Guten Morgen, Chef.« Während sie das Gespräch annahm, kämpfte sie das flaue Gefühl in ihrem Magen nieder.

»Hallo, Gesine«, meldete sich ihr vorgesetzter Hauptkommissar. »Es tut mir leid, dass ich dich an deinem freien Tag überfallen muss.«

»Kein Problem«, log Bach.

»Wir haben hier eine frische Leiche. Einem Mann wurde der Hals umgedreht. Buchstäblich. Seine Putzfrau hat ihn gefunden. Wir suchen den Lebensgefährten des Ermordeten. Kannst du bitte sofort zum Flughafen fahren? Ich habe gerade wirklich niemanden, den ich schicken kann.«

Im Moment war Gesine Bach noch nicht ausreichend klar im Kopf, um auf solcherlei Anweisungen adäquat zu reagieren.

»Ist der Gesuchte auf der Flucht?«, fragte sie irritiert.

»Nein, der Gesuchte ist Pilot«, entgegnete ihr Vorgesetzter. »Flugkapitän bei German Continental. Sein Name ist Tobias Weiss.«

8:18 Uhr MEZ

Währenddessen überquerte die Sierra Foxtrott gerade die Alpen in südlicher Richtung. Nur die Berggipfel ragten aus dem Wolkenmeer, das ansonsten die Sicht auf den Erdboden verdeckte. Die Maschine befand sich bereits über Österreich.

Es waren kaum fünfzehn Minuten gewesen, in denen Wegener seine Passagiere der Ohnmacht preisgegeben hatte. Inzwischen waren die Druckverhältnisse wieder normal. Langsam erwachten die knapp einhundertfünfzig Fluggäste aus ihrer Bewusstlosigkeit, einer nach dem anderen, entkräftet und ermattet.

Im Cockpit hatten Ayana und Wegener zuvor den betäubten Ersten Offizier seines Uniformhemdes entledigt und ihm einen alten Pullover aus Wegeners Koffer übergestreift. Nun schleifte Wegener seinen Copiloten aus der Kanzel. Der Mann war unhandlicher als gedacht. Noch während Wegener ihn schwer atmend auf einen der Passagiersitze in den ersten Reihen wuchtete, drängte Ayana mit einem Getränketrolley an ihm vorbei in den hinteren Teil der Kabine. Sie trug die Uniformjacke und das Hemd des Copiloten. Beides saß zwar ungeheuer schlecht, doch mit der dunkelblauen Hose ihres ursprünglichen Anzuges erschien sie auf den ersten Blick wie die Copilotin des Flugzeugs.

Ayana schob den Servierwagen langsam die Reihen der Passagiere entlang. Die meisten von ihnen waren noch völlig benommen. Wegener beobachtete, völlig aus der Puste, wie seine Frau versuchte, den Gesundheitszustand eines jeden Passagiers zu begutachten, so kurz wie möglich. Sie bedachte jeden einzelnen mit einem Plastikbecher voller Wasser, spendete aufmunternde Worte und versicherte, dass die Maschine in wenigen Minuten landen würde. Die Passagiere waren viel zu benommen und kaum in der Lage, das Gehörte zu verarbeiten, zeigten aber benebelte Dankbarkeit ob der Zuwendung ihrer Copilotin.

Wegener rieb sich müde durch das Gesicht, versuchte, seine Verzweiflung zu unterdrücken und seine Kraftreserven zu mobilisieren. Er betrachtete das Desaster, das er angerichtet hatte. Die drei Flugbegleiterinnen und der Copilot, jetzt in zivil, hingen betäubt in den Sicherheitsgurten ihrer Sitze, ebenso die beiden Bundespolizisten. Die Kabine glich dem Inneren einer Sanitätsmaschine, vollgefüllt mit stöhnenden, halb besinnungslosen Patienten.

Wegener schüttelte den Kopf. Vorhang auf für den nächsten Akt.

Der Flughafen von Maribor lag keine zehn Flugminuten mehr entfernt. Den kleinen slowenischen Provinzflughafen hatten Wegener und Gombrowitsch tags zuvor als perfekt für ihr Vorhaben ausgewählt.

»Komm zurück«, rief Wegener seiner Frau durch den Gang hinterher. »Wir müssen jetzt runter.«

Ayana nickte. Als sie sich in Richtung Cockpit begab, wurde sie von einer kalten Hand ergriffen. Ein Herr mittleren Alters saß halb zusammengesunken auf seinem Gangplatz und hielt Ayanas Rechte umklammert. Panik flackerte in seinen Augen.

»Meine Brust«, röchelte der Mann. »Ich kriege keine Luft mehr.«

Ayana erschrak. Sollte wirklich der Fall eingetreten sein, den sie am meisten gefürchtet hatte?

»Ich bleibe hier«, rief sie. »Der Mann braucht Hilfe.«

Scheiße, dachte Wegener. »Schnall dich an, es geht gleich los!«

Er eilte zurück auf seinen Pilotensitz.

Dort streifte er sich das Headset über, atmete einmal tief durch und öffnete die Frequenz der österreichischen Flugsicherung.

»Mayday, mayday, mayday«, sprach er in sein Mikrofon. »Hier ist German Continental 1614.«

Sofort kam die Antwort.

»German Continental 1614, hier ist Austrocontrol. Sie haben einen Notfall erklärt, was ist passiert?«

»Wir haben einen Passagier mit gesundheitlichen Problemen. Schwere Atemnot.«

Wegener hatte diese Notfall-Meldung eigentlich nur als Vorwand geplant. Nun hatten sie tatsächlich jemanden in Lebensgefahr gebracht.

»Wir erbeten sofortige Landung. Maribor liegt für uns am besten.«
»German Continental 1614, Sie haben Landeerlaubnis in Maribor. Der Luftraum wird freigehalten.«

Ayana hatte sich neben den Passagier mit Atemnot gesetzt. Der Mann begann zu röcheln. Er hielt Ayanas Hand fest umklammert, bis sich sein Griff unvermittelt löste.

Ayana überprüfte Atmung und Herzschlag. Beides hatte ausgesetzt. Ohne weitere Zeit zu verlieren, schnallte sie sich ab und stolperte mit weichen Knien ins Cockpit.

»Was machst du?«, herrschte Wegener sie überrascht an. »Hinsetzen! Wir landen gleich!«

»Der Mann hat einen Herzstillstand«, blaffte Ayana zurück, griff den Notfallkoffer und hetzte nach hinten.

Sie riss das Hemd des Patienten auf und überprüfte noch einmal per Stethoskop dessen Herzschlag.

Nichts war zu hören.

Sie zerrte den Mann von seinem Sitz und ließ ihn auf den Boden der Maschine gleiten, dann wühlte sie den Defibrillator aus dem Koffer. Es handelte sich um ein vollautomatisches Gerät. Kaum hatte sie es eingeschaltet, erklang eine beruhigende, warme Männerstimme. Die akustische Unterweisung in die Bedienung des Defibrillators begann. Ayanas Finger zitterten, als sie den Anweisungen folgte und die beiden Elektroden an der Brust des Mannes festklebte. Die Messfühler darin erkannten selbstständig, dass der Zustand des Patienten einen Stromstoß verlangte. Die warme Männerstimme forderte Ayana auf, den dafür vorgesehenen Knopf zu drücken. Sie löste den Impuls aus, der Patient am Boden zuckte kurz. Erneut prüfte Ayana seinen Herzschlag.

Ein schwaches Klopfen drang durch das Stethoskop an ihre Ohren.

8:22 Uhr MEZ

Als die Straßenbahn plötzlich in einen tiefschwarzen Tunnel eintauchte, schreckte Fanny auf. Die Dunkelheit hinter den Fensterscheiben nahm ihr sofort den Atem. Es ist nur eine U-Bahn-Strecke, versuchte sie sich zu beruhigen.

Die Arschlöcher hatten sie nach Frankfurt verschleppt, so viel hatte sie inzwischen herausgefunden.

Sie fror immer noch. Jeder Muskel und jeder Knochen ihres Körpers sandte unmissverständliche Signale: Gib endlich Ruhe, leg dich hin, gönn uns eine Pause.

Unmöglich.

Sie wusste nicht, wohin und was jetzt.

Die Umsitzenden und -stehenden würdigten sie keines Blickes. Die Anonymität der Großstadt. Fanny war erleichtert, von niemandem angesprochen zu werden, keine Erklärung abgeben zu müssen, allein für sich zur Besinnung zu kommen.

Als die U-Bahn wenige Minuten später in die Station Hauptbahnhof einlief, erhob Fanny sich erschöpft, trat auf den von Menschen überquellenden Bahnsteig, tauchte ein in den unterirdischen Strom Tausender Pendler und ließ sich ins Nirgendwo treiben. Über verschiedene Rolltreppen wurde sie in die Höhe getragen, heraus aus dem Parallelkosmos der unzähligen Imbissbuden und kleinen Shops im Untergrund, hinauf zur tageslichtdurchfluteten Halle des Bahnhofsgebäudes an der Erdoberfläche. Die Menschenflut der Hauptverkehrszeit spülte sie auf das Vorfeld der zahlreichen Kopfbahnsteige des Hauptbahnhofes in Frankfurt. Sie nahm das Gedränge um sich herum kaum wahr. Entkräftet musste sie sich an einer Wand abstützen. Ihr Magen knurrte vehement. Die Düfte, die hier den zahlreichen Imbissständen entströmten, machten ihr das Leben nicht leichter. Sie hatte weder das Geld, um sich etwas Essbares zu kaufen, noch die Kraft, dergleichen zu stehlen. Sie bibberte. Ihr wurde schwindelig. Alles tat weh. Gleich würde sie umfallen. Sie schloss die Augen, schüttelte sich, kämpfte gegen den Drang, sich einfach auf den Boden gleiten zu lassen.

Als sie die Augen wieder öffnete, entdeckte sie vor sich in der Menge einen großgewachsenen Rastafari. Unter seiner schwarz-grün-gelben Wollmütze schien sich ein unmöglicher Haufen langer Dreadlocks zu türmen. Voluminös in einen langen, dunklen Daunenmantel gehüllt musterte er sie. Mit einem Mal zeigten sich zwei blendend weiße Zahnreihen in seinem ansonsten zugewucherten Gesicht. Er lächelte. Dann deutete er mit ausgestrecktem Arm an ihr vorbei. Unwillkürlich folgte ihr Blick seinem Wink. Am anderen Ende der Halle entdeckte sie über einer grauen Tür das beleuchtete Zeichen der Bahnhofsmission.

Natürlich.

Als sie wieder zurückschaute, war der Rastafari verschwunden.

Kaum trat Fanny durch die Eingangstür, wurde sie von behaglicher Wärme und dem Geruch menschlicher Ausdünstungen empfangen. In den hellen Räumlichkeiten standen mehrere Tische, um die sich bereits einige Obdachlose versammelt hatten.

»Hallo«, sagte ein junger Mann hinter einem Holztresen. »Kann ich Ihnen helfen?«

»Darf ich mich kurz aufwärmen?«, fragte Fanny schwach.

Auf dem kurzen Weg hierher hatte sie sich eine passende Geschichte zurechtgelegt. »Mein Zug nach Berlin geht gleich, aber ich habe mein Portemonnaie verloren und kein Geld mehr für ...«

Sie merkte es im selben Augenblick. Angesichts ihres Aufzugs klang schon der Anfang der Geschichte völlig bescheuert. Der junge Mann lächelte. Seltsame Geschichten bekam er hier wahrscheinlich stündlich zu hören.

»Setzen Sie sich«, sagte er nur. »Ich bringe Ihnen einen Tee.«

Dankbar nahm Fanny an einem der Tische Platz, neben einer alten Frau und gegenüber einem Mann, der offensichtlich Platte machte und sie stumm musterte.

»Ich werde in einer Stunde zu meinem Zug begleitet. Ich fahre zu meinen beiden Enkeln nach Bremen«, stellte die Dame sofort klar, dass sie und der Rest der Anwesenden keinerlei Gemeinsamkeiten hatten. »Und Sie? Sie sehen ja völlig verfroren aus.« Die Alte wandte sich an den jungen Mann hinter der Theke. »Haben Sie nicht eine Decke für das Mädchen?«

»Na klar.«

Im nächsten Augenblick standen ein Becher dampfenden Tees und ein Teller mit einem belegten Brötchen neben Fanny auf dem Tisch. Alle Augenpaare im Raum waren auf die junge Farbige in den verdreckten Sportklamotten gerichtet. Doch das war Fanny egal. Nach einem Schluck aus dem Becher und einem kleinen Brötchenbissen schlummerte sie sanft in der warmen Decke, die der Bahnhofsmissions-Jüngling über ihre Schultern legte.

Februar 1988

Innerhalb zweier Nächte eroberten Ayana und Gombrowitsch das Paradies. Ihr Garten Eden war zwei Meter lang, einen knappen Meter breit und bot gerade genug Platz, dass sie auf oder neben einander Platz fanden. Gombrowitschs Bett in dem ansonsten verwaisten Haus der deutschen Flugzeugbesatzung gewährte ihnen Sicherheit und die beiden kosteten ihre Liebe in vollen Zügen aus.

Beide Male schlief Ayana in Gombrowitschs Armen ein.

Beide Male genoss er den Duft ihrer Haare, spürte im Halbschlaf ihren Herzschlag, wollte sie nie wieder hergeben und glitt mit diesem unerfüllbaren Wunsch in den Schlaf hinüber.

Beide Male brachte er Ayana im Morgengrauen heimlich zurück über die Mauer auf ihr eigenes Grundstück.

Dass ihre Liebe eine verzweifelte war und dass sie aus ihrem Paradies vertrieben würden, blendeten die beiden standhaft aus. Keiner der beiden wollte sich über das absehbare Ende ihrer unmöglichen Beziehung auch nur einen Gedanken zu machen. Zu kostbar war die Zeit miteinander. Und endlich. Das wussten sie. Die Ankunft der festsitzenden Flugzeugbesatzung aus Metema war nur eine Frage von Tagen. Spätestens dann wäre ihr geheimes Refugium dahin.

In ihrer dritten gemeinsamen Nacht wurde Gombrowitsch jäh aus dem Land der Träume gerissen. Das Licht war eingeschaltet. Er hörte einen unterdrückten Schrei. Ayana! Ein Schrecken durchfuhr ihn. Er wollte sich aufsetzen, wurde jedoch in sein Kissen gedrückt. Erst jetzt spürte er die Hand auf seinem Mund. Er begann sich zu wehren, wild um sich zu schlagen, doch die Hand hinderte ihn mit eisernem Griff daran zu schreien.

»Hört auf!«, befahl eine flüsternde Stimme. »Seid leise, beide!«
Es dauerte einen Moment, bis Gombrowitsch das Gesicht erkannte, das vor seinen Augen im Gegenlicht auftauchte.

Leutnant Hans-Joachim Wegener war völlig verdreckt.

»Keinen Mucks, hört ihr!«, flüsterte Wegener ein weiteres Mal. »Kruse ist im Zimmer nebenan. Wenn der euch hört, seid ihr erledigt.«

Gombrowitsch nickte.

Wegener zog seine Hand zurück. Erst jetzt konnte Gombrowitsch den Kopf drehen und erkennen, dass Wegener auch Ayana den Mund zu hielt. Aus panischen Augen blickte sie Gombrowitsch an. Beruhigend legte er den Zeigefinger auf seine Lippen. Schließlich gab Wegener Ayanas Mund frei. Sie atmete stoßweise und versuchte, mit dem Bettlaken ihre Blöße zu bedecken.

»Was machst du hier?«, fragte Gombrowitsch völlig perplex.

»Was zum Henker machst du hier mit der Frau im Bett?«, schimpfte Wegener flüsternd. »Ich geh mich jetzt waschen. Wenn ich wiederkomme, ist sie verschwunden. Klar?«

Gombrowitsch nickte und Wegener verließ das Zimmer.

Es war mitten in der Nacht. Wie auch immer Wegener und der Mechaniker Kruse nach Addis zurückgekehrt waren, einen schlechteren Zeitpunkt hätten sie sich nicht aussuchen können.

Gombrowitsch war paralysiert. Er fühlte Panik in sich aufsteigen. Dass die Beziehung zu Ayana jemals auffliegen würde, darüber hatte er sich keinerlei Gedanken gemacht. Über die Konsequenzen natürlich ebenso wenig. Aber die konnten fürchterlich sein.

»Du musst jetzt gehen«, stammelte er.

Tränen schimmerten in Ayanas Augen.

Dann endlich besann Gombrowitsch sich. »Es tut mir leid.«

Er wollte sie in die Arme nehmen. Doch Ayana entzog sich ihm, schüttelte den Kopf, verließ das warme Bett und sammelte ihre Kleider ein, die auf dem Boden verstreut lagen.

»Hilf mir rüber«, hörte Gombrowitsch sie sagen.

Vorsichtig geleitete er sie aus dem Haus, hinaus in den dunklen Hof.

Kruse, der Mechaniker im Nebenzimmer, durfte von all dem nichts mitbekommen.

Wie in den beiden Nächten zuvor stiegen Ayana und Gombrowitsch gemeinsam auf die Mauer. Er hievte die Leiter in den nebenan gelegenen Garten, in den sie dann allein zurück kletterte. Die beiden vorhergehenden Male hatten sie sich noch mit zärtlichen Küssen voneinander verabschiedet und sich versichert, dass sie sich in der folgenden Nacht wiedersehen würden. Doch der heutige Abschied war kurz und schmerzhaft. Ohne ein Wort stieg Ayana die Leiter hinab und verschwand in der Dunkelheit auf der anderen Seite der Mauer.

»Ich bin hundemüde. Wir waren zwanzig Stunden unterwegs. Ein äthiopischer Armeelaster hat uns die vierhundert Kilometer hertransportiert.« Wegener gähnte, als Gombrowitsch ihr Zimmer betrat. »Wir sollen bei den Russen ein neues Triebwerk besorgen. Auf kurzem Dienstweg.«

Das Licht war gelöscht. Wegener lag in seinem Bett in der gegenüberliegenden Zimmerecke; immerhin teilten sie sich das Zimmer nur zu zweit.

Gombrowitsch kletterte unter sein Laken. Deutlich konnte er Ayanas Duft wahrnehmen. Seine Augen füllten sich mit Tränen. Wie hatte das alles nur so dermaßen schiefgehen können? Warum hatten die Idioten in der Botschaft nicht für nötig gehalten, ihm Bescheid zu geben, dass Wegener und Kruse nach Addis unterwegs waren?

»Ich für meinen Teil weiß übrigens nichts von irgendwelchem Damenbesuch«, tönte Wegeners Stimme plötzlich in der Dunkelheit. »Ausgerechnet die hübsche Ärztin, du alter Schlawiner.«

Hätte sich ihm die Chance geboten, hätte Wegener das Gleiche getan. Doch das behielt er für sich.

»Mann, Mann, Mann,« gähnte er.

Nach dem ewig langen Ritt in dem altersschwachen LKW sehnte er sich nach Schlaf.

Gombrowitsch indes war nicht im Stande irgendetwas zu erwidern.

Schweigend lagen die Männer in dem dunklen Zimmer. Es war alles gesagt. Wegener begann zu schnarchen. Und Gombrowitsch fühlte ein wenig Erleichterung. Er blieb von einer weiteren Erörterung seiner Eskapade verschont.

Fürs Erste.

8:25 Uhr MEZ

Die Sierra Foxtrott zog eine gewaltige Wolke aus Sprühwasser hinter sich her, als sie im eiskalten Regen von Maribor auf der Asphaltpiste des kleinen Flughafens niederging. Wegener stieg mit voller Kraft in die Eisen.

Der Airbus war das einzige Verkehrsflugzeug weit und breit. Nur wenige Male in der Woche wurden am Flughafen Edvard Rusjan in Maribor Passagiermaschinen abgefertigt. Dennoch hatten die Verantwortlichen vorbildlich reagiert. An der Ramp des Terminals warteten bereits zwei Feuerwehrautos und ein Krankenwagen im strömenden Regen, allesamt unter Blaulicht und in höchster Bereitschaft.

Kaum war die Maschine vor dem Flughafengebäude zum Stehen gekommen, wurden auch schon die beiden einzig existierenden Fluggasttreppen an je einen vorderen und hinteren Ausgang des Fliegers geschoben.

Ein Bild wie es sich im Inneren des Flugzeugs bot, hatte noch keiner der Helfer je zuvor gesehen. Die hundertzweiundfünfzig Passagiere waren fast ausnahmslos von gesundheitlichen Problemen betroffen, klagten über Schwindel, Benommenheit und starke Kopfschmerzen.

Ein plötzlicher Druckabfall?

Die überall herabbaumelnden Notfallmasken hatten augenscheinlich versagt oder zu spät ausgelöst. Die Besatzung der Maschine hatte es ganz und gar dahingerafft. Sämtliche Stewardessen hingen ohnmächtig in den Gurten ihrer Klappsitze.

Einzig der Kapitän schien das letzte verbliebene Crew-Mitglied zu sein, das ansprechbar und bei Bewusstsein war. Dem älteren Herrn klebte das Uniformhemd schweißnass am Körper. Sein Gesicht wirkte leichenblass und die Augen lagen tief in ihren dunklen Höhlen.

»Nein, mir geht es gut, lassen Sie mich.« Keuchend wies er die hereinstürmenden Feuerwehrleute an, die Passagiere aus der Maschine zu schaffen. Sofort! Viele der Geretteten mussten von den Helfern gestützt werden, hinaus in den kalten slowenischen Regen.

»Uns wurde ein kranker Passagier gemeldet«, blaffte ein Notarzt den Kapitän an. »Was ist passiert? Wir brauchen viel mehr Krankenwagen!«

»Ich habe das klar kommuniziert!«, schnappte der Kapitän zurück. »Machen Sie verdammt noch mal Ihre Arbeit.«

Im nächsten Moment wurden der Notarzt und die beiden Sanitäter von einer dunkelhäutigen Uniformierten herbeigewinkt.

»Herzattacke!«, schrie sie.

Es handelte sich offensichtlich um die Copilotin. Sie kauerte neben einem Mann, der auf dem Boden lag, und den sie per Beatmungsbeutel mit Luft versorgte.

Während die Sanitäter den Patienten auf die mitgebrachte Bahre schnallten, erklärte die Copilotin dem Notarzt, dass sie den Patienten mit einem Defibrillator wiederbelebt und welche Medikamente sie aus dem Notfallkoffer als Sofortmaßnahme verabreicht hatte. Der Arzt nickte, bedankte sich anerkennend und folgte den Rettungsleuten nach draußen.

Schon nach wenigen Minuten waren die letzten Passagiere aus der Sierra Foxtrott evakuiert.

Milivoje Šuler, der Direktor des Flughafens, begrüßte die beiden deutschen Piloten an Bord der Maschine. Persönlich. In Begleitung seines Luftsicherheitschefs Ante Derepasko. Mit festem Handschlag und Schulterklopfen. Die beiden Slowenen versicherten, dass alles in ihrer Macht Stehende getan werde, um der Situation Herr zu werden. Weitere Ambulanzfahrzeuge seien auf dem Weg.

Der bleiche Kapitän erholte sich langsam. Die Anspannung während der Evakuierung schien nun nachzulassen. Er und seine Copilotin bedankten sich herzlich.

»Das sieht doch sehr nach einem Druckproblem in der Kabine

aus?«, fragte der Sicherheitschef vorsichtig. »Haben Sie eine Idee, wie es zu dieser Situation kommen konnte?«

»Ich bin mir nicht sicher«, antwortete der Kapitän zähneknirschend. »Das Ganze muss so schnell wie möglich untersucht werden. Kann das hier bei Ihnen durchgeführt werden?«

Direktor Šuler richtete einen Blick an seinen Kollegen.

»Für eine Untersuchung dieses Ausmaß haben wir, denke ich, eher nicht die ...«, begann Sicherheitschef Derepasko.

Der deutsche Kapitän unterbrach ihn mit einem verständnisvollen Nicken, während er seine dunkelhäutige Copilotin bat, mit ihrem Handy einen direkten Kontakt zu German Continental herzustellen. Sie wählte eine Telefonnummer und drückte Direktor Šuler das Telefon in die Hand.

Auf das Herzlichste bedankte sich der Leiter der Operationszentrale am anderen Ende der Leitung für die überaus professionelle Abwicklung des Zwischenfalls.

»Die Kosten des Einsatzes sind selbstverständlich durch unsere Versicherung gedeckt«, merkte die Stimme des Verkehrsleiters an. »Und natürlich wird German Continental sich darüber hinaus in geeigneter Form erkenntlich zeigen.«

Direktor Šuler, ein Endvierziger mit Business Administration Diploma der Universität von Ljubljana, witterte im selben Moment die Chance, das Passagieraufkommen seines Flughafens in ungeahnte Höhen zu schrauben. Eine direkte Verbindung von Maribor nach Deutschland? Mehrmals in der Woche vielleicht? In diesem Augenblick des Triumphs schien alles möglich. Den Beweis seiner Handlungsschnelligkeit im Angesicht einer Notsituation hatte er bereits erbracht, nun galt es, die sich bietende Chance zu nutzen.

»Eine gute Geschäftsbeziehung mit German Continental kann für jeden Flughafen dieser Welt nur von Vorteil sein«, tönte er in das Handy der Pilotin, »vielleicht ließe sich ein derartiges Verhältnis in der Zukunft vertiefen.«

»Absolut. Man kann über alles reden. Die zuständigen Stellen werden von ihrer Kooperationsbereitschaft erfahren. Seien Sie sicher. Aber zunächst einmal sollten wir zusehen, dass wir die Maschine und die Passagiere sicher nach Hause befördern.«

Gombrowitsch hielt sein Handy fest ans Ohr gepresst. Er saß in diesem Moment auf der Herrentoilette der Operationszentrale, um, vom Rest seiner Kollegen unbemerkt, die vermeintliche Notlandung der Sierra Foxtrott in Maribor abzuwickeln. Hoffentlich musste keiner seiner Mitarbeiter in den nächsten Minuten einem natürlichen Bedürfnis nachgeben.

Er vereinbarte mit Direktor Šuler, dass die beiden Piloten die Maschine für eine ausführliche Untersuchung zur nächstgelegenen Basis der German Continental nach München überstellten. Umgehend. Im Niedrigflug auf einer ungefährlichen Höhe.

»Die neue Route werden wir hier von Frankfurt aus bei der Flugsicherung anmelden.«

Gombrowitsch hatte keinerlei Absicht, das Flugzeug nach Deutschland zurückzuholen. Mit diesem Detail seiner Planungen wollte er Direktor Šuler allerdings nicht weiter behelligen.

Am Ende des Telefonats kamen er und der slowenische Flughafendirektor überein, dass German Continental ein neues Flugzeug nach Maribor schickte, um die gestrandeten Passagiere nach Frankfurt zurückzubringen. In zwei Stunden konnte eine Ersatzmaschine vor Ort eintreffen.

»Der German Continental wäre sehr daran gelegen, die Angelegenheit vertraulich zu behandeln. Zumindest so lange, bis wir unsere Passagiere wieder sicher zurückgeholt haben«, schloss Gombrowitsch seine Ausführungen.

Der Flughafendirektor versicherte größtmögliche Diskretion. Selbstverständlich sei für die Passagiere bis zum Eintreffen des Ersatzflugzeuges hinreichend gesorgt.

Nachdem Šuler und sein Luftsicherheitchef das geräumte Flugzeug endlich verlassen hatten, blieben Wegener und Ayana allein in der leeren Maschine zurück. Für einen kurzen Moment atmeten die beiden durch. Von Erleichterung jedoch konnte keine Rede sein.

Ayana fühlte, wie zwei eiskalte Hände ihr Herz umgriffen. Sie hatte das Herzversagen eines Menschen zu verantworten. Deutlich hatte sie die Panik in den Augen des Mannes gesehen. Würde er den Infarkt überleben? All das war niemals ihre Absicht gewesen. Sie schluckte.

Wegener hatte inzwischen das Telefonat mit Gombrowitsch übernommen.

»Großartig gemacht«, klang die Stimme Gombrowitschs im Hörer.

»Nichts ist hier großartig«, flüsterte Wegener. »Wir haben beinahe einen Passagier getötet.«

»Das tut mir leid. Aber es war klar, dass wir nicht ohne Risiko handeln.«

»*Ich* handle hier nicht ohne Risiko! *Du* machst dir nicht die Hände dreckig. Wie immer.«

Gombrowitsch saß immer noch auf der Herrentoilette der Operationszentrale und fixierte den Türgriff der WC-Kabine vor sich. Er fühlte nichts. In seinem Kopf herrschte in diesem Moment eine gähnende Leere. »Okay. Es ist meine Schuld. Es war meine Idee. Es tut mir leid. Wirklich.«

»Ja! Das stimmt«, presste Wegener im Cockpit hervor. »Es ist alles deine Schuld.« Er starrte durch das Fenster vor ihm, hinaus auf das Flughafengebäude. Draußen auf dem Vorfeld packten die Rettungskräfte ihre Ausrüstung zusammen. Dahinter, in der Entfernung, waren die Ausläufer eines großen Gebirges mit winterlich entlaubten Wäldern bedeckt. Am Fuße der Berge kauerte ein kleines Dorf. Der Regen hatte aufgehört.

»Trotzdem ...« Gombrowitsch hatte sich wieder gefasst. »Trotzdem solltet ihr zusehen, dass ihr da so schnell wie möglich wegkommt.«

Die Kabine war menschenleer.

In Zeitlupe öffnete sich die Falttür der Hecktoilette. Die fremde Frau warf einen verstohlenen Blick die verwaisten Sitzreihen entlang. Überall lagen Gepäckstücke und Kleidung im Gang verteilt.

Die Feuerwehrleute hatten angesichts der überraschenden Situation in der Maschine einen Fehler begangen. Sie hatten versäumt, einen Blick in die Sanitärkabinen zu werfen. So war während der Evakuierung niemandem die Frau in der Hecktoilette aufgefallen.

Wie alle anderen Passagiere auch war die Fremde nach dem Versagen der Sauerstoffmasken in Ohnmacht gefallen. Als sie das Bewusstsein wiedererlangt hatte, war es ihr kaum möglich gewesen, sich zu rühren. Zu erschöpft war sie in der engen Toilette erwacht, bewegungsunfähig angesichts der dröhnenden Schmerzen in ihrem Kopf. Die waren inzwischen fast abgeklungen, doch wo, zum Teufel, war sie hier gelandet?

Sie hörte ein Stimmgemurmel aus dem Cockpit. Die Tür war geöffnet und sie konnte aus der Entfernung deutlich erkennen, dass der Pilot namens Wegener telefonierte.

Respekt, dachte sie. Der Mann hatte es tatsächlich geschafft, alle Passagiere loszuwerden. Fast alle. Sie würde ihm weiterhin im Nacken bleiben. Das harte Keramikmesser hatte sie in ihrem linken Stiefel verborgen. Es rieb gegen ihren Unterschenkel. Ein beruhigendes Gefühl. Dann zückte sie ihr Handy und stellte ebenso erleichtert fest, dass sie Empfang hatte. Sie fühlte sich immer noch benommen und brauchte ein wenig länger als gewöhnlich, um aus dem Speicher ihres Telefons die Nummer des Alten zu wählen.

9:04 Uhr MEZ

Juri hatte sich nur schlecht auf die Prüfung der Rechnungen konzentrieren können, die vor ihm auf dem Schreibtisch ausgebreitet lagen. Auch wenn heute sein definitiv letzter Arbeitstag für die Firma war, wollte er das Projekt ordentlich abgeschlossen wissen. Seit er jedoch vor ein paar Minuten mit seiner russischen Komplizin an Bord des Flugzeugs telefoniert hatte, war an Arbeit nicht mehr zu denken. Die Frau hatte ihm bestätigt, dass all seine Vermutungen zutrafen. Ein wohliger Schauer überkam ihn. Ikarus lieferte – noch viel effizienter als gedacht.

Das Vibrieren des Handys riss Juri aus seinen Gedanken. Die Nummer auf dem Display kannte er auswendig. Ein Anruf um diese Zeit war nicht vereinbart, konnte demzufolge nichts Gutes bedeuten.

»Ja?«

»Das Mädchen ist weg, sie hat meinen Bruder kalt gemacht.«

André Bettermann kam ohne Umschweife zur Sache.

Juri wurde heiß.

»Was heißt weg?«

André Bettermann erklärte in kurzen Worten die Situation. Bislang hatten die beiden rothaarigen Brüder ihre Empfehlung gerechtfertigt, jeden ihrer Aufträge präzise und skrupellos ausgeführt. André war der ältere und deutlich intelligentere der beiden. Trotzdem benötigte Juri eine ganze Weile, um am Telefon aus seinem zutiefst erregten Handlanger alle Informationen zu filtern, die für ein Gesamtbild des Fiaskos nötig waren.

Er fühlte eine unbändige Wut in sich hochsteigen.

Fanny Wegener war entkommen.

Wie konnte diese verdammte Scheiße passieren?

Bettermann war so dämlich gewesen, an der Haltestelle zu bleiben, um im Pulk der Schaulustigen auf das Eintreffen des Kranken- und auch noch des Leichenwagens zu warten, anstatt die fliehende Geisel zu verfolgen. Zwar konnte Bettermann nun sicher sein, dass sein schwachsinniger Bruder das Zeitliche gesegnet hatte; wo aber Fanny Wegener abgeblieben war, stand in den Sternen.

Es dauerte mehrere Minuten, bis Juri sich wieder gefangen hatte. Er versuchte, mit kühlem Kopf alle Optionen auszuloten. Das Mädchen wusste nichts, nichts von dem Flugzeug, nichts von Gombrowitsch, gar nichts. Sie konnte die Polizei allenfalls zu dem ehemaligen Weinhandel führen, in dessen Keller die Bettermänner sie gefangen gehalten hatten.

Dort alle Spuren zu beseitigen, hatte Juri dem verbliebenen Bettermann bereits aufgetragen, allerdings nicht, ohne ihn vorher gehörig zur Schnecke zu machen.

Bis die Polizei die Spur zu Juri zurückverfolgen konnte, war die heutige Operation längst abgeschlossen und er selbst über alle Berge. Ja. So würde es gehen. Einfach weiter machen wie geplant.

9:29 Uhr MEZ

»Scheiße!«

Fanny fuhr mit einem Ruck von ihrem Stuhl hoch, stand aufrecht, war hellwach. Zu den Schmerzen in jedem einzelnen Muskel ihres Körpers hatte sich ein unangenehmes Ziehen in ihrem Rückgrat gesellt. Sie war im Schlaf mit dem Oberkörper vornüber auf die Tischplatte gesunken.

Wo befand sie sich hier? Sie sah sich um. Einige Tische standen im Raum verteilt, fremde Menschen saßen darum und gafften sie wortlos an: ein paar Obdachlose, eine alte Frau neben ihr, ein junger Typ, der mit einem Lächeln im Gesicht auf sie zugesteuert kam.

Freund oder Feind?

Sofort und unwillkürlich ging Fanny in Verteidigungshaltung.

»Das Nickerchen hat wohl geholfen?«, bemerkte der Typ freundlich. »Noch 'nen Tee?«

Mit einem Mal kam die Erinnerung. Fanny wurde schwindelig. Sie setzte sich vorsichtig zurück auf den Stuhl.

»Ja, bitte«, antwortete sie kurz angebunden, um jeder weiteren Frage aus dem Weg zu gehen.

Wie lange hatte sie geschlafen?

»Sie haben eine halbe Stunde wie tot hier über dem Tisch gelegen.« Die alte Dame schien ihre Gedanken zu erraten. »Was ist denn eigentlich passiert mit Ihnen?«

Fanny musterte ihre Nebenfrau verwirrt.

Ja. Was war eigentlich passiert? Sollte sie der Oma erzählen, dass sie verschleppt, in einem stockfinsteren Keller gefangen gehalten worden und ihren Entführern entkommen war? Dass sie eines der Schweine mit einem gestohlenen Auto über- beziehungsweise totgefahren und dass ein seltsamer Rasta-Mann ihr den Weg hier in die Bahnhofsmission gewiesen hatte?

»Nicht der Rede wert«, antwortete sie.

Und jetzt? Was sollte sie tun? Zur Polizei würde sie nicht gehen, in keinem Fall.

Als ihr der Bahnhofsmissions-Freiwillige eine neue Tasse Tee servierte, kam ihr die so einfache wie hoffentlich rettende Idee.

»Kann ich hier vielleicht mal telefonieren?«, fragte sie den Typen. »Ich habe nur leider gerade kein Geld.«

Der junge Mann überlegte kurz, entschuldigte sich, verschwand hinter dem Empfangstresen und kam Sekunden später zurück. Er reichte Fanny ein Smartphone.

»Du kannst gern mein Handy benutzen.«

Dankbar nahm Fanny das Telefon entgegen. Auswendig konnte sie so gut wie keine einzige Telefonnummer. Alle wichtigen Kontakte hatte sie im Adressbuch ihres Handys gespeichert – wo auch immer das Ding jetzt war. Es gab in ihrem Gedächtnis nur zwei Festnetznummern, die sich in den letzten vierundzwanzig Jahren unauslöschlich eingebrannt hatten. Und da zu dieser Uhrzeit wahrscheinlich weder ihre Mutter noch ihr Vater zu Hause waren, wählte sie mit dem geliehenen Handy die zweite Nummer, die sie nie in ihrem Leben vergessen würde.

Nach kurzem Freizeichen meldete sich ein Anrufbeantworter. Die freundliche Stimme einer Arzthelferin erklärte Fanny, dass die Kinderarztpraxis Wegener bis voraussichtlich nächste Woche geschlossen blieb. War ihre Mutter erkrankt? Von Urlaubsplänen jedenfalls wusste Fanny nichts. Sofort probierte sie die Festnetznummer ihrer Eltern. Doch auch dort erreichte sie nur den Anrufbeantworter. Plötzlich fühlte sie wieder nichts als ein lähmendes Rauschen im Kopf, ihr Körper schmerzte und ihr Herz schlug heftig in ihrer Brust.

Wie sollte sie von hier wieder wegkommen?

Ohne dass sie von der Polizei aufgegriffen wurde?

Ohne dass sie in den Knast wanderte, weil ihr die Geschichte mit der Entführung sowieso niemand abgenommen hätte?

»Meine älteste Enkelin müsste in Ihrem Alter sein.« Die alte Dame unterbrach Fannys Gedankengang. »Sie ist neunzehn. Hat gerade mit Studieren angefangen. War vorher ein ganzes Jahr in Kanada.«

Die Oma saß immer noch neben ihr und schaute interessiert zu.

»Das ist ja toll.« Abwesend starrte Fanny auf das Handy.

Das Einzige, was sie in diesem Moment interessierte, war die Frage, wie sie ihre Freunde erreichen konnte, ohne eigenes Telefon und ohne all die Kontaktdaten darin.

Und warum waren ihre Eltern niemals da, wenn Fanny sie mal wirklich brauchte?

Februar 1988

Zwei Tage nachdem Wegener ihn mit Ayana im Bett erwischt hatte, wurde Gombrowitsch von einem Fahrer der Botschaft abgeholt und fand sich eine halbe Stunde später im Büro des Botschaftssekretärs Hintze wieder. Er hockte allein vor dessen Schreibtisch und wartete. Genosse Hintze hatte Gombrowitsch sofort in die Botschaft zitiert, nachdem er gestern endlich den lang angemahnten Bericht über seine Kameraden abgeliefert hatte. Hintze arbeitete für die Verwaltung 2000, mit direktem Draht zu Juri Mirow in Dresden und sorgte im Namen des Ministeriums für Staatssicherheit für die Überwachung der NVA-Angehörigen in Addis Abeba.

Gombrowitsch versuchte sein klopfendes Herz unter Kontrolle zu bringen. Dass der Genosse Botschaftssekretär ihn umgehend einbestellt hatte, war kein gutes Zeichen. Und vor einem solchen Schleimer buckeln zu müssen, der kaum älter war als er selbst, machte die Sache nicht wesentlich besser. Um sich abzulenken, begann Gombrowitsch einen Nicht-Blinzeln-Wettbewerb mit dem Genossen Staatsratsvorsitzenden: Erich Honecker musterte ihn undurchdringlich – von einem Porträt herab, das hinter Hintzes Schreibtisch an der Wand hing.

Gombrowitschs Augenlider zuckten schließlich. Honecker gewann. Und die Tür wurde aufgerissen.

»Genosse Gombrowitsch.« Botschaftssekretär Hintze betrat eilig das Büro. »Bitte entschuldigen Sie. Ich wurde aufgehalten.«

Die Männer schüttelten einander die Hände und Hintze nahm umständlich hinter seinem Schreibtisch Platz. Er hatte einen Aktenhefter unter dem Arm, den er nun vor sich aufschlug und darin zu lesen begann. Gombrowitsch würdigte er dabei keines Blickes.

Gombrowitsch wurde heiß.

Schließlich, nach schier endloser Lektüre, hob Hintze den Kopf und lächelte Gombrowitsch freundlich ins Gesicht.

»Alles gute Sozialisten, Ihre Kameraden. Das klingt ja großartig.«

»Na ja, der Markt in Larnaka, hat die Männer schon ...« Gombrowitsch Stimme ging kurzzeitig verloren, während er nach einem unverfänglichen Ausdruck suchte, »... beeindruckt, aber ansonsten ist nichts weiter passiert. Bisher.«

»Ja, ja, das schreiben Sie ja hier.«

Hintze steckte seine Nase wieder in Gombrowitschs Bericht.

Einen Monat zuvor, auf dem Flug von Dresden nach Addis Abeba, hatte die Antonow auf Zypern Zwischenstation gemacht, um Treibstoff zu tanken. Die Übernachtung in Larnaka hatte die Besatzung genutzt, um den dortigen Markt zu besuchen. Der Ausdruck ›beeindruckt‹ war gänzlich untertrieben. Die Männer waren geradezu schockiert von der Vielfalt an Waren und Lebensmitteln, die dort in Hülle und Fülle feilgeboten wurden.

»Wenn's im Juli zurück nach Hause geht, werden Sie da wieder Zwischenstation machen, nicht wahr?«, fragte Hintze unvermittelt.

»Davon ist auszugehen,« antwortete Gombrowitsch irritiert.

»Dann bringen Sie Ihren Lieben Granatapfelsaft mit. Die werden Augen machen«, lachte Hintze. »Sehr gesund und lecker. Sie sollten es selbst probieren.«

Gombrowitsch wusste nichts Besseres, als in das gut gelaunte Lachen des Botschaftssekretärs mit einzufallen.

»Guter Hinweis«, bedankte er sich.

In der nächsten Sekunde wurde Hintze todernst.

»Genosse Oberleutnant, für wie dämlich halten Sie mich?«

Totenstille.

»Ich verstehe nicht ...«, räusperte sich Gombrowitsch einmal mehr.

»Ist ja alles schön und gut, was Sie da schreiben und wofür Sie geschlagene vier Wochen benötigt haben«, entgegnete Hintze wütend.

»Aber wie soll ich jemandem vertrauen, der die Abwesenheit seiner Kameraden dazu nutzt, nächtelang eine Einheimische zu vögeln.«

Gombrowitsch wurde erst rot. Dann aschfahl. Sein Herz setzte für einen Moment aus.

Das konnte Hintze einfach nicht ...

»Wäre sie eine Nutte«, bellte der Botschaftssekretär, »wäre sie eine hervorragende Schauspielerin. Klingt nach rasender Leidenschaft, was die Dame da veranstaltet. Aber sie ist Ärztin, wie ich hörte?«

Gombrowitsch brachte keinen Ton heraus. Eine Wanze, schoss es ihm durch den Kopf. Die Schweine haben unser Haus verwanzt.

»Ja, Gombrowitsch, wir hören mit.« Hintze hatte seinen Gedanken erraten. »Und sollte die Übertragung irgendwann abbrechen, wird Sie das teuer zu stehen kommen. Sagen Sie mir jetzt, wer die Frau ist. Ich finde es sowieso heraus.«

»Die Tochter unseres Nachbarn«, gestand Gombrowitsch kleinlaut.

»*Die* Ärztin?« Lautstark sog Hintze die Luft durch seine Nasenlöcher ein. »Na gut.«

Für einen Moment ließ Hintze seine Worte im Raum verklingen, andächtig schweigend.

»Dennoch ... Sie hätten sich niemals zu so etwas hinreißen lassen dürfen. Mal zu einer Prostituierten gehen. Meinetwegen. Weit weg von zu Hause. Männer haben Bedürfnisse. Aber das, was sie da getan haben und vielleicht auch noch weiterhin tun wollten, geht über jedes Maß hinaus. Diese Frau macht Sie angreifbar. Könnte Sie vielleicht sogar auf noch dümmere Gedanken bringen.«

Gombrowitschs Blick irrte verzweifelt in Hintzes Büro umher, blieb wieder beim gerahmten Foto des Genossen Staatsratsvorsitzenden hängen, doch auch in Erich Honeckers hornbebrillten Augen spiegelte sich nichts als Missbilligung.

»Abgesehen von dem Ärger mit den äthiopischen Behörden, den eine solche Affäre provoziert. Was wird denn Ihre Frau zu Hause dazu sagen?«, hörte Gombrowitsch die Stimme Hintzes aus weiter Entfernung zu sich herüberdringen.

Der Botschaftssekretär schloss kopfschüttelnd den Aktenhefter.

»Ich weiß Sie nun besser einzuschätzen, Genosse. Sie sind hier nur noch auf Bewährung. Ich erwarte ab heute Ihren wöchentlichen Bericht. Und wenn Sie sich noch einen Fehltritt erlauben, werden Sie in Klotzsche künftig Flugzeuge putzen. Bestenfalls.«

Gombrowitsch sah seine Offizierskarriere in Krümelchen zerbröseln und vom Winde fortgetragen. Ihm wurde schlecht. Wenn sie ihm die Fliegerei nahmen, konnten sie ihn auch gleich in den Bau stecken – und würden es wahrscheinlich sogar tun. Scheiße.

Hintze komplementierte Gombrowitsch mit einem letzten »Danke, Sie können jetzt gehen« aus dem Büro.

Der Botschaftsfahrer brachte Gombrowitsch zurück in die Mannschaftsunterkunft.

Dort lief er den Kameraden Wegener und Kruse in die Arme, die gerade den aus der Heimat mitgebrachten Weinballon, angefüllt mit medizinischem Alkohol, in eines der beiden Mannschafts-Autos hoben. Die Besatzung hatte zwei 1500er Ladas zur Verfügung gestellt bekommen, um sich selbstständig in Addis Abeba bewegen zu können.

»Jürgen, du siehst scheiße aus«, begrüßte ihn Wegener mit besorgtem Blick. »Was war los in der Botschaft?«

»Musste mit meiner Frau telefonieren. Ihre Mutter ist erkrankt.« Die Lüge ging Gombrowitsch aalglatt über die Lippen. »Alles halb so wild. Aber der Besuch in der Saftbar ist mir nicht bekommen.«

»Hast du hinterher nicht desinfiziert?«, fragte Kruse.

»Nee,« entgegnete Gombrowitsch. »Hatte natürlich keinen Whisky dabei.« Und wechselte schnell das Thema. »Schleppt ihr jetzt unser komplettes Enteisungsmittel zu den Russen?«

»Korrekt«, antwortete Wegener.

»Und ihr glaubt wirklich, für fünfzig Liter Alkohol mit sechsundneunzig Umdrehungen gibt's ein neues Triebwerk?«

»Ich hab da meine Verbindungen«, erklärte Kruse. »Der Sprit wird bei den Verhandlungen auf jeden Fall helfen.«

»Ich wette, die trinken das Zeug unverdünnt«, ergänzte Wegener grinsend.

Gombrowitsch wünschte viel Glück und zog sich dann schnell in sein Zimmer zurück. Ihm war hundeelend zumute. Vielleicht hätte er sich wirklich in besagte Saftbar kutschieren lassen und sich einen der vielen formidablen Fruchtsäfte genehmigen sollen. Aber Saft mangelte es an dem heute nötigen Alkoholgehalt. Kruses Idee mit dem Whisky war besser. Gombrowitsch hatte noch eine Flasche in seinem Schrank gebunkert. Die musste ihm heute durch die schweren Stunden seiner Niederlage helfen.

Oberleutnant Jürgen Gombrowitsch würde sich mit seinen Magenbeschwerden den Rest des Tages krankmelden.

9:31 Uhr MEZ

»Innerhalb der nächsten hundertzwanzig Minuten wird eines unserer Flugzeuge hier landen und Sie alle sicher zurück nach Frankfurt bringen.«

Wegener fühlte, dass seine Wangen heiß und rot zu glühen begannen. Hoffentlich deutete keiner der Anwesenden dieses Symptom als das, was es war: sein Mangel an Unverfrorenheit. Obwohl er sich nun schon seit dem Morgengrauen redlich darin übte.

»Ich möchte mich noch einmal in aller Form und im Namen von German Continental für die entstandenen Unannehmlichkeiten entschuldigen«, schloss er seine Ansprache.

Er war in der kleinen Abflughalle des Flughafens Maribor vor die Passagiere getreten. Mit der größtmöglichen Autorität eines Kapitäns versuchte er nun, die Menge zu beruhigen und sicherzustellen, dass in den nächsten zwei Stunden an dieser Front Ruhe herrschte. Sanitäter und Mitarbeiter des Roten Kreuzes eilten zwischen den Geretteten umher und versorgten sie mit Essen und Getränken.

»Unannehmlichkeiten?«, schallte es Wegener aus der Menge zornig entgegen.

»Wir haben Todesangst ausgestanden!«

»Ich war minutenlang bewusstlos!«

»Wie kann man sich denn dermaßen verfliegen?«

»So etwas nennt man Körperverletzung!«

»Eine Unverschämtheit!«

Aus allen Richtungen prasselten Entrüstung und Beschuldigungen auf Wegener ein.

»Bitte rechnen Sie mit einer angemessenen Kompensation.« Wegener hob beschwichtigend die Hände.

»Wie ist Ihr Name?«, wollte ein Anzugträger auf einer der Wartebänke wissen. Der Mann war immer noch kreidebleich. »Das wird Sie teuer zu stehen kommen, glauben Sie mir.«

»Ich heiße ... Stefan Sullenberger«, antwortete Wegener zögernd. »Glauben Sie mir, dass es niemand mehr bedauert als ich, was hier und heute geschehen ist. Ein Flugzeug wie das unsere ist abhängig von vielen verschiedenen Navigations- und Sicherheitssystemen. In diesem Fall haben einige dieser Systeme versagt und ich bin erleichtert, Sie dennoch einigermaßen unbeschadet zurück auf den Boden gebracht zu haben.«

Fieberhaft suchte er im Kopf nach einem noch stärkeren Abschluss seiner Rede. Ungewollt entstand eine bedeutungsschwangere Pause.

»Betrachten Sie den heutigen Tag als Ihren zweiten Geburtstag.«

Wegeners Worte verfehlten ihre Wirkung nicht. Das aufgebrachte Tohuwabohu unter den Passagieren verebbte. Dass sie dem Tode entronnen waren, wurde den meisten Anwesenden erst jetzt gewahr.

»Die Maschine wird sofort zur Untersuchung in die German Continental Basis nach München gebracht«, erklärte er.

»Was ist mit unserem Gepäck?«, wollte jemand wissen.

»Von München wird Ihr Gepäck nach Frankfurt weitergeleitet«, erläuterte Wegener. »Sie werden Ihre Koffer und Ihr Handgepäck bei Ihrer Ankunft am Frankfurter Flughafen zurückerhalten.«

Niemand protestierte.

Keines seiner Worte entsprach der Wahrheit, doch seine Wangen brannten nicht mehr rot und verräterisch, das Blut war wieder gewichen. Im Lügen wurde er langsam besser.

Das alles war ein Alptraum.

Sie hätte es wissen müssen. Doch sie hatte sich gestern in ihrer Panik von Gombrowitschs leichtfertiger Art überreden lassen. Natürlich gab es ein Risiko für die Passagiere, wenn man sie zu geringem Luftdruck aussetzte. Sie hatte es einfach nicht sehen wollen, die Gefahr nahezu bedenkenlos beiseite gewischt.

Ayana saß allein im Cockpit und beobachtete gedankenverloren, wie sich im Nieselregen ein Tankwagen der Maschine näherte. Gleich darauf begannen die Mechaniker mit dem Befüllen der Tanks.

Sie würde niemals verwinden, was sie den Passagieren angetan hatte.

Ihren düsteren Selbstvorwürfen nachhängend, entging Ayana die fremde Frau in ihrem Rücken. Die stahl sich knapp dreißig Meter entfernt aus der Hecktoilette in die Kabine und kroch vorsichtig zwischen den Sitzen an eines der hinteren Fenster.

Die Fremde wagte, sich einen Überblick der Situation außerhalb des Flugzeugs zu machen. Die einsame Schwarze dort vorn im Cockpit hielt sie für keine sonderliche Bedrohung.

Die Maschine wurde vollgetankt.

»Verhalten Sie sich ruhig«, hatte der alte Mann am Telefon angeordnet. »Lassen Sie das Flugzeug starten. Ich habe alles unter Kontrolle.«

Wie konnte der Alte sich so sicher sein?

Wie auch immer. Das waren Fragen, die sie nichts angingen. Sie war entschlossen, dem Alten zu gehorchen, denn es wäre ihr niemals in den Sinn gekommen, die fürstliche Vergütung zu gefährden, die er ihr zum wiederholten Male in Aussicht gestellt hatte. Also schlich sie zurück in die Hecktoilette, zog leise die Tür zu und harrte der Dinge.

Der letzte Befehl des alten Mannes war immerhin eindeutig. Der Pilot namens Wegener und seine Frau durften das Ende dieses Tages nicht erleben.

9:49 Uhr MEZ

Aus den Augenwinkeln heraus bemerkte Gombrowitsch, dass Volker Fähnrich in den Eingangsbereich der Bürolandschaft trat – der Leiter der Operationszentrale, sein direkter Vorgesetzter. Der Mittvierziger war der jüngste Oberboss in der Geschichte der OZ und den älteren Kollegen ein permanenter Dorn im Auge, da allein seine Anwesenheit sie täglich daran erinnerte, dass in der Formel-1 der hochgetunten Karriere-Boliden ein flinker Jungspund auf der Überholspur vorbei geschossen war.

Gombrowitsch war der Mann egal. Seit Amtsantritt vor einem Jahr ließ Fähnrich ihn in Frieden. Das war die Hauptsache.

Der Chef erschien in Begleitung einer bleichen jungen Frau, die Gombrowitsch nicht kannte. Großgewachsen. Brünett. Anfang dreißig vielleicht. Und damit altersmäßig schon ein ganzes Stück oberhalb seines Beuteschemas.

Sein Vorgesetzter steuerte ohne Umschweife auf seinen Arbeitsplatz zu. Gombrowitschs Finger flogen über die Computertastatur. Ausgerechnet jetzt! Nach der fingierten Notlandung musste er den illegalen Flugplan der Sierra Foxtrott erneut bei Eurocontrol in Brüssel anmelden, am Computersystem der German Continental vorbei, so wie am Vorabend. Und ohne dass sein Chef Zeuge davon wurde. Einen Mausklick später war Flug 1614 nach Kairo wieder aktiviert und die Webseite der Europäischen Flugsicherung geschlossen.

In der nächsten Sekunde legte Fähnrich die Hand auf Gombrowitschs Schulter, in Begleitung der großen Brünetten.

»Guten Morgen, Jürgen. Alles ruhig da draußen?«

»Alles bestens. Was kann ich für dich tun?«

»Ich möchte dir Kommissarin Bach vorstellen.«

»Kripo Frankfurt, guten Tag«, ergänzte die junge Frau, während sie Gombrowitsch ihre Rechte hinstreckte.

»Gombrowitsch, angenehm.«

Die Worte ›Scheiße‹ und ›Polizei‹ blitzten in seinem Hirn auf, während er den kühlen Händedruck der Kommissarin erwiderte.

»Ich bin auf der Suche nach einem Ihrer Piloten«, erklärte Bach, »wir benötigen in einer Ermittlung seine Zeugenaussage.«

»Es handelt sich um Kapitän Tobias Weiss«, ergänzte OZ-Chef Fähnrich, »wir waren schon beim Crew Management, die sagten uns, dass er auf dem Weg nach Riga sei.«

»Wir müssen ihn irgendwie erreichen.« Die Kommissarin musterte die grafischen Darstellungen auf Gombrowitschs Monitoren. »Entweder in Riga oder am nächsten Flughafen, den er anfliegt.«

»Der nächste Flughafen ist auf jeden Fall Frankfurt, unsere Maschinen kommen immer wieder zur Basis zurück, wie Brieftauben«, erklärte Fähnrich heiter und griff sich forsch die Computermaus. »Darf ich kurz?«

Gombrowitsch hasste, wenn sich jemand an seinem Arbeitsgerät zu schaffen machte, doch bevor er es verhindern konnte, hatte Fähnrich auch schon auf dem Monitor das entsprechende Fenster der Flotten-Steuerung geöffnet. Er blätterte durch die Zeitleiste, in der alle Flugereignisse des heutigen Tages dargestellt wurden.

»Die Sierra Foxtrott nach Riga ist noch hier? Zweieinhalb Stunden Verspätung? Was ist denn da los?«, registrierte er erstaunt und wandte sich an die Kommissarin: »Sollen wir den Kapitän aus der Maschine holen?«

»Die stehen bei der Technik auf dem Vorfeld. Probleme mit dem Bordcomputer«, hörte Gombrowitsch sich selbst sagen.

Seine Worte klangen seltsam gedämpft, denn das plötzlich wieder aufflammende Pochen in seiner geschwollenen Nase pflanzte sich bis in seinen Gehörgang fort – während vor seinem geistigen Auge der Vorsprung der Sierra Foxtrott in sich zusammen schmolz wie ein Eiswürfel unter der Äquatorsonne.

9:53 Uhr MEZ

Obwohl es kalt war auf dem Vorfeld des Flughafens in Maribor und immer noch nieselte, fühlte Wegener eine neuerliche Hitzewelle in sich aufwallen.

Er versuchte, seine Nervosität hinter einer Maske grimmiger Autorität zu verbergen, während er dem Fahrer des Tankwagens eine Kreditkarte aushändigte, wortkarg und schmallippig. Der Mann zog den Magnetstreifen durch einen mobilen Kartenleser und reichte die Karte samt einer Rechnung dankend zurück. Knapp fünftausend US-Dollar waren für die achttausend Liter Kerosin zu bezahlen, die Wegener in Amt und Würden als Kapitän vor wenigen Minuten hatte nachtanken lassen. Im Cockpit jeder German-Continental-Maschine lag eine solche Firmenkreditkarte griffbereit, um derlei Ausgaben zu tätigen. Die Airline kam für den Diebstahl ihres Flugzeugs quasi selbst auf. Der Gedanke zauberte Wegener trotz seiner Anspannung ein kurzes Lächeln ins Gesicht.

Nun hieß es: nichts wie weg.

Rasch umrundete er das Flugzeug und unterzog es der vorschriftsmäßigen Sichtkontrolle. Nachdem er sich versichert hatte, dass es Ayana und ihn problemlos über die bevorstehende Strecke von viertausend Kilometern befördern würde, kletterte er zurück ins Innere.

Im Cockpit erwartete ihn Ayana.

»Alles in Ordnung. Wir können starten«, murmelte Wegener knapp und öffnete den Laptop, den ihm Gombrowitsch im heimischen Wohnzimmer übergeben hatte – vor gefühlten einhundert Jahren.

»Gab es unter den Passagieren weitere Notfälle?«, fragte Ayana.

»Meines Wissens nicht.« Wegener blickte nicht auf. Er beschäftigte sich intensiv mit der zu ändernden Wegstrecke, die nun in den Bordcomputer übertragen werden musste.

Ayana kannte dieses Vermeidungsmuster ihres Mannes nur zu gut.

»Was ist mit dem Mann, der den Herzinfarkt erlitten hat?«

»Ist im Krankenhaus.«

»Interessiert es dich nicht, dass der Mann vielleicht sterben wird?«

Wegener seufzte.

»Ich kann es nicht ändern.« Er blickte seiner Frau ins Gesicht. »Wir sind das Risiko nun mal eingegangen. Du bist Ärztin. Es war dir ja wohl klar, oder nicht?«

»Du reagierst völlig ohne jede Regung auf das alles. Ist es dir egal?«

»Es tut mir leid. Entsetzlich leid. Aber wenn wir jetzt nicht weitermachen, und zwar schnell, dann war alles umsonst. Verstehst du?«

Ihr Mann mochte recht haben. Doch der Schock über die Konsequenzen ihrer Bedenkenlosigkeit hatte sich tief in Ayanas Gewissen gefressen. Sehr tief.

Wenn dieser Alptraum nur aufhörte! Wenn Fanny in diesem Augenblick einfach anriefe. Sich aus einem spontanen Urlaub zurückmeldete. Wenn nichts weiter geschehen wäre, und sie ihre Tochter wohlbehalten und in Sicherheit wüsste. Ayana wünschte sich nichts sehnlicher.

Mit einem Mal entzündete sich von irgendwoher ein Funken Hoffnung in ihrer Brust. Sie konnte nicht anders, sie musste sofort ihr Handy einschalten.

»Was machst du da?« Wegener blickte vom Eingabefeld des Bordcomputers auf.

»Ich rufe Fanny an.«

»Das ist sinnlos. Und man kann dich später zurückverfolgen!«

Panik schwang in Wegeners Stimme. Begriffe wie ›Vorratsdatenspeicherung‹ und ›Funkzellenabfrage‹ hatten bislang in seinem Leben keinerlei Rolle gespielt, außer seiner Empörung über die sich darüber Empörenden. Für ihn als unbescholtenen Bürger gab es schließlich nichts zu verbergen. Innerhalb der letzten vierundzwanzig Stunden hatte sich die Situation jedoch grundlegend geändert.

Ayana reagierte nicht auf Wegeners Einwand. Unbeirrt schaltete sie ihr Telefon ein.

Im nächsten Moment begann es zu klingeln. Eine Mobilnummer aus Deutschland wurde im Display angezeigt.

»Geh da nicht ran«, befahl Wegener aufgeregt.

Irgendetwas zwang Ayana, das Gespräch dennoch anzunehmen.

»Mama?«, ertönte die Stimme ihrer Tochter.

Ayanas Herz beschloss, für einen kurzen Augenblick das Schlagen einzustellen.

9:55 Uhr MEZ

»Scheint ja eine dringende Ermittlung zu sein.«

Gombrowitsch tippte Weiss' Handynummer in sein Telefon. Niemals würde er den gesuchten Flugkapitän ans Telefon bekommen. Ihm wurde schwindelig, als er den Hörer an sein Ohr führte.

»Das könnte man so sagen.« Gesine Bach nickte geistesabwesend. Morgen würde sie zum Arzt gehen. Der würde ihre Schwangerschaft feststellen und Bach zum Einsatz hinter dem Schreibtisch verdammen. Konnte sie acht Monate lang im Innendienst hocken? Und wollte sie danach ein Kind gebären? Wenigstens war ihr nicht mehr übel. Ein Gewaltverbrechen zu untersuchen, schien tatsächlich eine ausreichende Ablenkung zu sein.

Gombrowitsch versuchte, die Schmerzen in seiner pochenden Nase allein mit der Kraft seines Willens nieder zu kämpfen.

Bach registrierte erstaunt die gedämpfte Stimmung um sie herum in der Operationszentrale. Sie hatte im Gehirn einer so großen Fluglinie wie German Continental wesentlich mehr Hektik und Aufregung erwartet. Einzig hektisch war der ältere, bleichgesichtige Herr, der am Tag zuvor augenscheinlich in eine Prügelei geraten war. Das hinderte den Mann allerdings nicht, die Frühschicht der German-Continental-Verkehrsleitung zu dirigieren.

»Gibt es kein Satellitentelefon oder so was im Cockpit?«, wollte Bach wissen.

»Nicht in den Mittelstreckenmaschinen«, erklärte Fähnrich, der Leiter der Operationszentrale. Er stand hinter Gombrowitschs Schreibtischstuhl.

Der ließ das Freizeichen in seinem Hörer endlos tönen, versuchte, Zeit zu gewinnen.

Kommissarin Bach war mit einem äußerst feinen Gehörsinn verflucht. Ihre empfindlichen Ohren hatten ihr in den letzten Jahren schon so manche Einschlafstörung beschert. Sie registrierte durch das leise Stimmgemurmel in der Operationszentrale weit entfernt klingende, dünne Technobässe. Sie wunderte sich, dass die Leute hier während ihrer Arbeitszeit Musik hören durften.

»Es klingelt, aber er geht nicht ans Handy«, knurrte Gombrowitsch, während er den Anruf unterbrach.

»Der Flug ist aufgrund technischer Probleme seit zweieinhalb Stunden verspätet, und du hast es nicht für nötig befunden, die Crew mal früher zu kontaktieren?« Fähnrich schüttelte ungläubig den Kopf.

»Es tut mir leid«, antwortete Gombrowitsch kleinlaut. »Ist mir durchgegangen. Vielleicht hätte ich heute besser zu Hause bleiben sollen. Bin wohl doch nicht richtig fit.«

Fähnrich legte seine Hand auf Gombrowitschs Schulter, halb beschwichtigend, halb anklagend.

»Ja. Das scheint mir auch so.«

Gombrowitsch schnappte sich erneut den Telefonhörer. »Die Technik soll mal ihre Leute in der Maschine kontaktieren.«

Dies war der Moment, da der German Continental auffiel, dass ihnen ein Flugzeug abhandengekommen war.

Es ließ sich nicht mehr ändern.

9:56 Uhr MEZ

»Fanny! Bist du das wirklich?«, hörte Fanny die Stimme ihrer Mutter im Hörer.

»Mama«, antwortete Fanny. »Gott sei Dank!«

Noch niemals war sie so erleichtert gewesen.

Es musste an ihrer Erschöpfung gelegen haben, dass Fanny die Idee nicht sofort gekommen war: Facebook war die Rettung. Der Freiwillige in der Bahnhofsmission hatte ihr sein Smartphone geliehen. Damit hatte sie sich in das soziale Netzwerk eingeloggt.

Ihr Handytelefonbuch war mit ihrem Facebook-Konto synchronisiert. Sie hatte das vor Kurzem erst entdeckt, rein zufällig, und sich heftig über die Datenkrake aus dem Silicon Valley aufgeregt. Doch nun hatte ihr die Neugierde des Internetkonzerns tatsächlich ermöglicht, an die Mobilnummern ihrer Eltern zu gelangen.

»Sie lebt! Sie lebt!«, schien ihre Mutter auf der anderen Seite der Leitung irgendwem mitzuteilen. »Mein Schatz, geht es dir gut? Wo bist du? Wir dachten, du bist entführt worden?!«

Fanny schluckte. »Woher ... woher weißt du, dass ich entführ...«

Immer noch befand sie sich in der Frankfurter Bahnhofsmission, bemerkte gerade noch rechtzeitig die neugierigen Ohren der Umsitzenden und ließ den Satz unvollendet.

»Oh, Gott, es ist ein Wunder, es ist wirklich ein Wunder.« Sie hörte, wie ihre Mutter durch das Telefon in Tränen ausbrach. »Wir haben uns solche Sorgen gemacht! Bist du ...? Halten die dich etwa ...« Die Stimme ihrer Mutter überschlug sich. »Halten die dich noch gefangen? Wo bist du?«

»Ich bin abgehauen«, antwortete Fanny verwirrt, versuchte sie doch gleichzeitig, das Puzzleteil mit der Aufschrift *Mama weiß, was passiert ist* in das gänzlich unüberschaubare Gesamtbild einzufügen.

»Mein Schatz! Oh, Gott. Wo bist du jetzt?«

»Mama, ich bin okay«, suchte Fanny nach beruhigenden Worten. »Ich bin am Hauptbahnhof in Frankfurt.«

Vor nicht mal zwei Stunden war sie ihrer eigenen Entführung entkommen, und nun musste sie ihrer aufgelösten Mutter jenen Trost spenden, von dem sie eigentlich selbst eine mehr als üppige Portion gebrauchen konnte. Typisch.

»Du musst sofort zur Polizei gehen!«, antwortete ihre Mutter tränenerstickt.

»Das ist unmöglich, Mama, hör zu ...« Fanny wollte gerade mit ihrer eigenen Schilderung der Dinge ansetzen, als sie auf der Seite ihrer Mutter eine weitere Stimme hörte.

»Nein! Nicht zur Polizei!«

»Bist du das, Papa?«

Ein Rascheln in der Leitung, dann plötzlich war die Stimme ihres Vaters ganz nah.

»Fanny, Liebes! Bitte geh nicht zu Polizei. Ich erklär's dir später ...«

»Papa, ich kann nicht zur Polizei gehen!«

Die Umsitzenden wandten unmerklich die Köpfe, doch das war Fanny gerade egal. Konnte jetzt bitte mal eines der beiden Elternteile ihren Teil der Geschichte anhören, ohne ständig dazwischenzuquatschen?

»Papa! Ich will einfach nur nach Hause! Aber ich habe überhaupt nichts dabei. Kein Geld, gar nix. Die haben mich einfach so aus meiner Wohnung ...« Stopp, nicht zu viel in der Öffentlichkeit verraten. »... könnt ihr mir eine Fahrkarte reservieren. Ich nehm den nächsten Zug nach Dresden. Dann erzähl ich euch alles.«

Stille in der Leitung.

»Liebes«, die Stimme ihres Vaters klang plötzlich todtraurig. »Das geht leider nicht. Wir sind nicht zu Hause.«

»Was soll das heißen, ihr seid nicht zu Hause. Seid ihr in Urlaub, oder was?«

Fanny fühlte eine ungesunde Mischung aus Wut und Verzweiflung in sich hochkochen.

»Mutti und ich sind ... in Slowenien.«

Fanny schluckte. »Was zum Geier macht ihr da?«

»Es ist besser, wenn du das nicht weißt«, antwortete ihr Vater.

Fanny hätte heulen können.

Und tat es. Widerstand war zwecklos.

»Papa. Ich war eine Woche lang in einem verfickten Keller an ein Rohr gekettet«, weinte Fanny so leise wie möglich in den Hörer. »Und ich will jetzt wissen, warum ihr mir nicht aus dieser Scheiße helft, wie es sich für ein paar anständige Eltern gehört.«

Gleichzeitig fühlte sie den mitleidigen und gleichzeitig höchst interessierten Blick ihrer betagten Tischnachbarin auf sich ruhen. Fanny hoffte inständig, die gute Frau litte an Harthörigkeit.

»Deine Mutter und ich stehlen gerade einen Airbus mit fünfhundert

Millionen Euro an Bord, um dich aus den Händen deiner Entführer frei zu pressen«, antwortete die Stimme ihres Vaters.

Okay, der Mann war schrullig, das wusste sie. Doch das hier ging eindeutig zu weit.

»Papa, das ist jetzt echt nicht der Moment, um einen deiner beknackten Witze zu machen.« Fanny schüttelte verzweifelt den Kopf, sie war kurz davor, mit einem simplen Tastendruck die Verbindung abzubrechen.

10:00 Uhr MEZ

Gombrowitsch beendete das Gespräch mit der Abteilung Flottentechnik. Er wandte sich mit einer langsamen Drehung seines Schreibtischstuhls an seinen Chef hinter und die Kommissarin neben sich.

»Unsere Technik weiß nichts von der Sierra Foxtrott«, warf er in die Runde und versuchte, so überrascht und bestürzt zu wirken, wie es nur eben ging.

»Wie soll ich das verstehen?« OZ-Leiter Fähnrichs Gesicht wechselte die Farbe.

»Lass mich mal was prüfen.« Gombrowitsch erhob sich und trat zum wenige Meter entfernt sitzenden Kollegen, der für die A320-Flotte zuständig war.

»Gibt es ein Problem?«, fragte Gesine Bach.

»Das werden wir gleich sehen«, erwiderte Fähnrich geistesabwesend, während er Gombrowitsch beobachtete, der dem Kollegen verschiedene Anweisungen erteilte.

In den darauffolgenden zehn Minuten versuchte Gombrowitsch, den Copiloten der gesuchten Sierra Foxtrott per Handy zu erreichen, während sein Kollege die Vorfeldkontrolle des Flughafens kontaktierte, um den Verbleib des defekten Airbus zu recherchieren – alles erfolglos. Das Handy des Copiloten war ausgeschaltet und das Flugzeug nirgendwo aufzufinden. Flug 2508 nach Riga hatte bei den Vorfeld-Lotsen ordnungsgemäß das Push-Back vom Terminal bestellt und sich dann auf den Weg zu den Hauptrollbahnen des Flughafens gemacht.

Auf die sofortige Nachfrage bei der dafür zuständigen Platzkontrolle folgte die Antwort, dass Flug 2508 von der Operationszentrale selbst mit einem technischen Defekt vorläufig abgemeldet worden und am Hauptrollweg nie angekommen war.

OZ-Leiter Fähnrich wirkte plötzlich äußerst zerknirscht.

»Jürgen? Wer von euch hat bei denen den Flug abgemeldet?«

Gombrowitsch stand stumm an seinem Schreibtisch. Er zuckte hilflos mit den Achseln. Alles, wofür er in den letzten achtundvierzig Stunden gekämpft hatte, zerbröselte in diesem Moment zu Staub. Wie konnte er den Lauf der Dinge jetzt noch verzögern? Wegener und Ayana durften nicht erwischt werden, seine Tochter musste leben!

»Du weißt nicht? Dir ist klar, dass das Konsequenzen haben wird?«

Fähnrichs Drohung wirkte hilflos und verzweifelt.

Er hatte inzwischen Gombrowitschs Stuhl eingenommen und am Computer eine Flighttracker-Webseite geöffnet, mit der in der Operationszentrale der Verkehr am weltweiten Himmel beobachtet wurde. Auf einer skalierbaren Weltkarte bewegten sich kleine, farbige Flugzeugsymbole. Tausende. Kreuz und quer. Sie repräsentierten sämtliche Flugzeuge aller Fluggesellschaften, die sich gerade in der Luft befanden. In dicken Trauben bevölkerten die leuchtend bunt geflügelten Piktogramme den Himmel über Europa und Nordamerika.

»Verstehe ich das richtig?«, fragte Bach vorsichtig. »Das Flugzeug, in dem Kapitän Weiss sitzen soll, ist … weg?«

»Es kann nicht weg sein. Wir wissen nur nicht, wo es ist«, antwortete OZ-Leiter Fähnrich mürrisch, während er das Luftfahrtkennzeichen der Sierra Foxtrott in eine Suchmaske am Rande des Bildschirms eingab.

Doch die Flighttracker-Seite spuckte keinerlei Informationen aus.

»Normalerweise müsste jetzt die Position einer der Maschinen dort hervorgehoben werden, mit den Details über den Flugzeugtyp, das aktuelle Flugziel und so weiter«, erklärte Gombrowitsch der Kommissarin. Er musste das Spiel weiter mitspielen.

»Funktioniert aber offensichtlich nicht«, bemerkte Bach.

»Die haben ihren Transponder abgeschaltet«, fluchte Fähnrich, er starrte ungläubig auf den Computermonitor vor sich.

Und öffnete ein weiteres Programmfenster.

»Auch abgeschaltet.«

»Was?«, fragte Bach.

»Das ACARS«, erläuterte Gombrowitsch. »Das ist ein Nachrichtensystem zwischen uns und unseren Flugzeugen. Funktioniert so ähnlich wie Nachrichtenschreiben per Handy. Und dient uns gleichzeitig als Positions- und Statusüberwachung der Maschinen.«

»Das Scheißding kann doch nicht einfach weg sein«, fluchte OZ-Leiter Fähnrich, diesmal wesentlich lauter.

Gombrowitsch griff währenddessen ein weiteres Mal zum Telefonhörer und wählte Tobias Weiss' Handynummer.

»Kann ja sein, dass das Cockpit immer noch nicht hochgefahren ist. Ich versuch noch mal, den Kapitän zu kriegen.«

Ein neuerlicher Anruf war nutzlos, keine Frage. Es wirkte aber zumindest so, als würde er sich aktiv um die Aufklärung des Rätsels bemühen. Er lauschte dem Freizeichen in der Leitung. Was sollte er als Nächstes tun? Er konnte nur hoffen, dass Wegener und Ayana in Maribor bereits gestartet und auf dem Weg in Richtung Süden waren.

»Geh mal einer ran«, rief plötzlich einer der Kollegen an den vorderen Arbeitsplätzen. »Der Klingelton nervt.«

Gesine Bachs Aufmerksamkeit war sofort geweckt. Auch sie vernahm wieder undeutlich die Techno-Tonfolge, die ihr vor ein paar Minuten bereits aufgefallen war.

»Legen Sie bitte mal kurz auf«, wies sie Gombrowitsch an.

Der tat, wie ihm geheißen.

Die Kommissarin bat Gombrowitsch, ein weiteres Mal die Handynummer des Kapitäns zu wählen.

Wieder ertönte das Freizeichen in der Leitung.

Bach erhob sich. »Tatsächlich. Irgendwo da hinten.«

Gombrowitsch erstarrte.

Mit langsamen Schritten bewegte Bach sich in die Richtung, aus der die hauchdünnen Technobässe zu ihr drangen. Sie strebte jenem großen Konferenzraum zu, der ausschließlich dem Krisenstab der German Continental Airways vorbehalten war. Die Technorhythmen waren nun deutlich vernehmbar. Es dauerte einen Moment, bis Bach den Eingang des Raumes gefunden hatte. Er lag in einem benachbarten Flur. Und war verschlossen.

Gombrowitsch hatte sich mittlerweile aus seiner Starre gelöst und eilte der Kommissarin hinterher.

»Ich muss hier rein.« Bach rüttelte an der zugesperrten Eingangstür des Lagezentrums. Ihre Stimme ließ keinen Zweifel an ihrer Autorität und der Dringlichkeit ihres Anliegens, sodass Gombrowitsch ohne Zögern aufschloss.

Im Moment, als Bach eintrat, verstummte die Melodie. Wahrscheinlich war die Mailbox des Handys angesprungen. Der Raum lag im Dunkeln. Sie betätigte den Lichtschalter, eine Reihe von Neonröhren flammte auf. Die rechteckige Tischreihe im Inneren lag gänzlich verwaist. Bach schickte Gombrowitsch zurück an sein Telefon. Das Handy musste ein weiteres Mal angeklingelt werden. Gombrowitsch hastete an seinen Arbeitsplatz. Er wusste zu gut, was im nächsten Augenblick geschehen würde. Warum nur hatte er vergessen, die Jackentaschen des Mannes zu durchsuchen? Im selben Moment fiel ihm die leere Spritze ein, die in einer Schublade seines Arbeitsplatzes verborgen lag. Das Ding musste irgendwohin verschwinden. Er öffnete die Lade. Mangels Alternativen und so unauffällig es ihm möglich war, stopfte er das gefährliche Beweisstück in seine linke Socke. Dann wählte er erneut die Handynummer des gesuchten Kapitäns.

Wieder erklang im Lagezentrum der Techno-Klingelton, jetzt allerdings in voller Lautstärke. Bach benötigte nur wenige Sekunden, um seine Herkunft zu lokalisieren. Das Klingeln tönte von unter der Tischreihe hervor. Sie ging in die Hocke. Ihr Atem stockte. Kurz wurde ihr schwarz vor Augen und sie sah sich gezwungen, den plötzlichen Würgereiz mit aller Macht zurückzuhalten.

10:03 Uhr MEZ

»Ihr seid ja völlig verrückt!«, tönte Fannys verzweifelte Stimme aus dem Lautsprecher des Handys. »Das ist total absurd! Wie soll das denn funktionieren?«

Ayana hielt das Telefon wie eine kostbare Reliquie in ihren Händen, gerade so, als befände sich ihre Tochter in dem Ding und sie müsste es nur vorsichtig in die Tasche stecken, um Fanny heil und unversehrt nach Hause zu bringen.

»Mach dir keine Sorgen. Wir werden dieses schreckliche Flugzeug verlassen und kommen zurück. Und du musst nur irgendwie schnell aus Frankfurt raus.«

»Okay.« Fannys Stimme klang keine Spur erleichtert, »und dann?«

»Werden wir sehen«, antwortete Ayana. »Hajo? Was denkst du?«

Wegener starrte durch die Frontscheibe des Cockpits nach draußen. Er fühlte sich unsagbar müde. Sein Kopf war vollkommen leer und an der Stelle, wo sein Magen hätte sein sollen, spürte er nichts als einen zentnerschweren Stein in seinem Bauch. Der Regen hatte aufgehört, doch die Bergrücken in der Umgebung waren in dichte Wolken gehüllt. In der Entfernung, auf der Zufahrtsstraße zum Flughafen, tauchten weitere Krankenwagen auf, gefolgt von einem Polizeiauto. Waren Ayana und er bereits aufgeflogen? Sollten sie jetzt aufgeben? Fanny war gerettet. Es gab keinen Grund, diesen Irrsinn weiter zu führen. Vielleicht würden sie mit einer geringeren Strafe davonkommen, angesichts der Umstände.

Nein.

Kein Gefängnis.

Niemals wieder!

»Der einzige Weg hier weg, führt über diese Rollbahn und in die Luft«, entgegnete er apathisch. »Mit diesem Flugzeug.«

Ayana starrte ihn ungläubig an.

Wegener schüttelte den Kopf. »Die kriegen uns sonst in Nullkommanichts.«

Davon abgesehen gab es nur einen Menschen, der seiner Tochter in Frankfurt helfen konnte – so sehr Wegener sich auch sträubte, die beiden miteinander in Kontakt zu bringen.

»Fanny, hör zu«, riss er sich aus seiner Lethargie. »Mutti und ich sind nicht allein. Es gibt noch jemanden, der eingeweiht ist. Er wird dir helfen.«

»Hajo, nein, bitte! Es muss einen anderen Weg geben!«

»Es geht nicht anders! Und, Fanny, du darfst auf keinen Fall zurück in deine Wohnung! Und auch nicht zu uns nach Hause, die wissen vielleicht, dass wir deine Eltern sind. Ich gebe dir jetzt eine Telefonnummer. Ruf da an. Das ist ein alter Kamerad aus Armeezeiten. Er wird dir helfen.«

Wegener nannte seiner Tochter den Namen und die Handynummer Gombrowitschs.

»Ihr fliegt jetzt nicht einfach los?« Fannys Stimme klang flehentlich.

»Ruf den Mann an! Wir sehen uns bald wieder. Ich verspreche es!«

Er unterbrach die Verbindung. Tränen standen in seinen Augen.

Ayana war fassungslos.

»Das kann nicht dein Ernst sein.«

»Wir haben keine andere Wahl«, entgegnete Wegener mit brüchiger Stimme.

In ihrer beider Rücken, wenige Meter entfernt, hinter der offenstehenden Cockpit-Tür, hatte sich die blinde Passagierin in eine der vorderen Sitzreihen geschlichen und das Telefonat belauscht. Der Mann, die Frau und die Frauenstimme aus dem Telefon sprachen Deutsch. Sie hatte kein einziges Wort verstanden. Doch der Klang der Stimmen bedeutete ihr, dass sich den beiden dort vorn irgendein Problem in den Weg gestellt hatte.

Wenige Augenblicke später vernahm sie schließlich ein paar englische

Satzfetzen; der Mann namens Wegener bat über Funk die Flugverkehrs-kontrolle um Erlaubnis, die Triebwerke zu starten. Sekunden später fuhren die Turbinen des Airbus hoch. Ließ der Tower die Maschine tatsächlich einfach so weiterfliegen? Wie hatte der Pilot das gedeich-selt? Noch während sie darüber nachdachte, setzte sich das Flugzeug langsam in Bewegung und bog schließlich auf die Runway. Behände schlich sie zurück zu ihrem Versteck in der Hecktoilette. Dort hockte sie sich wieder auf den Klodeckel.

So oder so. Am Ende dieses Tages wäre sie eine gemachte Frau.

März 1988

Der Frosch blickte Ayana mit einem undefinierbaren Gesichtsausdruck an. Er kauerte in einem Eimer. Dessen Boden war mit ein wenig Wasser bedeckt, um das Tier vor dem Austrocknen zu bewahren. Seine Fluchtversuche hatte der Frosch inzwischen eingestellt. Es gab kein Entkommen aus seinem runden Verlies. Es war noch früh, kurz vor sechs zeigte ihre Uhr. Die ersten Strahlen der Morgensonne erhellten ihr Schlafzimmer. Ayana hatte das Tier gestern Nachmittag in einem kleinen Tonkrug aus der Apotheke des Krankenhauses geschmuggelt. Fünf der Tiere wurden dort gehalten. Noch nie hatte Ayana etwas gestohlen, aber ihre Verzweiflung war größer als die Angst, erwischt zu werden. Auf dem kleinen Tisch in ihrem Zimmer stand ein Glas ihres eigenen Urins. Sie hatte gerade eben eine Probe genommen und zog nun die warme Flüssigkeit in eine Spritze. Dann griff sie in den Eimer, angelte sich den Frosch und hob ihn heraus. Er wandte sich in ihrer Hand, doch Ayana war geschickt und ließ ihn nicht entkommen. Mit der Spritze injizierte sie ihre Urinprobe in den Lymphsack am Rücken des Frosches. Dann entließ sie das Tier zurück in den Eimer am Boden.

Vier Wochen war es her, dass sie den deutschen Offizier zum letzten Mal getroffen hatte. Seither mied sie den Blick auf die Mauer, die ihr Grundstück von dem des Nachbarn trennte. Er hatte sich nicht mehr gemeldet. Dass es so kommen würde, war ihr im Moment ihres Abschieds bereits klar gewesen. Sie hatte es in seinen Augen gesehen, sah es seither immer und immer wieder. Nie würde sie den Ausdruck seiner blauen Augen vergessen.

Traurig und erschrocken blickt er sie an, bevor sie die Leiter hinabklettert, zurück in den Garten ihres Vaterhauses. Sie sprechen kurze Worte des Abschieds – dann herrscht nur noch dunkle Nacht.

Sie waren erwischt und aus dem wunderschönen, aber flüchtigen Traum ihres Zusammenseins gerissen worden. Immerhin weinte Ayana nicht mehr um ihr eingebildetes und dennoch verlorenes Glück. Die ersten Tage waren fürchterlich gewesen. Der Schmerz des Verlustes und die Angst vor den Konsequenzen, ertappt worden zu sein, hatten sie gelähmt. Geheimdienst und Polizei waren nicht zimperlich. Doch nichts war geschehen.

Zwei Wochen später verflogen die Beklemmungen. Der Gedanke an den deutschen Oberleutnant tat noch weh, die Intensität hatte aber abgenommen.

Vor ein paar Tagen dann hatte sie sich am Morgen übergeben. Am folgenden und darauffolgenden Morgen ebenfalls. Da plötzlich mischten sich der Verdacht und die Angst in ihren Kummer. Inzwischen hatten sie vollständig das Regiment übernommen.

So schwer es Ayana fiel, sie musste die Tagesroutine aufnehmen und machte sich fertig für die Frühschicht. Als sie wenig später auf die Straße trat, warteten Auto und Fahrer bereits. Der Tag im Tikur Anbessa Hospital verlief arbeitsreich, aber unspektakulär.

Als Ayana nach Hause zurückkehrte, zog sie sich sofort in ihr Zimmer zurück. Ihr Herz schlug schnell vor Aufregung. Sie entledigte sich ihrer Krankenhauskleidung. Nachdem sie in ein bequemes Kleid geschlüpft war, setzte sie sich auf ihr Bett und kämpfte mit dem Bangen vor dem, was sie erwartete. Schließlich gab sie sich einen Ruck und warf einen Blick in den Eimer, der immer noch neben dem kleinen Tisch stand. Der Frosch hatte zu laichen begonnen. Krallenfrösche, wie das Exemplar zu Ayanas Füßen, reagierten in dieser Weise auf Choriongonadotropin. Das menschliche Schwangerschaftshormon befand sich offenbar in dem Urin, den sie dem Tier am Morgen injiziert hatte. Ihrem eigenen Urin.

Ayana erwartete ein Kind.

Ihr Herz zog sich augenblicklich zusammen, und das Zimmer um sie herum verschwamm in einem Strudel von Schwindel.

10:19 Uhr MEZ

»Da drin liegt eine Leiche. Und der Tatort wird erst gründlich untersucht, bevor irgendjemand diesen Raum betritt.« Bach versperrte den Zugang zum Lagezentrum. Ihre Knie schlotterten, ihr war speiübel, und sie konnte nur hoffen, dass niemandem ihr Zustand auffiel.

»Ich muss hier den Krisenstab zusammenrufen!«, entgegnete OZ-Chef Fähnrich hektisch.

»Der Tote trägt eine blaue Uniformjacke mit dem Emblem Ihrer Firma.« Sich das Bild der Leiche noch einmal ins Gedächtnis zu rufen, verursachte Bach eine noch größere Übelkeit. »Vier Tressen an den Ärmeln. Ein Pilot also?«

Fähnrichs Gesicht lief puterrot an. »Davon ist auszugehen.«

»Sie müssen mir helfen, den Toten zu identifizieren«, erwiderte Bach so resolut, wie es ihr körperlicher Zustand erlaubte.

»Bei der German Continental arbeiten tausend Piloten«, brüllte Fähnrich ungehalten, »meinen Sie wirklich, ich kenne jeden einzelnen persönlich?«

Im selben Augenblick trafen mehrere uniformierte Beamte der Bundespolizei in der Operationszentrale ein. Die Kollegen waren am Flughafen stationiert und in Windeseile vor Ort. Bach hatte nur wenige Minuten zuvor mit einem Anruf die gesamte Ermittlungsmaschinerie angeworfen.

Gombrowitsch beobachtete die Szene aus dem Hintergrund. Sein Herz schlug ihm bis zum Hals. Doch inzwischen hatte er die Überzeugung wiedergefunden, dass sein Plan würde aufgehen können. Der Tote im Lagezentrum kam in diesem Augenblick tatsächlich wie gerufen. Das Eintreffen der Polizeibeamten verursachte ein solches Tohuwabohu, dass an ein Wiederauffinden der Sierra Foxtrott in der nächsten

Stunde nicht zu denken war. Und jede Minute, die verstrich, würde die Maschine der afrikanischen Küste und damit der Rettung seiner Tochter näherbringen. Eine knappe Stunde galt es noch zu schinden, irgendwie. Dann würde der Anruf kommen.

»Reißen Sie sich zusammen«, ermahnte Bach den aufgebrachten OZ-Leiter. »Wir haben einen toten Flugkapitän in der Schaltzentrale einer der größten deutschen Fluggesellschaften. Und einen verschollenen Jet mit einhundertzweiundfünfzig Passagieren an Bord. Das ist mit Sicherheit kein Zufall. Und ab jetzt eine Angelegenheit der Polizei.«

Fähnrich regte sich nur langsam ab. Dieser Tag würde seine Karriere mit voller Wucht vor die Wand katapultieren.

»Ich brauche die Bilder Ihrer Überwachungskameras«, ordnete Bach an. Die Ermittlungsroutine lenkte sie von dem flauen Gefühl in ihrem Magen ab.

»Auf der ganzen Basis gibt es keine einzige Kamera«, entgegnete Gombrowitsch. »Das Vorfeld hängt voll damit, aber das hier ist keine Hochsicherheitszone.«

»Na, großartig.« Bach schüttelte genervt den Kopf.

OZ-Leiter Fähnrich hatte sich wieder einigermaßen im Griff: »Immerhin können wir mit den Bildern vom Vorfeld feststellen, wer das Flugzeug betreten hat.«

»Da sind auch mehrere Tonnen Wertfracht an Bord«, warf ein anderer Kollege ein. »Wir müssen die Frachtabteilung informieren.«

»Tun Sie das.« Fähnrich nickte. »Jürgen, die Maschine ist nicht hier. Also ist sie gestartet. Kannst du herausfinden, wie die das gemacht haben?«

»Das sollte kein Problem sein«, entgegnete Gombrowitsch.

Ein Problem daraus zu machen, dafür würde er schon sorgen.

10:36 Uhr MEZ

Juri saß im Fonds der Firmenlimousine, seine beiden Komplizen auf den vorderen Sitzen. Sie beförderten ihn in Richtung des Frankfurter Flughafens. Die Nachricht der German Continental war vor wenigen Minuten eingetroffen, und Juri hatte keine Wahl, als sich sofort auf den Weg zu machen. Er hatte diesen Fall insgeheim mit einkalkuliert und sah dem Zusammentreffen mit den German-Continental-Verantwortlichen gelassen entgegen. Alles war vorbereitet. Er war sich hundert Prozent gewiss, dass er am Ende des Tages Zugriff auf die Maschine und das Geld erhalten würde. Seinem Kontaktmann am Zielort hatte er mittlerweile das geplante Vorgehen bestätigt. Der Mann war für alle Eventualitäten gerüstet: der Joker in Juris Plan. Ansonsten bestand seine Truppe aus fünf weiteren Komplizen. In diesem Moment chauffierten ihn der schwergewichtige Jens-Uwe Koch und der stoische Hartmut Wasserzier, alte Kameraden, die noch vor der Wende unter ihm gedient hatten.

Auf Empfehlung von Koch und Wasserzier hatte Juri die Gebrüder Bettermann ins Boot geholt. Die hatten ihre Sache bis heute Morgen sehr gut gemacht. Doch jetzt war die Geisel flüchtig und der eine Bettermann tot.

An Bord des Flugzeugs hatte Juri eine russische Pilotin namens Svetlana Kolesnikow geschmuggelt. Die Frau kannte er von einer Operation in Weißrussland vor zwei Jahren. Sie würde keine Scherereien machen.

Wie es dem armen Viktor jetzt wohl ging? Er hatte dessen Anrufe seit dem letzten Telefonat allesamt weggedrückt. Sein alter KGB-Freund stand sich in der Eiseskälte Kaliningrads wahrscheinlich die Beine in den Bauch.

Das aber interessierte Juri nur äußerst peripher. Viel wichtiger war der neue Plan, den er mit Koch und Wasserzier gefasst hatte.

»Eine bessere Gelegenheit werden wir so schnell nicht wieder bekommen«, erklärte Juri den Männern auf den Sitzen vor ihm.

»Und Sie sind sicher, dass wir ihn dort antreffen werden?«, fragte Wasserzier, während er den Wagen über die Schnellstraße dem Flughafen entgegensteuerte.

»Hundertprozentig.«

Koch und Wasserzier quittierten Juris Antwort mit einem stummen Nicken. Wenn es lief wie geplant, würde Kollege Ikarus innerhalb der nächsten beiden Stunden nicht mehr unter den Lebenden weilen.

Gesine Bach fühlte sich wieder einigermaßen auf der Höhe. Die Techniker der Spurensicherung waren in der Operationszentrale eingetroffen. Bach hatte die Kollegen eingewiesen und die hatten sich ans Werk gemacht. Bachs Chef war durch den Fall des Toten mit dem umgedrehten Hals aufgehalten worden, hatte aber per Handy versprochen, so schnell wie möglich zum Flughafen zu kommen. Ihrem Lebensgefährten Sebastian hatte sie inzwischen auch Bescheid geben können, dass es heute, an ihrem freien Tag, sehr viel länger dauern würde als geplant.

»Können wir uns kurz unterhalten?« Sie trat an Gombrowitschs Arbeitsplatz. Der ältere Herr sah inzwischen noch mitgenommener aus. Sein lichter Haarkranz klebte erbärmlich um seinen bleichen Schädel.

»Ich muss erst einen Kollegen zum Tower schicken. Die zeichnen dort alle startenden Maschinen per Video auf. Wenn wir Glück haben, finden wir einen ersten Anhaltspunkt, wohin unser Riga-Flug verschwunden ist.«

»Ich fürchte, niemand wird dieses Büro verlassen, bevor wir nicht alle Beteiligten befragt haben«, antwortete Bach höflich, aber bestimmt.

Das ist großartig, dachte Gombrowitsch. »Das wird mein Chef nicht gern hören«, entgegnete er.

»Lassen Sie das meine Sorge sein. Haben Sie heute Morgen einen Flugkapitän in der Operationszentrale gesehen?«

»Mehrere. Hier taucht ständig Cockpit-Personal auf. Heute hatten einige Piloten der Langstrecke Fragen bezüglich der geänderten Routen nach Nordamerika. Dort gab es einen Blizzard, dessen Auswirkungen wir immer noch zu spüren bekommen.«

Bach nickte enttäuscht. Keine Kameras, stattdessen Piloten in Uniform, die hier oben ein und aus gingen. Das würde ein hartes Stück Arbeit werden.

»Wer hat einen Schlüssel zum Lagezentrum?«

»Der liegt frei zugänglich auf dem Schreibtisch des ...«, setzte Gombrowitsch an, doch ein Stimmengewirr in seinem Rücken lenkte seine Aufmerksamkeit ab. Als er sich umdrehte, steuerte bereits ein Pulk mehrerer Männer in teuren Anzügen auf ihn zu. Er erkannte den Chefpiloten der German Continental, den Sicherheitschef und den Leiter der Transportabteilung. Sie begleiteten drei Fremde: zwei Männer Ende fünfzig mit einem alten Herrn in ihrer Mitte.

Woher kannte er dessen Gesicht?

Die drei namenlosen Neuankömmlinge musterten mit unbeweglicher Miene das Treiben in der Operationszentrale. Uniformierte Polizeibeamte verhörten an verschiedenen Schreibtischen die Mitarbeiter der Frühschicht.

Volker Fähnrich führte die Anzugträger an. Sekunden später waren Gombrowitsch und Bach umringt. Ein Duftgemisch verschiedener schwerer Aftershaves nahm Bach kurz den Atem.

»Frau Kommissarin«, ergriff Fähnrich das Wort, »darf ich Ihnen Doktor Baumgarten und Kollegen vorstellen. Sie vertreten die Werkschutz AG, das Sicherheitsunternehmen, in dessen Auftrag kostspielige Wertfracht an Bord der Sierra Foxtrott mitfliegt.«

Die beiden Endfünfziger nickten stumm.

»Winfried Baumgarten.« Der Alte streckte seine Rechte aus. »Sehr erfreut.«

Die Stimme des Mannes klang eigenartig heiser.

Gesine Bach ergriff dessen Hand. »Wie Sie sehen, stecken wir mitten in Ermittlungen.« Sie versuchte, den Besuch höflich wieder loszuwerden. »Davon abgesehen ist das hier ein Tatort, der für Unbefugte gesperrt sein sollte.«

»Es ist beruhigend, die Polizei bereits arbeiten zu sehen.« Der Alte überhörte ihre Aufforderung. »Mir wurde berichtet, dass sich einhundertfünfzig Menschen in der Maschine befinden. Verglichen damit, halte ich die fünfhundert Millionen Euro an Bord für weniger problematisch.«

Bach wusste im ersten Moment nichts zu erwidern. Fünfhundert Millionen Euro? Das ließ den Fall in einem gänzlich anderen Licht erscheinen.

»Die Kommissarin ermittelt in einem Mordfall, der wahrscheinlich im Zusammenhang mit dem Verschwinden unserer Maschine steht«, dozierte OZ-Leiter Fähnrich. »Darüber hinaus sind Beamte des Landeskriminalamts auf dem Weg hier her.«

Gombrowitsch versuchte, möglichst unbeteiligt zu wirken. Heimlich musterte er den alten Mann.

Doktor Winfried Baumgarten.

Sein Gegenüber hatte ihn bislang keines Blickes gewürdigt.

»Und das ist Jürgen Gombrowitsch, unser Schichtleiter am heutigen Morgen«, erklärte Volker Fähnrich.

Nun wanderten die Augen des Alten zu Gombrowitsch und ein Lächeln erschien auf seinen Lippen.

»Freut mich, Sie kennenzulernen«, ertönte die heisere Stimme des Mannes. »Was ist mit Ihrer Nase passiert?«

»Kleiner Unfall.« Gombrowitsch ergriff die ihm hingestreckte Rechte. Sie war eiskalt. So wie vor fünfundzwanzig Jahren, als er Oberstleutnant Georg ›Juri‹ Mirow das erste Mal die Hände geschüttelt hatte.

November 1987

Die Dunkelheit lag frostig kalt über der Stadt. Im diffusen Schein der Straßenlaternen mischte sich feuchter Dunst mit staubigem Rauch, den die Kamine der Stadt unablässig in den Nachthimmel entließen. Wer heute Abend nicht draußen unterwegs sein musste, blieb lieber daheim im Warmen.

Gombrowitsch eilte den Bischofsweg entlang und begegnete keiner Menschenseele. Trotz seines aufgeregten Pulsschlages und egal wie sehr er seine Schritte beschleunigte, die Kälte war in seine Kleider gekrochen und würde nicht mehr daraus weichen. Hier, am Rande des Platzes der Thälmannpioniere war es wesentlich kühler, ein eisiger Windhauch zog über die dunkle Parkfläche. Gombrowitsch war froh, als er endlich abbiegen konnte. Die Görlitzer Straße bot leidlich Schutz vor dem kalten Wind. Und einen völlig heruntergekommenen Eindruck.

In nur wenigen Häusern hier brannten Lichter. Lautstark ratterte eine nahezu leere Straßenbahn an Gombrowitsch vorbei. Ein paar Meter weiter, im Haus Nummer 73, befand sich im Erdgeschoss ein kleines Ladengeschäft, dessen Schaufenster nicht mehr existierte. Die leeren Höhlen hatte jemand mit Holzplanken vernagelt, die Rollläden der Wohnung darüber heruntergelassen. Die Fenster der oberen Stockwerke lagen im Dunkel. Gombrowitsch fror. Hatten die ihm die falsche Adresse genannt? Mist.

Plötzlich wurde von innen der Hauseingang geöffnet. Ein schwergewichtiger Mann in Zivil trat auf die Straße.

»Kommen Sie mit, Genosse Gombrowitsch«, befahl er leise.

Gombrowitsch tat, wie ihm geheißen, und folgte dem Dicken. Das Haus musste unbewohnt sein, denn der Fremde wies mit einer Taschenlampe den Weg durch einen völlig verfallenen Hausflur. Es ging hinaus in den dunklen Hinterhof und dann in das ebenso düstere Treppenhaus des Hintergebäudes. Auch hier war alles mit Schutt übersät. Gombrowitsch ging hinter dem schweigenden Mann die knarrende Treppe hoch, bis der im zweiten Stock eine Wohnungstür öffnete, die wiederum einen unbeleuchteten Flur frei gab. Gombrowitsch wurde an mehreren geschlossenen Türen vorbei dirigiert. Sein Begleiter öffnete die letzte, am Ende des Ganges, und trat in den dahinterliegenden Raum. Gombrowitsch folgte. Eine Petroleumlampe brannte auf einem alten Küchentisch, an den zwei Stühle geschoben worden waren. Ansonsten schien der Raum leer. Im Halbdunkel erkannte Gombrowitsch eine in Fetzen abblätternde Blumentapete. Es war eiskalt.

Auf einem der beiden Stühle hockte ein zweiter Mann. Er war in einen dicken Wintermantel und einen Schal gehüllt, sein Atem kondensierte in regelmäßigen, langsamen Zügen. Regungslos musterte er Gombrowitsch, der unschlüssig mitten im Raum stand. Der dicke Mann zog sich ohne ein Wort ins Halbdunkel zurück.

»Entschuldigen Sie die ungemütliche Atmosphäre.« Der Mann am Tisch deutete auf den zweiten Stuhl. Seine Stimme klang krankhaft heiser. Er flüsterte mehr, als dass er sprach. »Wie Sie gleich verstehen werden, ist es mir ein dringendes Anliegen, dass wir beide nicht zusammen gesehen werden.«

Gombrowitsch setzte sich. Er hatte keine Ahnung, was ihn hier erwartete – sein Herzschlag ließ sich dementsprechend nicht beruhigen.

»Sie wissen, wer ich bin?«, fragte sein Gegenüber, während er Gombrowitsch seine Rechte entgegenstreckte.

»Oberstleutnant Mirow, wenn ich nicht irre.« Gombrowitsch nickte, während er die Hand ergriff und schüttelte. Sie war eisig kalt.

Er hatte Mirow des Öfteren in der Kaserne gesehen. Sein Alter schätzte Gombrowitsch auf irgendwo um die fünfzig. Mirows Aufgabengebiet war niemandem in der Truppe bekannt. Es gab demzufolge nur eine Funktion, die der Offizier bekleiden konnte. Was bisher nur ein Verdacht der Kameraden war, bestätigte sich in diesem Augenblick.

Der Briefumschlag war Gombrowitsch vorgestern Abend in seine

Wohnung zugestellt worden, von einem Feldwebel in Uniform. Er hatte den Mann noch nie zuvor gesehen. Die Verwaltung 2000 hatte sich in dem formlosen Schreiben zwar nicht zu erkennen gegeben, doch es war Gombrowitsch sofort klar gewesen: Die für die Nationale Volksarmee zuständige Unterabteilung des Ministeriums für Staatssicherheit steckte dahinter. Wer sonst lud zu später Stunde an eine Adresse, unter der nachweislich keine Außenstelle seines Stabes oder seiner Kommandantur residierte.

»Sie fragen sich wahrscheinlich, was der ganze Zirkus hier soll?«

»Sie werden es mir sicher gleich verraten.«

Gombrowitsch fror in dem eiskalten Raum wie ein Schneider.

»Sie wissen, dass eine Maschine Ihres Geschwaders seit August an einem Einsatz in Äthiopien beteiligt ist.«

Gombrowitsch nickte. »Dürrehilfe oder so was.«

»Sicherung und Versorgung eines Krankenhauses im Norden des Landes. Das Politbüro hat die Verlängerung des Einsatzes beschlossen. Im neuen Jahr müssen Besatzung und Maschine ausgetauscht werden.«

Oberstleutnant Mirow machte eine lange Pause, in der Gombrowitschs Herzschlag einen weiteren Gang hochschaltete.

»Genosse Oberleutnant, Sie sind ein guter Offizier, ein glänzender Pilot, ordentliches Parteimitglied. Haben Sie sich nie gefragt, warum man Sie in den letzten Jahren für keinen der großen Einsätze in Äthiopien berücksichtigt hat? Weder für den aktuellen noch für die zurückliegende Dürrehilfe?«

Gombrowitsch zögerte.

»Sind Sie verheiratet, Genosse Oberleutnant?«

Gombrowitsch bejahte die Frage. Als ob sein Gegenüber dies nicht selbst wusste.

»Meinen Glückwunsch.« Mirow machte eine enervierende Kunstpause. »Und dennoch gibt es zu wenig, was Sie hier hielte. Sie könnten sich trotz einer lieben Frau daheim Flausen in den Kopf setzen. Ein kleines Detail fehlt.«

Gombrowitsch dämmerte es. »Ich habe keine Kinder?«

»Ihre Vorgesetzten sind in solcherlei Beziehung sehr misstrauisch«, nickte Mirow.

Nun war es also ausgesprochen. Gombrowitsch hatte die Befürchtung schon länger gehegt.

Seine Ehe und die zerstörte Frauenkirche auf der anderen Seite der Elbe hatten viel gemeinsam – der unerfüllte Kinderwunsch seiner Frau war nur die Spitze des Trümmerbergs. Lag es an ihm? An Ruth? An ihnen beiden? Gombrowitsch war es gleich. Er machte sich nichts aus Kindern, und seine Beziehung war mit an Sicherheit grenzender Wahrscheinlichkeit nicht mehr zu retten. Dass aber seine Kinderlosigkeit seiner Karriere hinderlich war, hatte ihm bislang noch niemand ins Gesicht gesagt.

»Ich kann dafür sorgen, dass Sie ab Januar in Addis Abeba Dienst tun«, krächzte Mirow.

Gombrowitsch fixierte eine der Rosenblüten, die auf und mit der alten Tapete an der Wand vor sich hinwelkte. In seinem Kopf kreiselten die Worte des Oberstleutnants. Ein Auslandseinsatz in Afrika. Raus aus der Tristesse seines Alltags, der erstickenden Gleichförmigkeit seines Lebens. Doch er war sich ganz und gar bewusst, dass dieser Traum nicht umsonst in Erfüllung ging.

Und Oberstleutnant Mirow nannte sogleich den Preis.

»Sie müssen nichts weiter tun, als Augen und Ohren offen zu halten. Unser sozialistisches Vaterland hat viele Feinde. Wir müssen es beschützen, wo wir nur können.«

Gombrowitsch schauderte.

Berichte für die Stasi schreiben.

Dass die Genossen irgendwann anklopfen würden, war klar. Trotzdem hatte er den Gedanken immer weit weggeschoben.

»Die Mission wird von Januar bis Ende Juli durchgeführt. Sechs volle Monate weg von zu Hause!«

Gombrowitsch fühlte sich erniedrigt. Der Offizier wusste genau, an welcher Stelle der Hebel anzusetzen war. Die Verwaltung 2000 zeigte sich bestens informiert. Wie dick mochte seine Akte da oben sein?

»Sie könnten dort gleichzeitig Ihre Kapitänsausbildung beginnen«, fügte Mirow heiser an.

Gombrowitsch schwieg. Er musste das Gehörte sortieren.

»Wie viel Bedenkzeit habe ich?«

»Ich muss sicher nicht erwähnen, dass die Einsatzstellen bei dieser Mission heiß begehrt sind.«

Oberstleutnant Mirow zog einen Aktenhefter hervor, schlug ihn auf und schob ihn Gombrowitsch über den Tisch entgegen.

»Lesen Sie. Wenn Sie einverstanden sind, unterzeichnen Sie.« Mirow positionierte einen Füller neben dem offenen Hefter.

Eine Verpflichtungserklärung. Gombrowitsch studierte den maschinengeschriebenen Text, während die Buchstaben vor seinen Augen Polka tanzten.

»Was macht Sie so sicher, dass ich in Äthiopien nicht auf dumme Gedanken komme«, entgegnete er schließlich.

»Sollten Sie sich in den Westen verirren, werden geeignete Stellen dort drüben eine Kopie dieser Vereinbarung erhalten. Dann sind Sie schneller wieder hier, als Sie ›Coca Cola‹ sagen können.«

Gombrowitsch durchfuhr ein neuerlicher Schauder. Ein halbes Jahr raus hier. Der Extrasold für Auslandseinsätze war fürstlich, hatte er gehört. Und wurde in Dollar ausgezahlt.

Scheiß drauf. Er griff nach dem Füller und setzte seine Unterschrift unter die Vereinbarung.

Der Oberstleutnant nickte zufrieden. »Wir werden uns bis zu Ihrer Abreise noch einige Male treffen und besser kennenlernen.«

Aber von mir wirst du nichts Interessantes erfahren, dachte Gombrowitsch. Darauf kannst du Gift nehmen.

»Zur Wahrung Ihrer Anonymität möchte ich mit Ihnen einen Decknamen vereinbaren. Ihr wirklicher Name wird nur mir und meinen engsten Bevollmächtigten bekannt sein.«

»Und was soll das für ein Name sein?«, erwiderte Gombrowitsch. Bescheuerte Agentenspielchen.

»Ein falscher Name. Ein Begriff. Was auch immer Ihnen gefällt.«

Gombrowitsch musste nicht lange überlegen. Er sprach den ersten Gedanken aus, der ihm durch den Kopf schoss.

»Ikarus.«

»Sehr poetisch.« Mirow lachte. »Aber nicht ein kleines wenig pessimistisch?«

»Er gefällt mir.«

»Na gut. Sie haben heute auf jeden Fall die richtige Entscheidung getroffen, Ikarus.« Oberstleutnant Mirow streckte Gombrowitsch abermals seine eiskalte Rechte hin: »Nennen Sie mich fortan Juri.«

10:41 Uhr MEZ

In einer Höhe von zehntausend Metern und mit einer Geschwindigkeit von achthundert Kilometern pro Stunde passierte die Sierra Foxtrott Sarajewo, die Hauptstadt Bosnien-Herzegowinas. Reisehöhe und Geschwindigkeit waren erreicht, Kurs 128 Grad nach Südost.

Eine halbe Stunde war seit dem Start in Maribor vergangen und Ayana hatte seither verbissen geschwiegen. Es war Wahnsinn, einfach weiterzufliegen. Sie hätte sich niemals darauf einlassen dürfen und wünschte nichts sehnlicher, als nach Hause zurückzukehren, um ihre Tochter endlich in die Arme zu schließen.

Die Lotsen der Luftverkehrskontrolle zeigten sich weiterhin ahnungslos. Dass der erfundene German-Continental-Flug nach Kairo vor knapp zwei Stunden eine Notlandung durchgeführt hatte und nun, als wäre nichts gewesen, seinen Weg weiter fortsetzte, interessierte niemanden da draußen. Gombrowitsch hatte von Frankfurt aus alles ordnungsgemäß umgemeldet. Die Maschine war ohne ACARS unterwegs, ihr Transponder sendete nicht ordnungsgemäß, doch weiterhin störte sich keine der Kontroll-Autoritäten daran. Die Frage war, wie lange dies so bleiben würde. Bis zum afrikanischen Kontinent waren es noch zwei Stunden.

Im hinteren Teil der leeren Kabine verspürte Juris Gewährsfrau unbändigen Durst. Vorsichtig robbte Svetlana Kolesnikow aus der Toilette in die Heck-Galley. Sie wollte sich mit einer Wasserflasche versorgen. Doch die Trolleys mit den Getränken waren allesamt in der vorderen Pantry hinter dem Cockpit abgestellt. Sie wog die Gefahr ab. Dort vorn konnte sie jederzeit von Wegener oder seiner Frau entdeckt werden. Ihr Durst ließ ihr keine andere Wahl. Vorsichtig schlich sie in Richtung

Cockpit. Sie brauchte Wasser. Jetzt. Sofort. Als sie die Galley erreichte, fingerte sie leise eine Wasserflasche aus einem der Trolleys. Sie durfte kein Geräusch verursachen. Die Cockpit-Tür war offen. Im nächsten Moment hörte sie, wie der Mann namens Wegener sich aus seinem Sitz erhob. In Gedanken verfluchte sie, so viel Risiko eingegangen zu sein. Ihr blieb nichts anderes übrig, als die Flucht nach vorn anzutreten.

Wegener seufzte. Er fühlte sich völlig ausgelaugt. Er musste raus aus der widerlichen Enge des Cockpits. Die Anspannung der letzten Stunden hatte ein wenig nachgelassen. Das ließ seinen Dämonen genug Raum, um die Angst vor geschlossenen Räumen wieder aufflammen zu lassen.

»Ich bin mal kurz auf Toilette.«

Ayana strafte ihn mit Stillschweigen.

Eine schmollende Ehefrau war das Letzte, was er im Moment gebrauchen konnte. Er hoffte, dass Ayana sich wieder beruhigte, wenn er ihre Laune nur lange genug ignorierte. Er trat in die Kabine. Sachte schaukelten die heraus geklappten Sauerstoffmasken über den Sitzreihen. Er streckte seine Glieder, versuchte, ruhig und gleichmäßig zu atmen. Nur noch ein paar Stunden durchhalten! Sie waren schon so weit gekommen!

Er trat zum Eingang der Toilettenkabine und öffnete die Tür.

Er hatte keine Zeit, die Situation in aller Gänze zu erfassen. Bevor er sich fragen konnte, was die Frau vor ihm auf der Toilette zu suchen hatte, fühlte er ein Brennen in seiner linken Schulter, darauf folgte ein heftiger Schmerz. Er begann, wild zu schreien. Den Bruchteil einer Sekunde später sah er eine schwarze Messerklinge aufblitzen, dieses Mal rammte sie in seinen linken Oberschenkel. Er fühlte keinen Boden mehr unter seinen Füßen und fiel. Er schrie weiter. Sah das Gesicht der fremden Frau über ihn gebeugt.

»Ayana! Tür zu! Schließ die Tür!«, brüllte er, so laut er konnte.

Die Frau ließ von ihm ab.

Dann umfing ihn Nacht, und alles wurde ausgelöscht von tiefem Schwarz.

10:53 Uhr MEZ

Gemeinsam mit den Verantwortlichen der Fluggesellschaft und den drei Vertretern der Werkschutz AG hatte man sich in einen engen Besprechungsraum in der Operationszentrale zurückgezogen.

Gesine Bach und Verkehrsleiter Gombrowitsch zwängten sich gemeinsam an den für ein Dutzend Menschen viel zu kleinen Konferenztisch. Immer wieder linste Gombrowitsch verstohlen hinüber zu dem Alten und seinen beiden Begleitern. Juri würdigte ihn keines Blickes.

Das einzig bekannte Faktum der Lagebesprechung: Seit mehr als dreieinhalb Stunden war eine Maschine der German Continental verschwunden – wohin auch immer – mit über hundertfünfzig Passagieren an Bord samt fünfhundert Millionen Euro, die im Auftrag der EZB transportiert wurden. Geheimhaltung und Stillschweigen hatten Priorität. Das Bundesinnenministerium war informiert und eine europaweite Terrorwarnung war an die zuständigen Stellen ergangen.

Ein Kriminalrat des Landeskriminalamts war inzwischen eingetroffen: Werner Genske, ein grauhaariger Beamter Ende fünfzig, in Begleitung eines mehrköpfigen Gefolges.

Die LKA-Zentrale in Wiesbaden lag nur fünfundzwanzig Minuten vom Flughafen entfernt. Kurzer Dienstweg.

»Wie wir alle wissen, stellt ein Jet in Händen von Unbekannten eine äußerst gefährliche Bedrohung dar«, eröffnete Kriminalrat Genske die Lagebesprechung.

»Wir können wohl eher davon ausgehen, dass es sich hier um gewöhnliche Diebe handelt. Fünfhundert Millionen Euro an Bord sprechen für sich.« Dem Chefpiloten der German Continental war es ein Dorn im Auge, nicht wie üblich die Leitung des Krisenstabs innezuhaben.

»Auch das ziehen wir in Betracht.« Kriminalrat Genske nickte. »Wo kann die Maschine jetzt sein?«

»In einem Radius von ...« Der Chefpilot musste kurz nachrechnen, »... vielleicht dreitausend Kilometern um Frankfurt.«

Genske blies laut hörbar seine Backen auf. »Also überall.« Von den deutschen und europäischen Sicherheitskräften abgesehen wussten nur Eurocontrol in Brüssel und die zuständigen Abteilungen der German Continental von den Vorkommnissen.

Der Sicherheitschef der German Continental seufzte laut hörbar. »Ich möchte mir gar nicht ausmalen, was gerade mit den Passagieren geschieht.«

»Die Maschine ist zumindest noch in der Luft«, warf der Chef der Transportabteilung ein. »Oder gab es Meldungen über einen Absturz in den letzten Stunden?«

Allgemeines Kopfschütteln.

»Wie kann ein Flugzeug einfach irgendwo hin verschwinden, ohne dass das jemand mitbekommt?« LKA-Kriminalrat Genske blickte in die Runde.

Betretenes Schweigen.

»Wir müssen in jedem Fall davon ausgehen, dass hier in der Operationszentrale jemand beteiligt ist«, stellte OZ-Leiter Fähnrich fest. »Die Rollkontrolle des Flughafens wurde per Telefon aus der OZ darüber informiert, dass die Riga-Maschine mit technischen Problemen verspätet startet. Und damit nahm das Desaster seinen Anfang.«

Der LKA-Kriminalrat horchte auf. »Von welchem Arbeitsplatz?«

»Das lässt sich nicht herausfinden. Es kann jeder der Kollegen dort draußen gewesen sein.« Fähnrich nickte zum Fenster hinaus, das den Blick in die Bürolandschaft der Operationszentrale frei gab. Ebenso wie das Lagezentrum war auch dieser Besprechungsraum verglast. Durch die Scheiben waren im Hintergrund die uniformierten Polizisten und Techniker der Spurensicherung zu beobachten. Die Beamten hatten begonnen, alle OZ-Mitarbeiter erkennungsdienstlich zu behandeln und deren Fingerabdrücke zu scannen.

Das Treiben draußen war eine deutliche Mahnung an alle.

Erneut machte sich betretenes Schweigen breit.

Bis Gombrowitsch seine Stimme erhob.

Da Fähnrich bereits, ohne es zu ahnen, über ihn gesprochen hatte, wollte er nun einen Diskussionsbeitrag beisteuern. Einen, der die Anwesenden in die falsche Richtung lenkte.

»Ich denke ...« Er räusperte sich. »... dass die Maschine unter falscher Identität abgehoben hat.«

Ein Raunen ging durch die Runde.

»Erörtern Sie das bitte genauer.« Der Chefpilot fixierte Gombrowitsch. Endlich jemand, der die Sache nach vorn brachte.

»Die werden vor dem Start ihren eigenen Flug bei Eurocontrol angemeldet haben. Mit einer imaginären Flugnummer.«

Erneutes Raunen.

OZ-Leiter Fähnrich ging ein Licht auf. »Das kann man quasi von zu Hause machen. Per Internet.«

»In jedem anderen Fall hätte die Flugsicherung schon längst Alarm geschlagen«, ergänzte Gombrowitsch.

»Aber dann passt das Luftfahrtkennzeichen nicht«, wandte der Chefpilot ein. »Dieselbe Maschine kann nicht gleichzeitig zu zwei verschiedenen Zielen fliegen.«

Gombrowitsch schüttelte den Kopf. »Außer jemand storniert den Riga-Flug bei Eurocontrol im richtigen Augenblick. Im Internet. An unserem eigenen Computersystem vorbei.«

»Wir suchen also einen Maulwurf.« Auch Gesine Bach wollte irgendetwas Sinnvolles zur Diskussion beitragen. »Den ich dringend des Mordes hier in der Operationszentrale verdächtige.«

Allgemeines Nicken.

»Wer von Ihnen kontaktiert Eurocontrol?« Der Chefpilot war nun ganz Herr der Lagebesprechung.

»Die Lotsen im Tower sind der schnellere Weg«, log Gombrowitsch. »In deren Plänen ist unsere Maschine versteckt, zu einem anderen Zielort und mit Sicherheit unter völlig falscher Flugnummer. So was wie: Tanzania Air 123.«

Die Anwesenden mussten das Gehörte erst verarbeiten.

Kommissarin Bach wie auch ihr LKA-Kollege hatten das Gefühl, nicht viel mehr als ›Abfahrt‹ und ›Bahnhof‹ verstanden zu haben.

Gombrowitsch hingegen war zufrieden mit seinem Auftritt. Nur nicht zu viel verraten. Bald käme sowieso der Anruf.

»Sollte das den Lotsen hier am Flughafen nicht aufgefallen sein?«, erhob sich eine heisere Stimme von der anderen Seite des Tisches. »Dass da ein German Continental Flugzeug abhebt anstatt Tanzania Air?«

Gombrowitsch wandte seinen Kopf. Juris Blick durchbohrte ihn voller Interesse.

»Es war noch dunkel. Und dazu Rushhour. Es gab eine sehr große Chance, dass der Tower nichts bemerkt. Die Entführer sind volles Risiko gegangen.«

Erneutes Raunen erfüllte den Raum.

»Ihre kriminelle Energie ist brillant.« Juri nickte anerkennend. »Äußerst brillant.«

Gombrowitsch beschloss, den Raubvogelaugen des alten Mannes standzuhalten. Sie kreuzten ihre beider Blicke zum Duell, klein beigeben kam nicht in Frage. Eine gefühlte Ewigkeit starrten die beiden einander an.

»Na gut«, erwiderte Gombrowitsch schließlich. »Sie haben mich ertappt. Ich bin der Maulwurf.«

Alle Anwesenden lachten bitter. Auch Gombrowitsch und Juri ließen sich von der kurzen Heiterkeit anstecken – ohne auch nur eine Sekunde die Augen voneinander zu lassen.

»Wir brauchen schnellstens Anhaltspunkte«, mahnte der Sicherheitschef wieder zur Konzentration. »Es ist nur eine Frage der Zeit, dass die Medien von der Sache Wind bekommen. Und es wird sehr ungemütlich, wenn wir dann erklären müssen: Tschuldigung, Freunde, uns ist ein Flugzeug abhandengekommen.«

»Herr Gombrowitschs Vorschlag klingt einleuchtend.« Der Chefpilot schloss die Diskussion. »Gibt es vonseiten des LKA irgendwelche Einwände?«

Kriminalrat Genske verneinte.

Der Chefpilot hatte mit nichts anderem gerechnet. »Herr Gombrowitsch, bitte prüfen Sie das unverzüglich bei den Kollegen im Tower.« Gombrowitsch nickte. Besser konnte es nicht laufen. Man überantwortete ihm die Aufdeckung seines eigenen Komplotts.

10:59 Uhr MEZ

Der Autopilot hielt die Sierra Foxtrott auf Kurs, unbeeindruckt von den Vorgängen in der Kabine. In diesem Moment überflog die Maschine die Republik Kosovo.

Einen letzten Blick hatte Ayana erhaschen können: der Körper ihres Mannes auf dem Boden, sein Hemd blutverschmiert und eine fremde Frau neben ihm mit einem schwarzen Messer in der Hand. Ayanas Puls raste, ihr ganzer Leib zitterte, und sie hatte keine Ahnung, was sie jetzt anfangen sollte. Hajo hatte sie noch warnen können, brüllend vor Schmerzen, und sie hatte blindlings die Cockpit-Tür zugeworfen. Dahinter lauerte nun die Angreiferin. Der Zugang zur Kanzel war der Fremden verwehrt und Ayana vor ihrem Messer in Sicherheit, doch was nutzte das? Wie ging es ihrem Mann? Sie musste dringend hier raus, hoffte, bei Gott, dass er noch lebte.

Erst jetzt wurde ihr gewahr, dass es sich bei der Frau da draußen um die Fremde handelte, die beim Start neben ihr gesessen hatte. Was wollte diese Verrückte?

Sie beobachtete auf dem Überwachungsmonitor der Cockpit-Tür, wie die Frau auf einem der leeren Sitze in einer herrenlosen Aktentasche wühlte, einen Stoß Papier daraus hervorzog und mit einem Stift etwas auf ein weißes Blatt kritzelte. Dann kam sie wieder zurück und hielt das Papier in die Videokamera der Cockpit-Tür. Ayana konnte deutlich lesen, was dort in Englisch geschrieben stand.

Er lebt noch. Du hast den Medizinkoffer. Komm raus. Dir wird nichts geschehen.

Lebte Hajo tatsächlich?

Ayana musste handeln, schnell raus, ihrem Mann beistehen, helfen, ihn retten. Doch sie zögerte. Wenn sie jetzt die Tür öffnete, war sie dem Messer der Frau schutzlos ausgeliefert.

»Reiß dich zusammen!«, schalt sie sich selbst, »denk nach!« Verzweifelt blickte sie sich um. Und entdeckte eine Waffe.

»Papsi, du darfst jetzt nicht einschlafen!«

Fannys Stimme durchdringt die Dunkelheit, klingt samtweich und angenehm warm.

Plötzlich tritt sie aus der Schwärze, es wird hell, sie ist ganz nah. Eine bildhübsche, junge Frau, deren Antlitz auf wunderbare Weise dem ihrer Mutter gleicht.

Wegener könnte das Gesicht seiner Tochter immer weiter betrachten, bis ans Ende aller Zeit.

»Nicht schlafen, Papa! Mach die Augen auf«, befiehlt sie sanft.

Und Hans-Joachim Wegener tat wie ihm geheißen.

Er benötigte eine Weile, um zu begreifen, wo er war.

Auf dem Boden. In der engen Galley liegend. Ihm war eiskalt. Sein Körper schmerzte fürchterlich. Um ihn herum war Blut. Sein eigenes Blut. Er durfte jetzt nicht wieder ohnmächtig werden.

Er entdeckte die fremde Frau. Sie stand mit einem Blatt Papier in der einen und einem blutigen Messer in der anderen Hand vor dem verschlossenen Cockpit.

Ayana hatte es geschafft! Rechtzeitig!

»Was wollen Sie?«, röchelte Wegener. Das Sprechen bereitete ihm Probleme.

»No German. Speak English, my friend. Or Russian.« Die Fremde betrachtete Wegener fast ein wenig mitleidig. »How do you feel?«

Wegener wiederholte seine Frage. »What do you want?«

»Where are you going?«, antwortete die Frau.

Wegener überlegte einen Moment.

Hustete.

»Klovyye sis'ki! Mozhno poshchupat'?«

Er brachte trotz aller Schmerzen ein gurgelndes Lachen zustande. Es war ein befriedigendes Gefühl, in den letzten Augenblicken seines Lebens dem verhassten Russischunterricht doch noch eine Sinnhaftigkeit zu geben.

Svetlana Kolesnikow, die fremde Frau, legte den Kopf schief und überlegte, ob das Arschloch dort unten tatsächlich gefragt hatte, ob er ihre geilen Titten anfassen dürfte. In der nächsten Sekunde jedoch wurde von innen die Cockpit-Tür aufgerissen ... und sie fand sich augenblicklich in einer undurchdringlichen Wolke weißen Löschpulvers wieder. Kolesnikow hustete, der feine Staub brannte in ihren Augen, sie wich zurück, stolperte blind über eine im Gang liegende Tasche. Ayana folgte ihr, mit dem Mut der Verzweiflung, leerte den gesamten Inhalt eines kleinen Feuerlöschers ins Gesicht ihrer Gegnerin und setzte sie schließlich durch einige kräftige Hiebe mit dem metallenen Behälter außer Gefecht.

Den Kabelbinder hatte Ayana zuvor im Cockpit eingesteckt. Solcherlei Fesseln gehörten zur Standardausrüstung an Bord, um im Falle des Falles renitente Passagiere ruhig zu stellen. In Windeseile fixierte sie die Hände ihrer Widersacherin an einen der Passagiersitze. Svetlana Kolesnikow stöhnte.

Ayana hastete zurück zu Wegener auf dem Boden der Galley. Überall Blut. Zwei Stichwunden, eine im Oberschenkel und eine zweite zwischen Brust und Schulter. Die schien nicht bedrohlich, doch der Stich in den Oberschenkel hatte eine Arterie verletzt, das Blut pulsierte in regelmäßigen, kleinen Fontänen.

»Halt durch!«, flüsterte sie ihrem Mann ins Ohr. »Ich muss die Blutung stoppen. Du schaffst das.«

Wegener nickte. Er hatte die Augen geschlossen, lächelte, glaubte seiner Frau jedoch kein Wort.

Ayana hingegen stürzte ins Cockpit, riss das Medical Kit an sich und war im nächsten Moment zurück bei ihrem Mann. Sie durchsuchte den Koffer, Skalpell, Klammern, Nadel, Faden, Betäubungsmittel, für eine Operation war alles vorhanden. Und in diesem Moment völlig nutzlos. Ayana war nicht in der Lage, eine verletzte Arterie zu flicken. Sie hatte nur eine Möglichkeit. Rasch wühlte sie zwei Dreiecktücher und eine Kleiderschere hervor.

Mit der Schere legte sie zunächst Wegeners verletztes Bein frei und knotete dann ein Dreiecktuch um seinen verletzten Oberschenkel.

»Was machst du?«, stöhnte Wegener.

»Ich rette dich vor dem Verbluten.«

Ayana benutzte die Kleiderschere als Knebel und zwirbelte das Dreiecktuch fester und fester um Wegeners Oberschenkel.

»Nein«, wehrte Wegener schwach ab, »wir sind noch Stunden unterwegs! Ich werde das Bein verlieren.«

»Denk an unsere Tochter. Denk daran, dass sie lebt. Dass sie in Sicherheit ist. Wir landen in drei Stunden. Bis dahin wird das hier gehen. Ohne Probleme.«

»Welche Landung?«, entgegnete Wegener kraftlos. »Ich kann so nicht fliegen. Niemals.«

In diesem Augenblick versiegte der todbringende Blutspringbrunnen in seinem Oberschenkel. Endlich. Wortlos fixierte Ayana den festgedrehten Knebel mit dem zweiten Dreiecktuch.

Dieses Problem war erst mal gelöst. Alles Weitere würde sich zeigen. Sie durften jetzt nicht aufgeben. Sie mussten das hier überstehen.

Für Fanny.

Irgendwie.

11:12 Uhr MEZ

Die Lagebesprechung in dem kleinen Konferenzraum wurde fürs Erste unterbrochen. Zeit für einen Kaffee. Während sich alle von ihren Stühlen erhoben und zum Ausgang drängten, wurde Gombrowitsch von Juris heiserer Stimme und einer Hand auf seiner Schulter zurückgehalten.

»Herr Gombrowitsch. Eine Frage hätte ich noch.«

Gombrowitsch antwortete nicht, sandte nur giftige Blicke in Richtung Juris Begleiter. Jens-Uwe Koch hatte ihn mit festem Griff an der Schulter gepackt.

Juri kam näher. Er hatte Wasserzier, seinen anderen Untergebenen, neben sich und nickte gütig.

»Unter vier Augen«, flüsterte der Alte.

Sofort verließen seine beiden Begleiter den Raum, folgten den anderen Teilnehmern des Briefings nach draußen.

Gombrowitsch konnte das Blut buchstäblich durch seine Adern rauschen hören.

Die beiden Männer setzten sich an den Tisch.

»Beeindruckende Leistung«, eröffnete Juri. »Sie haben sich aber ganz schön in die Scheiße geritten damit.«

»Ihrer Geldgier wegen«, presste Gombrowitsch hervor.

Juri schüttelte gönnerhaft lächelnd den Kopf.

»Das Geld ist mir völlig egal, mein Guter. Ich stehle der Europäischen Zentralbank die fünfhundert Millionen, weil ich es kann. Nichts weiter. Auch wenn das Ganze nicht viel mehr bewirkt als ein Mückenstich am Arsch dieser elenden Kapitalisten. Einer, der vielleicht unangenehm juckt und, wenn es gut läuft, am Ende noch ein wenig blutig gekratzt wird.«

»Die schnappen Sie sowieso.«

»Ich bin ein alter Mann. Sollen sie mich ruhig schnappen. Sehen Sie es als mein Vermächtnis.«

»Sie sind völlig verrückt.« Gombrowitsch schüttelte den Kopf. »Geben Sie mir meine Tochter. Dann sage ich Ihnen, wo Sie das Flugzeug finden.«

Juri seufzte.

»Na gut. Sie haben gewonnen, mein Lieber. Sagen Sie mir, wo das Flugzeug ist.«

»Erst will ich sehen, dass sie lebt.« Hatte Gombrowitsch den Alten wirklich dort, wo er ihn haben wollte?

Juri machte eine seiner enervierenden Kunstpausen und schwieg einen Moment.

»Wir haben Ihre Tochter mitgebracht. Als Beweis meines Vertrauens. Aber sollten Sie jetzt glauben, mich der Staatsgewalt da drüben ausliefern zu können, wird die junge Dame das nicht überleben.«

Gombrowitsch konnte die Nachricht kaum fassen. Sein Herz sprang vor Freude.

Trotzdem musste er vorsichtig bleiben.

»Wenn die Polizei mich hier weglässt«, entgegnete er, »dann geschieht die Übergabe an einem öffentlichen Ort. Ich trau Ihnen nicht einen Millimeter weit.«

Juri musterte ihn. Er schien zu überlegen. Dann förderte er unvermittelt einen Autoschlüssel aus seiner Hosentasche und schob ihn Gombrowitsch über die Tischplatte entgegen.

»Ist Ihnen das Parkhaus hier auf der Basis öffentlich genug? Ihre Tochter liegt im Kofferraum meines Wagens. Einer meiner Leute wird Sie begleiten. Und Sie nehmen einfach Ihre Polizistenfreundin als Aufpasser mit. Wir regeln die Sache so, dass sie nichts mitbekommt.«

Beim Betreten der Operationszentrale war Juri klar geworden, dass er noch stärker improvisieren musste. Die überraschende Anwesenheit der Kriminalpolizei zwang ihn dazu. Damit hatte er nicht gerechnet. Wenn unbedingt nötig, würde auch die Kommissarin verschwinden müssen. Er hatte in Gedanken die fünfhundert Millionen Euro gegen einen nicht einkalkulierten Mord an einer Polizeibeamtin abgewogen. Und das Risiko als lohnenswert beschieden. In wenigen Stunden würden seine Mitstreiter und er das Land ohnehin verlassen. Bevor irgendjemand einen Zusammenhang hätte herstellen können.

Vor dem Konferenzraum, an einem der Kaffeeautomaten, fasste ein Kollege der Bundespolizei die neuesten Erkenntnisse für Gesine Bach zusammen: Bei dem toten Mann im Lagezentrum handelte es sich definitiv nicht um Tobias Weiss. Der Tote war offensichtlich zu alt, um der gesuchte Flugkapitän zu sein. Die genaue Todesursache ließ sich erst in der Pathologie ermitteln. Die Zeichen deuteten auf ein Schädeltrauma durch einen Aufprall auf einen der Konferenztische.

Darüber hinaus hatte man ein Messer gefunden, mit Klebeband am Rücken des Toten befestigt. Ein Keramikmesser.

»Das klingt irgendwie nach Flugzeugentführung«, konstatierte die Kommissarin.

Der Bundespolizist nickte achselzuckend.

Eine verwirrende Faktenlage. Wer war mit der Maschine davongeflogen? Die Videoaufzeichnungen vom Flughafenvorfeld wurden noch gesichtet. Hoffentlich ergaben sich hier neue Erkenntnisse, welcher Pilot an Bord des Flugzeugs gestiegen war.

Kriminalrat Genske schaltete sich ein. Und stellte unmissverständlich die Kompetenzverteilung bei diesen Ermittlungen klar.

»Um das verschwundene Flugzeug kümmere ich mich persönlich, der tote Mann in Pilotenuniform fällt in die Zuständigkeit der Kriminalpolizei. Zumindest zum jetzigen Zeitpunkt. Ein Zusammenhang zwischen dem Toten und der Flugzeugentführung scheint natürlich naheliegend. Das LKA wird zu gegebener Zeit die Ermittlungen in dem Mordfall übernehmen.«

Das war Bach nur recht. Ihre Gedanken begannen zu schweifen, während Genske auf sie einredete. Sie fühlte sich müde und ausgelaugt. Zu viel Gewalt. Zu viel Tod. Zu viel Wahnsinn. Das entführte Flugzeug mit einer unüberschaubaren Zahl von potenziellen Terroropfern war ein Alptraum. Mit simplem Mord kannte sie sich wenigstens aus. Sie hatte alle nötigen Maßnahmen ergriffen, um die Ermittlungen einzuleiten. Und hoffte nun, dass ihr Chef bald einträfe. Sie mochte es sich nicht eingestehen, aber tatsächlich beschlich sie das Gefühl der Überforderung.

»Frau Kommissarin.« Gombrowitsch trat hinzu und unterbrach den Monolog des Kriminalrats. »Ich muss dringend rüber in den Tower.«

»Ich hatte bereits deutlich gemacht«, wandte Bach genervt ein, »dass das nicht …«

»Wenn Sie mich vielleicht begleiten möchten?« Gombrowitsch fiel ihr ins Wort. »An Bord sind einhundertzweiundfünfzig Menschen in der Gewalt von wem auch immer. Wir müssen die Maschine finden. So schnell wie möglich. Oder nicht?«

Kriminalrat Genske nickte und beschwor Bach eindringlich, dem Bitten des Verkehrsleiters zu entsprechen. Da Gombrowitsch vordringlich zum Verdächtigenkreis ihres Mordfalles gehörte, war es natürlich an ihr, die Eskorte des zerzausten Verkehrsleiters zu organisieren. Na, vielen Dank auch.

Bevor Bach antworten konnte, hielt Gombrowitsch Juris Autoschlüssel in die Höhe.

»Wir können mit meinen Wagen direkt über das Vorfeld fahren. In dreißig Minuten sind wir zurück. Spätestens.«

Die drei Herren von der Werkschutz AG hatten sich wie stumme Schatten in Gombrowitschs Rücken aufgebaut. Der alte Doktor Baumgarten schaltete sich in die Diskussion ein.

»Das Unternehmen, das ich repräsentiere, nicht zu reden von der Europäischen Zentralbank, in deren Auftrag wir arbeiten, hegt ein ebenso großes Interesse am zügigen Wiederauffinden des verschwundenen Flugzeugs.« Er versuchte, seine seltsam heisere Stimme höflich, aber bestimmt klingen zu lassen. »Ich kann gern einen meiner beiden Kollegen hier zu Ihrer Unterstützung abstellen. Der gute Herr Gombrowitsch wird Ihnen in keinem Fall verloren gehen.«

Wieder nickte Kriminalrat Genske.

Bach versuchte, sich ihre Entrüstung nicht anmerken zu lassen. Wurde von ihr allen Ernstes erwartet, dass sie Gombrowitsch persönlich zum Tower begleitete? Und davon abgesehen – wozu ein weiterer Begleiter von der Werkschutz AG? Was sollte ein hinkender, nach Schweiß riechender älterer Herr wie dieser Verkehrsleiter gegen eine gut ausgebildete Polizistin wie sie ausrichten?

Im ersten Augenblick völlig perplex sah Bach sich von dem LKA-Kollegen und den drei Sicherheitsfritzen umringt. Die vier Männer warteten auf ihre Entscheidung. Sie waren wortlos darin übereingekommen, dass Gombrowitschs Vorschlag die beste Vorgehensweise war. Die Phalanx ihrer schweigenden Blicke bedeutete nichts anderes als die Aufforderung, dass Bach der Idee zuzustimmen hatte. Sie war wütend ob dieser Anmaßung und Unverfrorenheit, wusste aber beim besten Willen nichts gegen das abstruse Prozedere einzuwenden.

»Scheint, als würde mir hier niemand über den Weg trauen.« Gombrowitsch lächelte ein bleiches und infolge seiner lädierten Nase ebenso schiefes Lächeln in die Runde. »Dann also los?«

11:19 Uhr MEZ

Die Stichwunde an Wegeners Oberschenkel hatte Ayana versorgt. Die Abbindung sorgte dafür, dass ihr Mann kein weiteres Blut verlor. Wegener hatte seit Minuten keinen Ton mehr gesagt. Sein Puls ging schnell, sein Atem ebenso, er fror – erste Anzeichen eines Schocks. Doch zunächst musste Ayana noch einen Druckverband an dem Stich in die Schulter anlegen.

»Ich hole dir ein paar Decken. Bin gleich fertig«, redete sie ihm beruhigend zu. »Du musst langsam atmen. Ganz ruhig. Wir werden das schaffen!«

Sie arbeitete, so schnell sie konnte ... doch eine fremde Stimme aus dem Cockpit ließ sie zusammenzucken.

»Hier ist Hellas Control, bitte identifizieren Sie sich«, dröhnte es in englischer Sprache aus dem Lautsprecher in der Instrumententafel.

»Scheiße«, stöhnte Wegener. »Ich muss ...« Er versuchte, sich auf zu richten.

»Nicht«, befahl Ayana energisch. »Ganz ruhig.«

Wegner ergab sich kraftlos seinem Schicksal.

Ayana unterdes erstarrte. Ihrem Mann Mut zusprechen war das eine. Aber was jetzt? Sie hatte keinerlei Ahnung, was zu tun war. Es war sinnlos. Die Sekunden verrannen, klumpten zu einer halben Ewigkeit zusammen.

»Du bist Arzt, aber kein Pilot, was?«, ertönte hinter ihr eine Frauenstimme, ebenfalls in Englisch.

Wie lange war die Fremde wieder bei Bewusstsein?

»Hier ist Hellas Control, bitte identifizieren Sie sich.« Die Stimme des griechischen Fluglotsen klang nun ein ganzes Stück fordernder.

»Du musst dich bei der Luftverkehrskontrolle anmelden. Ihren Anweisungen folgen«, nervte Ayanas Gefangene.

»Sei ruhig!«, herrschte Ayana die gefesselte Frau an.

»Ich kann das Flugzeug fliegen.« Svetlana Kolesnikow ignorierte ihren Befehl. »Ich kann mit dem Lotsen reden. Ich bin Pilot.«

Ayana drehte sich um. Ihre Kontrahentin lag mit ausgestreckten Armen rücklings im Gang, war per Kabelbinder an einer der Sitzreihen festgemacht und beobachtete sie.

»Ich schwöre. Ich kann dir helfen. Du musst mich nur losmachen.«

Ayana schwieg. Musste nachdenken.

»Auf keinen Fall«, flüsterte Wegener kraftlos.

Ayana betrachtete ihren schwer verletzten Mann. Er lag auf dem Kabinenboden. Tief furchten sich die Falten durch sein fahles Gesicht. Er benötigte dringend ein Krankenhaus. Eine sofortige Landung aber war unmöglich.

»Mach mich los!«, rief Svetlana Kolesnikow. »Ich will nicht von einer Alarmstaffel abgeschossen werden! In ein paar Minuten sind die hier, wenn niemand antwortet.«

»Lass sie nicht ans Steuer«, flehte Wegener leise.

Ayana gab sich einen Ruck. Wegener war nicht imstande, sie zurückzuhalten. Sie kramte schnell zwei Injektionsampullen des bordeigenen Narkotikums aus dem Medical Kit und zog sie beide hintereinander in eine Spritze. Im nächsten Augenblick war sie neben der Russin, die aufschrie, als Ayana ihr die Injektionsnadel in die Halsvene stieß – und den Daumen auf den Kolben gedrückt hielt.

»Eine Dummheit und du wachst nie wieder auf.«

»Ayana, nein!« Wegener versuchte, seine Frau ein letztes Mal zur Vernunft zu bringen. Doch es gab für Ayana keinen anderen Weg.

Sie durchtrennte den Kabelbinder mit einem Skalpell. Ihre Gegnerin war frei.

»Sei vorsichtig«, presste Kolesnikow hervor und erhob sich mühsam. Ihr Gesicht war nach Ayanas Schlägen mit dem leeren Feuerlöscher grün und blau geschwollen, Haare und Anzug vom Pulver des Feuerlöschers weiß verklebt.

Einem tanzenden Paar gleich hielt Ayana ihre Gegnerin von hinten umschlungen, folgte ihr ins Cockpit, die Hand an der Spritze, jederzeit bereit, die Frau mit einer Überdosis ins Jenseits zu befördern.

Noch während Svetlana Kolesnikow auf dem Sitz des Kapitäns Platz nahm, kam über den Lautsprecher die ultimative Warnung des griechischen Lotsen: »Hier ist Hellas Control. Dies ist die letzte Aufforderung, sich zu identifizieren.«

»Wie ist unsere Flugnummer?«, zischte Kolesnikow.

»German Continental 1614.« Ayana stand hinter ihrer Kontrahentin, ihre Hand führte die Spritze, die aus der Halsvene der Frau ragte. Kolesnikow war gezwungen, ihren Kopf geneigt zu halten, während sie das Headset überzog.

»Hellas Control, hallo! Hier ist German Continental 1614. Entschuldigen Sie die Verzögerung. Wir hatten Probleme mit unserem Funkgerät.«

Der Lotse zeigte sich schnell besänftigt und wies der Sierra Foxtrott eine neue Flughöhe und einen neuen Kurs zu. Kolesnikow stieß einen Seufzer der Erleichterung aus und änderte die Route entsprechend.

Die Sierra Foxtrott drehte ihre Nase ein Stück weit nach Osten und gewann langsam an Höhe.

»Das ist dein Mann da hinten, oder? Du musst ihm helfen.« Kolesnikow konnte den Kopf nicht wenden, um Ayana anzublicken. Die Spritze in ihrem Hals hinderte sie daran.

Ayana schwieg.

»Wenn du mich umbringst, wirst du sterben. Dein Mann genauso. Ich will nicht sterben, verstehst du? Ich will leben. Sag mir, wo es hingehen soll. Ich fliege für dich.«

»Warum solltest du das tun?«

»Weil wir nirgendwo sonst landen können, ohne ins Gefängnis zu gehen. Wir machen einen Deal.« Kolesnikow hatte den Kopf immer noch in unbequemer Schieflage. »Du kümmerst dich um deinen Piloten. Ich kümmere mich um das Flugzeug.«

Ayana zögerte. Warum war diese Frau an Bord? Wer hatte sie geschickt? Was war ihr Plan?

Sie sah keinen anderen Ausweg.

Der Packen mit Kabelbindern lag in Ayanas Reichweite. Sie händigte der Russin einen der Plastikstreifen aus.

»Mach deine Hand hier irgendwo fest«, befahl Ayana.

»Ich brauche beide Hände!«

»Mach deine Hand fest, oder du fährst zur Hölle.«

Schließlich kam Kolesnikow der Aufforderung nach und zurrte ihre Linke am seitlichen Instrumentenbrett fest.

Als sie sicher sein konnte, dass die Fremde ausreichend gefesselt war, zog Ayana die Kanüle aus deren Halsschlagader heraus.

März 1988

Major Dengler hatte sich innerhalb weniger Tage von seinen Verletzungen erholt und in der russischen Militärbasis ließ sich tatsächlich ein neues Triebwerk für die Antonow auftreiben, inklusive der Lieferung nach Metema durch eine An-26 der äthiopischen Luftwaffe. Es hatte eine Vielzahl diplomatischer Depeschen, Telegramme und Telefonate zwischen dem Oberkommando in Strausberg und der Kommandantur der sowjetischen Militärbasis in Addis Abeba sowie den gesamten Vorrat an medizinischem Alkohol der deutschen Fliegerbesatzung gekostet, aber die Maschine war nach zwei weiteren Tagen wieder flott und nun seit drei Wochen zurück im Einsatz.

Solange es keine unplanmäßigen Vorkommnisse gab, flog die Antonow jeden Dienstag und Samstag ihre Visite zum Krankenhaus in Metema. Dann wurde Klinikpersonal ausgetauscht und neue Medikamente, Verpflegung und Treibstoff für die Stromgeneratoren des Hospitals geliefert. Davon abgesehen hatte die Klinik täglich festgelegte Zeiten, zu denen sich die Sicherheitsleute des Krankenhauses per Funk bei der Botschaft in Addis Abeba zu melden hatten. Kam kein Kontakt zustande, gingen die Verantwortlichen in Addis vom Schlimmsten aus – einem Angriff konterrevolutionärer Milizen –, und das Transportflugzeug musste nach Metema starten. Das war in den zurückliegenden Monaten erst einmal vorgekommen. Und das auch nur, weil das Funkgerät des Krankenhauses den Geist aufgegeben hatte.

In dieser Woche jedoch flogen Gombrowitsch und seine Kameraden einen Sondereinsatz. Wahrscheinlich hatte das Kommando Luftstreitkräfte irgendeine Form von Entgegenkommen zeigen müssen, nachdem die Äthiopier in Windeseile ein Flugzeug für den Triebwerkstransport nach Metema bereitgestellt hatten. Die An-26 wurde nach

Mek'ele im Nordwesten der Provinz Tigray beordert. Die Entfernung von Addis Abeba betrug fünfhundert Kilometer, die Flugzeit ungefähr zweieinhalb Stunden. In Mek'ele lautete der Befehl, Passagiere an Bord zu nehmen und ins zweihundert Kilometer entfernte Asmara in der Provinz Eritrea zu befördern. Auf dem Hinflug saß Wegener auf dem Copilotensitz neben dem Kommandanten Major Dengler. Dazu selbstverständlich der Bordingenieur und der Navigator. Gombrowitsch flog im Laderaum mit.

Kaum waren sie in Mek'ele gelandet, trauten die Männer an Bord der Maschine ihren Augen nicht. Am Rande der Flughafenpiste warteten einhundertneunzehn Kinder auf ihre Beförderung. Einhundertneunzehn ausgemergelte kleine Körper, Jungen und Mädchen im Alter von vielleicht sechs bis zwölf Jahren. Begleitet von vier äthiopischen Soldaten.

Das Gesamtgewicht dieser bemitleidenswerten Schar dürrer Kinder stellte nicht das Problem dar. Die An-26 verfügt allerdings nur über neunundzwanzig Passagiersitze im Laderaum, die links und rechts an den Seitenwänden angebracht waren. Nach kurzer Beratung befahl Major Dengler, die Sitze hochzuklappen. Irgendjemand war so schlau gewesen, vor dem Abflug aus der Heimat eine große Rolle Abdeckfolie an Bord zu laden. Die kam jetzt zum Einsatz. Die Männer polsterten den Boden des Laderaums damit aus. Nun durften die jungen Passagiere die Maschine über die große Heckrampe betreten und sich auf die Folie kauern. Die An-26 war zwar proppenvoll und es herrschte eine beklemmende Enge, aber alle einhundertneunzehn Kinder, mager und knochig, wie sie waren, samt der vier Begleit-Soldaten, passten in den Laderaum. Inklusive der Besatzung befanden sich nun einhundertneunundzwanzig Passagiere an Bord. Die Kameraden feierten sich für einen neuen Weltrekord.

Nur Wegener, der nun den Copiloten-Sitz für Gombrowitsch frei gemacht hatte, hockte hinten im Laderaum auf einem umgedrehten Mülleimer bei den kleinen Passagieren. Die Kinder starrten ihn aus dunklen Augen an. Keines sprach ein Wort. Sie wirkten allesamt völlig verängstigt, waren vielleicht noch nie einem Weißen begegnet und mit Sicherheit noch nie in einem Flugzeug geflogen. Links und rechts, durch die acht Bullaugen des Laderaums, gab es ein wenig Sicht nach draußen.

Als sich die Antonow in die Luft erhob, ging ein einziges Mal ein freudiger Aufschrei durch die Kinderschar. Viele erlebten ihren ersten Flug mit jener kindlichen Mischung aus wohligem Horror und unwiderstehlicher Faszination. Einige allerdings blieben stumm. Manche klammerten sich aneinander. Doch keines der Kinder weinte. Wegener schätzte, dass sie es schlicht nicht wagten, denn nach dem ersten Begeisterungsschrei hatten die Soldaten sofort lautstark für Ruhe gesorgt. Wenn schon ein kurzes Jubeln nicht erlaubt war, wie würden sie erst auf ängstliches Weinen reagieren?

»Wo sind deine Eltern?«, fragte Wegener einen Jungen, der vor ihm auf dem Boden hockte.

Er hoffte, das Kind spräche Englisch. Doch der Junge musterte ihn nur schweigend und gab keinen Ton von sich. Wegener fragte auch die anderen Kinder in seiner Reichweite – keines der Mädchen und Jungen gab eine Antwort.

Wo waren ihre Eltern? Wer waren ihre Eltern?

Angenommen, sie waren Waisenkinder, warum mussten sie auch noch umgesiedelt werden? Gab es in Mek'ele keine Waisenhäuser? Gab es in Äthiopien überhaupt Waisenhäuser? Was erwartete die Kinder in Asmara?

Wegener wurde beinahe schlecht. Die Fragen kreisten unaufhörlich in seinem Kopf. Fragen, die er nicht zu stellen hatte. Fragen, die er laut niemals stellen würde.

Nach fünfundvierzig Minuten war der Spuk vorbei.

Als der Tower von Asmara beim Anflug über Funk nachfragte, wie viele Passagiere sich an Bord befänden, nannte Gombrowitsch als Copilot die tatsächliche Zahl von einhundertneunundzwanzig Insassen. Er musste grinsen, als der Lotse die Antonow nach ihrer Landung auf einen Abstellplatz beorderte, der dem Tower direkt gegenüber lag. Und, jede Wette, die Lotsen dort oben wollten sehen, ob die Geschichte wirklich stimmte. Zu gern hätten Gombrowitsch und seine Kameraden die verblüfften Gesichter gesehen, als die Kinderhorde aus dem Heck der Maschine kletterte.

Keine fünf Minuten später orgelte ein alter Kamaz-Lastwagen aus sowjetischer Produktion heran. Die Mädchen und Jungen wurden auf die offene Ladefläche gepfercht. Wegener und Gombrowitsch standen neben dem Flugzeug in der prallen Sonne und beobachteten den Abtransport der Kinder.

Wegeners beklommener Blick folgte dem altersschwachen LKW. Er musste mit irgendjemandem darüber reden.

»Wo bringen sie die Kinder wohl hin?«

Gombrowitsch zuckte mit den Achseln.

»Keine Ahnung. Wegen der Dürre haben wir die jedenfalls nicht hier hergeflogen. Die Regierung nutzt die Umsiedlung vor allem, um die Volksgruppen zu mischen. Mit Waffen allein wird Präsident Mariam nämlich keinen Frieden bekommen.«

Wegener nickte. Plötzlich sah er das Bild des trauernden Äthiopiers im Metema Hospital vor sich.

»Eine ähnliche Geschichte hab ich schon mal gehört.«

Der klapprige Lastwagen mit den Kindern auf der Ladefläche geriet hinter der Flughafenbaracke außer Sichtweite.

Wie ging es wohl seinen Söhnen in diesem Moment? Hatte ihre Mutter die beiden Jungs inzwischen endgültig davon überzeugt, dass ihr Vater ein verachtenswertes Schwein war und sich einen Teufel um sie alle scherte? Ja, wahrscheinlich hatte sie das. Und vielleicht hatte sie sogar recht.

»Das ist doch alles Scheiße,« murmelte Wegener.

Gombrowitsch zuckte erneut die Achseln.

»Die haben hier Zehntausende Menschen kreuz und quer durchs Land verschifft. Ayana hat ein bisschen was erzählt«, antwortete er.

Und bereute es sogleich. Sie spukte ihm ständig im Kopf herum. Jetzt war sie ihm tatsächlich herausgerutscht.

Der Name Ayana versetzte Wegener einen eifersüchtigen Stich. Das Bild des wehklagenden Witwers in Metema und seiner beiden Jungen zu Hause in Markersdorf verflüchtigte sich sofort.

»Siehst du die Frau noch?«

»Bist du verrückt?« Gombrowitsch schüttelte energisch den Kopf.

Er war erleichtert, als Major Dengler die beiden im nächsten Augenblick in die Maschine zitierte. Der Rückflug musste vorbereitet werden.

Gombrowitsch hatte nicht gelogen. Er mied seit Wochen jeglichen Kontakt, konnte aber nicht anders, als unablässig an Ayana zu denken. Allein die Angst vor den möglichen Konsequenzen bewahrte ihn vor weiteren Dummheiten. Überaus erfolgreich hatte Botschaftssekretär Hintze den jämmerlichen Feigling in Gombrowitsch ans Tageslicht befördert.

11:22 Uhr MEZ

Claire Brunner, die eigentlich Laura Mayer hieß, stieg die Treppen hinauf, verließ den unterirdischen S-Bahnhof, hinaus in die ungemütliche Kälte und fand sich auf der Berliner Straße wieder. Sie wandte sich nach links und folgte der Ludwigstraße. Nach hundert Metern erreichte sie ihr Ziel.

Claire hatte ihr Fahrrad extra im Park der Taunusanlage abgestellt und war bis zum Hauptbahnhof gelaufen. Dort hatte sie die S-Bahn nach Offenbach genommen. Auf dem Rückweg würde sie umgekehrt verfahren. So hoffte sie, die allgegenwärtigen Überwachungskameras auszutricksen.

Nun steuerte sie schnurstracks auf den Münzfernsprecher am Offenbacher Goetheplatz zu. Sie zog verstohlen den Zettel aus ihrer Jackentasche, auf dem sie die Telefonnummer und den Text notiert hatte.

Ihr Herz pochte, laut und vernehmlich.

Man kam ins Gefängnis für das, was sie zu tun im Begriff war.

Er hatte sie dazu gezwungen. Nur deswegen hatte sie das Geld genommen. Gombrowitsch war ein Arschloch. Ein bemitleidenswertes Arschloch vielleicht, aber trotzdem ein Arschloch. Ein alter Perverser, der heimlich versaute Fotos seiner Escortdamen machte.

Mit zitternden Fingern nahm sie den Hörer an ihr Ohr, fütterte den Automaten mit einer Münze und wählte dann die Nummer, die ihr Gombrowitsch am Abend zuvor diktiert hatte.

Als am anderen Ende der Leitung der Hörer abgenommen wurde, flüsterte sie den Text auf ihrem Notizzettel, so laut sie nur konnte: »Hören Sie mir gut zu, Sie haben exakt eine halbe Stunde Zeit. Die Uhr tickt. Ab jetzt ...«

11:23 Uhr MEZ

Fannys betagte Tischnachbarin war inzwischen von zwei Helfern der Bahnhofsmission zu ihrem Zug gebracht worden.

Nun saß Fanny allein an ihrem Tisch und wartete sehnsüchtig. Irgendjemand ihrer viralen Freunde würde doch wohl auf die Nachricht reagieren, die sie vor knapp eineinhalb Stunden auf Facebook veröffentlicht hatte. *Ich brauche Hilfe, bitte ruft mich zurück!* Dazu noch die Telefonnummer der Bahnhofsmission.

War gerade wirklich niemand online?

Sie zweifelte inzwischen nicht mehr, dass ihr Vater und ihre Mutter in einem Passagierjet saßen, beladen mit fünfhundert Millionen Euro, und die Maschine entführten. Warum sollte es gelogen sein, denn sie selbst war schließlich auch entführt worden und das klang mindestens genauso unglaublich. Die weiteren Zusammenhänge jedoch blieben ihr völlig unklar.

Was ihr Vater erzählt hatte, ergab keinerlei Sinn. Davon abgesehen, dass er an Klaustrophobie litt und seit vielen Jahren nicht mehr fliegen konnte – wie waren ihre Eltern an Bord des Flugzeugs gelangt? Wieso glaubten ihr Vater und ihre Mutter, dass die Gangster sie freiließen, wenn die beiden die Maschine stahlen.

Am Ende würden ihre Mutter und ihr Vater ins Gefängnis gehen.

Mit einem Mal legte sich eine Hand von hinten auf ihre Schulter. Fanny wurde von einem wilden Schrecken durchzuckt. Erleichtert stellte sie fest, dass die Hand zu dem jungen Freiwilligen der Bahnhofsmission gehörte.

»Für dich.«

Er überreichte ihr breit lächelnd ein tragbares Festnetztelefon.

Erleichtert nahm sie das Telefon entgegen. Endlich meldete sich jemand.

»Hallo?«

»Hallo, hier ist Torben.«

Torben?

Sie brauchte eine Weile. Versuchte zu verstehen. Und scheiterte.

»Woher hast du diese Nummer?«

»Wir sind seit letzter Woche auf Facebook befreundet. Schon vergessen?« Torben war unsicher. »Wie geht's dir? Ich hab seit Tagen versucht, dich zu erreichen. Dein Facebook-Post klingt irgendwie besorgniserregend.«

Es war ihr nicht möglich, in diesem Moment adäquat zu reagieren. Was wäre in diesem Moment überhaupt adäquat gewesen? Sie kannte Torben einen Abend, hatte sich in ihn, na ja, vielleicht verknallt, und hatte in den zurückliegenden, quälenden Tagen mehrmals an ihn gedacht. Doch seine Stimme jetzt am Telefon zu hören, erschien ihr völlig surreal. Dennoch. Sie brauchte Hilfe.

»Kannst du mir eine Fahrkarte nach Berlin besorgen. Ich sitze in der Bahnhofsmission am Frankfurter Hauptbahnhof und bin völlig abgebrannt.«

»Was ist denn passiert?«

»Das erkläre ich dir später.«

»Okay.« Er schwieg einen Moment. Schien zu überlegen. »Es ist nur ... ich bin selber pleite. Aber ich kann mir bei 'nem Kumpel Kohle leihen und dann ...«

Das würde alles viel zu lange dauern.

»Kein Problem«, seufzte sie, »ich komm schon irgendwie zurück.«

»Bist du sicher? Soll ich nicht ...«

»Ich meld mich wieder, okay?«

»Okay.« Er klang völlig verwirrt.

Sie beendete das Gespräch.

Wie sollte sie ohne Geld aus Frankfurt rauskommen? Zum Schwarzfahren war sie schlichtweg zu schwarz. Ihr abgerissenes Jogging-Outfit nicht mitgerechnet. Nach der grauenhaften Zeit in dem dunklen Verlies und der kräftezehrenden Flucht waren Fannys Energiereserven nahezu vollständig aufgebraucht. Sie musste raus aus Frankfurt, so schnell wie irgendmöglich.

Sie warf ihre Zweifel über Bord. Es blieb ihr nichts anderes übrig. Sie würde die Nummer wählen, die ihr Vater ihr vorhin diktiert hatte.

11:26 Uhr MEZ

Gesine Bach verfluchte diesen Tag. Sie trottete hinter Gombrowitsch und dem dicken Mann von der Werkschutz AG her. Die drei steuerten auf das Parkhaus der German-Continental-Basis zu.

Warum hatte sie sich gegen die Kompromittierung durch diesen Genske vom LKA nicht entschieden zur Wehr gesetzt? Sie schauderte. Brachten ihre Hormone jetzt alles durcheinander? War ihr deshalb das Bild des toten Piloten vorhin so nahe gegangen? Bisher hatte sie solcherlei Emotionen in den Aktenordnern auf den Regalen ihres Büros verstaut und dort belassen. Sie hatte sich immer Frau genug für ihren Job gefühlt.

Immerhin war die kalte Luft hier draußen eine Wohltat.

Ihr Chef würde sie zur Schnecke machen, wenn er erfuhr, dass sie den Tatort verlassen hatte. Mit einem Verdächtigen. Andererseits konnte sie am Ort des Verbrechens im Moment nichts ausrichten. Einige Vernehmungen liefen noch. Das überließ sie gern den uniformierten Kollegen. Und die Techniker hatten ihre Untersuchungen noch nicht abgeschlossen. Was schadete es also? Bei der Suche nach dem verschwundenen Flugzeug war höchste Eile geboten. Und überhaupt.

Sie war schwanger.

Ein Bild tauchte hinter diesem Gedanken auf. Das Bild eines neuen, winzigen Menschenkindes in ihrem Bauch. Bach verspürte den schwer bezwingbaren Drang, Sebastian anzurufen und ihm alles zu erzählen.

Oder wenigstens seine Stimme zu hören.

Sie versagte es sich. Fühlte sich absolut unprofessionell.

»Wenn ich die Leute oben im Tower bitte, mir die Daten zu mailen, dauert es zu lange. Ich muss das schnellstens persönlich klären«, erklärte Gombrowitsch erneut, während er mit dem übergewichtigen Fatzke von der Werkschutz AG vorneweg lief.

Die Begleitung des beknackten Sicherheitstyps nervte Bach über alle Maßen. Der Mann war fleischberggewordenes Symbol für den Affront, den sie vor einer Viertelstunde mit dem LKA hatte erleben müssen.

Die Gruppe erreichte das Parkhaus.

Der Mann von der Werkschutz AG geleitete sie in den Aufzug und drückte den Knopf zum zweiten Stock.

Beim Betreten des Fahrstuhls ging Gombrowitsch im Geiste noch einmal alle Schritte durch, die Juri ihm vorgeschlagen hatte: die Kommissarin in den Wagen steigen lassen, den Kofferraum öffnen, prüfen, ob sich seine Tochter darin befand, lebend!, Juris Helfer die Koordinaten des Flugziels der Sierra Foxtrott mitteilen, die Polizistin überwältigen und mit dem Auto und Fanny im Kofferraum fliehen. Es würde Juri mindestens vierundzwanzig Stunden kosten, um zu dem Flugzeug und dem Geld zu gelangen. Bis dahin waren Ayana und Wegener längst aus der Maschine raus und über alle Berge.

Das Klingeln seines Handys in der Jackentasche riss Gombrowitsch aus aller Konzentration.

»Entschuldigung.« Gombrowitsch kramte das Handy hervor.

Die Nummer auf dem Display war ihm unbekannt und stammte aus Frankfurt. Die Türen des Aufzugs öffneten sich im selben Augenblick, als er das Gespräch annahm.

»Hallo, spreche ich mit Jürgen Gombrowitsch?«, tönte eine junge Frauenstimme aus dem Hörer.

Er erkannte sofort, mit wem er sprach. Gestern hatte er ihre Stimme zum ersten Mal gehört. Und auch wenn sein Herz kurz davor war auszusetzen, musste er jetzt unbeteiligt weiter gehen.

»Am Apparat.«

Einfach immer weiter, einen Schritt vor den anderen setzen. Hinaus aus dem Aufzug. Nach links, so wie Juri und seine Handlanger es ihm vorhin erklärt hatten: Dort steht eine dunkle Limousine.

»Mein Name ist Fanny Wegener. Mein Vater hat mir Ihre Telefonnummer gegeben. Er sagte, Sie könnten mir helfen.«

»Wo sind Sie?«

Langsam, fast zaghaft, bewegte Gombrowitsch sich durch das Parkhaus der German-Continental-Basis, gefolgt von Juris Häscher und der nichts ahnenden Kommissarin. Er drückte auf die Fernbedienung des Autoschlüssels, einer der Wagen in der hintersten Reihe blinkte auf. Gombrowitsch begann zu zittern. Und konnte nichts dagegen tun.

»Ich ... Sie wissen, was passiert ist?«

»Ich weiß Bescheid. Sind Sie nicht mehr ...?« Gombrowitsch versuchte, das Beben seiner Stimme zu kontrollieren. »Sie wissen schon!«

»Ja, ich konnte ... ich konnte entkommen, wenn Sie das meinen. Ich bin in der Bahnhofsmission. Am Hauptbahnhof. In Frankfurt.«

»Ich komme!« Gombrowitsch sprach so leise wie möglich in sein Telefon. »Sobald ich hier fertig bin, komme ich.«

»Ich brauche nur ein wenig Geld für eine Fahrkarte nach Hause.«

»Das ist kein Problem. Ich habe nur gerade noch zu tun und komme, sobald es mir möglich ist.«

Von ihrem Tisch aus hatte Fanny freien Blick auf den Eingang der Bahnhofsmission. Während sie mit dem Fremden namens Gombrowitsch telefonierte, öffnete sich die Tür. Ein kalter Windhauch drang herein und trug einen breitschultrigen, kurz geschorenen Rothaarigen mit sich, der den halb leeren Raum geübt sondierte. Mit steinerner Miene bewegte er sich auf Fannys Tisch zu.

Die Angst nahm ihr alle Kontrolle über ihren Körper. Sie erkannte ihn sofort. Niemals würde sie den Anblick des Mannes vergessen, der sie aus ihrer Wohnung verschleppt hatte. Seinem Komplizen war sie heute Morgen entkommen, doch jetzt, in diesem Moment, war nichts mehr auszurichten. Sie war gefangen, in diesem Raum, an diesem Tisch, verlorener noch als all die verlorenen Gestalten um sie herum. Sie fühlte blankes, erbarmungsloses Entsetzen, war nicht imstande, sich auch nur einen Millimeter zu rühren.

»Oh, nein, er ist hier.« Tonlos sprach sie in das Telefon in ihrer Hand. »Das kann nicht wahr sein. Bitte! Helfen Sie mir!«

Ihre Stimme brach.

Als der Mann ihren Platz erreichte, zückte er ein Glasröhrchen aus seiner Jackentasche.

»Trink.«

Er nahm der erstarrten Fanny das Telefon aus der Hand.

Die Verbindung wurde unterbrochen.

»Hallo? Sind Sie noch dran?«

Gombrowitsch wurde kalt. Dann heiß. Dann wieder kalt.

War seine Tochter wirklich entkommen? Und nun wieder in Juris Händen? Was führte der alte Teufel im Schilde?

Auf jeden Fall war Fanny nicht im Kofferraum der Limousine, auf die Gombrowitsch und seine Begleiter gerade zusteuerten.

Und Juri wusste nicht, dass *er* das wusste.

Gombrowitschs Kopf dröhnte.

Das Trio war nun fast am Ziel.

Sie steuerten auf den Wagen der Werkschutz AG zu. Jens-Uwe Koch, der massige Komplize Juris, beobachtete im Gehen den Rücken Gombrowitschs. Er hielt zwei Schritte Abstand. Die Polizistin hinter ihm befand sich in ähnlicher Entfernung. Keine Augenzeugen weit und breit. Er würde schnell handeln und es sollte keine Probleme geben. Im Dunkel seiner Manteltasche griff er den vertrauten Teleskopschlagstock. Erst die Frau, dann den Alten, beide in den Wagen zerren, losfahren. Bevor man ihr Verschwinden bemerkte, wären Gombrowitsch und die Polizistin bereits entsorgt.

»Meine Füße werden mich noch irgendwann umbringen.« Gombrowitsch unterbrach Kochs Gedankengang. »Alt werden ist nichts für Feiglinge.«

Im selben Moment stoppte er, bückte sich nach vorn und griff an seinen Knöchel. Automatisch blieben Koch und die Gesine Bach hinter ihm stehen.

Gombrowitsch hatte bislang keine Möglichkeit gefunden, die verräterische Betäubungsspritze zu entsorgen, die er seit einer Stunde in seiner linken Socke mit sich herumschleppte. Das Ding hatte ihn die ganze Zeit behindert und zu einem leichten Hinken gezwungen, nun aber sorgte es dafür, dass das Überraschungsmoment ganz und gar auf seiner Seite lag. Den Rest besorgte ein hoch dosierter Cocktail aus Adrenalin und Noradrenalin. Die beiden mächtigen Stresshormone befähigen den Menschen zu unmöglichen Taten ... Gombrowitsch riss in Sekundenbruchteilen die Spritze aus seiner Socke, hielt sie mit seiner rechten Faust umklammert, bäumte sich, wirbelte herum, zielte, im Wissen, dass er nur einen Versuch hatte, und rammte die Kanüle ins linke Auge des überrumpelten Sicherheitsmannes. Dem blieb keine Zeit mehr, seinen Totschläger zu zücken. Er schrie auf und bedeckte das verletzte Auge mit seinen Händen, während er von Gombrowitsch umgerissen wurde, in die Arme der völlig überrumpelten Gesine Bach, die unter dem Gewicht des brüllenden Mannes zu Boden ging und von dessen voluminösem Körper begraben wurde. Gombrowitschs Gehirn arbeitete auf Hochtouren und begann, den bislang äußerst rudimentären Fluchtplan weiter auszuarbeiten.

Eine Waffe!

Er durchsuchte die Manteltaschen seines winselnden Gegners, nicht ohne ihm vorher einen schmerzhaften Tritt in die Weichteile zu verpassen und um danach festzustellen, dass der Mann nur ein Handy und einen Teleskopschlagstock aber keine Pistole bei sich trug.

Scheiße!

Gombrowitsch steckte Telefon und Totschläger trotzdem ein.

Blieb noch die Kommissarin.

Dass die sich fluchend unter dem schweren Leib des wimmernden Sicherheitsbeauftragten hervorarbeiten musste, verschaffte ihm genügend Zeit.

Er bemächtigte sich ihrer Dienstwaffe aus dem Gürtelholster.

Das Entsichern und Durchladen einer Pistole eint mit Schwimmen und Fahrradfahren die Tatsache, dass man es nicht verlernt.

Sein Leben lang.

Gesine Bach hörte, noch während sie versuchte, wieder auf die Beine zu kommen, das Klicken des Sicherungshebels, dann das metallische Rasten des Verschlusses und spürte im nächsten Moment die Mündung ihrer eigenen Pistole an der Schläfe.

»Sie müssen jetzt mitkommen.« Gombrowitsch keuchte.

»Was soll das?«, schrie Bach. »Sind Sie völlig irre?«

»Kommen Sie.« Gombrowitsch zerrte Bach mit sich. »Kofferraum öffnen, los!«

Sie gehorchte. Der Kofferraum war leer. Keine Fanny. Wie Gombrowitsch erwartet hatte.

Erst jetzt nahm sein weiterer Fluchtplan konkrete Formen an.

Jens-Uwe Koch wälzte sich brüllend vor Schmerzen auf dem Boden. Er versuchte, das verletzte Auge mit seinen Händen zu schützen. Gombrowitsch ließ erbarmungslos den Schlagstock zu voller Länge ausklappen. Mit mehreren Hieben zwang er den Dicken in den geöffneten Kofferraum und warf den Deckel zu.

»Hinters Steuer!«, befahl er Bach mit vorgehaltener Waffe.

»Das ist nicht Ihr Ernst.« Bach schüttelte den Kopf. »Sie haben null Chancen!«

»Ich weiß.« Gombrowitsch rang nach Atem. »Und ich versichere Ihnen, ich habe nichts zu verlieren.«

Sein Blick flackerte wild.

Bach wurde mit einem Mal der Ernst ihrer Lage bewusst. Der Mann war völlig durchgedreht. Jetzt nichts riskieren. Kooperieren. Alles würde gut. Sie tat wie befohlen.

Gombrowitsch warf sich neben Bach auf den Beifahrersitz.

»Fahren Sie!« Er steckte den Zündschlüssel in das Schloss, die Waffe auf Bach gerichtet.

Mit zitternden Händen betätigte sie die Zündung und setzte den Wagen rückwärts aus der Parklücke.

»Geben Sie mir Ihr Handy!« Gombrowitsch keuchte, während er die Pistole weiter auf Bach gerichtet hielt.

Widerwillig kam die Kommissarin seiner Aufforderung nach.

»Wenn Sie mich ohne Scherereien in die Stadt bringen, werde ich ein umfassendes Geständnis ablegen«, stöhnte Gombrowitsch, während er Bachs Telefon abschaltete, den Seitenfensterheber betätigte und das Handy in hohem Bogen nach draußen beförderte.

Im nächsten Moment erreichten sie die Ausfahrt des Parkhauses. Als die Schranke sich öffnete, lenkte Bach das Auto in Richtung der Flughafenzufahrt. Die Angst vor dem, was vor ihr lag, fraß unerbittlich in ihr. Im selben Augenblick kreuzte sie den Weg eines schwarz schimmernden Gefährts und musste mit aller Kraft in die Bremsen steigen. In letzter Sekunde kam ihr Auto zum Stehen. Nur um Haaresbreite war sie nicht in den düsteren Leichenwagen gerauscht, dessen Vorfahrt sie genommen hatte.

Der Tote in der Operationszentrale, schoss ihr durch den Kopf, die Kollegen lassen ihn abholen.

»Fahren Sie weiter«, zischte Gombrowitsch und fuchtelte mit der Pistole in seiner Rechten. »Fahren Sie weiter, verdammt.«

Beinahe hatten sie den Tod gerammt. Erschöpft sank er in seinem Sitz ein Stück in sich zusammen. Sein Gesicht glänzte – weiß wie eine frisch gekalkte Wand.

11:31 Uhr MEZ

Volker Fähnrich saß am Arbeitsplatz des Schichtleiters und starrte auf die Flighttracker-Webseite, die den Himmel über Europa darstellte. Hunderte Flugzeugsymbole bewegten sich langsam über den Bildschirm, in einem unentwirrbaren Knäuel kleiner Icons, allesamt auf dem Weg nach irgendwo.

»Kaum zu glauben, dass man eine Maschine einfach so unsichtbar machen kann«, murmelte Kriminalrat Genske neben ihm.

»Nur mit dem nötigen Wissen und der Dreistigkeit.« Fähnrich hob den Hörer des klingelnden Telefons vor sich ab.

Das Gespräch währte nur kurz.

Kaum hatte Fähnrich aufgelegt, verfärbte sich sein Gesicht.

»Was ist passiert?«, fragte Genske.

»Der gesamte Flughafen wird gesperrt. Und die Passagierterminals evakuiert ... jetzt.«

»Wie das?«

»Die haben gerade eine Bombendrohung per Telefon gekriegt.«

»Und was bedeutet das?«

»Dass ich jetzt niemanden abstellen kann, um diesen vermaledeiten Riga-Flug wiederzufinden. Wir sind komplett lahmgelegt.« Fähnrich schüttelte den Kopf. »Alle Maschinen auf dem Weg hierher müssen umgeleitet werden. Sofort. Ebenso alle Flüge, die heute in Frankfurt ankommen sollen, aber noch nicht gestartet sind. Und alle Maschinen ab Frankfurt bleiben am Boden. Unsere gesamten Umlaufpläne wurden gerade in ihre Einzelteile zerlegt. Es muss alles umgestellt werden.«

»Das ist doch nie und nimmer Zufall!«

»Nein«, entgegnete Fähnrich resigniert. »Die haben einfach an alles gedacht.«

Zur gleichen Zeit saß Juri mit seinem Komplizen Wasserzier in einem Taxi auf dem Weg zurück in die Frankfurter Innenstadt.

Sie, als die Gesandten des geschädigten Sicherheitsunternehmens, hatten keinen Grund, sich noch länger auf der Flottenbasis der German Continental aufzuhalten. Sobald es Neuigkeiten gab, erstattete die Fluggesellschaft Bericht. Dann jedoch wären Juri und seine Mannen, die Projektverantwortlichen der Werkschutz AG, schon nicht mehr zu erreichen. Ihre Flugtickets waren gebucht.

Und Ikarus würde ab heute für immer schweigen. Eine Sorge weniger. Entsprechend zufrieden sinnierte Juri vor sich hin.

Laut Plan verstaute der Kollege Koch in diesem Moment die Leichen von Ikarus und der Kommissarin in seiner Werkschutz-AG-Limousine.

Juris Handy meldete sich.

Mit André Bettermann in der Leitung.

»Ich hab die kleine Schlampe.«

»Hervorragend.« Juris Laune stieg ins Unermessliche. »Wie haben Sie das gemacht?«

»Wir haben ihr Handy geknackt, als wir sie letzte Woche geschnappt haben. Wollten ihre ankommenden Anrufe und Nachrichten checken können, während sie bei uns im Keller saß.« Bettermann lachte boshaft. »Ihr Facebook-Passwort hatten wir dann natürlich auch. Und genau dort hat sie vor einer Stunde ihr Versteck verraten. Bahnhofsmission am Hauptbahnhof.«

»Die jungen Leute geben aber auch wirklich alles von sich im Internet preis.« Juri schüttelte vergnügt den Kopf.

Laut Bettermann war das Mädchen völlig am Ende gewesen und hatte keinerlei Gegenwehr geleistet. Er hatte sie mühelos sedieren und abführen können. Niemand, weder in der Bahnhofsmission noch in der Vorhalle des Bahnhofs, hatte Verdacht geschöpft. Das Mädchen war nichts als ein weiterer Junkie, der irgendwohin abgeholt wurde.

»Entsorgen Sie Ihre Ladung so schnell wie möglich.« Juri flüsterte. Der Taxifahrer durfte nichts mitbekommen. »Und den Transporter gleich mit.«

Er beendete das Telefonat.

Neben ihm auf der Rückbank saß sein Komplize Wasserzier. Er versuchte, per Handy den Kollegen Koch zu erreichen, um auf den Stand der Dinge gebracht zu werden. Das Gespräch war kaum mehr als ein paar Sekunden alt, da verstummte Wasserzier abrupt. Totenbleich reichte er Juri das Handy.

»Wenn ich meine Tochter nicht kriege«, hörte Juri die Stimme Gombrowitschs am anderen Ende der Leitung, »sorge ich dafür, dass Sie das Flugzeug und das Geld niemals bekommen.«

Klick.

Juris Blutdruck schnellte augenblicklich in die Höhe.

Ikarus lebte.

Und hatte das Handy des Kollegen Koch.

Verdammte Scheiße!

März 1988

Es war bereits dunkel, als die Besatzung der Antonow in ihr Quartier zurückkehrte. Von Asmara waren sie am späten Nachmittag in Addis Abeba gelandet, hatten die Maschine für den nächsten Routinestart nach Metema vorbereitet und waren sodann auf dem Weg nach Hause in ihrem üblichen Restaurant eingekehrt. An den Tagen, an denen sie im Einsatz waren, verzichteten die Männer auf ihre selbst zubereitete Tütensuppenkost und gönnten sich den Luxus eines Abendessens auswärts.

Als sie anschließend im Innenhof des Hauses ihren beiden Autos entstiegen, trat Tamrat, einer der einheimischen Wachleute, hinzu und wandte sich an Gombrowitsch.

»Die Ärztin von nebenan hat etwas für Sie abgegeben.« Tamrat hielt ihm einen Briefumschlag entgegen.

Der Umschlag war unverschlossen. Unter den neugierigen Augen seiner Kameraden zog Gombrowitsch das Papier aus dem Umschlag, bemüht, sich das Zittern seiner Hände nicht anmerken zu lassen. Ayana hatte die Nachricht auf Deutsch verfasst. Und selbst wenn der Wachmann tatsächlich hätte lesen können und dazu auch noch des Deutschen mächtig gewesen wäre, es gab nichts Verräterisches in Ayanas Zeilen zu finden. Handschriftlich auf dem dünnen Briefpapier des Tikur-Anbessa-Hospitals geschrieben, bat sie ihn zu einer Nachsorgeuntersuchung am nächsten Tag ins Krankenhaus.

»Hast du einen Liebesbrief bekommen?«, raunte Wegener später. Die Männer hatten sich nach dem langen Tag auf ihre Zimmer zurückgezogen.

»Quatsch. Ich soll morgen ins Krankenhaus kommen. Nachuntersuchung.«

Zu wissen, dass der Wachmann das Erscheinen Ayanas mit Sicherheit bereits nach oben gemeldet hatte und das Botschaftssekretär Hintze, oder wer auch immer, in diesem Moment eine kristallklare Tonaufzeichnung dieses Gesprächs mitschnitt, machte Gombrowitsch so wütend, dass er kurz seine Angst vergaß. Suchte er Ayana auf, bedeutete das vermutlich Ärger. Unterließ er es, würde er nie erfahren, was sie ihm zu sagen hatte. Und sie noch schlimmer enttäuschen als ohnehin schon. Doch seit er vor einer Stunde ihre Nachricht gelesen hatte, verspürte er die unzähmbare Sehnsucht, sie wiederzusehen.

»Kannst du morgen mit mir dahin fahren?«, fragte er laut in die Dunkelheit.

Genosse Hintze sollte wissen, dass er Wegener als Anstandsdame mitnahm. Eine andere Möglichkeit gab es sowieso nicht. Ausgang in die Stadt war der Besatzung nur in Zweiergruppen gestattet. Und die Geschichte mit der Nachuntersuchung klang immerhin plausibel.

»Klar.«

Wegener hatte sich seine Frage nicht verbeißen können. Seit er Gombrowitsch mit der Äthiopierin im Bett erwischt hatte, war er geradezu besessen von dem Gedanken an diese Frau. Umso schlimmer brannte nun die Eifersucht. Wenigstens einen Blick wollte er erhaschen – was auch immer Ayana von Gombrowitsch wollte.

Am nächsten Nachmittag begab sich Gombrowitsch gemeinsam mit Wegener ins Tikur Anbessa. Auf dem Flur vor der Ambulanz drängelten sich Dutzende Menschen auf der Suche nach Hilfe. An den latenten Hauch von Urin, Krankheit und Tod würde Gombrowitsch sich nie gewöhnen und auch Wegener rümpfte angewidert die Nase.

Gombrowitsch meldete sich bei der diensthabenden Oberschwester und wurde beflissen gebeten, kurz zu warten. So überaus freundlich sie Gombrowitsch empfangen hatte, so rüde bahnte sich die alte Krankenschwester daraufhin einen Weg durch den Flur. Unablässig wurde sie von allen Seiten bedrängt, die Umstehenden wollten endlich behandelt werden oder einen eingelieferten Verwandten behandeln lassen. Ein sinnloses Unterfangen. Schließlich verschwand die Schwester am Ende des Ganges.

Hans-Joachim Wegener mochte das Elend indes nicht mehr mitansehen. Er verabredete mit Gombrowitsch, im parkenden Auto beim Haupteingang des Krankenhauses zu warten – auch wenn er Ayana dadurch nicht zu Gesicht bekam.

Unerträglich lange fünfzehn Minuten harrte Gombrowitsch im Chaos auf dem Flur aus. Dann endlich kehrte die alte Krankenschwester zurück und führte ihn in ein karges Behandlungszimmer.

Dort erwartete ihn Ayana.

Seit einem Monat hatte er sie nicht mehr gesehen. Die ganze Zeit hatte er sie nur wenige Dutzend Meter entfernt gewusst, durch nichts getrennt als eine Mauer und die Wände der Häuser, die sie beide neben einander bewohnten. Jetzt stand sie vor ihm.

Er widerstand dem Impuls sie in die Arme zu nehmen. Zum einen befand sich die Krankenschwester noch in ihrer Gegenwart und zum anderen machte Ayana nicht den Eindruck, irgendeine Form von Annäherung zu wünschen. Trotz ihres dunklen Teints wirkte sie bleich und erschöpft.

»Es ist schön, dich zu sehen.« Gombrowitsch versuchte einen verbalen Schritt auf Ayana zu.

»Ich freue mich sehr, dass Sie gekommen sind.« Ayana sprach Englisch. Und schien ihm keinen Millimeter entgegenkommen zu wollen. »Bitte legen Sie sich hin und machen Sie den Oberkörper frei.«

Sie deutete auf die Untersuchungsliege.

Gombrowitsch zögerte kurz, fragte sich, was das Spiel bedeutete, kam ihrer Anweisung aber nach.

Die Operationsnarbe war bereits sehr gut verheilt. Dachte Gombrowitsch zumindest. Ayana betastete das Gewebe vorsichtig. Ihre Finger waren weich und warm.

Die Krankenschwester hatte den Raum immer noch nicht verlassen. Diesen Teil ihres Plans hatte Ayana nicht ausreichend überdacht. Die alte Schwester schien so etwas wie eine Anstandsdame spielen zu wollen. Sie hinaus zu schicken, wagte Ayana jedoch nicht. Oberschwester Martha war eine Institution.

»Warum bin ich hier?« Gombrowitsch wechselte ins Deutsch.

Ayana begann, mit ihren Händen seinen Unterleib abzutasten. Und auch wenn sich die alte Martha dezent im Hintergrund hielt, war sie dennoch anwesend und die folgende Unterhaltung keinesfalls für ihre Ohren bestimmt. Ayana wechselte ins Deutsche, würdigte Gombrowitsch allerdings keines Blickes, während sie ihn weiter abtastete.

»Ich will mit dir reden. Es ist wichtig.«

Gombrowitsch spürte Angst und Trauer in Ayanas Stimme.

»Es tut mir leid. Es tut mir sehr, sehr leid. Ich hätte dich nicht einfach so ... ich hatte Angst. Furchtbare Angst.«

Sie antwortete ihm, ohne aufzublicken. »Ich bin schwanger.«

Die Ankündigung traf Gombrowitsch mit voller Wucht. Der Schock ließ ihn erstarren. Mit allem hätte er gerechnet, nur nicht mit dieser Nachricht. Er hatte sich im festen Glauben der eigenen Zeugungsunfähigkeit gewähnt. Es dauerte eine Minute, bis er sich wieder einigermaßen gefangen hatte.

Ayana setzte ihre Untersuchung augenscheinlich ungerührt fort. Nun widmete sie sich seinem Oberkörper.

»Bist du sicher?«, brachte er indessen mühsam hervor.

»Ja, ich bin sicher. Ich bin schwanger.«

Gombrowitsch schluckte. Tief in sich drinnen klaffte ein großes schwarzes Loch. Dass Ayana ein Kind erwartete, würde alles noch unendlich viel komplizierter machen.

Jetzt hob Ayana ihren Blick, ertastete vorsichtig seine Lymphknoten am Hals und begann dann, das Weiß und die Pupillen seiner Augen zu inspizieren.

»Und ich bin wirklich der ...« Gombrowitsch zögerte.

»... Vater?«

Gombrowitsch erkannte im nächsten Moment, wie sehr er Ayana mit dieser Frage verletzt hatte – ein weiteres Mal.

Sie musterte ihn. Enttäuschung und Trauer spiegelten sich in ihren

Augen. Einen Anflug von Verachtung glaubte Gombrowitsch ebenfalls zu erkennen.

»Wir müssen uns sehen«, entgegnete er schließlich. »Heute Nacht. Auf der Mauer.«

Inzwischen war die Untersuchung abgeschlossen. Ayana nickte stumm. Sie verabschiedete Gombrowitsch. So höflich, wie sie jeden Patienten verabschiedete. Und hoffte inständig, dass die alte Krankenschwester vom Inhalt ihrer Unterhaltung nichts mitbekommen hatte.

Auf dem Rückweg ins Quartier sprach Gombrowitsch kein Wort. Er saß auf dem Beifahrersitz und starrte zum Seitenfenster hinaus. Das Bonzenviertel, in dem sie untergebracht waren, lag praktischerweise in der Nähe des Flughafens. Zuvor jedoch führte die Straße vorbei an einem riesigen Slum. Auch wenn die äthiopische Regierung versucht hatte, den Anblick des Elendsquartiers durch das Errichten einer hübsch gekalkten Mauer entlang der Straße zu kaschieren, war es den Verantwortlichen nicht gelungen, den Slum komplett vor den Blicken all jener zu verbergen, die vom Bole International Airport ins Zentrum der Stadt fuhren. Es war schwer zu übersehen, dass hier Tausende Menschen dicht gedrängt in Wellblechhütten hausten, ohne Wasser, ohne Sanitäranlagen, und sehr wahrscheinlich ohne Hoffnung, dass sich ihr Leben jemals bessern würde.

Als Gombrowitsch die Hütten vor ein paar Monaten das erste Mal gesehen hatte, war er tatsächlich erschrocken und fassungslos gewesen. Darauf hatte ihn und seine Kameraden niemand vorbereitet. Und in diesem Augenblick fühlte er sein Leben genauso ausweglos, wie das der Menschen, die dort draußen in den roh zusammen gezimmerten Behausungen leben mussten.

Er hatte ein Kind gezeugt.

Was sollte er jetzt tun?

Er würde nicht einfach nach Hause zurückfahren können. Nach Hause, wo seine Heimat, seine Frau und sein weiteres Leben auf ihn warteten. Ein Leben, das gerade in kleinste Teile zerfiel. Eine Heimat, die er unter Strafe nicht aufgeben durfte. Eine Frau, auf die er gut und gern hätte verzichten können.

Scheiße.

»Hast du eine schlimme Diagnose bekommen?« Wegener am Steuer unterbrach seine Gedanken. »Krebs oder so was?«

Gombrowitsch verstand kein Wort.

»Was ist passiert? Du sitzt hier wie ein Häufchen Elend, seit du aus dem Krankenhaus raus bist.«

»Alles Mist.« Gombrowitsch schüttelte den Kopf. »Ich kann die armen Schweine und das ganze Elend da draußen einfach nicht mehr ertragen.«

Hoffentlich klang die Antwort plausibel genug.

Wegener nickte. Verständnisvoll. Und glaubte Gombrowitsch kein Wort. Irgendwas musste bei Doktor Ayana schiefgelaufen sein. Er wollte zu gern wissen, was das war.

11:58 Uhr MEZ

»Der verschwundene Flugkapitän«, fragte Gesine Bach zögerlich. »Wo ist er? Was haben die mit ihm gemacht?«

»Ich habe keine Ahnung«, antwortete Gombrowitsch. »Vermutlich ist er tot.«

Bach am Lenkrad hatte ihn keines Blickes gewürdigt, während er seit einer halben Stunde redete und sich ziellos durch das Frankfurter Stadtgebiet kutschieren ließ.

»Und Ihre Tochter ist jetzt wie alt? Vierundzwanzig, richtig?«

Gombrowitsch bejahte.

Gesine Bachs Rückenmark hatte das Lenken des Autos übernommen. All ihre bewussten Gedanken kreisten einzig um das soeben Gehörte. Ihre Konzentration wurde unterbrochen, als es dumpf aus dem Kofferraum polterte.

»Der Mann dort hinten muss zum Arzt«, bemerkte sie.

»Der Mann dort hinten hätte uns beide umgebracht. Wann er zum Arzt muss, entscheide ich.«

Diskussion zwecklos. So viel hatte Gesine Bach inzwischen begriffen.

Sie spürte ihre Pistole in Gombrowitschs Hand unentwegt auf sich gerichtet. Sie hatte Angst. Die Gedanken an das Ungeborene in ihrem Bauch und ihren Lebensgefährten zu Hause versuchte sie auszublenden, so gut es ging. Du wirst das hier heil überstehen, befal sie sich, du darfst nur nicht in Panik verfallen. Solange der Mann neben dir den Wagen als motorisierten Beichtstuhl nutzt, so lange er seine Seele erleichtern und sich rechtfertigen kann, musst du nicht fürchten, dass er sich zu Kurzschlusshandlungen hinreißen lässt. Und es war zum Glück eine lange Geschichte, die Gombrowitsch zu erzählen hatte.

Ihr war inzwischen bewusst geworden, dass sie beide in einem Dienstwagen der Werkschutz AG unterwegs waren. Gombrowitsch schien diesen Umstand zu ignorieren oder sich der möglichen Konsequenzen nicht bewusst zu sein. Die Chancen standen auf jeden Fall gut, dass diese Fahrt bald ein Ende nahm.

War er tatsächlich ein verzweifeltes Erpressungsopfer? Oder ein verrückter Lügner? Sie wusste nicht, wofür sie sich entscheiden sollte, wusste aber zu gut, dass sie sein Spiel weiter mitspielen musste.

In der Tat fühlte Gombrowitsch sich inzwischen ein wenig befreit, fast erleichtert. Das Pochen seiner lädierten Nase hatte nachgelassen. Die Müdigkeit hatte ihren Griff um sein Gehirn ein ganzes Stück gelockert. Und er hatte einen Plan.

Der Bildschirm im Armaturenbrett zeigte 12:00. Unvermittelt schaltete er das Radio ein. Zeit für die neuesten Neuigkeiten aus aller Welt.

Die Schließung des Frankfurter Flughafens aufgrund einer Bombendrohung war die erste Meldung. Erleichtert rutschte Gombrowitsch noch ein wenig tiefer in seinen Sitz. Die Chance, dass Ayana und Wegener an Bord der Sierra Foxtrott ihr Ziel erreichten, vergrößerte sich in diesem Augenblick um ein Vielfaches.

»Geht das auf Ihr Konto?«, seufzte Bach, nachdem die Radiosprecherin zur nächsten Neuigkeit übergegangen war.

Gombrowitsch schwieg.

»Und der tote Flugkapitän in der Operationszentrale? Waren Sie das auch?«

Gombrowitsch schwieg weiter.

Bach beschloss, das Thema zu wechseln.

»Wie haben Sie Ihre Tochter und die Mutter damals nach Deutschland geholt?«

»Nach der Wende war das kein Problem.« Gombrowitsch log ohne zu zögern.

»Weiß die Mutter von der Entführung?«

»Die Mutter hat die Maschine in ihrer Gewalt. Mit Hilfe eines alten Freundes.«

Bach traute ihren Ohren nicht.

»Was ist mit den Passagieren?«

»Den Passagieren geht es gut.« Gombrowitsch schnaubte verächtlich. »Sie müssen verstehen. Der Mann, den Sie als Doktor Baumgarten von der Werkschutz AG kennengelernt haben, ist derjenige, der mich damals für die Stasi verpflichtet hat. Georg Mirow. Und dieser Mann hat mich erpresst, um das Flugzeug mit den fünfhundert Millionen an Bord zu entführen. Ich musste es ihm vor der Nase wegschnappen. Um meiner Tochter willen. Es gab keine andere Möglichkeit.«

»Wo ist das Flugzeug jetzt?«

»Das werde ich nicht sagen. Solange alle im Dunkeln tappen, habe ich ein Pfand für das Leben meiner Tochter.«

»Verstehe.« Bach schüttelte den Kopf.

Inzwischen musste doch irgendwem aufgefallen sein, dass die Kriminalkommissarin Gesine Bach in Begleitung des Verkehrsleiters Jürgen Gombrowitsch nicht im Tower des Frankfurter Flughafens angekommen war. Sie fuhren eine Weile schweigend weiter.

»Ich kann Ihnen helfen.« Bach versuchte die verständnisvolle Variante. »Wenn Sie wollen. Dafür müssten Sie aber zuerst mal diese Pistole beiseitelegen.«

Gombrowitsch musterte die Kommissarin mit einem undurchdringlichen Blick. Mittlerweile hatten sie das Frankfurter Nordend durchquert. Rechter Hand kam der Hauptfriedhof in Sicht.

»Biegen Sie dort vorn rechts rein«, befahl er und dirigierte Bach auf den Parkplatz vor dem Hauptportal des riesigen Friedhofs.

Ein Totenacker erschien ihm als der rechte Ort, den nächsten Akt seines verzweifelten Spiels zu erwarten.

Das Poltern ihres Gefangenen im Kofferraum wurde inzwischen schwächer.

»Was, wenn der Mann stirbt?«, appellierte Bach.

Gombrowitsch schwieg. Er hatte für sich beschlossen, dass ihm das in diesem Moment herzlich egal war.

13:09 Uhr Osteuropäische Zeit (MEZ + 1h)

Svetlana Kolesnikow starrte auf Wegeners Laptop-Bildschirm, hatte die geplante Flugroute mittlerweile durchgearbeitet und war nun im Bilde, wo genau die Reise hingehen sollte. Der heisere, alte Mann hatte tatsächlich recht gehabt.

Seit einer Stunde war Kolesnikows linke Hand mit einem Kabelbinder an den Pilotensitz gefesselt.

»Weißt du, wie lang die Landebahn sein wird?«

»Ich glaube neunhundert Meter«, antwortete Ayana.

»Ihr seid völlig wahnsinnig.« Kolesnikow schüttelte den Kopf. »Das sind zweihundert Meter zu wenig. Theoretisch.«

»Und praktisch?«

»Mit viel Glück überleben wir und das Flugzeug ist nach der Landung ein Haufen Schrott. Mit weniger Glück ...« Kolesnikow zuckte mit den Achseln.

Ayana schwieg. Hajo hatte die Gefahr bei der Landung die ganze Zeit heruntergespielt. Das hatte er bezüglich der Gefährdung der Passagiere durch den verminderten Luftdruck ebenso getan. Was fast in einem Desaster geendet war.

Nun stand Ayana unter noch größerer Hochspannung. Sie saß zur Rechten der Russin auf dem Platz des Copiloten. Die beiden Frauen hatten kaum ein Wort gewechselt, obwohl Ayana die Frage quälte, wie ihre Rivalin trotz der Evakuierung in der Maschine hatte zurückbleiben können, und was sie überhaupt an Bord verloren hatte. Es konnte kaum Zufall sein, dass ausgerechnet eine ausgebildete Pilotin der einzig verbliebene Passagier war. Ayana war sicher, dass sie von irgendwem an Bord geschickt worden war. Von Juri vielleicht? Trotzdem wagte sie nicht, die Fremde anzusprechen. Sie hatte Angst. Die Frau hatte Hajo beinahe getötet. Sie war gefährlich. Trotzdem hatte Ayana sich ihr ausliefern müssen. In dieser Situation wollte sie sicher gehen, nichts preiszugeben, das ihre Gegnerin später gegen sie verwenden konnte. Oder sich gar von der Frau in irgendeiner Weise einlullen und überrumpeln lassen. So hüllte Ayana sich in eisernes Schweigen.

Svetlana Kolesnikow hatte die Sierra Foxtrott immer weiter nach Südosten manövriert, Griechenland durchquert und war strikt dem von Wegener programmierten Kurs gefolgt.

Inzwischen befand sich die Maschine über der Ägäis. Sie hatten ohne Probleme den Kontakt zur griechischen Luftverkehrskontrolle gehalten. Da draußen schöpfte immer noch niemand Verdacht. In wenigen Minuten würden sie die Insel Karpathos erreichen.

»Wie geht es deinem Mann?«

»Du hast nicht geschafft, ihn umzubringen«, erwiderte Ayana.

Kolesnikow überlegte.

»Frag ihn, wie ich den Griechen die Kursänderung erklären soll.«

»Er ist nicht ansprechbar.«

»Frag ihn oder deren Luftwaffe macht unserer Reise ein Ende.«

Ayana schnaubte verächtlich, tat aber wie geheißen. Wegener lag direkt hinter dem Cockpit in der Galley, in Decken gehüllt und mit den bordeigenen Schmerzmitteln vollgepumpt. Es war mehr als Glück, dass er bis hierhin überlebt hatte. Erreichte er lebend das Ziel ihrer Reise, käme es einem Wunder gleich.

Ayana streichelte ihrem Mann sanft das Gesicht. Der öffnete seine Augen. Ihn jetzt mit Fragen zum weiteren Verlauf des Fluges zu quälen, bereitete ihr selbst fast schon physischen Schmerz. Doch das Wohl und Wehe ihrer beider Leben hing davon ab. Es gab keine andere Wahl, der Schlüssel zu ihrer Flucht lag in Wegeners Kopf verborgen. Ayana wiederholte die Frage der russischen Pilotin. Zunächst schien es, als könnte sie ihren Mann nicht erreichen. Er schloss seine Augen. Nach einer Weile flüsterte er: »Wetterradar. Gewitter.«

Die beiden Worte auszusprechen schien Wegener eine so große Anstrengung abzuverlangen, dass ihm wieder die Augen zufielen und er in Schlaf versank. Ayana prüfte seinen Puls und seine Atmung. Leidlich beruhigt kehrte sie ins Cockpit zurück und gab Wegeners kryptische Botschaft an die Russin weiter. Die dachte kurz nach und nickte.

»Ja, natürlich«, murmelte Kolesnikow, »so kann es gehen«, und betätigte den Knopf der Interkom. »Hellas Control, hier ist German Continental 1614. Unser Radar zeigt eine Gewitterfront vor uns. Wir möchten nach Süden ausweichen.«

»German Continental 1614, Sie sind die einzige Maschine im Sektor, die ein Gewitter meldet. Sind Sie sicher?«

Kolesnikow blieb kaltschnäuzig. »Positiv. Wir möchten sofort den Kurs nach Süden ändern und das Gewitter weiträumig umfliegen.«

Nach einem Moment des Wartens meldete sich der Lotse wieder. »In Ordnung. Ihre Entscheidung. Kurs hundertachtzig Grad. Halten Sie Ihre Höhe.«

Kolesnikows Gesicht verzog sich zu einem Grinsen. Sie ließ die Sierra Foxtrott nach Süden abdrehen. In dreißig Minuten würden sie das ägyptisch-libysche Grenzgebiet erreichen.

Die Küste Afrikas.

12:02 Uhr MEZ

Sie erwachte. War gefesselt. Schon wieder gefesselt.

Das Arschloch fuhr mit ihr durch die Stadt und telefonierte. Welche Stadt? Es spielte keine Rolle. Gombrowitsch. Gombrowitsch. Gombrowitsch. Immer wieder fiel der Name. Fanny hatte ihn schon mal irgendwo gehört. Wann und wo? Sie konnte sich nicht erinnern. Sie wollte nur schlafen, hoffte, dass das Arschloch sie schmerzlos töten und ihr nicht noch Schlimmeres antun würde. Sie fühlte keine Angst. Sie fühlte gar nichts. Es sollte einfach vorbeigehen. So schnell wie möglich. Fanny spürte, wie das weiche, warme Nichts an ihr zerrte. Es versprach Ruhe und Geborgenheit. Und auch wenn sie irgendwo in ihrem betäubten Hirn wusste, dass dies Versprechen eine Lüge war, ließ sie sich kraftlos hinüber in die Dunkelheit gleiten.

12:08 Uhr MEZ

Eine ganze Weile nun hatten sie schweigend nebeneinandergesessen, Gombrowitschs Waffe ununterbrochen auf Gesine Bach gerichtet. Es fand gerade keine Beisetzung statt, der Hauptfriedhof war kaum besucht. Trotzdem hatte Gombrowitsch die Kommissarin gezwungen, den Wagen in der hinterletzten Reihe des Parkplatzes abzustellen, weitab der versprengten anderen Fahrzeuge. Ihr Gefangener war nicht tot. Ab und an noch war sein Poltern aus dem Kofferraum zu hören. Es durfte nicht an fremde Ohren dringen.

»Worauf warten wir?« Bach jubelte im Inneren. Jede Sekunde, die sie mit dem Mann hier verharrte, würde sie ihrer Rettung ein Stück näherbringen.

»Nehmen Sie Ihre Handschellen«, antwortete Gombrowitsch. »Fesseln Sie sich an das Lenkrad.«

»Das ist n...«

»Sie werden mich nicht daran hindern, meine Tochter zu finden.«

Gombrowitschs Finger schlossen sich wieder fester um die Pistole in seiner Hand.

Widerwillig folgte Bach seinem Befehl. Während sie die Handschellen aus ihrem Gürtelholster fingerte, hörte sie in ihrem Rücken ein Motorengeräusch näherkommen. Sie wandte den Kopf. Ein weißer Transporter bog auf den Parkplatz des Hauptfriedhofs. Die erhoffte Rettung? Schnell ließ sie vom Anblick des Fahrzeugs ab, doch Gombrowitsch bemerkte, dass etwas ihr Interesse geweckt hatte.

»Machen Sie schneller«, befahl er.

Bach fluchte und ließ schicksalsergeben die Handschellen um ihr linkes Handgelenk und das Lenkrad des Wagens schnappen. Währenddessen entdeckte auch Gombrowitsch den weißen Transporter. Er kam langsam näher. Nur wenige Meter von ihrem Wagen entfernt blieb der kleine Laster stehen. Gombrowitschs Herz ebenso. Für einen Moment zumindest. In der Führerkabine saßen zwei Gestalten. Er kannte beide. Der einen jedoch war er in seinem Leben noch nie persönlich begegnet.

Im selben Augenblick begann sein erbeutetes Handy zu läuten. Gombrowitsch nahm das Gespräch an.

»Ich habe hier etwas, dass dich interessiert«, schepperte eine fremde Stimme aus dem Mobiltelefon.

Geistesgegenwärtig schaltete Gombrowitsch den Lautsprecher des Telefons ein.

Bach konnte die Unterhaltung mit verfolgen. Deutlich erkannte sie durch die Windschutzscheibe, dass der Fahrer des weißen Transporters mit ihnen telefonierte und gleichzeitig eine Pistole an die Schläfe seiner Beifahrerin drückte. Die junge Farbige hielt sich mit einer Hand am Haltegriff über der Beifahrertür fest. Ihr Oberkörper schaukelte sacht hin und her. Die Frau wirkte wie unter Drogen. Sie schien von der unmittelbaren Bedrohung ihres Lebens nichts mitzubekommen.

Den Mann am Steuer des Transporters würde Gombrowitsch niemals im Leben vergessen. Vorgestern erst hatte ihn der kurz geschorene Gorilla in seiner eigenen Wohnung überfallen. Eine Ewigkeit schien das bereits zurückzuliegen.

»Sie haben lange gebraucht, mich zu finden«, sprach Gombrowitsch tonlos in den Hörer. »Ist der Sender unseres Wagens defekt?«

Bach fuhr es kalt den Rücken hinab. Sie lauschte halb verblüfft, halb entsetzt. Auf die GPS-Verfolgung des Autos hatte sie die ganze Zeit gehofft. Doch die Dinge entwickelten sich hier in eine völlig falsche Richtung. Und die farbige Gefangene in dem Transporter dort drüben deutete schwer darauf hin, dass Gombrowitsch tatsächlich die Wahrheit gesagt hatte.

Dessen Adrenalinpegel erreichte einen neuen Höchststand. Es wurde Zeit für eine letzte Attacke: »Geben Sie mir meine Tochter, dann sage ich Ihnen, wo Sie die Maschine finden.«

»Ist das die Polizistin neben dir?«, wollte der Mann am anderen Ende der Leitung wissen.

»Ja.«

»Dann kommt ihr jetzt zu uns rüber und wir fahren ein Stück spazieren.«

»Unmöglich.« Gombrowitsch hob Bachs Arm in die Höhe. Er war immer noch ans Lenkrad gekettet. »Ich habe den Schlüssel weggeworfen. Und eine Zeugin werden Sie wohl nicht hier sitzen lassen wollen.«

»Ich knall erst deine Tochter ab und dann euch beide, wenn du nicht machst, was ich sage.«

»Erstens: Ich habe eine Pistole.« Gombrowitschs Stimme war eiskalt. In seinem Gehirn hatte inzwischen der Autopilot übernommen. »Zweitens: Sie werden der Polizei niemals entkommen, wenn Sie eine Beamtin erschießen.«

12:18 Uhr MEZ

Juri saß auf dem Beifahrersitz neben seinem Untergebenen Horst Wasserzier und versuchte, das nervöse Mahlen seiner Kieferknochen zu bändigen.

Die beiden Männer warteten auf die erlösende Nachricht.

Dass der gute, alte Ikarus sich in einem Fahrzeug der Werkschutz AG davongestohlen hatte, war ein Geschenk des Schicksals. Der gesamte Firmenfuhrpark war GPS-überwacht, vom Werttransporter bis zum Zivilfahrzeug.

Nachdem Ikarus sie mit seiner Flucht überrascht hatte, waren Juri und sein Gefolgsmann zunächst wie geplant weiter verfahren. Sie hatten die Taxifahrt vom Flughafen zum Firmengelände der Werkschutz AG beendet und wechselten dort in ihr eigenes Fahrzeug. Der Parkplatz war groß. Allein die Frankfurter Filiale zählte mehrere Hundert Beschäftigte. Von ihrem Wagen aus konnten sie am Laptop via Satelliten den Weg verfolgen, auf dem Ikarus in seinem gestohlenen Auto zu entkommen versuchte. Ohne Probleme dirigierten sie Bettermann in dessen Transporter auf Ikarus' Spur. Glücklicherweise hatte jener, aus welchen Gründen auch immer, am Hauptfriedhof gehalten.

Als Bettermanns Anruf endlich eintraf, löste sich die Anspannung in Juris Gesicht zu einem gefälligen Grinsen. Doch André Bettermann wartete mit schlechten Nachrichten auf. Der Mann namens Gombrowitsch ließ sich zu nichts zwingen. Bettermann hatte keine Ahnung, was er machen sollte. Die ganze Sache lief völlig aus dem Ruder.

Juri fluchte erneut. Wieso hatte er sich diesen Mist jemals angetan? Er starrte auf den Laptop-Bildschirm vor sich, seine zitternden Finger vergrößerten den Kartenausschnitt, auf dem die Position von Gombrowitschs Fahrzeug dargestellt wurde. Sie hatten keine Zeit. Bald würde man die Kommissarin vermissen und mit Sicherheit herausfinden, dass sie in einem Werkschutz-AG-Wagen saß. Dessen Fahrtweg konnte auch von anderen Mitarbeitern der Firma verfolgt werden. Und dann war alles aus.

Sekunden später entdeckte Juri, was er gesucht hatte. Ja, so konnte es funktionieren. Sie mussten sich nur beeilen. Seine heisere Stimme überschlug sich mehrfach, als er Bettermann am anderen Ende der Telefonleitung diktierte, was zu tun war. Dann ließ er seinen Kollegen Wasserzier den Wagen starten. Im selben Moment begann Juris Diensthandy zu läuten. Er entschied, dass er sich für diesen Anruf nicht mehr verantwortlich fühlen musste, schaltete das Telefon ab und entsorgte es zum Seitenfenster hinaus.

Von heute an würde man auf Juris beziehungsweise Doktor Winfried Baumgartens Dienste als freier Sicherheitskoordinator verzichten müssen.

12:21 Uhr MEZ

»Dieser Doktor Baumgarten hat mich weggedrückt«, konstatierte Kriminalrat Genske und blickte verärgert auf sein Handy in der rechten und die Visitenkarte des Sicherheitskoordinators der Werkschutz AG in der linken Hand. Gleichzeitig registrierte er das seltsame Schweigen, das im selben Augenblick um ihn herum ausbrach. Das gute Dutzend der anwesenden OZ-Mitarbeiter war verstummt.

Zwei Bedienstete der Gerichtsmedizin bugsierten einen Sarg aus dem abgeriegelten Lagezentrum durch die Bürolandschaft der Operationszentrale. Die Verkehrsleiter, die Crew-Einsatz- und Flugwegplaner, die Kollegen des Technischen Flugzeugeinsatz, die Bundespolizeibeamten, immer noch auf der Suche nach dem potentiellen Mörder des Flugkapitäns im Lagezentrum – sie alle hielten inne, und für einen Augenblick war das Chaos in der Flotte vergessen. Die Telefone hatten in der letzten Stunde nicht stillgestanden. Auch wenn alle nötigen Umplanungen softwaregestützt vorgenommen wurden, die sonst so ruhige Arbeitsatmosphäre in der Operationszentrale war seit der Schließung des Flughafens einem lauten Stimmentohuwabohu gewichen.

Es hob von Neuem an, als die Sargträger die Räumlichkeiten verlassen hatten.

Genske stand am Platz des Schichtleiters, wo Volker Fähnrich, der Chef der Operationszentrale, im Wirrwarr rund um die Flughafensperrung die Stellung hielt.

»Warum geht der Mann nicht ans Telefon?«, schnaubte Fähnrich. »Immerhin ist das Flugzeug weg, in dem sich seine fünfhundert Millionen befinden.«

In diesem Moment trat ein weiterer Bundespolizeibeamter zu Genske und Fähnrich. »Die Kollegen haben die Kameras im Parkhaus der Basis überprüft.«

Er präsentierte Genske auf seinem Smartphone einen Filmausschnitt, abgefilmt von einem Überwachungsmonitor. Entsetzt verfolgte der Kriminalrat auf dem Handybildschirm, wie Gombrowitsch den übergewichtigen Mitarbeiter der Werkschutz AG und die Kommissarin überrumpelte.

Ohne Zögern wählte Genske die Telefonnummer der LKA-Zentrale und ließ den flüchtigen Wagen zur Fahndung ausschreiben. Er hoffte inständig, dass der Kollegin nichts Schlimmes zugestoßen war.

»Sie sind völlig wahnsinnig«, stieß Gesine Bach hervor. »Der Typ wird die Frau erschießen. Und uns dazu.«

Angekettet an das Lenkrad fühlte sie sich völlig wehrlos. Sie wollte nicht sterben. Nicht hier, nicht in einer Schießerei, nicht jetzt und niemals.

Gombrowitsch beobachtete schwer atmend seinen Widersacher. Der Mann im Transporter telefonierte. Und Gombrowitsch hätte jede Wette gehalten, dass Juri am anderen Ende der Leitung war.

Plötzlich klingelte sein Telefon.

»Wir kommen zu euch rüber«, befahl die Stimme des Mannes. »Mach keinen Scheiß, denk an deine Tochter.«

Dann wurde die Verbindung unterbrochen.

Erleichtert stieß Gombrowitsch die Luft aus.

Bach beobachtete starr die Vorgänge in der Fahrerkabine des Transporters. Der Gangster löste die Hand der jungen Frau vom Haltegriff über der Beifahrertür. Erst jetzt konnte man erkennen, dass er sie dort mit einem Kabelbinder gefesselt hatte.

»Und was nun?«

»Ich versuche, Zeit zu schinden.« Gombrowitsch rang nach Atem. »Und hoffe, dass Sie mir jetzt endlich glauben.«

Er warf den Teleskopschlagstock in Bachs Schoß. Überrumpelt betrachtete sie die abgewetzte, in sich zusammengeschobene Waffe.

Langsam öffnete Gombrowitsch die Beifahrertür. Sein Herz klopfte weit über seinen Hals hinaus. Er entstieg dem Wagen und richtete im Schutze der Autotür Bachs Dienstwaffe auf den Geiselnehmer. So wie er es vor vielen Jahren in der Armee gelernt hatte. Er zitterte vor Aufregung. Doch sein Gegner sollte nicht glauben, dass Gombrowitsch kampflos das Feld räumen würde. Der Geiselnehmer kletterte langsam hinter Fanny aus dem Fahrerhaus des Transporters – seine Pistole in ihren Rücken gepresst.

Jedes einzelne Haar an Gombrowitschs Körper richtete sich auf, als er Fanny das erste Mal von Angesicht zu Angesicht gegenüberstand. Noch niemals war er seiner Tochter so nah gewesen.

Sie wirkte wie eine lebende Leiche, war halb weggetreten, während der Entführer sie von hinten umklammert hielt, sie als Schutzschild benutzte. Vorsichtig, Schritt für Schritt, kam das Gespann näher. Nach kaum einer halben Minute hatten sie den Wagen mit Gombrowitsch und Bach erreicht. Schnell riss der Gorilla die Tür des Fonds auf.

»Schalt dein Handy ab und schmeiß es zum Fenster raus«, befahl der Mann, während er Fanny mithilfe seines Pistolenlaufs grob auf den Rücksitz der Limousine stieß und sich dann neben sie zwängte. Dabei ließ er Gombrowitsch vor sich auf dem Beifahrersitz keinen Moment aus den Augen.

Gombrowitsch kam der Aufforderung hastig nach, hielt jedoch unablässig seine Waffe auf den bulligen Gangster gerichtet, der wiederum seine Pistole gegen Fannys Schläfe drückte. Es war Gombrowitsch unmöglich, den Blick von seiner Tochter zu wenden. Er kannte jedes der Fotos auf ihrer Facebook-Seite. Doch nun saß ihm die echte Fanny Wegener gegenüber. Von Sitzen konnte allerdings keine Rede sein. Die Augen geschlossen lehnte ihr Kopf schwer gegen die Scheibe ihres Seitenfensters. Die Schweine mussten sie mit irgendeinem Mittel sediert haben. Sie sprach kein Wort. Nur ein leises Stöhnen war ab und an zu vernehmen. Sie wirkte elend. Unter ihren Augen zeichneten sich dunkle Ringe ab. Und in ihren dünnen, verdreckten Sportklamotten schien sie zu frieren wie ein Schneider.

»Dein Telefon fliegt auch raus, Bullette«, befahl der Gorilla.

»Das hat Ihr Kollege hier bereits erledigt«, entgegnete Bach. Sie hatte Angst. Wann würde die Situation mit zwei entsicherten und auf einander gerichteten Waffen eskalieren?

Der Gorilla überlegt kurz. Schließlich gab er sich mit ihrer Antwort zufrieden.

»Dann fahr los.«

Ohne sich ihre Erleichterung anmerken zu lassen, startete Bach den Motor und gab Gas.

12:32 Uhr MEZ

Nach wenigen Minuten kam der Rückruf aus der LKA-Zentrale. Der gesuchte Wagen war auf die Werkschutz AG in Frankfurt registriert. Eine Großfahndung wurde bereits ausgelöst. Darüber hinaus war die Handyortung der Kommissarin sofort angelaufen – bislang erfolglos. Ihr Telefon war ausgeschaltet.

Genske fluchte. Ausgerechnet er selbst hatte die junge Kollegin in diese Wahnsinnsgeschichte gedrängt. Er brauchte eine Spur. Irgendeine Fährte. Was war mit den beiden geschehen? Noch einmal rief er sich das surreale Bild ins Gedächtnis: Gombrowitsch überwältigt den korpulenten Sicherheitsmann, entwaffnet Bach, zwingt sie ans Steuer des Werkschutz-AG-Fahrzeugs und fährt auf und davon, mit dem zweiten Opfer im Kofferraum.

Werkschutz AG?

Das Unternehmen gehörte zu den Schwergewichten in der Sicherheitsbranche, mit Zweigstellen in ganz Europa, das wusste Genske. Aus dem Nichts durchzuckte ihn ein Geistesblitz. Sofort kontaktierte er die Frankfurter Niederlassung der Werkschutz AG und machte sich auf die Suche nach dem richtigen Ansprechpartner. Das erwies sich als wesentlich schwieriger als gedacht. Genske wurde weiter verbunden, erklärte sein Anliegen erneut, wurde wieder weiter verbunden, erklärte wiederum die drängende Problematik seines Anrufs, und nach der darauffolgenden Vermittlung zum nächsten Nichtverantwortlichen platzte ihm der Kragen.

»Eine Polizeibeamtin ist in den Händen eines Geiselnehmers – in einem Ihrer Autos!« Er entlud seine geballte Wut durch das Mikrofon seines Handys, über den Äther, in das Ohr eines unschuldigen EDV-

Projektmanagers am anderen Ende der Leitung. »Warum dauert es so lange, jemanden zu finden, der mir sagen kann, ob Sie Ihren eigenen beschissenen Fuhrpark orten können?«, brüllte Genske so laut, dass für einen Augenblick die gesammelten Blicke der Operationszentrale auf ihn gerichtet waren.

Hundertzwanzig Sekunden später war er mit der zuständigen Abteilung der Werkschutz AG verbunden. Im selben Augenblick trat, zwei Schritte entfernt, einer der Mittelstreckenverkehrsleiter zu OZ-Chef Fähnrich.

»Ich habe gerade jemanden vom Flughafen Maribor am Apparat. Die fragen, wann die Ersatzmaschine für die Tango Lima nach Kairo eintrifft. Die ist vor zwei Stunden bei denen notgelandet.«

»Notlandung?« Fähnrich war empört. »Warum weiß ich davon nichts?«

»Weil uns niemand informiert hat. Und weil die Tango Lima nie in Richtung Kairo gestartet ist. Die steht gerade bei uns in der Technik zum Routinecheck. Schon seit gestern Nacht.«

Fähnrich versuchte, das Gehörte einer sinnvollen Reihenfolge zuzuordnen. Für einen kurzen Moment zerfloss die Umgebung vor seinen Augen in bunt leuchtenden Schlieren. Schnell hatte er sich wieder gefangen. Er wandte sich an den aufgebrachten LKA-Kriminalrat, obwohl der immer noch lautstark mit der Sicherheitsfirma telefonierte. Die Information war zu wichtig.

»Ich glaube, wir haben eine Spur zu unserer verschwundenen Sierra Foxtrott«, unterbrach er Kriminalrat Genskes wüste Schimpftirade.

12:37 Uhr MEZ

Der bewaffnete Kleiderschrank auf dem Rücksitz dirigierte Gesine Bach am Steuer zurück durch das Frankfurter Nordend, den Oeder Weg entlang in Richtung Innenstadt. Niemand sprach ein Wort.

Bach beschwor alle Götter, die sie kannte, das Schicksal, Karma und jeden, der sonst noch für den glimpflichen Verlauf der Vorsehung oder des Zufalls verantwortlich war. Irgendjemand, der auf ihrer Seite stand, musste diesen verdammten Wagen per GPS orten. Und die notwendigen Rettungsmaßnahmen einleiten. Je weiter sie fuhren, je näher sie der City kamen, desto größer wurde ihre Angst, dass sich die Fahrt in einen Höllenritt verwandelte und ihre Kollegen das Fahrzeug stundenlang belagerten.

Gombrowitsch neben ihr hielt ihre Dienstpistole immer noch auf den Mann hinter ihr gerichtet. Der wiederum bedrohte mit Waffengewalt die besinnungslose Frau auf dem Rücksitz neben sich. Es gab keinen Ausweg. Für keinen der beiden. Die Polizei hatte aus dem Drama von Gladbeck im Jahre 1988 gelernt. Eine Irrfahrt zweier bewaffneter Geiselgangster durch deutsche Lande würde es kein weiteres Mal geben. Aber wie standen ihre eigenen Chancen, eine Erstürmung des Wagens zu überleben?

»Halt dich schräg rechts, Bullette«, kommandierte der Gangster hinter Bach.

Er lotste sie mitten hinein in die vielbevölkerte Innenstadt. Bach steuerte den Wagen wie befohlen. Ihr schauderte. Wenn sie hier von den Kollegen gefunden wurden, lief das bevorstehende Frankfurter Geiseldrama vor größtmöglichem Publikum und unter ungünstigsten Umständen ab. Die Frankfurter City wimmelte von Weihnachtsmarktbesuchern. Die Zahl der unbeteiligten Passanten war noch größer als an einem normalen Werktag.

»Wo sind die?«, brüllte Genske in sein Handy. »Reden Sie lauter, ich verstehe Sie nicht!«

Wieder wandten alle Anwesenden in der Operationszentrale ihre Blicke in Richtung des Kriminalrats, der nunmehr gezwungen war, ein Telefongespräch mit zwei verschiedenen Apparaten zu führen. Via Handy hielt er mit der Werkschutz AG Kontakt, per Festnetz war er mit der Einsatzzentrale in Wiesbaden verbunden.

»Die Werkschutz AG hat den Wagen geortet!«, rief Genske nun

lautstark in den Hörer des Festnetztelefons. »Börsenstraße. Mitten in der City. Auf dem Weg nach Süden.«

In diesem Augenblick schwärmten alle verfügbaren Polizeifahrzeuge Frankfurts in Richtung Stadtzentrum. Bislang hatte keine Streife Sichtkontakt.

Rundherum herrschte gespenstische Stille. Die Mitarbeiter der Operationszentrale waren gerade wesentlich mehr am Verbleib des Werkschutz-AG-Fahrzeugs in der Frankfurter Innenstadt interessiert als dem ihrer eigenen Flugzeuge, verteilt in der Luft über dem gesamten Globus.

Nur OZ-Chef Volker Fähnrich hatte am Arbeitsplatz des Schichtleiters, wenige Meter von Genske entfernt, kein Ohr für die Vorgänge um ihn herum. Er beendete in diesem Moment ein knapp zehn Minuten langes Telefonat mit Milivoje Šuler, seines Zeichens Direktor des Flughafens Edvard Rusjan in Maribor. Der Mann bestätigte noch einmal die Notlandung eines Airbus A320 der German Continental vor circa drei Stunden. Wann denn nun mit der versprochenen Ersatzmaschine zu rechnen sei?

Fähnrich reagierte geistesgegenwärtig, entschuldigte die Verzögerung beim Rücktransport mit der Sperrung des Frankfurter Flughafens, versprach, alles Mögliche zu tun, um die Passagiere so schnell es ging nach Frankfurt zu holen und ließ sich noch einmal die Flugnummer des notgelandeten Flugzeugs geben: GCA 1614 nach Kairo. Einen solchen Flug hatte es bei German Continental noch nie gegeben.

Kaum hatte er den Hörer auf die Gabel gelegt, wählte er die Nummer der Eurocontrol in Brüssel.

Zwei Minuten später erklärte er dem zuständigen Abteilungsleiter bei der Europäischen Flugsicherung die Lage und seinen Verdacht bezüglich des ominösen Phantomfluges.

Wiederum zwei Minuten später empfing Fähnrich eine E-Mail aus Brüssel: den Flugplan der GCA 1614. Das Ziel der Maschine war Kairo. Der Plan war vor knapp drei Stunden das letzte Mal überarbeitet worden. Jemand hatte die Fortsetzung des Fluges nach der Notlandung in Maribor eingearbeitet. Fähnrich schüttelte ungläubig den Kopf, während er das Dokument am Bildschirm studierte.

»Was heißt ›weg‹?«, brüllte Kriminalrat Genske im selben Augenblick in sein Mobiltelefon.

Er stand vor einem Computermonitor, auf dem einer der German-Continental-Verkehrsleiter einen Internetstadtplan von Frankfurt geöffnet hatte.

»Ab Junghofstraße kein Signal mehr?«, erregte Genske sich lautstark. »Wie kann denn so was sein?«

Er überflog den vergrößerten Kartenausschnitt am Bildschirm.

»Scheiße. Natürlich ...«

In der Junghofstraße gab es eine überaus simple Möglichkeit, ein GPS-überwachtes Auto von der Bildfläche verschwinden zu lassen.

März 1988

Ich kann Ayana nicht mitnehmen. Und ich kann auch nicht hier bleiben. Diese beiden unumstößlichen Tatsachen hämmerten für den Rest
des Tages von innen gegen Gombrowitschs Schädeldecke. Er war in
einer unmöglichen Situation.

Wie hatte er sich nur so dumm aufführen können?

Warum nur musste er unbedingt mit einer äthiopischen Frau ins
Bett steigen?

Auf unflätigste Weise ging Gombrowitsch mit sich ins Gericht. Es
half jedoch nichts. Die Situation blieb dieselbe. Er, der geglaubt hatte,
keine Kinder zeugen zu können, sorgte nun in Äthiopien für Nach-
wuchs. Was für eine Riesenscheiße.

Die Stunden bis elf, der üblichen Zeit ihrer Treffen auf der Mauer,
krochen im Schneckentempo dahin. Gombrowitsch gab vor, früh ins
Bett zu gehen. Es hatte ihn schon gehörig Nerven gekostet, die übliche
Tagesroutine ohne psychische oder physische Ausfälle zu überstehen.
Nach dem Abendessen mit seinen Kameraden zog er sich ins Bett
zurück. Natürlich fand er keine Ruhe. Es gab keinen Ausweg. Er musste
Ayana die Konsequenzen irgendwie beibringen.

Im Laufe des Abends kroch auch Wegener in sein Bett.

Um kurz nach halb elf lauschte Gombrowitsch beruhigt dessen
monotonem Schnarchen. Wenigstens drohte von dieser Seite keine
Gefahr und Gombrowitsch musste sich keine übermäßige Mühe geben,
beim Verlassen des Zimmers nicht entdeckt zu werden. So schlüpfte er
aus dem Bett, in seine Schuhe und dann lautlos zur Tür hinaus.

Seit Wochen war er nicht mehr den Weg durch den dunklen Garten
geschlichen. Beim Gedanken an die zurückliegenden Treffen mit Ayana

zog sich sein Magen vor Trauer zusammen. Die alte Holzleiter lag noch auf dem Boden neben der Grundstücksmauer, so wie er sie nach dem letzten Mal dort abgelegt hatte.

Zwei Minuten später schwang er sich rittlings auf die Mauerkante. Lauschte. Wartete. Kurz vor elf hörte er Schritte im Dunkel des fremden Grundstückes unter ihm.

»Ayana?«

»Hier.«

Er ließ die Leiter auf ihre Seite hinab. Die Sprossen zitterten, als Ayana begann, daran hochzuklettern. Sekunden später saß sie neben Gombrowitsch auf der Mauer.

Eine Zeit lang sprachen sie beide kein Wort.

Ayana saß von Gombrowitsch weit genug abgerückt, um ihn nur ja in keiner Weise zu berühren. Und starrte einen Punkt im weit entfernten Nichts an.

»Ich will ehrlich sein ...«, hob Gombrowitsch an.

»Ich werde das Kind bekommen«, stieß Ayana hervor. »Es gibt keine andere Möglichkeit.«

»Das ist nicht dein Ernst?« Gombrowitsch musterte sie entgeistert. »Das ist völlig verrückt!«

»Ich werde es gebären.« Ayana blickte ins dunkle Irgendwo. »Ich werde es großziehen und ich werde es lieben.«

»Ayana, ich kann nicht hierbleiben. Ich kann dich aber auch nicht mitnehmen. Ich habe zu Hause eine Frau!«

Erst jetzt erwiderte Ayana seinen Blick. Sein Privatleben in Deutschland hatte er in ihren Gesprächen gemieden. Sie hatte geahnt, was der Grund dafür war.

»Ich bin verlobt und soll in zwei Monaten heiraten.«

Diesen Umstand hatte sie genauso wenig erwähnt.

Entgeistert starrte Gombrowitsch sie an.

»Gerade dann ... musst du dieses Kind ...«

Er konnte den Satz nicht aussprechen.

»Ich rette Leben, hast du das vergessen?« Ayana begann zu weinen.

»Ich töte es nicht. Mein Eid als Ärztin verbietet es mir. Mein Glaube verbietet es mir.«

»Das ist Wahnsinn.« Gombrowitsch schüttelte den Kopf.

Eine lange Pause entstand. Er wusste nichts zu sagen. Sie schluchzte traurig in die Dunkelheit.

Schließlich hob Ayana den Kopf.

»Es gibt noch einen Weg«, schniefte sie.

Gombrowitsch blickte sie erwartungsvoll an.

»Wir könnten in die westdeutsche Botschaft gehen«, erklärte sie.

In den Westen.

Der Gedanke ratterte in Gombrowitschs Kopf. Doch es war sinnlos, ihn zu Ende zu denken. Sie wären schneller wieder hier, als Sie ›Coca Cola‹ sagen können, hatte Juri Mirow gedroht. Gombrowitsch schüttelte den Kopf.

»Das ist unmöglich. Meine Familie. Meine Freunde. Alle würden Probleme bekommen. Absolut unmöglich.«

Wieder verfielen die beiden in betretenes Schweigen. Nach ein paar Minuten hatte Ayana genug. Sie begann, die Leiter herab zu klettern.

Gombrowitschs Blick folgte ihr, traurig und hilflos.

»Es tut mir leid«, flüsterte er.

Ayana erwiderte nichts. Ihr tränennasses Gesicht, das geliebte, verschwand hinab in die Dunkelheit.

Gombrowitsch ließ seinem Leiden freien Lauf. Er begann zu weinen. Das gesamte verdammte Elend seines fremdbestimmten Lebens lastete auf seinen Schultern.

Es erdrückte ihn.

Unten, am dunklen Fuße der Mauer, hatte Hans-Joachim Wegener angestrengt dem Gespräch der beiden gelauscht. Sein sonores Schnarchen, bevor Gombrowitsch sich hinausgeschlichen hatte, war nur vorgetäuscht. Er hatte geahnt, dass sein Kamerad noch etwas in Richtung Doktor Ayana unternehmen würde und war auf voller Linie bestätigt worden.

So leise wie er sich angepirscht hatte, zog Wegener sich wieder zurück. Sein Herz hüpfte vor Freude und Aufregung. Er hatte genug gehört. Und einen verwegenen Plan.

12:41 Uhr MEZ

Gesine Bach am Steuer verließ aller Mut, als der Wagen die Betonrampe hinab und der automatischen Schranke entgegen rollte. Der Gangster auf dem Rücksitz hatte ihr befohlen, in die Einfahrt der Tiefgarage am Goetheplatz abzubiegen. Dort unten würde der GPS-Sender des Fahrzeugs vergeblich funken. Wenn jetzt noch niemand das Auto per Satellit aufgespürt hatte, würden alle weiteren Bemühungen zum Scheitern verurteilt sein.

Der Geiselnehmer zwang sie, den Wagen hinab bis in die unterste Parkebene zu steuern. Drei Stockwerke tief. Auf seinen Befehl hin setzte Bach die Limousine in eine der wenigen freien Parklücken. Das Parkhaus war stark frequentiert. Allenthalben eilten Passanten die markierten Fußwege entlang, hatten ihre Fahrzeuge gerade abgestellt oder waren auf dem Rückweg zu ihren Autos.

Nur wenige Sekunden später hielt ein dunkles SUV im Rücken ihrer Limousine. Zwei Männer stiegen aus. Bach erkannte die beiden sogleich: Doktor Baumgarten, der Sicherheitsberater der Werkschutz AG, und der zweite Mann, der mit ihm in der Operationszentrale aufgetaucht war. Baumgarten und sein Begleiter positionierten sich rechts und links neben Fahrer- und Beifahrertür. Bach, im Inneren des Wagens, musste entsetzt mit ansehen, wie Baumgartens Handlanger eine Pistole aus seiner Manteltasche zückte. Er richtete sie durch das Fenster der Beifahrertür. Gombrowitsch atmete schwer, machte aber keine Anstalten, sich zu ergeben. Die Waffe in seiner Hand war weiterhin verbissen auf den bulligen Mann hinter ihm gerichtet. Der bedrohte auf dem Rücksitz mit seiner eigenen Pistole nach wie vor das Leben der jungen Farbigen.

Doktor Baumgarten alias Juri klopfte fordernd an Gesine Bachs

Seitenscheibe. Sie betätigte nach kurzem Zögern den elektrischen Fensterheber.

»Ikarus«, grüßte Juri heiser. »Ich zähle jetzt bis zwanzig. Und wenn Sie ein fürchterliches Blutbad vermeiden wollen, ist bis dahin die Kommissarin von diesem Lenkrad abgekettet.«

Gombrowitsch war außerstande etwas zu erwidern. In seinem Kopf randalierte einzig der Gedanke, dass er seinen eigenen Plan nicht bis zum Ende durchdacht hatte. Wieder mal.

Juri begann zu zählen. »Eins, zwei ...«

»Neun Fahrzeuge haben die Junghofstraße erreicht«, ertönte die Stimme der Einsatzleiterin der LKA-Zentrale in Genskes Hörer. »Kein Sichtkontakt bislang.«

»Die sind in die Tiefgarage rein«, antwortete Genske nervös.

Er stand immer noch an einem der Schreibtische in der German-Continental-Operationszentrale und spürte sein Herz rasen. Die Mitarbeiter der Fluggesellschaft verfolgten gebannt das Telefonat.

»Welche?«, fragte die Einsatzleiterin am Telefon. »In der Junghofstraße liegen zwei Garagen dicht bei einander. Junghofstraße oder Goetheplatz?«

»Woher soll ich das wissen, verdammt?«

In der Tiefgarage am Goetheplatz unterbrach Juri seinen Countdown.

Eine Mutter schob ihren Kinderwagen die Wagenreihen entlang. Juri und Wasserzier grüßten die junge Frau höflich, als sie an dem umstellten SUV vorbeikam. Nichtsahnend lächelte sie zurück und ging ihrer Wege. Das Geräusch der Kinderwagenräder auf dem Beton des Bodens verhallte.

»Die Polizei wird sofort zur Stelle sein, sollte eine der Pistolen hier unten losgehen«, wandte Juri sich an Gombrowitsch. »Und wenn wir uns den Weg freischießen müssen, werden sehr viele unbeteiligte Passanten in Mitleidenschaft gezogen. Das verspreche ich Ihnen. Neun ... zehn ... elf ...«

»Ich hab den Schlüssel. Hören Sie auf.« Bach ließ langsam ihre freie Hand unter ihre Jacke gleiten, zu dem Gürtelholster, in dem sie die Handschellen bei sich getragen hatte, nestelte den Schlüssel hervor und kettete sich von dem Lenkrad ab – den Tränen nahe und in der verzweifelten Hoffnung, dass der Mann mit der heiseren Stimme zu seinem Wort stehen und keine wilde Schießerei in der belebten Tiefgarage anzetteln würde.

Juri warf seinem Gorilla auf dem Rücksitz einen finsteren Blick zu.

»Und wo genau war das Problem, Herr Bettermann?« Er schüttelte den Kopf.

Im nächsten Moment ertönte ein deutlich hörbarer Hilferuf aus dem Kofferraum. Juri, Wasserzier und Bettermann warfen einander irritierte Blicke zu. Ohne weiteres Zögern öffnete Juri die Kofferraumklappe des Wagens. Jens-Uwe Kochs eingepferchter Körper kam zu Vorschein.

»Helft mir«, wimmerte er leise. »Helft mir, bitte!«

Mit seinem blutrot gefärbten linken Augapfel, der unter dem halb geöffneten Lid zu sehen war, bot Koch einen furchtbaren Anblick. Der Mann konnte sich kaum mehr rühren. Die Enge seines Gefängnisses, der Schock und die Schmerzen hatten ihn nahezu paralysiert.

Juri starrte den verletzten Kameraden an.

»Scheiße.«

Er warf den Kofferraumdeckel zu und wandte sich wieder zu Gombrowitsch und Bach, um das andere, dringendere Problem zu lösen. Er öffnete Gesine Bachs Fahrertür.

»Ungeachtet dessen, was Sie beide meinem Kameraden dort hinten angetan haben«, erklärte Juri, »schlage ich vor, wir stecken jetzt alle unsere Waffen ein.«

Er bedeutete André Bettermann, den Anfang zu machen.

Der Kleiderschrank hielt weiterhin auf dem Rücksitz die junge Farbige in seiner Gewalt. Langsam ließ er, wie befohlen, seine Pistole von der Schläfe Fannys sinken. Der Kollege Wasserzier, am Fenster auf der Beifahrerseite, tat es ihm gleich.

Und auch Gombrowitsch leistete Juris Aufforderung schließlich

Folge. Es gab keinen anderen Ausweg, wollte er nicht die Schuld an einem sinnlosen Gemetzel auf sich laden.

»Und jetzt umsteigen«, befahl Juri. »Schnell!«

Die Türen wurden aufgerissen. Juri und seine Komplizen dirigierten Gombrowitsch, Bach und die besinnungslose Fanny in das wartende SUV. Kollege Wasserzier schwang sich hinters Lenkrad. Juri nahm den bulligen Bettermann beiseite.

»Wir können Koch nicht mitnehmen«, raunte er. »In seinem Zustand ist er eine Bedrohung für die gesamte Operation.«

Bettermann nickte und eilte zurück zur Limousine der Werkschutz AG. Er öffnete den Kofferraum. Leise winselte Jens-Uwe Koch um die Hilfe seines Komplizen.

Kaum fünf Minuten später geriet das SUV vor der Ausfahrtschranke des Parkhauses in einen Stau. Vier weitere Fahrzeuge vor ihnen waren zum Halten gezwungen. Mehrere Polizeibeamte unterzogen die Autos einer Sichtprüfung, ihre Waffen im Anschlag. Nach und nach wurden die einzelnen Wagen durchgelassen. Die Reihe war nun an ihnen: auf dem Rücksitz Fanny, besinnungslos, eingekeilt zwischen Gombrowitsch und Juri, am Steuer dessen Gefolgsmann Wasserzier, daneben Gesine Bach auf dem Beifahrersitz. Eine falsche Bewegung würde genügen und das Ganze endete in einer Schießerei.

»Legen Sie ihren Arm um das Mädchen, damit die nicht misstrauisch werden«, befahl Juri.

Gombrowitsch gehorchte. Er legte den Arm um Fanny. Ihr Kopf ruhte wunderbar schwer auf seiner Schulter. Für einen kurzen Moment spürte er nichts als Verbundenheit und Wärme. Nur im Traum hatte er gehofft, seiner Tochter jemals so nahezukommen.

Aber ... wie reagierte man in solch einer Situation? Was war angemessen, wenn sich zum ersten Mal im Leben das eigene Kind anschmiegte, während man gemeinsam dem Tod entgegenfuhr?

»Alles wird gut«, flüsterte Gombrowitsch in Fannys Ohr. »Du bist bald in Sicherheit, versprochen.«

Sinnloser, vergeblicher Trost, schoss es ihm durch den Kopf. Seine Tochter war nicht bei Bewusstsein und seine Worte nichts als gelogen.

»Keinen Mucks jetzt!«, zischte Juri.

Vier Polizisten kamen mit gezückten Waffen näher. Sie späten durch die Front- und Seitenscheiben des Autos. Sie erkannten nicht, dass drei der fünf Insassen schussbereite Pistolen in ihren Jackentaschen verbargen und dazu ein weiterer bewaffneter Schwerverbrecher, versteckt unter einigen Reisetaschen, im Heck des SUV transportiert wurde. Und weder das Autofabrikat noch die Zahl der Passagiere stimmte mit der Beschreibung in der Fahndungsmeldung überein.

»Fahren Sie, schnell!«, brüllte einer der Polizeibeamten im nächsten Augenblick.

Und so bog der Wagen Sekunden später auf die Junghofstraße und wurde vom Aufgebot eines Dutzends weiterer Polizeiautos mit rotierenden Blaulichtern empfangen, zahlreiche Beamte in Uniform und kugelsicheren Westen schwärmten überall auf der Straße aus. Als eines der letzten Fahrzeuge winkten sie das SUV durch die Sicherheitsabsperrung. Von Sekunde an wurde die gesamte Umgebung für den Auto- und Fußgängerverkehr abgeriegelt.

Weder Bach noch Gombrowitsch wagten, sich den Polizisten auf der Straße zu offenbaren.

Nach einer Viertelstunde ließ der Wagen die Frankfurter Innenstadt hinter sich und gelangte auf die Autobahn 648 nach Nordwesten. Schneeregen setzte ein.

Im Inneren des SUV erwachte Fanny langsam aus dem schläfrigen Dämmerzustand, in den Bettermann, der Gorilla, sie anderthalb Stunden zuvor versetzt hatte. Allmählich verebbte die Wirkung der Tropfen, die sie hatte schlucken müssen.

Sie blinzelte benommen, erkannte schemenhaft das Innere eines fremden Autos. Wie war sie hier hineingeraten? Sie entschied sich, die Augen wieder zu schließen. Ihr Kopf schmerzte schrecklich, ruhte aber sanft. An einer Schulter. An der Schulter eines Mannes. Er hatte seinen Arm um sie gelegt. Und sein Deo hatte versagt. Ekelhaft. Doch sie wagte es nicht, ihren Kopf wegzudrehen. Wer war der Typ? Ihr Entführer? Es schien ratsam, den Penner nicht wissen zu lassen, dass sie erwacht war.

In die wortlose Stille mischten sich die Fahrgeräusche des Autos und das rhythmische Knarzen der Scheibenwischerblätter.

»Bettermann«, durchschnitt eine heisere Stimme das Schweigen, »jetzt wäre der richtige Augenblick.«

Der Mann, der gesprochen hatte, saß zu Fannys Rechten. Seine zerstörte Stimme kannte sie zu gut, die würde sie niemals wieder vergessen. Der Wichser hatte sie geschlagen und gequält. In dem dunklen Keller, in dem sie gefangen gehalten worden war.

»Welch Ironie des Schicksals, dass all die väterlichen Gefühle Sie der Waffe in Ihrer Tasche berauben, mein guter Ikarus.« Das Arschloch lachte heiser.

Hinter sich nahm Fanny ein Rascheln und Ächzen wahr, das Poltern von umeinanderfliegendem Gepäck. Gleichzeitig versuchte der Mann, an dessen Schulter ihr Kopf lehnte, mit seiner linken Hand in seine rechte Jackentasche zu greifen. Doch Fannys Körper war ihm auf dieser Seite unweigerlich im Weg.

»Halt still oder du hast ein Loch im Schädel«, drohte eine neue Stimme hinter Fanny.

Ihr Herzschlag beschleunigte sich. Der Wichser, der sie aus der Bahnhofsmission gezerrt, der sie in das verdammte Kellerloch gesperrt hatte, saß ihr im Rücken.

»Es ist wahrlich rührend zu sehen, wie Sie mit Ihrem Töchterchen knuddeln«, spottete zu ihrer Rechten das Arschloch im Stimmbruch. »Wie nennen die das heutzutage? Bonding?«

Von was faselte der Irre?

Dessen Oberschenkel an ihrem eigenen zu spüren, ließ Fanny erschaudern. Doch dann wärmte sie ein jäher, wütender Gedanke – auch wenn ihr Körper in diesem Moment noch jeden Dienst versagte, die Chance, es dem Penner mit der seltsamen Stimme heimzuzahlen, würde so schnell nicht wiederkommen.

Ja, sie war erwacht. Sie lebte noch.

Es war ihr egal, was am Ende auf sie wartete. Schluss. Aus. Sie war kein Opfer. Ganz gleich, was geschah.

Sie hielt die Augen geschlossen. Alles, was sie brauchte, war Zeit. Sie musste sich schlafend stellen, die Kopfschmerzen bekämpfen, zu Kräften kommen, den Zorn schüren, der tief in ihrem Inneren glomm.

Nun begann der Mann zu sprechen, der seinen Arm um sie gelegt hatte: »Juri, lassen Sie meine Tochter gehen. Und die Polizistin. Ich werde Ihnen sagen, wo die Maschine landet. Dann können Sie mit mir machen, was Sie wollen.«

»Alles zu seiner Zeit«, vernahm Fanny die krächzende Antwort des Wichsers zu ihrer Rechten.

Um was, zum Henker, ging es hier eigentlich?

Es interessiert den Mann einen Scheiß, wo deine Maschine landet, schoss Bach durch den Kopf, während sie Gombrowitschs verzweifeltem Angebot an diesen Doktor Baumgarten lauschte, beziehungsweise Juri, oder wie auch immer der Typ tatsächlich hieß.

Sie, auf dem Beifahrersitz, spähte vorsichtig über ihre Schulter nach hinten. Der vierschrötige Geiselnehmer der jungen Farbigen saß im Kofferraum des Wagens, inmitten mehrerer Reisetaschen, und hielt Gombrowitsch eine Pistole ins Genick.

Reisetaschen? Wo wollten die drei Gangster hin?

»Augen nach vorn!«, krächzte der Mann, der vielleicht Juri hieß.

Bach tat wie befohlen.

Fieberhaft wog sie ihre Möglichkeiten ab: ins Lenkrad greifen und den Wagen von der Straße abbringen? Airbags würden von allen Seiten den Aufprall abfangen. Wahrscheinlich würde sie auf diese Weise keinen ihrer Gegner sofort ausschalten. Gombrowitsch verlöre mit Sicherheit sein Leben, unerbittlich hatte der Verbrecher hinter ihm den Finger am Abzug. Ein möglicher Querschläger konnte auch sie selbst treffen. Sie verletzen. Sie und das ungeborene Kind töten. Sie hatte keine Optionen. Wie sollte sie das hier überleben? Ihre rechte Hand wanderte in ihre Jackentasche. Der in sich zusammengeschobene

Teleskopschlagstock fühlte sich abgegriffen und ledrig an. Gombrowitsch hatte ihr die Waffe vorhin in den Schoß geworfen und sie hatte das Ding rasch eingesteckt. Zu wissen, dass der Schlagstock unentdeckt in ihrer Tasche ruhte, linderte ihre Angst vor dem Moment, da es zum Äußersten kam.

13:02 Uhr MEZ

Kriminalrat Genske warf den Hörer des Telefons resigniert zurück auf die Gabel. Alles für die Katz. Er starrte auf den Frankfurter Innenstadtplan, der vor ihm auf dem Monitor leuchtete. Die Kollegen hatten den Wagen inzwischen in der Tiefgarage am Goetheplatz gefunden. Er war leer. Bis auf die schwergewichtige Leiche eines Mannes im Kofferraum.

Ein Ausgang der Tiefgarage war mit dem U-Bahnhof Hauptwache verbunden. Gombrowitsch und die Kommissarin konnten inzwischen überall sein.

Sie mussten und sie würden Bach und den alten Verkehrsleiter finden. Die Großfahndung war ausgelöst. Gombrowitsch war der Schlüssel, um den Verbleib des verschwundenen Flugzeugs zu klären. Darin war Genske sich mittlerweile sicher.

Er erhob und schleppte sich vorbei an einigen wachsamen Bundespolizisten und einem Dutzend gestressten Verkehrsleitern zum Schichtleiter-Platz der Operationszentrale. Er ließ sich auf einen freien Bürostuhl neben OZ-Chef Fähnrich fallen.

Der beendete das letzte einer Kette von Telefonaten, die er in der vergangenen halben Stunde mit dem Flughafen Maribor, der Europäischen Flugsicherung und der griechischen Flugverkehrskontrolle geführt hatte. Stumm fixierte er einen Punkt irgendwo auf den Computermonitoren vor sich. Schließlich drehte er sich zu dem LKA-Beamten.

»Wir sollten unter vier Augen reden.«

Die beiden Männer zogen sich in den kleinen Konferenzraum zurück, in dem vor zwei Stunden noch der Krisenstab getagt hatte.

Fähnrich begann seine Zusammenfassung. »Die Sierra Foxtrott ist heute Morgen um sieben Uhr dreißig in Richtung Kairo gestartet und gegen acht Uhr fünfundzwanzig in Maribor notgelandet.«

»Nach Kairo? Notgelandet?«

»Die Europäische Flugsicherung hat mir bestätigt, dass der Flug am gestrigen Abend über deren Internetseite angemeldet wurde. Mit Jürgen Gombrowitschs Log-in-Daten.« Fähnrich schüttelte den Kopf. »Die Notlandung war nichts als eine Täuschung, um die Passagiere und die Besatzung von Bord zu bekommen. Die Sierra Foxtrott hat ihre Route nach Kairo fortgesetzt.« Er machte eine Kunstpause. »Aber dort sind sie nie angekommen.«

Genske starrte ihn verständnislos an.

»Die Piloten sind östlich von Kreta nach Süden abgebogen. Ich habe diese Information gerade eben von der griechischen Flugsicherung bekommen. Zwanzig Minuten später, nahe der libyschen Küste, ist die Maschine vom Radar der Griechen verschwunden.«

»Abgestürzt?«

»Nein.« Fähnrich versuchte, seine Verzweiflung herunter zu schlucken. »Die Maschine ist einfach weg. Hat sich in Luft aufgelöst im Grenzgebiet zwischen Libyen und Ägypten. Ganz Afrika ist ein schwarzes Loch, wenn es um Luftraumüberwachung geht. Weit und breit kein Radar. Diese Arschlöcher fliegen gerade durchs Nirgendwo, und niemand kann sie orten, wenn sie nicht in der Nähe eines großen Flughafens entlangkommen. Aber von denen gibt es da unten nur eine Handvoll.«

Kriminalrat Genske fuhr sich müde durch das Gesicht. »Es geht um nichts anderes als die halbe Milliarde Euro an Bord.«

Fähnrich nickte.

»Aber das libysche Militär?«, wandte Genske ein. »Die müssen doch ihren Luftraum kontrollieren?«

»In Libyen herrschte bis vor zwei Jahren Bürgerkrieg, das ist ein völlig kaputter Staat. Irgendeine Militärfraktion dort hatte die Maschine vielleicht auf dem Radar. Aber wer? Mit wem wollen Sie da reden?«

»Und die Ägypter?«

»Haben gerade einen Militärputsch hinter sich.« Wieder schüttelte Fähnrich den Kopf. »Siehe Libyen.«

»Die Amerikaner?«

»Über dem Mittelmeer fliegen ein paar AWACS herum und ein paar Flugzeugträger sind in der Gegend unterwegs. Mit etwas Glück könnten die uns helfen. Aber das muss über offizielle Kanäle laufen und wird Stunden, wenn nicht Tage dauern.«

Kriminalrat Genske schnaubte laut. Es war sinnlos.

Verschwundenes Scheißflugzeug.

14:31 Uhr Zentralafrikanische Zeit (MEZ + 1h)

Seit einer Dreiviertelstunde kreuzte die Sierra Foxtrott über ein Meer aus Ocker und Rostbraun. Die Sahara erstreckte sich zwölftausend Meter unter der Maschine in alle Himmelsrichtungen bis zum Horizont, die größte Wüste der Erde. Nicht eine Wolke stand am Himmel. Der Airbus flog nach Süden, mit achthundertdreißig Kilometer pro Stunde, während die Sonne gleißend am Himmel stand. Die russische Pilotin folgte der Grenze zwischen Ägypten und dem Sudan. In knapp drei Stunden würden sie ihr Ziel erreichen.

Beim Eintritt in den Luftraum zwischen Ägypten und Libyen hatte sich ein libyscher Militäroffizier gemeldet und sie aufgefordert, sich zu identifizieren. Der Mann überwachte den Flugverkehr in irgendeiner Radarstation bei Tobruk an der libyschen Küste. Die Sierra Foxtrott wurde auf seinem Militärradar als Zivilmaschine dargestellt. Mehr Informationen verriet das Transpondersignal des Flugzeugs nicht, fungierte als eine Art Tarnkappe, seit Wegener es vor dem Start in Frankfurt in den entsprechenden Modus geschaltet hatte.

»Hier ist Finnair 142«, hatte Svetlana Kolesnikow unverfroren behauptet, »auf dem Weg von Helsinki nach Johannesburg.«

Die Maschine benötigte eine Identität, die den libyschen Militärs den Südkurs plausibel erscheinen ließ. Der Offizier am anderen Ende der Funkverbindung hatte keine Möglichkeit nachzuprüfen, ob die Angabe der Wahrheit entsprach, und musste sich mit der Auskunft zufriedengeben. Es gab keinen Kampfjet, den er im Zweifelsfalle hätte losschicken können. Zwei Jahre zuvor hatte die Nato bei ihrem Einsatz gegen das Gaddafi-Regime die libysche Luftwaffe nahezu komplett zerstört. Sollten sich doch die Ägypter mit dem fremden Flugzeug herumschlagen, das sich genau auf der Grenze zwischen den beiden Staaten bewegte.

Die Ägypter jedoch hatten sich seit Eintritt in ihren Luftraum keinen Deut um die Sierra Foxtrott gekümmert. Wahrscheinlich in dem Glauben, dass sich die Libyer mit der Maschine befassen würden.

Der einzig weitere Funkverkehr bestand mit einem Dutzend anderer Verkehrsflugzeuge, die sich kontinuierlich über ihre Position, Höhe und Flugrichtung austauschten. Angesichts der Tatsache, dass unten am Boden niemand den Verkehr regelte, waren die Maschinen gezwungen, sich gegenseitig abzusprechen, um tödliche Kollisionen zu vermeiden. Siebzehn Prozent aller Flugunglücke dieser Erde ereigneten sich hier, doch nur drei Prozent des weltweiten Flugverkehrs spielten sich über dem afrikanischen Kontinent ab.

In Ayana nagten Müdigkeit und Verzweiflung. Wegener lag schwer verletzt hinten in der Kabine, zu Gombrowitsch hatte sie seit heute Morgen keinen Kontakt mehr und was am Ende des Fluges auf sie wartete, wusste Gott allein. Einzig der Gedanke, dass Fanny inzwischen in Freiheit war, erhellte ihre düsteren Gedanken. Sie rief sich noch einmal die Stimme ihrer Tochter am Telefon in Erinnerung. Fanny hatte sich gerettet. Sie würde leben. Das war die Hauptsache – egal, was mit Ayana und Wegener geschah.

Bitte, Herr, erbarme dich unser, sandte sie gen Himmel.

»Warum bist du hier?«, wollte die russische Pilotin plötzlich wissen. »Du und dein Mann.«

Ayana war völlig überrumpelt.

Und schwieg.

Keinesfalls wollte sie in ein Gespräch verwickelt werden mit der Frau, die ihren Ehemann beinahe auf dem Gewissen hatte.

»Na komm. Wir sind hier aneinander gefesselt.« Svetlana Kolesnikow rüttelte ihren an der Steuerkonsole fixierten Arm. »Wenigstens das könntest du mir verraten.«

Ayana zögerte. Obwohl sie Angst vor der Pilotin neben sich hatte, zog und zerrte die Neugier an ihr. Was hatte ihre Gegnerin in der Maschine verloren? Sie beschloss, einen Testballon zu starten.

»Der Mann mit der seltsamen Stimme hat meine Tochter entführt, um an dieses Flugzeug zu gelangen. Aber nur wenn er sie am Leben lässt, wird er die Maschine bekommen.«

Kolesnikow nickte vage. »Der Mann mit der seltsamen Stimme ...« Sie erwiderte nichts weiter.

Ayana ärgerte sich über sich selbst. Wie töricht war sie, der Frau etwas zu verraten, aber nichts im Austausch zu erhalten.

Einen letzten Versuch wollte sie unternehmen.

»Wie viel Geld hat er dir geboten?«

Kolesnikow schwieg. Ihre Miene blieb unergründlich.

»Wir sind aneinander gekettet. Hast du schon vergessen?«

Kolesnikow überlegte.

»Eine Million Euro.«

Ayana schüttelte angewidert den Kopf. Mit dem verdammten Geld im Bauch dieses Flugzeugs konnte man alle möglichen Menschen zu allen möglichen Dingen bewegen.

»Was solltest du für die Million tun?«

»Die beiden Polizisten an Bord zum Schweigen bringen«, erzählte Kolesnikow die halbe Wahrheit. »Und das Flugzeug landen. Gemeinsam mit unserem Piloten, den wir in die Maschine eingeschleust haben.«

»Wo wolltet ihr landen?«

»In Kaliningrad. Pech, dass dein Mann plötzlich am Steuer saß und in die falsche Richtung geflogen ist.«

»Wolltest du uns deshalb umbringen?« Ayana wurde wütend.

»Ich wollte meinen Auftrag ausführen.«

»Du hättest uns beide getötet. Für eine Million Euro. Ist das der offizielle Wert von zwei Leben?«, schrie es aus Ayana heraus. »Und dem unsere Tochter!«

Sie zitterte vor Wut.

Svetlana Kolesnikow schwieg eine Weile.

»Die meisten töten für weniger«, antwortete sie unvermittelt. »Und sind für sehr viel weniger gestorben.«

Ayana wurde schlecht. Sie verließ das Cockpit, wollte nach Wegener sehen. Ihr Mann schlief. Sein Atem ging inzwischen wieder langsamer. Auch der Puls hatte sich stabilisiert. Sie dankte Gott und betete, dass er am Leben blieb.

Dann begann sie, hemmungslos zu weinen.

März 1988

Ein paar Tage nach Gombrowitschs desaströsem Treffen mit Ayana hoch oben auf der nächtlichen Gartenmauer klagte Hans-Joachim Wegener über Bauchschmerzen. Er ließ sich von Mechaniker Kruse ins Tikur Anbessa chauffieren. Da Gombrowitsch von den Ärzten dort zufriedenstellend zusammengeflickt worden war, gab es keine Einwände, das wesentlich näher gelegene Krankenhaus aufzusuchen, anstatt der Krankenstation auf der russischen Militärbasis am anderen Ende der Stadt einen Besuch abzustatten. Der Rest der Besatzung musste in der deutschen Unterkunft bleiben, es herrschte wie jeden Tag Bereitschaft.

Während Kruse vor dem großen Krankenhaus wartete, fragte sich Wegener im Inneren des Gebäudes von Krankenschwester zu Krankenschwester. Nach einer Weile stand er in dem Untersuchungszimmer, in dem Doktor Ayana an diesem Tag praktizierte. Davon, dass sie heute Frühdienst tat, hatte er sich schon am Morgen überzeugt und darauf gelauert, dass die junge Ärztin von ihrem Fahrer vor dem Nachbarhaus abgeholt wurde.

Misstrauisch musterte Ayana den fremden Deutschen. Sie erkannte den Mann wieder. Er hatte sie vor Wochen in Gombrowitschs Bett ertappt.

»Was kann ich für Sie tun?«, fragte sie betont höflich.

Wegener schilderte in schüchternem Englisch, dass er an Bauchschmerzen leide.

Ayana gebot ihm, den Oberkörper frei zu machen und sich auf den Untersuchungstisch zu legen.

»Versteht die Krankenschwester Deutsch?« Wegener sprach leise, während Ayana seinen Unterleib abtastete.

Natürlich waren sie beide nicht allein im Raum. Eine junge Krankenschwester hielt sich unauffällig im Hintergrund.

»Ich denke nicht« Ayana wurde noch misstrauischer.

»Ich weiß, dass Sie schwanger sind.« Wegeners Herz schlug ihm bis zum Hals. Er fühlte sich in Gegenwart der Äthiopierin unangenehm befangen. Wie ein kleiner Junge. Noch dazu berührten ihre Hände seinen Körper. Sie wurden jedoch im selben Moment zurückgezogen, als er den Satz vollendet hatte.

Ayana war völlig perplex.

»Verlassen Sie sofort den Raum«, war das Einzige, was sie herausbrachte.

»Warten Sie! Hören Sie mich erst an. Bitte!«

»Raus!«, zischte Ayana, so ruhig und unauffällig wie möglich.

Wegener ließ sich nicht mehr stoppen.

»Ich weiß, dass Gombrowitsch Sie im Stich lassen will. Ich weiß, was Ihnen hier blüht, wenn Sie das Baby kriegen. Ich kann Ihnen helfen.« Er sprach die Worte leise, doch sie hallten wuchtig nach. »Ich nehme Sie mit in den Westen.«

Ayana traute ihren Ohren nicht. Und dem Mann vor ihr keinen Meter weit über den Weg.

»Sie sind verrückt.«

Im Hintergrund ging die junge Krankenschwester unbeeindruckt ihrer Arbeit nach. Ayana war sich einigermaßen sicher, dass die Frau kein Deutsch sprach. Andernfalls wäre die Gefahr, im Gefängnis zu landen, immens gewesen. Äthiopische Wände hatten spitze Ohren.

»Ich will weg. Ich will raus. Raus aus der ganzen Scheiße«, flüsterte Wegener. »Ich nehme Sie mit. Wenn Sie drüben bei mir bleiben wollen, gut. Und wenn nicht, auch gut.«

Ayana musterte ihn schweigend.

»Ich liebe Sie!« Wegener nahm all seinen Mut zusammen. »Ich liebe Sie, seit ich Sie das erste Mal gesehen habe. Ich werde alles für Sie tun. Auch für das Kind! Alles. Glauben Sie mir. Ich will, dass es Ihnen beiden gut geht! Wir müssen nur gemeinsam in die BRD-Botschaft.

Ich bin NVA-Offizier! Die werden mich mit Kusshand in den Westen schaffen, verstehen Sie? Und Sie kommen mit. Als meine Frau. Ich heirate Sie noch in der Botschaft.«

Ayana kannte den Mann nicht, der mit weit aufgerissenen Augen auf dem Untersuchungstisch hockte, ihr einen bizarren Heiratsantrag machte und eine unerhörte Chance bot. Er schien sie nicht verraten zu haben, nachdem er sie und Gombrowitsch erwischt hatte, in einer immens kompromittierenden Situation. Niemand hatte Ayana seither zum Verhör abgeführt. Niemand hatte sie gefoltert. War das Qualifikation genug? Konnte sie dem Fremden trauen? Ihn gar heiraten, weil er die Möglichkeit war, aus allem heraus zu kommen, ihr die Chance bot, der Tragödie zu entfliehen, die sie erwartete, wenn sie den Weg beschritt, den zu gehen sie beschlossen hatte?

Einen Wimpernschlag später fällte sie ihre Entscheidung.

16:04 Uhr Ostafrikanische Zeit (MEZ + 2h)

»Ich bin's«, rief Caleb, der Taxifahrer in sein Handy, während er seinen alten Landcruiser über die staubige Nationalstraße und durch die sengende Hitze der Tiefebene steuerte. »Weißt du, wo ich die alte Piste finde? Die die Deutschen damals benutzt haben. Wegen des Hospitals. Ich soll einen Kunden dort hinbringen. Nein, zu der Piste. Nicht in das Hospital.«

Er wandte sich an den alten Mann, der neben ihm auf dem Beifahrersitz hockte.

»Mein Vetter fragt, was Sie da wollen?«

»Meine Tochter abholen«, antwortete Solomon Geresu knapp. »Sie kommt mit dem nächsten Flieger aus Deutschland.«

Die Wahrheit war so unerhört, dass ihm sowieso niemand Glauben geschenkt hätte.

Caleb lachte trocken und gab die Information an seinen Vetter am anderen Ende der Leitung weiter.

In den darauffolgenden Minuten ließ Caleb nur noch punktuelles, zustimmendes Grunzen vernehmen. Sein Vetter schien ihm eine lange Erklärung über die Lage der alten Piste zu geben. Schließlich beendete Caleb das Telefonat.

Metema war nicht mehr weit.

Solomon verfluchte die Hitze. In Addis Abeba, im Hochland, stiegen die Temperaturen auf nie mehr als dreißig Grad. Der Fahrtwind hier im Tiefland brachte vor allen Dingen Staub, aber kaum Abkühlung. Immerhin hatte Solomon Glück gehabt, dass er heute Morgen nach der Landung in Gondar an Caleb geraten war. Der Taxifahrer nannte eine große Verwandtschaft in Metema sein Eigen. So war es kein großes Problem, den alten Landestreifen im Busch ausfindig zu machen.

Der Fahrpreis von hundert Dollar spornte Caleb zu Höchstleistungen an. Seit Stunden war er in halsbrecherischem Tempo über die Nationalstraße gerast. Nur eine Pause hatten sie sich auf dem Weg gegönnt. An einer halb verfallenen Tankstelle in einem kleinen Dorf im Nichts. Während Caleb versuchte, etwas Essbares aufzutreiben, wandte sich Solomon an zwei Männer, die im Schatten auf zwei kaputten Plastikstühlen dösten.

»Ich brauche Benzin«, erklärte er in aller Seelenruhe. »Dazu Stoff, viel Stoff.« Er zählte einige Dollarscheine aus seiner Hosentasche ab. »Und Holzstöcke. Ungefähr drei Dutzend.«

Zwanzig Minuten später hatte er alles, was er brauchte: im Kofferraum einen großen Kanister voller Benzin, dazu eine uralte löchrige Plane und ein großes Bündel langer Äste – ein Packen Brennholz, den die beiden Tankwarte dienstbeflissen herbeigeschleppt hatten.

Als sie ihren Weg fortsetzten, lenkte Solomon sich von den lebensgefährlichen Manövern seines Fahrers ab, indem er die alte Plane in Streifen riss. Mit denen umwickelte er die Äste seines frisch erstandenen Brennholzbündels. Trotz der elenden Straßenverhältnisse überholte Caleb jedes Fahrzeug und hupte ohne Rücksicht auf Verluste unachtsame Fußgänger aus dem Weg. Solomon schließlich vollendete sein Werk: Fünfundvierzig Brennholzstecken waren mit einem Kopf aus Stofffetzen versehen. Das würde für seine Zwecke reichen.

Den Rest der Fahrt hatte Solomon düsteren Gedanken nachgehangen. Was, wenn die Piste in Metema nicht mehr existierte? Oder völlig verwildert und zum Landen ungeeignet war. Allesamt Fragen, die seine Tochter und ihr Ehemann nicht weiter geprüft hatten, bevor sie heute Morgen ein Flugzeug gestohlen hatten, Hals über Kopf.

Als der Landcruiser schließlich von der Nationalstraße abbog, wurden Solomon und Caleb noch heftiger durchgerüttelt als in den sechs Stunden zuvor. Die letzten zweihundert Meter des Weges in den Busch hinein waren überhaupt nicht mehr befestigt.

Caleb brachte den Geländewagen am Rande einer langgezogenen, freien Fläche zum Stehen. Mitten in der Savanne.

»Hier ist es.«

Solomon stieg ungelenk aus. Er musste nach sechs Stunden Fahrt seine steifen Glieder lockern. Erst nachdem er einigermaßen schmerzfrei stehen konnte, ließ er seinen Blick schweifen. Die ehemalige Piste war in ihren Grundzügen tatsächlich noch zu erahnen, aber schon lange mit Savannengras, Dornbüschen und niedrigen Sträuchern zugewuchert.

Von der Nationalstraße her trug der heiße Wind die Fahrgeräusche vereinzelter LKW heran, auf dem Weg hin zur oder zurück von der sudanesischen Grenze.

So stand Solomon in der sengenden Sonne. Ungläubig, dass er es tatsächlich bis hierher geschafft hatte, unentschlossen, ob die verwilderte Buschpiste für die Zwecke seiner Tochter und seines Schwiegersohns geeignet war. So lange keine Bäume im Weg standen, würde der Airbus landen können. Hatte Ayana zumindest behauptet. Nun gut, es standen keine Bäume im Weg. Ein Stein wollte Solomon trotzdem nicht vom Herzen fallen.

»Und jetzt?« Caleb riss ihn aus seinen Gedanken. »Haben Sie gefunden, was Sie suchen?«

Solomon fischte umständlich eine Fünf-Dollar-Note aus seiner Hosentasche und drückte sie dem Fahrer in die Hand.

»Ich möchte die Fackeln aufstellen«, antwortete er, in gespielter Seelenruhe. »Und Sie sollen mir dabei helfen.«

Caleb zuckte mit den Achseln. Ob es Gleichgültigkeit oder Zustimmung ausdrücken sollte, konnte Solomon nicht erahnen. Jedenfalls stapfte der Fahrer zurück zu seinem Landcruiser und lud sich den Stoß der fünfundvierzig stoffumwickelten Äste auf den Arm. Ebenso stoisch wie er in den vergangenen Stunden seinen Wagen an diesen Ort geprügelt hatte.

14:28 Uhr MEZ

Guido Voigt starrte durch Kriminalrat Genske hindurch, entlang des Trümmerbergs seiner Karriere, wo eine Handvoll LKA-Beamte, unterstützt von einem Dutzend Streifenpolizisten, die Räumlichkeiten der Werkschutz AG auseinandernahmen, auf der unerbittlichen Suche nach Beweismaterial.

Voigt war einundfünfzig Jahre alt und seit drei Jahren der Geschäftsführer der Werkschutz-Filiale in Frankfurt.

Am heutigen Tage war ein Werttransport von fünfhundert Millionen Euro geraubt worden. Dieses Desaster fiel in seinen Verantwortungsbereich. Die Europäische Zentralbank und mit ihr wahrscheinlich alle anderen Auftraggeber konnte er aus der Kundenkartei löschen. Und im Anschluss sein Rücktrittsgesuch formulieren.

»Wollen Sie auf meine Frage nicht antworten?«, hakte Kriminalrat Genske nach.

»Bitte was?« Voigt war völlig aus seinen Gedanken gerissen.

»Wie lange arbeiten die drei bereits für Sie?«

»Doktor Baumgarten arbeitet seit über zwanzig Jahren in der Firma«, antwortete Voigt. »Er ist seit drei Jahren im Ruhestand, aber immer noch für bestimmte Projekte als Berater tätig.«

»Auch im Falle des EZB-Transportes nach Lettland?«

»Absolut.« Voigt nickte. »Ein Top-Mann. Hervorragender Projektleiter. Auch seine beiden Assistenten leisteten immer ausgezeichnete Arbeit.«

»Wissen Sie, was Doktor Baumgarten gemacht hat, bevor er bei der Werkschutz AG angefangen hat?«

»Bis 1990 war er, denke ich, bei der Stasi.«

»Sie vermuten das?«

»Doktor Baumgarten, wie auch die beiden anderen, stammen aus

Ostdeutschland und sind hoch qualifizierte Sicherheitsexperten«, antwortete Voigt. »Was sollen die sonst da drüben gemacht haben?«

Genske schüttelte ungläubig den Kopf. Ostdeutsche Sicherheitsexperten. Was sollten die wohl anderes gemacht haben. Na klar, war für eine dumme Frage.

»Ihr Firmenangehöriger Jens-Uwe Koch wurde vor eineinhalb Stunden tot im Kofferraum eines Ihrer Firmenfahrzeuge gefunden«, erklärte Genske.

Voigt schien ehrlich bestürzt und überrascht.

»Das ... das tut mir leid.«

»Wir benötigen schnellstens alle Informationen, die in Ihrer Firma über die Herren Baumgarten, Wasserzier und Koch verfügbar sind.«

»Meine Sekretärin kann Ihnen das morgen per E-Mail ...«

»Jetzt sofort.«

16:08 Uhr Zentralafrikanische Zeit (MEZ + 1h)

Svetlana Kolesnikow ballte ihre gefesselte Hand zur Faust, streckte die Finger, ballte sie erneut und wiederholte die Prozedur Mal um Mal. Das Prickeln in ihrer Hand war nervtötend und sie versuchte erfolglos, die Blutzirkulation anzutreiben.

»Wenn ich landen soll, brauche ich beide Hände«, rief sie nach hinten in die Kabine. »In einer Stunde ist es so weit.«

Dort hockte Ayana bei Wegener auf dem Boden. Ihr Mann war inzwischen wieder bei Bewusstsein. Sein Zustand war den Umständen entsprechend stabil. Dennoch benötigte er dringend ein Krankenhaus und einen Chirurgen, der in der Lage war, ein beschädigtes Blutgefäß zu operieren.

Gleichwohl, Ayana hatte Wegener nach dem Erwachen genauestens berichten müssen, was in der Zwischenzeit geschehen war. Die Frau, die ihn angegriffen hatte, steuerte die Maschine tatsächlich auf dem geplanten Kurs.

»Das Kribbeln macht mich wahnsinnig«, stöhnte Wegener und rieb unbeholfen sein abgebundenes Bein.

»Ich weiß« Ayana strich über sein bleiches Gesicht. »Es tut mir so leid. Du schaffst das.«

»Versprich mir lieber, dass ich das Bein behalten werde.«

Ayana zögerte kurz. Sie hatte seine verletzte Oberschenkelarterie vor vier Stunden abgebunden. Bis zu drei Stunden waren keine Gewebeschädigungen im Bein zu befürchten. So hatte sie es gelernt.

»Versprochen.«

Wegener richtete sich ächzend auf. Vergeblich versuchte Ayana, ihn zurückzuhalten.

»Hilf mir ins Cockpit«, befahl er mit schwacher Stimme. »Ich muss sehen, was das Miststück da veranstaltet. Und mich von diesem elenden Kribbeln ablenken.«

Mit Ayanas Hilfe humpelte Wegener auf seinem intakten Bein in die Kanzel und ließ sich neben Svetlana Kolesnikow in den Sitz des Copiloten fallen. Ayana verharrte stumm hinter ihm.

Wortlos musterte Kolesnikow den schwer atmenden, kreidebleichen Wegener neben sich.

Der starrte in stummer Abscheu zurück. Immer noch waren Haare und Kleidung der fremden Frau mit weißem Löschpulver verklebt. In ihrem Gesicht prangten darüber hinaus bläulich-grüne Spuren der Hiebe, die Ayana ihr mit dem Feuerlöscher versetzt hatte. Immerhin, dachte Wegener.

»In zwei Minuten drehen wir nach Osten ab«, beendete Kolesnikow das eisige Schweigen. »Noch eine Stunde bis zum Ziel.«

Sie befanden sich tatsächlich über dem Sudan. Und Wegeners Leben, nicht zu sprechen von dem Ayanas, lag in den Händen der Frau, die versucht hatte, ihn abzustechen. Das Schicksal war ein hinterhältiges Arschloch.

Aber das wusste er schon lange.

Sein Blick wanderte durch das Cockpit. War dies seine letzte Station? Würde er hier jemals wieder herauskommen? Lebend? Wie ging es seiner Tochter? Sie war frei, er hatte vor Stunden mit ihr gesprochen. Aber war sie in Sicherheit?

»Du bist also Pilot?« Wegener keuchte jämmerlich.

Kolesnikow neben ihm nickte, ohne ihn anzublicken.

»Und Morden und Stehlen gehört bei euch zur Ausbildung dazu?«

»Es wird besser bezahlt. Und man wird nicht gezwungen, seine Kapitäne zu vögeln.«

Auf diese plausible Antwort wusste Wegener nichts weiter zu erwidern. Sein Bein kribbelte. Der Rest seines Körpers flehte nach Ruhe, nach Erholung, nach Schlaf.

»Achtung«, meldete Kolesnikow unterdes, »Kursänderung auf neunzig Grad.«

Sie bewegte den Joystick, der Airbus schwenkte nach Osten.

»Gut.« Wegener zwang sich, die Augen offen zu halten. »Dann unterhalten wir uns jetzt mal über die Bruchlandung, die uns bald bevorsteht.«

17:11 Uhr Ostafrikanische Zeit (MEZ + 2h)

Eine knappe Stunde hatten sie benötigt. Solomon betrachtete zufrieden ihr Werk. Die fünfundvierzig Fackeln waren rechts und links entlang der alten Piste in den Boden gerammt, in jeweils zwanzig Schritt Entfernung, abwechselnd und versetzt auf jeder Seite. Caleb begann am anderen Ende, die Stoffstreifen um die Holzpflöcke mit Benzin zu tränken.

Diese rudimentäre Art der Landebahnbefeuerung musste genügen. Wegener kannte die Koordinaten der alten Piste. Und wenn er tatsächlich mit seiner Maschine aus Deutschland einträfe, würden ihm die Fackeln am Boden den endgültigen Weg weisen.

Wenn.

Tief in seinem Inneren hegte Solomon keinen Zweifel am Gelingen ihres Plans. Sie stahlen die Maschine nicht aus Geldgier und Eigennutz.

Sie versuchten, das Leben seiner Enkelin zu retten. Ein gottgefälliges und ehrbares Vorhaben. Der Allmächtige würde dafür Sorge tragen, dass es gelang.

In Solomons Rücken, knapp hundert Meter entfernt, startete der Motor des Landcruisers. Noch bevor er sich umgedreht hatte, schoss der Wagen los und preschte auf und davon, über die verwilderte, fackelgesäumte Piste, eine Staubfahne hinter sich her wirbelnd. Caleb ließ ihn sang- und klanglos hier im Nirgendwo sitzen.

Solomon fluchte. In Windeseile wog er die Konsequenzen ab. Metema war nur wenige Kilometer entfernt. Im Zweifel würden sie die Strecke zu Fuß bewältigen. Am nächsten Morgen dann mussten sie sich einen neuen Fahrer zurück nach Gondar suchen. Auch das sollte kein allzu großes Problem darstellen.

Sekunden später jedoch rumpelte ein alter Armee-Laster den Pfad von der Nationalstraße heran.

Solomon war völlig perplex. Wie, um Gottes willen, konnte sich ausgerechnet jetzt eine Menschenseele an diesen Ort verirren? Was sollte er tun? Er war nicht imstande zu fliehen. Er war zu alt, die Hitze zu drückend, und der Laster im Nu bei ihm. Solomon rührte sich keinen Millimeter. Das Fahrzeug kam zum Stehen. Vier Männer sprangen aus der Fahrerkabine, drei Äthiopier und ein älterer Weißer. Voller Entsetzen stellte Solomon fest, dass die drei äthiopischen Männer mit Maschinenpistolen bewaffnet waren. Er begann, vor Angst zu zittern. Der Weiße trat zu ihm. Sein Hemd klebte schweißgetränkt an seinem Körper. Er betrachtete Solomon eine Weile schweigend. Dann klopfte er ihm lachend auf die Schulter.

»Doktor Geresu, Sie können sich nicht vorstellen, welche Freude es ist, Sie hier zu treffen.«

Das Englisch des Mannes wurde von einem heftigen deutschen Akzent entstellt.

Solomon erkannte den Fremden.

Tiefe Furchen hatten sich in das Gesicht des Deutschen gegraben. Nicht nur das Alter, auch die tropische Sonne hatte in den letzten

Jahren unauslöschliche Spuren im Antlitz des ehemaligen Botschafts-sekretärs hinterlassen.

Rainer Hintze zückte ein in die Jahre gekommenes Satellitentelefon aus seiner Tasche, zog behäbig dessen Antenne aus und richtete sie gen Himmel. Nach ein paar Sekunden hatte er Empfang. Es war an der Zeit, eine erste Erfolgsmeldung durchzugeben.

Juri Mirow hatte ihn vor ein paar Wochen zu dieser Unternehmung überredet. Nach all den Jahren hatte sich der Alte bei ihm in Addis Abeba gemeldet, mir nichts, dir nichts, und Hintze hatte sich spontan für dessen Idee begeistert. Die Aussicht auf eine Million Euro in bar war Motivation genug. Drei Söldner zu engagieren, die bei der Ausfüh-rung des Planes behilflich waren, hatte ihm keinerlei Probleme bereitet. Doch er harrte nun bereits seit zwei Tagen in diesem Glutofen aus. Seine Begeisterung ging mittlerweile gegen null. Immerhin war nun der alte Doktor Geresu aufgetaucht. Ein überdeutlicher Hinweis, dass mit der Maschine tatsächlich gerechnet werden konnte.

Und ob der bemitleidenswerte Alte jetzt sofort oder erst später sein Leben verlieren würde, war eine Entscheidung, die Juri Mirow alsbald treffen sollte.

März 1988

Nachdem Wegener am Tag zuvor Doktor Ayana aufgesucht, ihr seine Liebe gestanden und die gemeinsame Flucht in die westdeutsche Botschaft vorgeschlagen hatte, tropften die Stunden nun zähflüssig dahin, klebrig wie Leim. Es war später Nachmittag. Wegener und die vier deutschen Mechaniker warteten auf die Rückkehr der Antonow aus Metema. In einer Stunde sollte es so weit sein. Wegener hatte es sich in einem stickigen Aufenthaltsraum für das Bodenpersonal am Bole International Airport bequem gemacht. Heute tat sein Kamerad Gombrowitsch Dienst als Copilot auf dem Flug nach Norden.

Wegener blätterte abwesend in einer uralten Ausgabe des *Neuen Deutschland*. Immer wieder schlich sich Doktor Ayana in seine Vorstellung. Ja, er musste zugeben, er war hoffnungslos verliebt in die Äthiopierin. Er gab sich sehnsüchtigen Träumen hin von einem Leben mit dieser Frau, die für ihn eigentlich unerreichbar war. Dass er in dieser Sache nicht mehr zurechnungsfähig war, wusste er selbst. Dennoch stand sein Entschluss fest. Er würde seiner Heimat den Rücken kehren. Immer noch und immer wieder wanderten seine Gedanken zu dem hilflosen, trauernden Witwer im Metema Hospital, der seine Frau an die Malaria verloren hatte und zu den 119 Kindern an Bord der Antonow, die elternlos aus ihrer Heimat in einen anderen Teil des Landes verfrachtet worden waren. Das war weder menschlich noch gerecht – und dessen hatte er sich mitschuldig gemacht. Staat und Partei war das Schicksal des Einzelnen egal, hier in Äthiopien genauso wie zu Hause. Und er selbst half dabei mit, kuschte, duckte sich, akzeptierte oder ignorierte oder meckerte leise vor sich hin. Doch nie unternahm er etwas. Nie hatte er gewagt, all seine Privilegien als Armeeoffizier aufs Spiel zu setzen. Aber jetzt war Schluss damit. Er musste fort, sonst, fühlte er, würde er über kurz oder lang ersticken. Was für eine Volte der Geschichte, dass er die deutsch-deutsche Grenze in Afrika überqueren würde, dem völlig heruntergekommenen Hinterhof des Kommunismus und des Kapitalismus.

Um seinen Plan in die Tat umzusetzen, benötigte er Hilfe. Und er hatte eine sehr genaue Vorstellung, wer ihm diese Hilfe leisten würde.

Pünktlich eine Stunde später landete die Antonow. Die Maschine wurde vom deutschen Bodenpersonal in Empfang genommen und für den nächsten Start vorbereitet.

In Metema hatte es keine besonderen Vorkommnisse gegeben. Kommandant Major Dengler wurde zum Rapport und Abendessen in die DDR-Botschaft abgeholt. Nachdem die Maschine wieder startklar gemacht worden war, begab sich der Rest der Kameraden um Wegener und Gombrowitsch in den beiden Autos auf den Weg. Auswärts zu essen stand wie immer auf dem Programm. Ihr Stammlokal lag auf dem Weg nach Hause und war bei weißen Touristen und vermögenden Äthiopiern gleichermaßen beliebt.

Der Koch des Etablissements bereitete hervorragendes Lammfleisch. Für die inzwischen wohlbekannten Flieger aus Deutschland wurde das Essen automatisch weniger scharf gewürzt. Obwohl es sich hier um ein hochpreisiges Lokal handelte, gingen die Männer jedes Mal auf Nummer sicher und desinfizierten ihre Mägen vor und nach dem Einnehmen der Mahlzeiten mit einem kräftigen Schluck Whiskey. Wer es unterließ, musste mit längeren Sitzungen auf der Kloschüssel rechnen.

Um zehn Uhr jenes Abends war die Besatzung wieder zurück in ihrem Haus. Jedes Mal, wenn er das Grundstück betrat oder verließ, mied Gombrowitsch den Blick auf die Mauer, die das Nachbarhaus verbarg. Mittlerweile hatte es sich zu einem traurigen Automatismus entwickelt. Dort hinten war Ayana. Und ein Kind, das er gezeugt hatte. Er würde es niemals zu Gesicht bekommen. Wenn das Baby geboren wurde, wäre der Einsatz in Äthiopien bereits beendet. Schlimmere Scheiße hatte er nicht bauen können.

Wegener hatte im Lokal neben ihm gesessen. Die beiden hatten sich gemeinsam weitaus mehr hochprozentiges Desinfektionsmittel eingeflößt als üblich.

Gombrowitsch fühlte eine wohlige Müdigkeit nach dem langen Arbeitstag, dem leckeren Abendessen und dem Zuviel an Alkohol. Er verzog sich schweren Schrittes in sein Bett und bekam kaum mehr mit, wie Wegener sich in seiner Schlafstatt unter die Decke rollte. Gombrowitsch war schon fast weggenickt, als er Wegeners Stimme hörte.

»Gombrowitsch?«

Gombrowitsch hatte keinerlei Interesse an einer Unterhaltung. Er wollte nur hinübergleiten in einen benebelten Schlaf, und hoffte, dass der Alkohol ihm helfen würde, nicht wieder in aller Frühe zu erwachen und dann grübelnd bis zum Morgengrauen an die Decke zu starren.

»Ich muss mit dir reden«, raunte Wegener. »Es geht um Ayana.«

Als er ihren Namen vernahm, war Gombrowitsch binnen einer Sekunde wach.

»Was?«

Erst jetzt dämmerte ihm, dass sie beide nicht allein im Zimmer waren. Hier drin hörte ein Mikro mit. Nach Hintzes Drohung vor ein paar Wochen hatte Gombrowitsch nach einigem Suchen mehrere Wanzen in verschiedenen Steckdosen des Hauses gefunden. Jedes Zimmer wurde abgehört. Wer auch immer die Kameraden überwachte – DDR-Staatssicherheit oder äthiopische Geheimpolizei – weiterzuforschen hatte Gombrowitsch nicht gewagt und sich schlicht mit dem Gedanken abgefunden, im Haus belauscht zu werden. Die Abhöraktion war ganz offensichtlich von langer Hand vorbereitet worden.

»Du hast sie geschwängert«, stieß Wegener hervor.

Er hatte sich selbst während des Abendessens ausreichend Mut antrinken müssen, um diesen Teil seines Vorhabens in die Tat umzusetzen. Jetzt bereiteten ihm das Sprechen und das zügige Denken Probleme.

»Was erzählst du für einen Blödsinn?«

Auch Gombrowitschs Zunge war schwer, leicht betäubt vom üppigen Whiskygenuss.

»Ich habe euch belauscht«, grunzte Wegener. »Und ich habe mit ihr gesprochen.«

»Hä? Was willst du von mir?«

»Du hast ihr ein Kind gemacht, aber du willst nicht dafür geradestehen.« Wegener lallte leicht. »Du bist ein Arschloch.«

»Das geht dich nichts an.«

»Ich habe mit ihr gesprochen, hörst du?«

»Spinnst du?« Gombrowitsch wurde wütend. »Was redest du für einen Mist?«

»Hör mal zu! Weißt du, was die hier mit Frauen machen, die uneheliche Kinder kriegen, noch bevor sie überhaupt verheiratet sind? Die werden Ayana ächten, die werden sie verstoßen. Du hast ihr Leben zerstört, ist dir das klar?«

»Halt einfach die Klappe.«

Am liebsten wäre Gombrowitsch aufgestanden und hätte Wegener eine reingehauen. Doch er fühlte sich gerade zu wenig manövrierfähig, eher wie ein Käfer auf dem Rücken.

»Ich nehme sie mit. Hörst du?«, tönte Wegener. »Ich nehme sie mit und du musst mir dabei helfen.«

»Mitnehmen?« Gombrowitsch musste sich verhört haben. »Wohin? Spinnst du?«

»Ich gehe in den Westen. In die BRD-Botschaft. Mit ihr.« Wegener hatte allen Mut aufbringen müssen, um diesen letzten Satz hervorzupressen. »Und du hilfst mir.«

Halt die Schnauze, dachte Gombrowitsch, halt bloß die Schnauze, die hören alles mit. Panik brodelte in ihm hoch. Doch Wegener, der Idiot, ließ sich nicht mehr aufhalten.

»Du bist es Ayana schuldig«, schimpfte Wegener. »Mach wenigstens einen Teil wieder gut!«

Gar nichts bin ich irgendwem schuldig, du Arsch. Besoffen bin ich. Sonst nichts. Gombrowitsch atmete schwer. Seine Kehle fühlte sich trocken und geschwollen an. Er konnte Wegener nicht warnen, ohne den endgültigen Zorn des Genossen Botschaftssekretär auf sich zu ziehen. Eine Äthiopierin geschwängert zu haben machte sich nicht gut. Weder in der Personal- noch in der Stasiakte. Verdammte Scheiße.

»Wenn du uns nicht hilfst, werden alle erfahren, was du gemacht hast«, zischte Wegener.

Jetzt wissen es sowieso schon alle, Vollidiot.

»Na gut, meinetwegen«, krächzte Gombrowitsch in die Dunkelheit. »Wie genau willst du denn mir nichts, dir nichts in die BRD-Botschaft spazieren?«

Er sprach den Satz laut aus. Die Steckdosenwanze bannte seine Worte in bester Qualität auf Tonband.

15:31 Uhr MEZ

Seit zwei Stunden war kein Wort mehr gesprochen worden. Gombrowitsch spürte die Waffe des rothaarigen Gorillas in seinem Genick. Regungslos hatte es sich der Mann zur Aufgabe gemacht, in dem unbequemen Kofferraum zwischen vier Reisetaschen zu verharren und Gombrowitsch beharrlich seine Pistole in den Nacken zu bohren.

Doch ebenso lange ruhte der Kopf seiner Tochter an Gombrowitschs Schulter.

Er hatte nicht gewagt, sich zu bewegen, ihretwegen, allem Kribbeln in seinem eingeschlafenen Arm zum Trotz. Fanny hatte sich kaum gerührt. Er spürte das Heben und Senken ihrer Brust. Und in all dem grässlichen Chaos um ihn herum hielt Gombrowitsch die Augen geschlossen. Er versuchte, seine Tochter zu wärmen. Er genoss das Gefühl, so etwas wie Geborgenheit zu geben – zweifellos das letzte Geschenk, das ihm das Schicksal in diesem Leben bereithielt. Seine Hoffnung auf Rettung war der bösen Ahnung gewichen, was Juri mit ihm vorhatte, jetzt, nachdem er ihm endgültig in die Falle gegangen war.

Von Frankfurt aus waren sie der A5 und dann der A4 nach Osten gefolgt. Links und rechts zogen nun, weiß gepudert, die Wälder des Werraberglandes vorüber. Sie erreichten Eisenach. Der Schneeregen setzte aus. Es war erst Nachmittag, doch durch die trübe Wolkendecke ließ sich bereits erahnen, wie in Kürze das Tageslicht dem Abenddunkel weichen würde.

Gesine Bach konnte sich keinen Reim darauf machen, wo die Reise hingehen sollte, während sie über Eisenach hinweg zur Wartburg starrte. Die Burg glitt auf der anderen Seite des Hörseltals an ihnen vorüber.

Das plötzliche Klingeln eines Handys durchschnitt die Stille im Inneren des Wagens.

Juri kramte ächzend ein Telefon aus seiner Jackentasche und nahm das Gespräch mit einem knarzenden »Ja?« an.

Er lauschte schweigend dem Bericht des Anrufers, der äußerst mitteilsam schien.

»Großartig«, antwortete er nach einer Weile. »Lassen Sie ihn erst einmal. Er wird sich freuen, seine Tochter ein letztes Mal zu sehen. Melden Sie sich, wenn es etwas Neues gibt.«

Zufrieden beendete er das Gespräch.

»An der nächsten Abfahrt geht's raus«, befahl er.

Bachs Herz schlug ihr bis zum Hals. Mit wem hatte der Mann gesprochen und was wollte er in Eisenach-Ost, zum Henker? Dass ihre Gegner von der Autobahn abbogen, schien das Ende ihrer Reise anzukündigen. Doch was erwartete sie dort?

Gombrowitsch hingegen erriet sofort, was die Entführer vorhatten. Es gab in dieser Gegend nur einen Ort, der als Zielpunkt dieser Flucht einen Sinn machte. Zu DDR-Zeiten war es ein wichtiger Stützpunkt der Sowjetarmee gewesen. Heute wurde das Gelände zivil genutzt.

Die letzte Runde des Spiels brach nun an. Gombrowitsch hatte es begonnen, aber nicht das Gefühl, am Ende als Sieger hervorzugehen.

Er unternahm einen letzten, verzweifelten Versuch.

»Lassen Sie meine Tochter und die Polizistin gehen. Ich sage Ihnen, wo Sie die halbe Milliarde finden. Aber lassen Sie die beiden in Frieden.«

Juri antwortete nicht. Er schwieg. Und lächelte.

Bis der Wagen wenige Minuten später von der Autobahn auf die Bundesstraße 84 abbog. Ein Verkehrsschild kündigte den Flugplatz Eisenach in wenigen Kilometern Entfernung an.

Auch Bach begriff nun. Der Mann, der vielleicht Juri hieß, wollte in ein Flugzeug steigen. Und mit ihm davonfliegen. Einmal mehr wog sie ihre Optionen ab. Die Lage war und blieb aussichtslos. Instinktiv fühlte sie nach dem Schlagstock in ihrer Jackentasche.

Juri tätschelte mitleidig Fannys linken Oberschenkel. Die junge Frau lehnte nach wie vor reglos an Gombrowitschs Schulter.

»Wie haben Sie eigentlich auch noch den Großvater dieses armen

Mädchens dazu überreden können, sich auf einen solchen Unfug einzulassen.«

Gombrowitschs Herz blieb für einen kurzen Moment stehen.

Und mit ihm alles um Gombrowitsch herum.

»Schlimm genug, dass Sie die Eltern dieser Frau ins Verderben geschickt haben«, raspelte Juri. Seine heisere Stimme bohrte sich tiefer und tiefer in Gombrowitschs Gehörgang. »Ich muss Sie noch einmal beglückwünschen, mein Lieber. Sie haben das alles hervorragend organisiert. Hätte ich Sie gezwungen, das Flugzeug nach Metema umzuleiten, hätten Sie einen Weg gefunden, sich zu widersetzen. Ich kenne Sie sehr gut, Ikarus. Sie haben sicherlich Ihre Akte gelesen. Sie sind ein notorischer Querulant. Immer schon gewesen.«

Das konnte einfach nicht sein. Unmöglich, dass der Alte ihn hereingelegt hatte! Gombrowitschs Hals war zugeschnürt. Er brachte keinen Ton heraus.

Was würde mit Ayana geschehen?

Mit Wegener?

Mit dem alten Doktor Geresu?

Alles aus.

Alles umsonst.

15:42 Uhr MEZ

Nach einer halben Stunde im zähfließenden Verkehr erreichte Kriminalrat Genske die Frankfurter City. Die Chefsekretärin der Werkschutz-AG-Filiale hatte in Windeseile ein Dossier der Kollegen Baumgarten, Koch und Wasserzier zusammengestellt. Nun war Genske auf dem Weg zu dem Werkschutz-AG-Wagen, der von der Kripo in der Tiefgarage am Goetheplatz sichergestellt worden war. Die Sperrung des Frankfurter Flughafens hatte man mittlerweile aufgehoben. Die Suche nach einer Bombe war ergebnislos verlaufen. Genske hatte nichts anderes erwartet.

Im nasskalten Dezemberregen riegelte ein Dutzend Polizisten die Tiefgarage am Goetheplatz vor den neugierigen Augen der Passanten und Presse ab. Im Inneren traf Genske auf mehrere Beamte der Kriminalpolizei. Der verlassene Wagen war geöffnet und bot einen bizarren Anblick: der mächtige Körper Jens-Uwe Kochs füllte den Kofferraum komplett aus. Der Kopf der Leiche war unmöglich verdreht und das linke Auge hatte sich blutrot verfärbt, während das rechte gebrochen ins Leere starrte. Auch hartgesottenen Betrachtern liefen kalte Schauern über den Rücken.

Die Untersuchungen am und im Fahrzeug waren endlich abgeschlossen. Damit der Gerichtsmediziner den Körper untersuchen konnte, hievten drei Beamte den Toten stöhnend aus dem Kofferraum und verfrachteten ihn auf eine Bahre. Sie durchsuchten die Taschen der Leiche. Der Tote trug wenig Verwertbares bei sich. In seiner Brieftasche fand sich nichts außer einigen Geldscheinen, Kreditkarten und ein Packen alter Kassenbons, sonst keine weiteren Anhaltspunkte, auch nicht in dem zurückgelassenen Wagen. Die genauen forensischen Untersuchungen mussten abgewartet werden. Bis erste Ergebnisse vorlagen, wäre es jedoch zu spät.

Genske blätterte durch die vergilbten Kassenzettel. Zeugen vergangener Einkäufe. Eine Quittung stach heraus; sie war erst vierzehn Tage alt, ausgestellt in einem Restaurant namens ›Tante Ju‹ am Flughafen in Eisenach.

Drei Mal Schnitzel mit Bratkartoffeln und sechs Krüge Bier. Hatten die drei Stasi-Genossen dort gespeist? Hoch qualifiziert und in der wiedervereinigten Sicherheitsbranche immer noch äußerst erfolgreich?

Genske zückte sein Handy.

15:44 Uhr MEZ

Das Gelände des kleinen Flugplatzes kam in Sicht.

Gombrowitsch entdeckte auf dem ansonsten leeren Vorfeld eine Cessna 172, einen einmotorigen Viersitzer. Einsam wartete das kleine Flugzeug auf seinen Piloten. Juris Fluchtmaschine? Die Betonstartbahn glänzte nass in der Entfernung, mitten im Nichts, zwischen weiten Feldern und ein paar Flecken Wald. Kein Mensch war zu sehen.

Das SUV rollte die Zufahrt des menschenleeren Flugplatzgeländes entlang. Aus dem kleinen Hauptgebäude ragte ein niedriger Tower. Daneben lag ein Parkplatz. Nur drei verwaiste PKW waren abgestellt. In dem Bau war auch ein Restaurant untergebracht. ›Tante Ju‹ kündete ein Schild über dem Eingang. Anstatt auf das Areal des Flugplatzes zu biegen, stoppte Juris Fahrer. Geradeaus verlief die Straße parallel zur Startbahn weiter und verlor sich in der Entfernung in einem kleinen Wäldchen.

Bach umklammerte den Schlagstock in ihrer Jackentasche. Es gab keine Hoffnung. Dies hier war das Ende. Die Erkenntnis lähmte jede einzelne Faser ihres Körpers.

»Sie werden niemanden zurücklassen«, resümierte sie tonlos. »Wir könnten Hinweise auf Ihren Fluchtweg geben. Und auf Ihre Identität.«

»Und, nicht zu vergessen, den Verbleib der fünfhundert Millionen Euro«, krächzte Juri. »Nein, Frau Kommissarin, Sie werden verstehen, dass ich das nicht tun kann. Bis man Sie drei findet, sind wir drei schon längst über alle Berge.«

Gombrowitsch begann zu zittern. Mit einem Mal traten Tränen in seine Augen. Die Anspannung der letzten achtundvierzig Stunden entlud sich, das Eingeständnis seines Versagens, ungebremst, unbarmherzig und mit voller Wucht.

»Es tut mir leid«, weinte er laut. »Es tut mir so leid.«

Schluchzend begrub er sein Gesicht in den Locken seiner bewusstlosen Tochter.

»Hätten Sie einfach getan, was ich verlangt habe, wäre niemandem etwas geschehen.« Juri schüttelte den Kopf. »Ein alter Freund in Russland hätte den größten Anteil an unserem Gewinn eingestrichen. Aber Sie mussten ja unbedingt den Helden spielen. Wofür ich Ihnen natürlich außerordentlich dankbar bin. Der Ertrag dieser Operation fällt nun deutlich höher aus.«

Juri öffnete seine Fondtür. Ein eiskalter Lufthauch erfüllte das Innere des Wagens. »Unsere Wege trennen sich hier. Meine Kollegen erledigen den Rest. Leben Sie wohl.«

Ohne Eile schritt er durch die feuchte Kälte in Richtung der kleinen Flugplatzverwaltung.

Bach starrte ihm nach. Sie fühlte nichts mehr als die nackte Angst um ihr Leben.

Der Wagen setzte sich langsam wieder in Bewegung, die Straße entlang, in Richtung des Wäldchens. Weder der Mann am Steuer noch der Mann im Kofferraum, mit der Pistole an Gombrowitschs Genick, sprach ein Wort.

Bach kaute nervös auf ihren Lippen. Der einzig klare Gedanke, den sie zustande brachte, galt der Waffe, die sie in ihrer Jackentasche umklammert und verborgen hielt. Mit dem Daumen löste sie die Verriegelung des Schlagstocks. Die Teleskopelemente würden sich beim Herausziehen zu voller Länge entfalten.

»Ich wollte dir nur helfen«, flüsterte Gombrowitsch in Fannys Haar. Seine Stimme bebte. »Ich wollte nicht, dass sie dir das antun.«

Er fühlte nichts mehr. In ihm und um ihn herum gähnte nur mehr eine dumpfe, wattige Leere. Er war allein, allein mit seiner Tochter. Die letzten Minuten ihrer beider Leben waren angebrochen. Er würde Fannys Nähe auskosten und sie genießen bis zur allerletzten Sekunde.

Plötzlich aber erwachte Fannys Hand zum Leben. Gombrowitsch bemerkte, wie sie heimlich, still und leise nach seiner eingeklemmten Jackentasche tastete.

Fanny hatte die zurückliegenden zweihundert Kilometer bei vollem Bewusstsein an Gombrowitschs Schulter verbracht. Die Kopfschmerzen hatten nachgelassen. Doch wie schon in den letzten düsteren Tagen ihres Verlieses schmerzte ihr gesamter Körper vor Verspannungen, ihr linkes Bein war längst eingeschlafen und kribbelte ohne Unterlass. Einzig der wütende Gedanke an Rache hatte sie das alles noch einmal ertragen lassen, hatte ihr während der gesamten Autofahrt die Kraft verliehen, sich nicht zu bewegen, wachsam zu bleiben, auf den richtigen Moment zu warten. Ihre Verbündeten hatte sie inzwischen ausgemacht: Wie auch immer die Polizistin in dieses Auto gelangt und wer auch immer jener Mann war, der seit zwei Stunden seinen Arm um sie gelegt hatte. Vorsichtig suchten ihre Finger die Waffe in dessen Jackentasche. Die klobige Pistole hatte die ganze Zeit an ihrem Oberarm gerieben. Der Mann selbst wäre niemals an das Ding gelangt. Der Wichser im Kofferraum hätte ihm ohne zu zögern ins Genick geschossen. Nach einigen Sekunden wurde sie schließlich fündig. Und weder das Arschloch vor ihr auf dem Fahrersitz noch das Arschloch hinten im Kofferraum bemerkten es. ›Welch Ironie des Schicksals, dass all die väterlichen Gefühle Sie der Waffe in Ihrer Tasche berauben, mein guter Ikarus‹, hatte der Penner mit der kaputten Stimme gesagt. Eins zu eins erinnerte sie sich an seine Worte.

Der Wagen rollte im Schritttempo mitten hinein in das kleine Wäldchen, das sich nur wenige Hundert Meter entfernt an die Startbahn schmiegte.

André Bettermann, der Gorilla im Kofferraum, spürte eine befriedigende Vorfreude. Er würde es sich nicht nehmen lassen, die schwarze Nutte persönlich kalt zu machen. Sein Bruder lag tot im Kühlhaus irgendeines Scheißkrankenhauses in Frankfurt. Sie würde teuer dafür bezahlen.

Im Schutz der Bäume und Büsche bog ein schmaler Feldweg nach links ab. Der Wagen folgte ihm, rumpelte über Dutzende Schlaglöcher und kam vor einem großen, baufälligen Schuppen zum Stehen. Dessen dunkles Eingangstor begrüßte sie düster dreinblickend.

Nein. Gesine Bach schüttelte in stummer Verzweiflung den Kopf. Dieser Ort durfte nicht ihr Grab werden. Tränen traten in ihre Augen, während sie den Schlagstock in ihrer Tasche fest umklammerte.

»Endstation«, grummelte Hartmut Wasserzier am Steuer. »Alle aussteigen.«

Es waren seine ersten Worte seit Stunden. Schweigend hatte er das Auto von Frankfurt bis hierhin gelenkt. Alles war gesagt. Alles war vorbereitet. Morgen wäre er Millionär. Er griff in seine Jacke und versuchte, umständlich und steif seine Pistole aus der Tasche zu nesteln.

Gombrowitsch spürte Fannys Hand. Sie hielt die Waffe in seiner Jackentasche umklammert.

»Sie ist entsichert«, flüsterte er in ihr Haar, »drück einfach ab.«

»So, Alter, du lässt jetzt mal die Schlampe los«, befahl Bettermann hinter ihm.

Fanny schnellte hoch.

Sie riss Gombrowitschs Pistole aus dessen Jackentasche und brachte ihren Oberkörper in eine aufrechte Position, ein letztes Aufbäumen, mit aller verbliebener Kraft, so schnell, dass Bettermann im Kofferraum nur überrascht zusehen konnte, wie sie sich vor ihm aufrichtete. Für den Bruchteil einer Sekunde trafen sich ihrer beider Blicke. Bettermann hatte keine Chance zu begreifen, wie und warum ihm urplötzlich eine Waffe den Blick verstellte. Blitzschnell ließ Gombrowitsch sich von der Rückbank nach vorn aus Bettermanns Schussfeld kippen.

Fanny drückte ab.

Sie schrie. Und aller Hass, der sich in den letzten, dunklen Tagen aufgestaut hatte, lag in dem Schuss. Der Lärm war ohrenbetäubend. Das Projektil bahnte sich blitzschnell seinen Weg durch alles, was in seiner Flugbahn lag. Blut spritzte und Bettermanns gesamter Körper wurde zurückgeschleudert, die Heckscheibe hinter ihm zerbarst. Wasserzier am Lenkrad gelang es im selben Moment, die eigene Pistole aus seiner verdrehten Jackentasche zu befreien. Er fluchte, erschrocken und taub vom Knall des Schusses. Fannys wütendes Schreien erfüllte das Innere des demolierten Autos. Sie konnte den Blick nicht abwenden von dem, was sie angerichtet hatte und ließ die Pistole aus ihren Händen fallen. Wasserzier fuhr auf dem Fahrersitz herum, seine Waffe in der Hand, erfüllt von dem einen, alles überstrahlenden Wunsch.

Das kleine Miststück sollte sterben, jetzt und sofort.

Gombrowitsch spürte, dass sein Trommelfell geplatzt war. Zum Klagen blieb ihm keine Zeit. Der Mann am Steuer war im Begriff, seine Tochter zu erschießen. Gombrowitschs Instinkt übernahm augenblicklich die Kontrolle; er richtete sich auf und packte die Pistole des Gegners.

Während von rechts der Schlagstock in Gesine Bachs Faust heran rauschte, konnte Wasserzier noch einen Schuss abgeben – dann traf der Totschläger seine Schläfe mit voller Wucht und donnerte sein Gehirn gegen die Innenseite seines Schädels.

In blanker Wut drosch Bach weiter auf den Kopf des Mannes ein.

Und noch mal.

Und noch mal.

Und immer weiter.

Irgendwann erwachte sie aus ihrer Raserei.

Ihr Gegner war blutüberströmt in sich zusammengesunken.

Endlich herrschte Stille.

Bis auf das laute Fiepen in Gesine Bachs malträtiertem Gehörgang.

»Sie hatten einen Piloten und drei Passagiere angemeldet?«, fragte der Chef des Charterservice Albert, während er bedächtig die letzten Dokumente für den anstehenden Flug an seinem Computer ausfüllte.

»Meine Mitreisenden haben leider abgesagt.« Juri lächelte.

In dem überquellenden Aschenbecher neben der Tastatur brannte eine Zigarette herunter. Die gesamte Atemluft des kleinen Büros bestand zum größten Teil aus kaltem Tabakqualm. Das allgegenwärtige Rauchverbot hatte in dieser letzten Bastion des Nikotingenusses nicht den Hauch einer Chance. Der Mann am Schreibtisch schien nur wenig jünger als Juri und hatte auf seine alten Tage keinerlei Interesse, lieb gewonnene Gewohnheiten zu ändern.

Juri freute sich auf den bevorstehenden Flug. Ebenso erfreute ihn die Idee, die ihm beim Betreten des Charterbüros gekommen war. Nein, er war nicht habgierig. Er führte diese Operation aus, um den Kapitalistenschweinen eins auszuwischen.

Doch auch wenn er das Geld nicht benötigte, zog Juri es vor, von dem Reichtum, der ihn in Äthiopien erwartete, keine Abstriche zu machen. Die beiden Bettermänner hatten sich am Ende des Tages als gefährliche Idioten herausgestellt und die Mission mit ihren dämlichen Fehlern fast ruiniert. Der geschätzte Kollege Koch war leider tot und für den ebenfalls geschätzten Kollegen Wasserzier hatte Juri keine weitere Verwendung mehr. So zog er es vor, Wasserzier und den übrig gebliebenen Bettermann mit den Leichen Gombrowitschs, des Mädchens und der Polizistin zurückzulassen. Die beiden Männer wären gezwungen, die Toten schnell und gründlich zu entsorgen. In ihrem eigenen Interesse, denn die Morde mussten unentdeckt bleiben, nun, da Juri seine Mitstreiter der Möglichkeit beraubte, sich schnell ins Ausland abzusetzen.

»Die Cessna haben meine Jungs schon aufs Vorfeld gestellt und vollgetankt.« Der alte Herr Albert reichte Juri eine Mappe mit den Flugunterlagen. »Alles so wie immer. Guten Flug, Herr Mirow.«

»Und genauso wie es sein soll.« Juri nickte und nahm die Mappe entgegen. »Besten Dank, Herr Albert.«

Das Flugzeug draußen auf dem Vorfeld hatte Juri vor zwölf Jahren erworben und eine Abstellmöglichkeit im Hangar des Eisenacher Flugplatzes gemietet. Er selbst lebte knapp vierzig Kilometer entfernt, hatte Ende der Neunziger einen alten Bauernhof in einem kleinen Dorf inmitten des Thüringer Waldes gekauft. Er wohnte malerisch, aber leider allein, denn seine Frau war vor dreizehn Jahren verstorben, seine beiden Söhne, damals schon erwachsen, hatten die Chance genutzt, den Kontakt zu ihrem verachtenswerten Vater sofort abzubrechen.

Das war der Dank für jahrzehntelange, treue Pflichterfüllung dem Vaterlande gegenüber.

Die Erinnerung daran verdarb Juri die gute Laune, während er das

Gebäude verließ und seine Schritte durch die feuchtkalte Dämmerung in Richtung des Vorfelds lenkte.

Währenddessen klingelte im verqualmten Büro der Chartergesellschaft das Telefon.

»Alberts Charterservice?«, meldete sich der alte Herr.

Am anderen Ende der Leitung stellte sich LKA-Kriminalrat Genske vor. »Der Kollege vom Restaurant bei Ihnen am Flugplatz gab mir den Tipp, mich an Sie zu wenden.«

»Worum geht es denn?«, fragte der alte Herr vorsichtig.

»Im Rahmen einer Ermittlung bin ich auf der Suche nach einem Zeugen. Der Herr hat vielleicht sein Flugzeug bei Ihnen stehen.«

»Aha? Wie soll der Mann denn heißen?«

»Sein Name ist Doktor Winfried Baumgarten.«

Der alte Herr Albert nahm einen Zug aus seiner Zigarette.

»Nein«, antwortete er schließlich. »Einen Doktor Baumgarten kenne ich nicht.«

»Vielleicht unter anderem Namen?«, erwiderte Genske. »Der Mann hat eine sehr markante Reibeisen-Stimme. Scheint ein Kehlkopfproblem zu sein.«

»Meinen Sie vielleicht den Herrn Mirow? Georg Mirow?«

»Das kann durchaus sein. Können Sie mir sagen, wo ich ihn finde?«

Der alte Herr lachte kurz auf.

»Der startet gerade in Richtung Prag.«

17:54 Uhr Ostafrikanische Zeit (MEZ + 2h)

Die Luft im Cockpit war wie statisch aufgeladen, die Anspannung der drei Insassen mit Händen zu greifen.

»Höhe?«, tönte Wegeners Stimme schwach.

»Dreitausend Meter«, antwortete Svetlana Kolesnikow.

»Geh runter auf zweitausend.«

»Ich brauche beide Hände, wenn ich die Maschine landen soll.« Auffordernd schossen Kolesnikows Blicke zwischen Wegener und Ayana hin und her.

Die beiden schwiegen. Nach einer kurzen Weile rang Wegener sich zu einem Entschluss durch.

»Mach sie los.«

Ayana hinter ihm schüttelte stumm den Kopf und rührte sich nicht.

»Ayana. Bitte. Mach sie los. Jetzt ist es sowieso egal.«

Seufzend löste Ayana ihren Gurt, erhob sich, zückte das Skalpell, das sie die ganze Zeit bei sich getragen hatte und durchtrennte die Plastikfessel an der linken Hand ihrer Widersacherin.

Kolesnikow rieb sich das Handgelenk, während sie durch das Cockpitfenster die weite Savanne unter ihnen absuchte. Buschwerk, Bäume, hohes Gras, Felder und vereinzelte kleine Hüttendörfer zogen unter der Maschine dahin. Die langen Schatten im roten Licht des Sonnenuntergangs wichen langsam der Dämmerung. In wenigen Minuten würde das Land im Dunkel der Nacht versinken.

»Nichts zu sehen,« seufzte sie nervös.

»Wart's ab«, stöhnte Wegener.

Schleppend streckte er seine Hand aus und betätigte mehrere Schalter im Instrumentenbrett vor sich. Draußen flammten die beiden Landescheinwerfer in den Flügeln und ein weiteres helles Licht im Bug der Maschine auf.

Die wollen doch nicht wirklich im Dunkeln auf diesem Flecken Gestrüpp landen? Rainer Hintze wischte sich eine verschwitzte Strähne aus der Stirn. Seine Augen suchten flackernd den Himmel ab. Inzwischen war über eine Stunde vergangen, das Tageslicht zog sich zurück und nichts hatte sich gerührt. Sollte das alles umsonst gewesen sein? Wenn ja, würde der alte Mirow dafür zahlen müssen. So leicht ließ sich ein Rainer Hintze nicht verarschen.

Inmitten dieser tiefen Frustration entdeckte er einen kleinen, hellen Lichtpunkt am Himmel. Aus den letzten Strahlen der untergehenden Sonne näherte er sich. Das musste die Maschine sein.

Er befahl seinen drei Komplizen, die benzingetränkten Fackeln entlang der ehemaligen Piste zu entzünden. Auch wenn der alte Doktor seit ihrem Zusammentreffen noch keinen Ton von sich gegeben hatte, die Funktion der Stecken im staubigen Savannenboden war selbsterklärend. Im Laufschritt kamen die drei Söldner seinem Befehl nach. Die Männer hatten den Lichtpunkt am Himmel inzwischen ebenfalls entdeckt.

Solomon kauerte währenddessen schicksalsergeben auf der Ladefläche des LKW.

»Sie kommen.« Hintze lachte. »Sie kommen tatsächlich.«

Ausdruckslos starrte Solomon vor sich hin. Er hatte panische Angst. Nicht um sich, er selbst war ein alter Mann und wusste, dass er jederzeit seinem Schöpfer gegenübertreten konnte. Seine Enkelin und seine Tochter jedoch würde er nie wiedersehen.

»Da hinten!« Svetlana Kolesnikow jubelte.

In weiter Entfernung glomm ein Licht in der aufziehenden Dunkelheit, wenige Kilometer entfernt von der kleinen Schar heller Flecken, die Metema zu sein schienen. Langsam vervielfältigte sich der Funke, weitere Lichtlein flammten auf und nach wenigen Minuten funkelte die gestrichelte Kontur einer Landebahn im Grauschwarz am Boden.

Ayana stieß einen Freudenschrei aus. Ihr Herz wollte zerspringen vor Glück.

Ihr Vater war dort unten. Er hatte es tatsächlich geschafft.

»Ich beginne den Landeanflug«, kündigte Kolesnikow an. »Wir drehen eine Platzrunde.«

Wegener nickte.

»Zurr mich fest«, bat er Ayana. »So fest wie möglich. Und dich auch. Schnell.«

Sie kam seiner Bitte ohne Zögern nach und fixierte ihn, so fest es ging, mit dem Fünfpunktgurt seines Sitzes. Dann küsste sie ihn.

»Wir werden das schaffen«, flüsterte sie.

»Ja, das werden wir.« Wegener nickte kraftlos.

Er wandte den Blick zur Seite. Tränen traten in seine Augen. Sie waren fast am Ziel. So weit waren sie tatsächlich gekommen. Er spürte sein Bein nicht mehr. Ihm war kalt. Er wollte schlafen, nichts als schlafen. Und bemühte alle verbliebene Kraft, um wach zu bleiben.

März 1988

Früher Mittag. Es waren nur einige wenige Fahrzeuge auf der Straße unterwegs. Der Autoverkehr in Addis war überschaubar, nichtsdestotrotz gefährlich, denn die vielen Fußgänger und Fahrradfahrer erwiesen sich zu jeder Tageszeit als unberechenbar. Gombrowitsch saß am Steuer des Lada, den die Angehörigen der Antonow-Besatzung in Addis Abeba nutzen durften. Wegener rutschte auf dem Beifahrersitz nervös hin und her. Sie parkten am Rande einer schmalen Querstraße zwischen dem Eingang des Tikur Anbessa Hospitals und des Derg Monuments.

Vor sechsunddreißig Stunden hatte Gombrowitsch eingewilligt, Wegener bei der Flucht in die BRD-Botschaft in Addis Abeba zu helfen.

»Sie ist jetzt fünf Minuten überfällig«, brummte Gombrowitsch. »Lass uns zurückfahren und die ganze Sache vergessen.«

Ein Sinneswandel wäre für alle Beteiligten auf jeden Fall die Rettung, hoffte er.

»Sie wird kommen. Wir warten.«

Wegeners Blick war starr auf den überdachten Fußweg gerichtet, der in den vielstöckigen Quader des Krankenhauses mündete. Ein gutes Dutzend Ärzte, Krankenschwestern und Zivilisten ging dort vorn ein und aus.

»Zwei Weiße in einem Auto hier vor dem Krankenhaus sind viel zu auffällig. Nicht mehr lange und die Geheimpolizei taucht auf. Es ist zu riskant!«

»Wir warten«, wiederholte Wegener eigensinnig.

»In fünf Minuten fahre ich hier weg.«

Hundertzwanzig endlose Sekunden später tauchte Ayana zwischen den Passanten unter der Überdachung auf. Gombrowitsch musterte sie. Und spürte einen schmerzhaften Stich im Herzen. Ayana trug einen Arztkittel. Etwas anderes hatte sie nicht dabei. Sie war bereit, ihr gesamtes Leben zurückzulassen, um mit Wegener in den Westen zu gehen. In diesem Augenblick wurde Gombrowitsch noch einmal klar, dass es nur eines Wortes bedurft hätte und sie wäre an seiner Seite durch den Eisernen Vorhang geflohen. Diesen Weg jedoch hatte Gombrowitsch sich selbst verbaut. Juri Mirow und Genossen würden wieselflink für die Rückkehr ihres inoffiziellen Mitarbeiters namens Ikarus sorgen.

Inzwischen hatte Ayana aus der Entfernung den Wagen mit Wegener an Bord entdeckt. Mit Gombrowitsch am Steuer.

Sie blieb stehen. Es schien, als überlege sie, auf dem Absatz kehrtzumachen. Schließlich aber setzte sie ihren Weg fort und steuerte schnurstracks auf den Wagen zu. Schnell öffnete sie die Tür des Fonds und kletterte auf den Rücksitz.

»Was will er hier?« Ihre Stimme klang eiskalt.

»Wir dürfen nur zu zweit in die Stadt, das habe ich dir doch erklärt«, entgegnete Wegener ruhig.

»Du hast nichts von Gombrowitsch gesagt.«

»Er ist der Einzige, dem ich trauen kann.«

»Weil er mich erpresst.« Gombrowitsch startete den Wagen. »Und mir nicht egal ist, was mit dir geschieht.«

Er prüfte Ayanas Reaktion im Rückspiegel. Ihre Blicke trafen sich. Ayana hielt stand.

Niedergeschlagen wandte Gombrowitsch seinen Augen ab.

Beim Losfahren ließ er seinen linken Arm aus dem geöffneten Seitenfenster hängen, wedelte unauffällig mit der Hand. Das verabredete Zeichen. Hintze hatte es ihm eingebläut.

Weder Gombrowitsch noch Wegener hatten eine Ahnung, wo in Addis Abeba die bundesdeutsche Botschaft lag. Und aus gutem Grunde hatten sie davon abgesehen, irgendeinen der Kameraden danach zu fragen. Als sie nach wenigen Hundert Metern auf eine stärker befahrene Durchgangsstraße bogen, waren sie deshalb gezwungen, eines der vielen

Taxis anzuhalten, die dort entlang knatterten. Ein halsbrecherisches Bremsmanöver, kurzes Palaver und einen Dollar später lotste sie ein Fahrer in einem der blau-weißen Taxis durch die Stadt.

Es ging nach Osten. Gombrowitsch unternahm einen letzten Versuch, das Unternehmen abzubrechen.

»Wir werden verfolgt«, erklärte er nach einem Blick in den Rückspiegel. Es war noch nicht einmal gelogen.

»Quatsch nicht!«, rief Wegener. »Wie kommst du darauf?«

Ayana wandte sich erschrocken um und warf einen Blick zurück durch die Heckscheibe.

»Dreh dich nicht um«, befahl Gombrowitsch. »Hinter uns fährt seit dem Krankenhaus ein Wagen. Drei Männer an Bord.«

»Das ist unmöglich.« Wegener wiegelte ab. »Woher sollen die wissen, was wir vorhaben?«

»Keine Ahnung.« Gombrowitsch hatte nicht die Absicht, Wegener zu erklären, von wem die äthiopische Geheimpolizei ihre Informationen bezog.

»Wir müssen abbrechen!«

Vielleicht konnte er retten, was noch zu retten war.

»Nein!« Ayana schüttelte vehement den Kopf. »Ich kann nicht zurück. Niemals. Wir müssen weiterfahren.«

Sie hatte die letzten beiden Nächte wach gelegen und den Gedanken an eine Flucht nach Westdeutschland hin und her gewälzt, Dutzende Male, Hunderte Male. Doch ihre Entscheidung war unumkehrbar. Sie wusste, dass sie ihrem Vater das Herz brach. Aber noch mehr würde sie ihm das Herz brechen, wenn sie Gombrowitschs Kind austrug. Eben das jedoch hatte sie sich fest in den Kopf gesetzt. Sie würde dieses Baby niemals töten. Niemals. Die Folgen waren katastrophal. Sie würde alles verlieren und sich in eine unerwünschte Person verwandeln, geächtet und verachtet. Ihr Vater wäre gesellschaftlich ruiniert. Alles, was er sich für Ayanas Zukunft erträumte und erhoffte, basierte auf der Hochzeit, die er arrangiert hatte: mit einem vielversprechenden jungen Mann aus gutem Hause. Diese Ehe jedoch würde niemals geschlossen. Ayanas

Entscheidung war in gehörigem Maße aus Rebellion gegen ihr fremd-bestimmtes Schicksal gespeist. Das wusste sie selbst. Aber sie konnte nicht anders. Sie hatte keine Wahl. Sie musste Äthiopien verlassen. So sehr sie ihren Vater liebte und ihre Heimat vermissen würde.

Fünfzehn Minuten folgte der Lada dem Taxi. Die Straße führte durch verschiedene Wohngebiete an den Rand der Stadt. Ein Waldstück kam in Sicht. Der kleine Wald wurde von einer übermannshohen Mauer umfasst. Nach gut hundert Metern entlang der Mauer stoppte das Taxi gegenüber der Einfahrt zu dem Gelände. Die Pforte wurde von zwei äthiopischen Soldaten bewacht.

Gombrowitsch wagte nicht anzuhalten und zog langsam an dem Taxi vorbei. Dessen Fahrer deutete durch sein Seitenfenster auf die Einfahrt. *Botschaft der Bundesrepublik Deutschland* stand dort auf einer großen, steinernen Tafel zu lesen.

Das Taxifahrer wendete und verschwand.

Gombrowitschs Puls raste bei hundertachtzig. So sollte es nun also sein. Es gab kein Zurück mehr.

Hinter der nächsten Kurve, knapp fünfzig Meter weiter, stoppte er den Wagen am Straßenrand, schaltete den Motor aber nicht ab.

Wegener atmete schwer. Nur noch fünfzig Meter und zwei äthio-pische Soldaten trennten ihn von Westdeutschland. Ihn und Ayana. Die schöne Frau begleitete ihn tatsächlich. Sie liebte ihn nicht. Das wusste er. Doch die Sache mit der Liebe würde sich schon noch erge-ben. Wenn sie erst mal drüben waren. Er würde sich vorbildlich um das Kind kümmern, das Ayana erwartete.

»Werden die Wachen mich durchlassen?«, fragte Ayana bange.

»Ich bin Westdeutscher und du bist meine Ehefrau, wenn jemand fragt. Wir wurden ausgeraubt. Unsere Pässe sind weg«, beruhigte Wegener sie. »So kommen wir rein. Wie geplant. Und dann erklär ich denen da drinnen, was wirklich los ist.«

Ayana und er hatten alles durchgesprochen. In der gestrigen Nacht, im Schutze der Dunkelheit, oben auf der Mauer zwischen den Grund-stücken ihrer Häuser.

Wegener griff nach einem faustgroßen Stein, den er vor sich im Fußraum des Wagens transportiert hatte.

»Tut mir leid, Jürgen, aber wenn's echt aussehen soll, kommen wir nicht drum rum.«

Gombrowitsch blickte ihn einen Moment lang an.

»Nimm bitte den Hinterkopf. Ich hab keine Lust auf eine Narbe im Gesicht.«

Wegener stieg aus. Um Gombrowitsch von jeglicher Schuld an seiner Flucht rein zu waschen, musste es so aussehen, als hätte Wegener ihn überwältigt.

Gombrowitsch prüfte im Rückspiegel die Lage hinter ihnen auf der Straße. Nur eine Handvoll Fußgänger war zu sehen. Der Fiat, der sie verfolgt hatte, bog im nächsten Moment um die Kurve. Endlich. Keine Sekunde zu spät. Sich von Wegener blutig schlagen zu lassen, stand Gombrowitsch nicht im Sinn.

Wortlos legte er den ersten Gang ein.

Entsetzt musste Ayana zusehen, wie Gombrowitsch den Wagen mit quietschenden Reifen nach vorn preschen ließ. So schnell er konnte, brachte er Abstand zwischen sich und den herannahenden Fiat. Der kam neben dem völlig überrumpelten Wegener zum Stehen. Im selben Moment sprangen zwei Äthiopier aus dem Fahrzeug und schlugen ihm mit den Läufen ihrer Pistolen ins Gesicht. Blutend ging er zu Boden.

»Halt!« Ayana schrie. Durch die Rückscheibe musste sie beobachten, wie Wegener in der Entfernung überwältigt wurde.

Gombrowitsch hielt nicht an. Niemals würde er anhalten. Er hegte keine Rachegedanken gegen Wegener. Gombrowitsch spürte nichts als den unbezähmbaren Drang, seine Haut zu retten. Er wollte nicht mit hinuntergezogen werden, das Wasser reichte ihm bereits bis zur Unterlippe. Er war einfach ein egoistisches Arschloch, wie Wegener richtig bemerkt hatte.

Gombrowitsch würde aus der Scheiße rauskommen, in die ihn Wegener manövriert hatte, dieser bescheuerte Gutmensch. Er musste den Kameraden opfern. Um seiner selbst willen. Und Ayanas.

»Was hast du getan?«, schrie sie. »Die bringen ihn um!«

»Ich rette dich, es geht nicht anders.«

»Ich hasse dich!«, brüllte Ayana voller Wut. »Ich hasse dich!«

Und plötzlich, wie aus dem Nichts, zerreißt es Gombrowitschs Bauch. Der Blinddarm quält ihn wieder.

Sein Unterleib schmerzt fürchterlich. Er kann auf keinen Fall weiterfahren. Ayana zerrt an ihm. Doch der Schmerz nimmt ihm ganz und gar den Atem.

Ayana, die verlockende, die wunderbare, die begehrte Ayana. Sie ist so schön. So nah. Nein. Unmöglich. Zu schön, um wahr zu sein, zu kalt ist es hier, viel zu kalt. Oder doch? Er spürt ein Paar sanfter Hände auf seinem Körper. Sie ist bei ihm. Sie muss es sein. Er weiß genau, wie sich ihre Berührung anfühlt: eine Explosion von Wärme und Geborgenheit und zärtlicher Liebkosung. Plötzlich ist sie ganz nah. Er erkennt ihr Gesicht. Es ist nicht Ayana. Es ist Tesfanesh, seine Tochter. Ihre Arme greifen unter seine Achseln, versuchen, ihn aus dem Auto zu zerren. Seine Tochter ...

»Wer sind Sie? Wer sind Sie?«

Sie zieht ihn mit sich, stolpert, sie gehen gemeinsam zu Boden. Die Schmerzen in seinem Unterleib sind nicht auszuhalten. Er betrachtet seine Hände, die er schützend auf seinen Bauch presst. Sie sind voller Blut, auch rund um ihn herum ist alles voll davon.

»Nein«, möchte er schreien, »Lass mich liegen, mein Schatz, hier will ich mit dir sein, will nie wieder fort. Ich bin dein Vater. Und ich liebe dich.«

Doch er versteht seine eigenen Worte nicht, die tausend heißen Nadeln in seinen Eingeweiden ersticken ihn; er kann nicht sprechen, ihr Gesicht, das wundervolle Gesicht seiner Tochter, erlischt langsam im Dunkel, er kann sie nicht mehr sehen, aber spüren, das Streicheln ihrer Hände hält den unerträglichen Schmerz in Schach, erfüllt ihn mit grenzenlosem, tiefstem, nie gekanntem Glück. Sie ist in Sicherheit, endlich, er hat es geschafft. Er fühlt sich so unsagbar müde, seit zweiundsiebzig Stunden ist er wach, jetzt kann er schlafen, endlich schlafen.

Er spürt ihn kommen. Langsam, ganz langsam. Sanft und warm hüllt ihn der Schlaf in eine weiche Decke, betäubt ihn, lindert seine Qualen, lässt ihn atmen, und die Schmerzen zerstreuen sich, sie verblassen, alles wird gut, alles wird gut, alles wird ...

16:00 Uhr MEZ

Fanny verlor rücklings das Gleichgewicht bei dem Versuch, den Fremden namens Gombrowitsch gemeinsam mit der Polizistin aus dem Fond des Autos zu hieven. Sie war nach all den Strapazen am Ende ihrer Kräfte. Der Typ schrie vor Schmerz, sein Körper begrub Fanny einen Moment lang unter sich, bis es ihr mithilfe der Polizistin gelang sich aufzusetzen. Der Mann verstummte. Nun barg Fanny seinen Oberkörper in ihrem Schoß. Sein Hemd und die Jacke waren nassverklebt von Blut. Sie begann, ihn zu streicheln, unbeholfen, redete ihm gut zu, wusste sich nicht anders zu helfen.

Bach hockte neben ihr und suchte fieberhaft die Halsschlagader Gombrowitschs.

Und suchte.

Und suchte.

»Ihr Vater ist tot«, gestand sie nach einer Weile, flüsterte die Worte mehr, als dass sie sprach. »Es tut mir leid. Sehr, sehr leid.«

Sie legte ihre Hand mitfühlend auf den Arm der zähneklappernden jungen Frau, zog dann ihre Jacke aus und legte sie ihr behutsam um die Schultern.

Fanny blickte auf. Sie schüttelte den Kopf.

»Das ist nicht mein Vater.« Vor Kälte zitternd, hielt sie den toten Mann in ihren Armen und versuchte, irgendetwas zu verstehen.

Allein, es wollte ihr nicht gelingen.

Gesine Bach wusste darauf nichts zu erwidern. Das alles machte keinen Sinn.

Im nächsten Moment wurde ihre Aufmerksamkeit von einem anderen, einem leisen, einem kaum wahrnehmbaren Geräusch in Beschlag genommen.

In der Entfernung heulte der Motor eines Propellerflugzeugs auf.

18:03 Uhr Ostafrikanische Zeit (MEZ + 2h)

Zur gleichen Zeit veränderte das sirrende Rauschen der Triebwerke seine Tonlage, als Svetlana Kolesnikow den Schub weiter drosselte.

Am Erdboden funkelten die Lichtpunkte der Landebahn, doch es war nun fast dunkel und dort unten kaum etwas zu erkennen. Was genau sie erwartete, würde sich erst im Moment des Aufsetzens zeigen. In wenigen Minuten. Wenigstens stand der Wind günstig. In zwei Kilometern Entfernung und fünfhundert Metern Höhe flogen sie entlang der Lichter.

Kolesnikow wagte einen letzten, verstohlenen Seitenblick.

»Bereit für Umkehrschub auf mein Kommando?«

Wegener, der Mann neben ihr, nickte, stöhnte, ergriff die Triebwerkshebel zu seiner Linken und stierte mit halb geschlossenen Lidern stumm geradeaus. Hätte seine Frau ihn nicht mit den Gurten seines Sitzes fixiert, wahrscheinlich wäre er einfach nach vorn heruntergerutscht, saft- und kraftlos, wie er war. Kolesnikow ärgerte sich kurz. Zu dumm, dass ihr die Afrikanerin in die Quere gekommen war. Sie hatte den Mann bereits überwältigt. Noch ein paar Minuten länger, er wäre einfach ausgeblutet und leergelaufen.

Sie hatte keine Zeit mehr zu prüfen, was ihre Widersacherin auf dem Sitz hinter Wegener trieb. Wahrscheinlich beten. Von ihr hatte sie jedenfalls schon länger keinen Ton mehr gehört. Dennoch, die Frau hatte ein Skalpell. Vor dem musste sie sich in Acht nehmen.

Sie schwenkte in den Endanflug. Die Maschine kippte zur Seite und beschrieb eine enge Hundertachtzig-Grad-Kehre. Dann zog sie die Nase der Sierra Foxtrott ein Stück nach oben und fing damit noch mehr Geschwindigkeit ab.

Die neunhundert Meter Bremsweg dort unten würden ansonsten niemals ausreichen.

Das Flugzeug sank rasch ab auf zweihundertfünfzig Meter, rauschte mit dreihundertfünfzig Stundenkilometern dem Erdboden entgegen, wurde langsamer.

Dies würde die Landung ihres Lebens werden.

»Ich habe alles unter Kontrolle«, hatte der Alte am Telefon befohlen. »Bringen Sie die Maschine einfach an Wegeners Ziel.«

So sollte es nun also sein. Auch sonst war alles so eingetroffen, wie der Alte es ihr diktiert hatte. Sie war sich sicher: Wer auch immer dort unten auf sie wartete ... wenn sie das Flugzeug heil herunterbrachte, war sie Millionärin. Und hatte mit dem ganzen verdammten Mist nichts mehr zu tun. Ja, sie würde es schaffen. Zehn Jahre war es her, da gehörte sie zu den Besten ihres Jahrgangs auf der Akademie in Krasnodar. Ohne, dass es ihr etwas nutzte. Nach drei Vergewaltigungsversuchen ihres Ausbilders wusste sie sich nicht mehr zu helfen und zeigte den Mann beim Oberkommando an. Daraufhin wurde sie entlassen. Statt Kampfjets zu fliegen, hatte ihre Karriere diverse Wendungen genommen, bis sie schließlich als Pilotin für die Spezialaufträge halbseidener Kunden geendet hatte. Wer in Russland ein Flugzeug diskret bewegen wollte, wählte Svetlana Kolesnikows Nummer.

Höhe: zweihundertfünfzig Meter, Geschwindigkeit: zweihundertachtzig Stundenkilometer.

Die Maschine lag nun schräg nach oben gestreckt in der Luft, in einem Winkel, der so steil war, dass sie mit der Heckspitze den Boden touchieren und der Rumpf sich mindestens verziehen, wenn nicht bersten würde. Niemals mehr würde sich das Flugzeug nach der Landung in die Lüfte erheben. Kolesnikow steuerte die Sierra Foxtrott ihrer letzten Ruhestätte entgegen. Hauptsache, sie wurden langsamer.

Höhe: einhundertfünfzig Meter, Geschwindigkeit: zweihundertzehn Stundenkilometer.

Das Licht im Cockpit war gedimmt. Schräg unter ihnen jagten Bäume und Büsche durch die Lichtkegel der Landescheinwerfer.

Dutzende Bilder ihres zurückliegenden Lebens zogen an Ayanas innerem Auge vorbei, ihre Mutter, ihr Vater, der junge Gombrowitsch, Wegener, ihre Tochter Tesfanesh ... Ayanas Magen übermittelte gleichzeitig detaillierte Angaben, wie schnell die Maschine in diesem Moment dem Erdboden entgegensank. Ayana fühlte Todesangst, sie versuchte, draußen irgendetwas zu erkennen, doch hinter den Cockpitscheiben herrschte nichts als Finsternis.

»Terrain!«, rief plötzlich eine Stimme. »Terrain!«

Ayana zuckte zusammen. »Was war das«, schrie sie, beide Hände in die Lehnen ihres Sitzes gekrallt.

»Sei ruhig!«, brüllte die russische Pilotin vor ihr. »Es ist nichts!« Das Computersystem des Airbus verfügte, wenig verwunderlich, über keinerlei Koordinaten der Piste, auf der die Maschine gerade landete. Deshalb hielt der Computer die momentane Situation für einen sogenannten gesteuerten Flug ins Gelände und gab eine weitere Warnmeldung von sich.

»Terrain ahead, pull up!«, befahl die Computerstimme, »terrain ahead, pull up«, nachdem immer noch niemand auf die erste Warnung reagiert hatte.

Dreißig Sekunden später schrammte das Heck der Sierra Foxtrott über den Boden der Savanne, das Seitenruder und die Seitenflosse zersplitterten in zig Teile, die in alle Richtungen davon stoben, der Rest des Rumpfes wurde nach vorn katapultiert, die fünfundfünfzig Tonnen schwere Maschine rammte ihr Fahrwerk in die Piste, die Räder pflügten durch das hohe Gras, und eine gigantische Wolke aus Erde und Staub erhob sich – Touchdown.

Im Cockpit wurden Ayana, Wegener und Kolesnikow durch die Wucht des Aufpralls in ihren Sitzen nach vorn gerissen, wären ohne Sicherheitsgurte durch die Scheiben der Kanzel geschleudert worden.

»Umkehrschub!«, schrie Kolesnikow, während ihre Beine mit voller Kraft die Bremspedale im Fußraum durchdrückten. Die Fliehkraft zog und zerrte an ihrem Körper.

Wegener reagierte nicht.

Juli 1990

Es regnet in Strömen, als er an diesem frühen Morgen aus dem Flughafengebäude tritt. Er ist zu erschöpft und hat keinerlei Lust, lange zu verhandeln. Er wirft sich auf den Rücksitz des nächstbesten Taxis und reicht dem Fahrer einen Dollarschein. Die Zieladresse kennt er auch nach zwei Jahren noch auswendig.

Die Nacht hat er im Flieger aus Schönefeld verbracht. Es war die Hölle. Nur mithilfe starker Reisemedikamente hat er die sechs Stunden in dem engen Flugzeugrumpf überstehen können, umringt von rund hundertzwanzig fremden Menschen.

Die unzähligen Stunden, Tage und Wochen der Isolationshaft im Bautzener Stasi-Knast fordern ihren Tribut. Tigerkäfig haben sie die Zellen genannt. Schließt er die Augen, kann er sie auch jetzt, nach eineinhalb Jahren, immer noch riechen. Zwei Meter fünfzig Mal einen Meter fünfzig, ohne Toilette, ohne Heizung, alle dreißig Minuten von einem Wärter durch den Spion in der Zellentür kontrolliert.

Er erträgt es nicht mehr, irgendeiner Form von Enge ausgeliefert zu sein. Es hat jedoch keine Alternative zu einer Flugreise gegeben.

Sich mit dem Auto auf den Weg nach Addis Abeba zu machen, hätte zu lange gedauert, mit minimalen Erfolgsaussichten.

Zehn Minuten später hält das Taxi in der altvertrauten Straße vor dem altvertrauten Tor. Er steigt aus. Sein Puls beschleunigt sich. Seine Müdigkeit weicht schnell einem aufgeregten, mulmigen Gefühl der Vorfreude. Wird er sie gleich wieder treffen? Er wünscht nichts sehnlicher, als Ayana wiederzusehen.

Der Himmel hat alle Schleusen geöffnet. Die Regenzeit ist im Monat Juli besonders heftig.

Er ist durchnässt bis auf die Haut, als auf sein Klopfen hin das Tor geöffnet wird. Vor ihm steht Feker, die Mamita des Hauses. Sie erkennt ihn nicht. Die alte Frau wirkt gebeugt und traurig. Ganz anders als vor zwei Jahren. Er stellt sich vor und fragt nach Doktor Geresu beziehungsweise dessen Tochter. Feker nickt kurz und bittet ihn herein.

»Doktor Geresu wird gleich kommen«, erklärt sie und führt ihn unter ihrem Regenschirm durch den Hof zum Eingang des Hauses.

Sein Herz schlägt ihm bis zum Hals. Er mustert im Vorbeigehen verstohlen die Mauer, die Garten und Hof vom benachbarten Grundstück trennt. Hier hat er Ayana das vorletzte Mal gesehen und mit ihr gesprochen. Die Mamita geleitet ihn in das Wohnzimmer, wo er in einem der schweren Sessel versinkt. Wäre er nicht so aufgeregt, hätte er sich hier gut und gern mit einem Nickerchen von den Strapazen der Reise erholt.

Doktor Solomon Geresu betritt das Zimmer.

»Was kann ich für Sie tun?«

Innerhalb von zwei Jahren hat er sich von einem älteren Herrn in einen alten Mann verwandelt. Die Worte des Doktors klingen äußerst reserviert.

Er stellt sich vor.

»Ich weiß, wer Sie sind«, antwortet Solomon kühl. »Was wollen Sie von mir?«

»Kann ich Ihre Tochter sprechen?«

Er hat keinen konkreten Plan, wie in diesem Moment zu verfahren ist. Er will einzig Ayana sehen, versichert sein, dass es ihr gut geht, mit ihr sprechen.

Doktor Solomon musterte ihn kalt, mit versteinertem Gesicht.

»Meine Tochter ist tot. Bitte gehen Sie.«

Wie er wieder auf die Straße gelangt ist, kann er sich später nicht mehr erinnern. Er weiß nur, dass die Welt eingestürzt ist. Als er wieder zu sich kommt, prasselt der Regen auf ihn herab. Er sitzt verheult und verloren vor dem Tor der Familie Geresu.

Einzig der Gedanke an Ayana hat ihn die letzten beiden Jahre überstehen lassen, hat ihm Kraft gegeben während ungezählter Verhöre, hat ihn gewärmt in der Finsternis seiner Isolationszelle, allein mit sich und seinen Gedanken. Ayanas Bild trug ihn auch durch die Dunkelheit nach seiner Zeit im Gefängnis, als er in einem schwarzen Loch aus Depression und Angst kauerte und der Rest seines Lebens endgültig verloren schien. Die Möglichkeit, ihr irgendwann wieder gegenüberzustehen, sein Versprechen wahrzumachen, sie nach Deutschland zu holen, sie glücklich zu machen, ihr Kind großzuziehen. Das war seine letzte Hoffnung.

In diesem Augenblick ist sie zu Staub zerfallen.

Eine Woche zuvor noch hat er die Nacht zum 1. Juli vor einer Bankfiliale in Dresden ausgeharrt und gehört mit ein paar Hundert anderen zu den ersten DDR-Bürgern, die um kurz nach Mitternacht die neue Westmark in Händen halten. Er hebt die kompletten viertausend D-Mark ab, die er nun auf dem Konto hat, nimmt den ersten Morgenzug nach Berlin und kommt bei einem alten Kameraden in Pankow unter. In der Ost-Berliner Botschaft Äthiopiens wartet er drei Tage auf ein Visum. Am Flughafen Schönefeld kauft er schließlich ein Ticket nach Addis Abeba. Vor acht Stunden ist er mit dem Mut der Verzweiflung in die Interflug-Maschine geklettert.

Und nun ist Ayana tot.

Er wird sich noch heute das Leben nehmen. Alles andere ist sinnlos.

Um ihn herum regnet es jetzt nicht nur vom Himmel hoch, gleichzeitig beginnt es auch zu ruckeln, rütteln und gewaltig zu tosen. Will die Welt endgültig in der letzten Flut versinken? Durch das Beben fühlt er eine Hand auf seiner Schulter. Die alte Feker steht mit traurigen Augen neben ihm, den Regenschirm in ihrer Hand.

»Ayana ist nicht tot«, schreit die Frau durch den strömenden Regen und das tosende Brüllen.

Die Alte drückt ihm im Schutze ihres Schirms einen Zettel in die Hand. Darauf erkennt er amharische Schrift. Was sie zu bedeuten hat, weiß er nicht. Er kann auch nicht mehr fragen, denn das Ruckeln und Schaukeln um ihn herum lässt ihn mit einem Mal die Augen öffnen …

18:08 Uhr Ostafrikanische Zeit (MEZ + 2h)

Unvermittelt schreckte Wegener aus seinem ohnmächtigen Traum. Die Sierra Foxtrott preschte in rasender Geschwindigkeit die verwilderte Buschpiste entlang. Im Cockpit ruckelte, zitterte und bebte es gewaltig. Geistesgegenwärtig riss Wegener die Schubhebel der Triebwerke zurück.

Voller Umkehrschub.

Die Turbinen heulten auf, und alle Antriebskraft wurde nach vorn ausgestoßen, um die Geschwindigkeit der Maschine abzufangen. Das Licht der Bug- und Landescheinwerfer verschwand im selben Moment in einer undurchdringlichen Staubwolke, die Svetlana Kolesnikow am Steuer der Maschine jegliche Sicht nahm. Eingehüllt in einen riesigen Dreckwirbel jagte die Sierra Foxtrott mit hundertachtzig Stundenkilometer über die ehemalige Buschpiste, ein erbarmungsloses Rattern und Ruckeln, Zittern und Beben.

Wegener stieß ein schauerliches Gebrüll aus, so als könnte allein die Kraft seiner Lungen die Maschine zum Stehen bringen, so wie er an diesem Ort vor Jahrzehnten bereits die Antonow zum Stehen gebracht hatte. Und auch Ayana konnte nicht mehr an sich halten, brüllte aus Leibeskräften, ließ ihrer Angst freien Lauf, sie durften nicht zerschellen, nicht verbrennen, sie mussten es schaffen, überleben.

Draußen verfolgten die bewaffneten Männer um Rainer Hintze das Schauspiel, in Ehrfurcht erstarrt. Das Flugzeug hatte in der Dunkelheit nahezu exakt am Ende der verwilderten Buschpiste aufgesetzt, neunhundert Meter entfernt, das Heck war auf den Boden geschlagen und in Trümmern auseinandergebrochen, nun raste die Maschine unaufhaltsam näher, in einer immensen Wolke aus Staub und Dreck, dem Ende der Piste entgegen.

Und absolut nichts deutete darauf hin, dass sie jemals rechtzeitig zum Halten kam.

»Scheiße«, entfuhr es Hintze.

Erst jetzt wurde ihm gewahr, dass ihr LKW im Bremsweg des heran-
rauschenden Jets parkte.

»Wegfahren«, schrie er seine Männer auf Amharisch an, »wegfahren!« Er selbst nahm die Beine in die Hand.

Einer der Söldner schwang sich ins Führerhaus des Lasters und betätigte den Anlasser. Der Motor orgelte. Das Flugzeug jagte näher und
näher, die Triebwerke jaulten in ohrenbetäubender Lautstärke, der
Motor des LKW röhrte weiter, sprang aber nicht an. Wild fluchend
rettete sich der Söldner aus dem Laster und brachte sich so schnell er
konnte in Sicherheit.

Nur Solomon Geresu rührte sich nicht von der Ladefläche. Gebannt
lugte er hinter der Plane des Lasters hervor, verfolgte, wie die riesige,
kreischende Staubwolke näher und näher kam. Er würde nicht weg-
rennen, war dazu nicht in der Lage. Er hatte beschlossen, dass dies
die bessere Art zu sterben war, verglichen mit der Aussicht, von den
Kugeln einer Maschinenpistole durchsiebt zu werden. Seine Tochter
saß in der Maschine, die sein Ende bedeutete. War es eine sarkastische
Laune oder der unergründliche Wille Gottes? Würde Ayana überleben,
wenn er sich hier und jetzt opferte?

Er ließ sich im Schutze der LKW-Plane auf der Ladefläche nieder,
schloss die Augen, begann zu beten und erwartete den Tod.

16:09 Uhr MEZ

Währenddessen kam über Funk die Freigabe der Luftverkehrskontrolle.
Juri hatte seine Cessna bereits gestartet und rollte nun über das Vorfeld
des Eisenacher Flugplatzes. Nur noch ein paar Hundert Meter, dann
hatte er es geschafft. Er würde Deutschland verlassen.

Binnen Minuten würde er als Georg Mirow seiner Heimat für immer
den Rücken kehren; der Name, unter dem er vor fast zweiundsiebzig
Jahren geboren worden war. Seine zweite Identität als Doktor Winfried
Baumgarten, seit den Wirren der Wende eine praktische Hinterlas-

senschaft seiner Vergangenheit beim Ministerium für Staatssicherheit, hatte ihm in den letzten zwanzig Jahren sehr viel Privatsphäre und lukrative Möglichkeiten bei der Werkschutz AG verschafft. In zweieinhalb Stunden würde er mit seinem Flugzeug den kleinen Flugplatz Letňany in Prag erreichen, mit einem Taxi zum internationalen Flughafen fahren und dort die Abendmaschine in Richtung Istanbul besteigen, von wo es per Nachtflug nach Addis Abeba weiter ginge. Am nächsten Morgen dann würde er mit einem Inlandsflug in Gondar landen.

Hintze und die fünfhundert Millionen Euro erwarteten ihn dort.

Es war alles vorbereitet.

Am Ende der Taxiway bog er auf die Startbahn und hatte mit einem Mal das komplette, tausendsiebenhundert Meter lange Betonband vor sich. Es dämmerte bereits. Die Nacht nahte heran und die Wolken hingen tief.

Juris Herz pochte vor wohliger Aufregung, so wie jedes Mal kurz vor dem Start. Er betätigte den Gashebel und die Cessna beschleunigte.

Wenige Sekunden später sah er, ein paar Hundert Meter entfernt, sein eigenes Auto aus den Büschen brechen. Der SUV rumpelte auf die Startbahn und stürmte in halsbrecherischer Geschwindigkeit seiner Maschine entgegen.

»Was, zum Teufel ...«

18:10 Uhr Ostafrikanische Zeit (MEZ + 2h)

Mit einem Mal verschwand die Fliehkraft. Verstummte das Kreischen der Turbinen. Verhallte das Gebrüll im Cockpit.

Schwer atmend hing Ayana in ihrem Sitz. Ihr Herz galoppierte. Sie hörte, wie die Hebel der Schubkontrolle in die Leerlaufstellung rasteten. Sie öffnete die Augen.

Svetlana Kolesnikow ließ die Verschlüsse ihres Gurtsystems aufschnappen und atmete tief durch. Schließlich wandte sie ihren Blick zu Wegener, der auf dem Sitz neben ihr keuchend in seinem Gurt hing.

Sein Gesicht war fahler denn je. Doch er erwiderte ihren Blick. Seine Lippen verzogen sich. Ein Lächeln erschien. Wurde breiter. Verwandelte sich in ein schwaches zwar, aber ein befreites Lachen.

Kolesnikow fiel mit ein. Pures, glückliches, schallendes Gelächter entfuhr ihrer Kehle.

Lachend erhob sie sich.

Bevor Ayana die Situation erfasste, hatte Kolesnikow bereits einen Schritt auf sie zu gemacht. Aus dem Nichts traf ihre Faust Ayanas Nase, eine Explosion von tausend Funken und Nadelstichen zugleich. Ayanas Augen füllten sich mit Tränen, sie konnte nichts dagegen unternehmen, sie war der Angreiferin wehrlos ausgeliefert.

Doch die ließ von Ayana ab und war im nächsten Moment zur Cockpit-Tür hinaus.

»Ayana!«, stöhnte Wegener, doch seine Frau war noch nicht einmal in der Lage ihre Sicherheitsgurte zu lösen, der Schmerz in ihrem Gesicht betäubte sie ganz und gar.

Währenddessen hatte Kolesnikow bereits die nächstgelegene Kabinentür entriegelt, schwang sie nach außen und wurde von warmer, feuchter Luft empfangen. Automatisch aktivierte sich die Notrutsche, wurde mit Pressluft befüllt und entfaltete sich binnen Sekunden. Einen Moment später sprang Kolesnikow, die Füße voran, in den aufgepumpten Plastikkanal, an dessen Ende eine Million Euro warteten.

16:11 Uhr MEZ

Gesine Bach hielt das Lenkrad des Wagens umklammert und trat das Gaspedal durch, während die Cessna frontal auf sie zu raste. Plötzlich lagen nur noch ein paar Dutzend Meter zwischen ihr und dem Flugzeug.

Warum machst du so einen Schwachsinn?, schalt sie sich. Was willst du hier? Du fährst im Kofferraum die Leiche eines Halunken spazieren, hast einem anderen Halunken den Schädel eingeschlagen, lässt eine arme Frau mit ihrem toten Vater allein, musst unbedingt Jagd auf das Arschloch da vorn machen. Warum? Deine Kollegen werden ihn ohnehin schnappen, egal, wohin er auch flieht.

Ihr Jagdinstinkt war schlicht geweckt. Der Mann dort hinter dem Steuerknüppel hatte ihren Tod befohlen und eine Menge anderer Menschen auf dem Gewissen. Niemals würde sie jemanden wie den ominösen Doktor Baumgarten einfach so davonkommen lassen.

Hundertzwanzig Meter, hundertzehn Meter, die Cessna machte keinerlei Anstalten, ihre Fahrt zu verringern.

Das war des Guten zu viel. Bach zwang sich zu einer Vollbremsung, flüchtete aus dem Auto und versuchte, so viel Distanz zwischen sich und das Fahrzeug zu bringen, wie es eben ging.

»Hirnlose Hornochsen«, schrie Juri, während er erkannte, dass es die vermaledeite Kommissarin war, die vor ihm aus dem Wagen stürzte und sich in Sicherheit brachte. Nichts, aber auch gar nichts konnte man den verfluchten Dilettanten überlassen, die er für diese Operation engagiert hatte. Juri aber würde der verdammten Polizistin ein Schnippchen schlagen. Er erhöhte kurzentschlossen die Geschwindigkeit und mithilfe der Startklappen den Anstellwinkel. Die Maschine würde sich früher und steiler als geplant in die Luft erheben. Er wollte es schaffen, er würde es schaffen. Juri lachte ein heiseres, triumphierendes Lachen. Sekunden später, wenige Meter vor dem SUV auf der Startbahn, hob die Cessna ihre Nase in die Höhe und stieg steil nach oben, touchierte jedoch mit dem Heck das Dach des Autos und geriet ins Trudeln. Juri verlor die Kontrolle über die Maschine, während plötzlich eine Stimme durch sein Headset dröhnte: »Luftfahrzeug Delta Echo Hotel Juliett Tango, hier spricht die Polizei, kehren Sie sofort zum Flugplatz Eisenach zurück.«

Die Polizeihubschrauberstaffel in Erfurt war vor zwanzig Minuten vom Landeskriminalamt in Wiesbaden alarmiert worden. Wie aus dem Nichts erschien einer der Helikopter über dem Wald neben der Startbahn. Das Brausen der Rotoren war ohrenbetäubend. Die gleißenden Scheinwerfer durchschnitten die Dunkelheit.

Überwältigt von all dem, was sie am heutigen Tage überlebt hatte, beobachtete Gesine Bach unten auf dem Boden, wie Baumgartens Cessna in die Höhe trudelte und keinerlei Möglichkeiten hatte, dem Helikopter auszuweichen.

Verdammte Scheiße, war im selben Moment Juris letzter, wütender Gedanke – zu spät. Rasend schnell kam ihm das blendend weiße Licht entgegen.

Im nächsten Moment verwandelten sich die Cessna und der Polizeihubschrauber in einen gleißenden Feuerball.

18:12 Uhr Ostafrikanische Zeit (MEZ + 2h)

Zur gleichen Zeit öffnete Solomon Geresu seine Augen.

Seine Hände gaben vorsichtig seine Ohren frei.

Der ohrenbetäubende Lärm war verstummt.

Und er selbst am Leben.

Mühsam rappelte er sich hoch.

Er wagte einen erneuten Blick hinter der Plane des LKW hervor.

Kaum einen Meter von der Ladefläche entfernt erhob sich die Nase eines dreckverschmierten Airbus in die Höhe. Die Staubschwaden um die Maschine lichteten sich langsam.

Es herrschte eine fast unwirkliche Stille. So, als wäre das Inferno der letzten Minuten niemals geschehen.

Eine Notrutsche entfaltete sich zischend am vorderen Backbordausgang des Flugzeugs. Sekunden später sauste eine Gestalt dem Boden entgegen, landete auf den Füßen und blickte sich suchend um.

Eine Frau.

Eine weiße Frau, die nicht seine Tochter war.

Solomon kletterte zittrig von der Ladefläche des Lasters.

Die Fremde entdeckte ihn. Sofort näherte sie sich mit schnellen Schritten und war im Nu bei ihm.

»Hat Juri Sie geschickt?«, fragte sie auf Englisch.

Im Mondschein erkannte Solomon, dass die Haare und die Kleidung der Frau mit weißem Pulver verkrustet und ihr linkes Auge geschwollen war. Er konnte nichts erwidern. Doch sein ungläubiges Entsetzen stand ihm ins Gesicht geschrieben. Wer war diese Frau? Wo waren Ayana und sein Schwiegersohn?

»Willkommen in Metema«, erklang Rainer Hintzes Stimme in Solomons Rücken. Der ehemalige Botschaftssekretär trat mit seinen Gefolgsleuten aus dem Dunkel hervor. »Svetlana Kolesnikow, nehme ich an?« Er grinste. »Juri Mirow hat mich geschickt, um Sie hier zu empfangen.«

Kolesnikow atmete auf. Der alte Mann mit der heiseren Stimme hatte in allem die Wahrheit gesprochen. Sie war gerettet. Und eine reiche Frau. Sie sog die warme Abendluft ein. Dann entledigte sie sich des Jacketts ihres Hosenanzuges. Heute Morgen war sie bei Temperaturen knapp über dem Gefrierpunkt gestartet. Die Kleiderwahl erwies sich unter tropischen Bedingungen als unangemessen.

»Sind noch weitere Personen an Bord?«, fragte Hintze sanft.

Zwei der Söldner postierten sich an der Notrutsche und richteten ihre Maschinenpistolen auf den offenen Eingang, der zwei Meter über ihnen im Rumpf der Maschine klaffte.

»Ein Pilot und seine Frau.«

»Eine Farbige?«

Kolesnikow nickte.

»Sind die beiden bewaffnet?«, hakte Hintze nach.

»Den Piloten habe ich kampfunfähig gemacht«, grinste Kolesnikow, nicht ohne Stolz. »Und die Frau hat nichts als ein Skalpell.«

»Sehr gut«, nickte Hintze zufrieden. »Ich danke Ihnen für Ihren vorbildlichen Einsatz.«

Kolesnikow nickte ergeben. Die Million Euro hatte sie sich heute redlich verdient.

Hintze gab dem dritten Söldner neben ihm ein Zeichen.

Dessen Maschinenpistole feuerte los.

Oben im Cockpit der Sierra Foxtrott zuckte Ayana entsetzt zusammen. Sie beobachtete wie die russische Pilotin von der Wucht der Kugelsalve nach hinten gerissen wurde und rücklings im Savannengras landete.

Im nächsten Augenblick sah sie ihren Vater, der zittrig auf die Knie ging und die Verletzungen der Frau untersuchte. Niemals zuvor hatte Ayana eine derartige Angst um ihn verspürt.

»Ayana«, keuchte Wegener hinter ihr. Sie löste sich aus ihrer Starre, drehte sich zu ihrem Mann. Wegener hatte ein kleines Aufbewahrungsfach in der Wandverkleidung neben sich geöffnet. Mit letzter Kraft förderte er dessen Inhalt zutage. Seine Hände bebten.

»Nimm«, flüsterte er.

Neunzig Sekunden später hangelten sich zwei der Söldner auf der Notrutsche in die Höhe. Ein Seil dort am Rande führte ins Innere des Flugzeugs.

Der Erste der Männer reckte seinen Oberkörper in die verdunkelte Kabine, um die Lage zu prüfen. Kaum einen Meter entfernt hockte eine Frau auf dem Boden der Kabine. Hielt sie eine Waffe im Anschlag?

In der nächsten Sekunde betätigte Ayana den Abzug. Zwei Mal. Eines der beiden Projektile fand sein Ziel in der Brust des Söldners, der Mann schrie, schlidderte rücklings die Notrutsche herab und riss dabei seinen Kameraden mit sich.

Hintze fluchte wild. Wieso hatten die da drinnen eine Waffe?

Ayana indes blieben noch sechzehn Schuss übrig.

Sechzehn Kugeln in zwei Pistolen, allesamt registriert bei der deutschen Bundespolizei und zu den beiden Beamten gehörig, die am frühen Morgen an Bord gegangen waren, um die fünfhundert Millionen Euro an Bord zu bewachen.

Das Adrenalin rauschte in Ayanas Adern, ihr Herz schlug wie wild, ihre Nase schmerzte höllisch. Der Rest der Bande da draußen war nun gewarnt. Sie wusste, dass sie und Wegener keine Chance hatten. Doch niemals würde sie sich ergeben, auch wenn dies hier das Ende von allem war. Sie hatte keine Zeit zu trauern, um ihren Mann, ihren Vater, ihre Tochter, die sie nie mehr wiedersehen durfte. Nur ein Gedanke beherrschte ihr Denken: Sie würde ihr aller Leben so teuer wie möglich verkaufen.

»Herr und Frau Wegener! Kommen Sie heraus, dann wird Doktor Geresu nichts geschehen«, rief Hintze draußen wütend.

Einer der beiden verbliebenen Bewaffneten packte den alten Mann. Hilflos wurde Solomon neben Hintze geschleift.

»Ich weiß, dass Sie uns umbringen werden«, rief Ayana mit bebender Stimme. »Kommen Sie rein und holen Sie uns.« Tränen traten ihr in die Augen. »Es tut mir leid, Vater!«, schluchzte sie. »Ich hätte dich niemals mit hineinziehen dürfen!«

Solomon, draußen am Fuße der Maschine, richtete sich kerzengerade auf. Er war überglücklich, als er die Stimme seiner Tochter hörte. Ein letztes Mal.

»Ich bin stolz auf dich, mein Kind!«, rief er zitternd.

»Vergessen Sie nicht Ihre Tochter, Frau Wegener!« Hintze wurde ungehalten. »Juri Mirow wird nicht amüsiert sein, wenn das hier zu keinem guten Ende kommt.«

Ayana begann zu lachen.

Jetzt, in diesem Moment, so unendlich weit weg von zu Hause, konnte sie es plötzlich wieder spüren. Klar und deutlich. Sie wusste, dass Fanny in Sicherheit war.

»Meine Tochter hat sich selbst befreit«, lachte sie. »Ich habe mit ihr telefoniert. Heute Morgen noch. Sie ist frei.«

War das wahr? Eine Welle puren Glücks durchströmte Solomon Geresus Körper. Er fiel auf die Knie und dankte Gott. War Tesfanesh gerettet? War sein Tod wirklich nicht umsonst?

Hintze hingegen war völlig irritiert. Das konnte nicht sein. Schwachsinn! Wie konnte die Frau dort drinnen so etwas behaupten? Juri hatte davon keinen Ton erwähnt!

Er dachte kurz nach, beschloss dann aber, dass es ihm herzlich egal sein konnte. All das lag in fünftausend Kilometern Entfernung und war irrelevant. Wichtig war einzig der Fakt, dass sich der Laderaum des Flugzeugs von außen öffnen ließ. Sie würden das Geld in den Laster laden. Und am Ende die Maschine in Brand stecken. Wer auch immer sich dann noch an Bord befand, würde mit in Flammen aufgehen.

Hintze zückte einen kleinen Revolver, den er in seiner Westentasche bei sich trug. Er war zufrieden mit sich und der Welt. Das Weibsstück hatte also nichts zu verlieren? Das wollte er zuvor noch prüfen.

»Frau Wegener, dann sagen Sie jetzt Lebewohl zu Ihrem Vater.« Er richtete seine Waffe gegen die Schläfe des alten Arztes, der neben ihm kniete, die Augen geschlossen.

»Ayana«, schrie Solomon, »ich liebe dich, vergiss das nie, mein Schatz!«

Ein warmer Lufthauch strich über seine Wange, als von hinten und im hohen Bogen die schwere Klinge einer Machete heranflog. Bevor der ehemalige Genosse Botschaftssekretär den Abzug seiner Pistole betätigen konnte, riss die Klinge dessen Arm mit sich nach unten, trennte die Hand beinahe ab. Hintze schrie auf.

Im selben Moment knallten Schüsse.

Brüllend vor Erstaunen, vor Schrecken und unsäglichem Schmerz stierte Hintze auf die klaffende Wunde, die bis gerade sein Handgelenk gewesen war.

Eine kleine, drahtige Gestalt hatte sich unbemerkt in Hintzes Rücken geschlichen: Caleb, der schweigsame Taxifahrer aus Gondar. Er hob die Machete ein zweites Mal und machte Rainer Hintzes Gebrüll ein Ende. Für immer und ewig. Hinter Caleb standen vier Männer mit qualmenden Schrotflinten. Lautlos hatte sich die Gruppe genähert, im Schutze der Nacht. Der zweite Söldner war von ihren Schüssen niedergestreckt worden. Der dritte Bewaffnete floh in panischem Schrecken in die Dunkelheit.

Solomon starrte auf den erschlagenen Hintze neben sich.

»Vater?«, hörte er Ayanas besorgte Stimme aus dem Inneren der Maschine. »Vater, was ist geschehen? Was ist mit dir?«

»Es ... es ist alles gut!« Er benötigte eine Weile, um zu verstehen, was sich gerade ereignet hatte.

Caleb half dem alten Arzt, wieder auf die Beine zu kommen.

»Ich war bei meiner Familie, hinten in Metema. Ich sah das Flugzeug am Himmel«, erklärte er mit seinem gewohnt ausdruckslosen Gesicht. »Da wusste ich, dass du keinen Scherz gemacht hast. Ist das wirklich deine Tochter da drin?«

Solomon nickte, brach in glückliches Gelächter aus und umarmte den Taxifahrer voll Dankbarkeit.

»Ich habe meine Vettern überredet, herzukommen und nach dem Rechten zu schauen.«

»Warum, bei Gott?«, lachte Solomon und schüttelte den Kopf.

»Männer wie die in dem Laster bedeuten immer Ärger«, entgegnete Caleb stoisch.

Da erklang wieder die Stimme Ayanas.

»Vater, hilf mir!« Sie war in Panik. »Mein Mann hat kaum noch Puls, wir müssen ihn hier wegbringen. Schnell!«

Wie durch ein Wunder war die Notrutsche von den Schrotladungen aus den Flinten der Männer verschont geblieben. Ohne zu zögern kletterten Caleb und zwei seiner Cousins an dem seitlich angebrachten Halteseil die Rutsche hinauf in die Maschine. Dort hatte Ayana keine Zeit, sich zu fragen, wer die fremden Männer waren. Sie erklärte den dreien, was zu tun war. Mit äußerster Vorsicht begannen Caleb und seine Vettern, den leblosen Wegener über die Rutsche in Richtung Boden gleiten zu lassen, hinein in die Arme der beiden Cousins, die am Fußende bereitstanden.

In diesem Moment rumpelten, von der Nationalstraße kommend, die ersten Fahrzeuge über den Feldweg.

Die Buschpiste lag nur wenige Kilometer entfernt des Sechstausend-Einwohner-Städtchens Metema. Und es herrschte keine Ausgangsperre wie im Jahre 1988. Deutlich war das herannahende Flugzeug am dunklen Himmel über den Häusern zu sehen und seine kreischenden Turbinen zu hören gewesen. Das Spektakel hatte folgerichtig eine große Zahl Schaulustiger angelockt.

Während nun Wegener aus der Maschine geborgen wurde, trafen zu Ayanas Entsetzen immer neue Bewohner Metema ein – in Autos, auf Fahrrädern, manche gar zu Fuß. Unter den mehr als einhundert Neugierigen, bewaffnet mit Fackeln und Handlampen, befand sich auch ein Trupp örtlicher Polizisten.

Es dauerte nicht lange, bis die Beamten im allgemeinen Tohuwabohu um das Flugzeugwrack herausfanden, wer für die Ankunft der Maschine verantwortlich war. Zielstrebig steuerten mehrere der Polizisten auf Ayana zu. Allzu auffällig stach sie aus der Menge heraus, die einzige Frau inmitten des Chaos, in eine Pilotenuniform gekleidet, das Gesicht grün und blau geschwollen. In dem tosenden Volksauflauf, der mittlerweile um die Überreste des Airbus tobte, trat Ayana den Polizisten entgegen. Ihr Herz raste. Sie musste alle Aufmerksamkeit auf sich ziehen, während Solomon, der bewusstlose Wegener sowie Caleb und seine Cousins von der Menschenmenge verschluckt wurden.

Bei Gott, wie sollte Ayana ihren Mann jemals rechtzeitig in die Obhut eines Chirurgen bringen? Jede Minute, die sie hier vergeudete, brachte Wegener dem Tod und sie selbst dem Gefängnis ein Stück näher.

Ein groß gewachsener Mittvierziger mit dunklem Schnäuzer baute sich vor ihr auf.

»Ich bin Theodros Omahirie, der Chef der Polizei von Metema.« Der Befehlshaber sprach ein perfektes Englisch. »Sind Sie, wenn ich fragen darf, die Pilotin dieses Flugzeugs?«

Ayana schwieg. Ihre Knie wurden weich.

»Ich sehe hier einen Passagierjet, der offensichtlich notgelandet ist«, bohrte Polizeichef Omahirie höflich weiter. »Aber keine Passagiere.«

Ayana nickte. Und schwieg.

»Stattdessen liegen hier vier Leichen mit Schuss- und Stichverletzungen.«

Ayana nickte weiter.

»Zwei Weiße und zwei Äthiopier«, ergänzte Omahirie.

Ayana schwieg beharrlich.

»Wer sind Sie? Und was haben Sie mit der Sache zu tun?«

Inzwischen klang der Tonfall des Polizeichefs weit weniger höflich.

In Omahiries Rücken – unter den Augen des restlichen Dutzends Polizisten – begannen die Einheimischen, die herrenlosen Handgepäckstücke aus der ansonsten leeren Maschine zu laden. Was sie damit vorhatten, war offensichtlich. Es der German Continental zwecks Rücklieferung an die geprellten Passagiere zu übereignen, definitiv nicht ihre Absicht.

In jenem Moment erkannte Ayana die letzte und einzige Möglichkeit, allen Fragen auszuweichen, ihrer bevorstehenden Verhaftung zu entkommen und vielleicht das Leben ihres Mannes zu retten.

»Ich bin Äthiopierin«, brach es in Amharisch aus ihr heraus. »Das, weshalb ich gekommen bin, befindet sich dort ...«

Wort- und gestenreich deutete sie auf das Flugzeugwrack und den altersschwachen Militär-LKW, mit dem Hintze und seine Vasallen hierhergekommen waren. Wenn der nicht mehr fahrtüchtige Laster nah genug an die Laderäume herangeschoben würde, könnte sie der Polizei den Grund für ihr Auftauchen zeigen.

»Was soll dort drin sein?« Polizeichef Omahirie blieb misstrauisch. »Eine Bombe?«

»Lassen Sie mich die Klappe öffnen«, flehte Ayana. »Sie müssen es selbst sehen, um zu verstehen.«

Und tatsächlich. Der Polizeichef ließ sich erweichen und den Laster an die vordere Backbordseite des Flugzeugs schieben. Ayana kletterte zitternd auf die Fahrerkabine des LKW. Es gelang ihr, die Ladeklappe zu öffnen. In blickdichte Netze verpackt fand sie die vier großen Paletten seitlich in den Laderaum geschoben und verzurrt. Ayana verlangte nach einem Messer. Das war aus der Menge schnell gereicht. Vorsichtig durchtrennte sie die Netze. Durchsichtige Folie kam zum Vorschein. Auch die war behände durchschnitten. Als Ayana begann, Bündel um

Bündel von Hundert-Euro-Scheinen in die Menschenmenge unter ihr zu schaufeln, ging ein Johlen und Jubeln durch die Reihen. Europas Währung löste einen Sturm der Begeisterung unter den Bewohnern von Metema aus.

Ayana kletterte schließlich unter grölendem Applaus vom Dach des LKW herab. Dutzende andere aus der Menge versuchten, den schwankenden Laster zu erklimmen, diejenigen, denen es gelang, setzten Ayanas Werk begeistert fort.

»Es ist genug für alle da«, erklärte sie dem völlig entgeisterten Polizeichef. »Fünfhundert Millionen Euro.«

Omahirie wusste nichts weiter zu erwidern. Er nickte.

Ayana griff seinen Arm.

»Niemand ist jemals hier gewesen. Das Flugzeug muss einfach verbrennen.« Sie beschwor den Polizisten. »Und die Toten mit ihm. Sie waren böse Menschen. Sehr böse Menschen.«

Inzwischen flogen aus dem Bauch des Flugzeugs die Geldbündel und Gepäckstücke über ihre Köpfe hinweg wie Süßigkeiten bei einem Karnevalsumzug. Polizeichef Omahirie verstand. Die Menschen jubelten. Das Geld, das hier unter die Leute gebracht wurde, bedeutete für jeden einzelnen einen unermesslichen Reichtum. Es gab weder Grund noch Möglichkeit, das Ganze rückgängig zu machen. Ein Flugzeug war gelandet. Es barg einen Schatz. Mehr Details waren überflüssig.

Ayana reichte dem Polizisten die Hand. »Ich werde jetzt gehen.«

Polizeichef Omahirie musterte sie ungläubig.

Dann ergriff er ihre Rechte.

Das dichte Gedränge und das dröhnende Schnattern und Gemecker der Menschen nimmt Fanny jeden Atem. Sie will hier raus, einfach nur weg, doch aus der schier unendlichen Traube von Leibern, die sich auf dem überfüllten Bahnsteig versammelt hat, gibt es kein Entrinnen. Endlich fährt eine U-Bahn ein, kommt zum Halten, ihre Türen gleiten auf, die Menge teilt sich und Fanny findet sich in einem menschenleeren Waggon wieder. Nur ein groß gewachsener Rastafari sitzt ihr gegenüber. Er ist in einen ausladenden schwarzen Daunenmantel gehüllt. Fanny erkennt den Mann. Sie ist ihm am Bahnhof in Frankfurt begegnet. Er mustert sie. Unter der schwarz-grün-gelben Wollmütze türmt sich ein riesiger Berg Dreadlocks. Erst als sich zwei Zahnreihen durch sein breites Grinsen entblößen, kann Fanny einen Mund inmitten des wild wuchernden schwarz-silbrigen Bartes ausmachen. Die U-Bahn stoppt, die Türen öffnen sich. Der Rastafari bedeutet ihr zu folgen. Sie erklimmen schnell die steinernen Stufen einer menschenleeren U-Bahn-Station. Als sie ins Freie treten, stehen sie am grünen Ufer eines großen Sees. Fanny erkennt die Landschaft, der Tana-See, oben im Norden Äthiopiens. Der Rastafari ergreift ihre Hand und führt sie zu einem kleinen Boot, aus Papyrus-Schilf geflochten, auf den Strand gezogen. Gemeinsam schieben sie es zurück ins Wasser. Die Wellen spielen angenehm warm um Fannys Füße. Sie schwingt sich in das Heck des Schilf-Schiffchens, der Rastafari reicht ihr ein Holzpaddel und gibt dem Boot einen letzten Schubs. Der kleine Kahn schießt nach vorn. Fanny steuert mithilfe des Paddels auf den See hinaus ...

Mittwoch, 18. Dezember 2013

... und erwachte.

Sofort stieg ihr ein antiseptischer Duft in die Nase. Um sie herum war es finster. Sie spürte eine weiche Matratze unter sich. Und ein warmes Bettlaken, das ihren Körper bedeckte. Ihr Gehirn benötigte eine Zeit lang, um wieder hochzufahren, doch dann erinnerte sie sich an alles, was geschehen war: ihre Entführung, ihre Flucht, die Odyssee durch Frankfurt, über die Autobahn, der kleine Flughafen, die Schießerei, die Explosion, die vielen Polizisten. Die Angst und der Schock hatten sie gelähmt. Die hatten sie von der Kommissarin getrennt, mit der sie im Krankenwagen transportiert worden war. Die Frau war okay gewesen, immerhin. Fanny versuchte, sich zu sammeln. War sie tatsächlich gerettet? Gern wäre sie einfach liegen geblieben. Doch unvermittelt ertönte eine Alarmglocke in ihrem Kopf. Die Bullen würden bescheuerte Frage stellen. Sie hatte in den letzten Stunden drei Menschen getötet. Es war nie ihre Absicht gewesen, doch Bullen stellten immer bescheuerte Fragen und immer war am Ende sie schuld. Fanny kannte das.

Und ihre Eltern? Hatten die wirklich ein Flugzeug entführt?

Sie war nicht verkabelt, keine Schläuche führten in und aus ihrem Körper heraus. Gefesselt war sie auch nicht. Es war nur die Frage, ob ihre Kraft reichen würde. Fanny richtete sich langsam auf. Horchte. Da draußen herrschte Stille. Wie spät es wohl war? Langsam setzte sie sich auf die Bettkante. Sie trug nichts als ein Krankenhausleibchen. Immerhin hatten sie ihr den Slip gelassen. Ihre nackten Füße berührten den kalten Boden. Sie brauchte etwas zum Anziehen und einen Plan. Alles zu seiner Zeit. Schritt für Schritt tastete sie sich vorsichtig zur Tür des Zimmers. Das Gehen schien zu funktionieren.

Sie drückte die Klinke.

Der Flur war menschenleer und blendend hell erleuchtet. An der Wand gegenüber der Tür hockte ein Bulle auf einem Stuhl. Und schlief. Fanny überlegte nicht weiter und schlüpfte hinaus. Schlich langsam den Gang entlang. Erreichte nach ein paar Metern eine angelehnte Tür: Schwesternzimmer. Der Raum war leer, nur einige Akten lagen aufgeschlagen auf einem der Tische. An der Wand eine Uhr, die Dreiviertel drei zeigte. Fannys Herz schlug schnell. Todesangst war in den letzten Tagen und Stunden ihr ständiger Begleiter gewesen. Jetzt jedoch spürte sie eher die Aufregung, wie wenn man beim Mensch-Ärgere-Dich-Nicht kurz davor war, seine letzte Figur ins Häuschen zu setzen. Das hier war ein Kinderspiel. Nichts weiter. In einer Ecke des Raums hing ein Mantel über einem der Stühle, ein Paar Stiefel daneben auf dem Boden und in der Manteltasche ein Autoschlüssel samt Portemonnaie. Bingo. Fanny hatte inzwischen so viele Straftaten begangen, dass es hier drauf auch nicht mehr ankam.

Zehn Minuten später, um kurz vor drei Uhr, trat sie, vom müden Pförtner völlig unbehelligt, durch den Nachteingang hinaus in die dunkle Winterkälte. Der Vorplatz des Krankenhauses war leer, der gestohlene Mantel über ihrem Leibchen zu kurz und die Stiefel zu klein. Zähneklappernd machte Fanny sich auf den Weg, folgte einem Schild in Richtung Parkplatz, richtete die Fernbedienung des Autoschlüssels auf jedes Fahrzeug, das sie passierte.

Bis nach fünf Minuten und siebenundzwanzig Versuchen tatsächlich die Schlösser eines japanischen Kleinwagens aufschnappten. Das Auto stand still und unscheinbar auf dem Krankenhausparkplatz. Reines, verdammtes Glück. Mit pochendem Herzen warf Fanny sich hinter das Lenkrad.

Der Motor startete problemlos.

Juli 1990

Der Regen lässt nach.

Den zurückliegenden Tag hat Wegener in einem billigen Hotel verbracht. Das Abendessen nimmt er in seinem alten Stammlokal zu sich. Es schmeckt nach wie vor köstlich. Den zur Desinfizierung nötigen Whiskey hat er sich ebenfalls besorgt. Ein letztes Abendmahl. Danach wird er entscheiden, wie und wo er sich umbringt.

Der Kellner hat ihn erkannt und will wissen, was Wegener nach Addis Abeba zurückgebracht hat.

»Eine Frau.«

»Aaah«, entgegnet der Kellner. »Ist sie schön?«

»Sie ist tot.«

»Das tut mir sehr leid, mein Freund.«

Der Kellner legt seine Hand mitleidig auf Wegeners Schulter. Da fällt Wegener der Zettel der Mamita ein. Er kramt ihn hervor und fragt den Mann, was die Nachricht zu bedeuten habe?

»Das ist eine Adresse«, erklärt der Kellner. »In Gondar. Oben im Norden.«

Wegener läuft es kalt den Rücken hinab.

Hat die Mamita die Wahrheit gesagt?

Sollte dies etwa ...?

Am nächsten Morgen bezahlt er einem Taxifahrer einen fürstlichen Lohn, um sich nach Gondar bringen zu lassen. Es regnet immer noch. Die Straßen sind schwer zu passieren, sie müssen auf halber Strecke nach Norden eine Nacht lang Zwischenstation in der Stadt Debre Markos machen.

Am folgenden Tag erreichen sie abends Gondar, die alte Königsstadt. Im Gewirr der engen, gepflasterten Straßen findet Wegener unter der

Adresse auf Fekers Zettel ein altes, zweigeschossiges Haus, auf halber Höhe des Hügels, über den sich die gesamte Stadt verteilt. Es ist bereits dunkel. Er klopft trotzdem an. Er kann nicht mehr warten. Er muss wissen, ob Ayana lebt.

Die Tür wird von einer Mamita geöffnet.

Wegener will sein Anliegen erklären, in hölzernem Englisch. Die Straße vor dem Haus ist schlecht beleuchtet, im Gegenlicht des Eingangs kann er die Haushälterin nur schwer erkennen.

»Wie kommst du hier her?«, fragt die Frau völlig überrumpelt. Auf Deutsch. Es ist Ayana.

Wegener kann sein Glück nicht fassen. Er starrt sie völlig entgeistert an. Bringt kein Wort heraus.

Irgendwo im Haus beginnt ein kleines Kind zu weinen. Herzzerreißend. Ayana besinnt sich.

»Ich muss wieder rein. Was machst du hier?«

Wegener nimmt allen Mut zusammen. Was soll's, er hat nur diese eine Chance.

»Ich will dich mitnehmen. Nach Deutschland. Es ist kein Problem mehr. In ein paar Wochen gibt es nur noch ein Deutschland. Ein freies Deutschland.«

Ayana weiß nicht, was sie sagen soll. Tausend Fragen und Gedanken stieben durch ihren Kopf. Die letzten beiden Jahre waren fürchterlich. Das Herz ihres Vaters ist gebrochen. Er hat sie in Addis Abeba für tot erklärt. Doktor Ayana Geresu existiert nicht mehr. Sie ist nur noch ein Dienstmädchen in der Familie ihrer Tante in Gondar.

»Nur wenn ich meine Tochter mitnehmen darf.«

Innen im Haus wird das Weinen der Kleinen immer durchdringender. Nun ruft auch ihre Tante nach ihr. Ayana muss wieder rein, bevor die alte Dame unangenehme Fragen stellt.

»Du hast eine Tochter?«, fragt Wegener. »Ist es …«

»Es ist sein Kind.«

Wegener atmet tief durch. Mit zwei Jahren Verspätung löst er sein Versprechen ein.

»Ich hole euch morgen. Wann ist die beste Zeit?«

Ayana antwortet ohne weiteres Zögern. »Morgen früh um acht Uhr sind alle aus dem Haus.«

»Ich werde da sein. Wie ist der Name deiner Tochter?«

»Tesfanesh.«

»Das klingt schön.«

»In deiner Sprache bedeutet es ›Hoffnung‹«, antwortet Ayana. Und schließt schnell die Tür.

Mittwoch, 18. Dezember 2013

Tesfanesh.

Hoffnung.

Zuerst spürte er die schwüle Hitze um sich, ab und an unterbrochen von einem kühlenden Luftzug. Als Wegener schließlich die Augen aufschlug, fiel sein Blick auf den sirrenden Ventilator, der über ihm an der Decke rotierte. Beruhigend. Hypnotisch.

Allmählich zogen dünne Schwaden der Erinnerung durch sein Gedächtnis: die Landung auf der alten Buschpiste. Schüsse. Ein letzter Kuss Ayanas. Seine Tochter in den Händen von Entführern. Juri Mirows Stimme.

Dies war kein Cockpit. Wo, zum Henker, befand er sich?

Er drehte seinen Kopf zur Seite. Langsam. Fühlte die Schwäche seines Körpers. Selbst diese kleine Bewegung bereitete ihm unerhörte Anstrengung. Sonnenlicht fiel durch einen Spalt zwischen zwei gelben Vorhängen am Fenster. Dieser Raum war schmal, kaum breiter als sein Bett. Zwei Meter entfernt, an der gegenüberliegenden Wand, lag ein Mann auf einer alten, hölzernen Krankenbahre. Er schnarchte geräuschvoll.

Doktor Solomon Geresu, Ayanas Vater.

Wo war Ayana?

Ungeachtet seines Zustands versuchte Wegener, sich aufzurichten.

Der plötzliche Schmerz in seinem linken Bein befahl ihm, davon abzulassen. Schmerz? In seinem Bein? Wieder durchfuhr ihn ein Erinnerungsblitz. Er war schwer verletzt worden. Er lebte. Und er war im Besitz aller Gliedmaßen. Absolutes Glück. Er schloss die Augen. Und nahm ein weiteres Atemgeräusch neben seinem Bett wahr. In dem schmalen Zwischenraum zwischen Bettkante und Fußraum entdeckte er Ayana, ausgestreckt auf dem Boden. Sie musste völlig erschöpft gewesen sein. Unter keinen anderen Umständen würde ein Mensch sich einer solch beengten Schlafstatt aussetzen. Abgekämpft sank Wegener zurück. Die Anstrengung der letzten Minuten hatte ihn alle Kraft gekostet.

Eine Tür wurde geöffnet. Eine weiß gekleidete Gestalt näherte sich.

»Sie sind wach«, begrüßte ihn eine Männerstimme auf Englisch.

»Wunderbar.«

Da schlug auch Ayana die Augen auf. Regte sich, langsam. Streckte ihren Oberkörper in die Höhe. Wie unglaublich schön sie war. Selbst mit dem Gipsverband, der ihre Nase zierte. Wegener musste lächeln.

Ayana ergriff seine Hände: »Geht es dir besser?«

»Du siehst sehr hübsch aus mit dem Ding auf deiner Nase«, antwortete er.

Und fiel im nächsten Moment wieder in tiefen Schlaf.

Zärtlich betrachtete Ayana ihren Ehemann.

»Er wird wieder auf die Beine kommen«, bemerkte der weiße Kittel hinter ihr.

Ayana lächelte den Arzt an. Und ignorierte den Schmerz, den diese Regung ihrer Gesichtsmuskeln ihrer Nase bereitete.

»Sie haben das Leben meines Mannes gerettet. Vielen Dank, Doktor Mellesse.«

»Das ist völlig selbstverständlich. Möchten Sie jetzt vielleicht etwas essen? Sie und Ihr Vater haben knapp zehn Stunden geschlafen.«

Ayana warf Doktor Mellesse einen ungläubigen Blick zu.

Der Chirurg und sein Anästhesist waren gestern Abend aus ihren Bungalows auf dem Klinikgelände geholt worden.

Man hatte einen schwer verletzten Touristen ins Krankenhaus gebracht. Der Mann aus Deutschland, seine äthiopische Frau und deren Vater waren in einem Taxi auf dem Weg von Gondar nach Metema gewesen. Doch der Fahrer gehörte zu einer Diebesbande. Die Frau und die beiden Männer wurden auf dem Weg angegriffen und ausgeraubt. Der Deutsche erlitt zwei Messerstiche, einer davon verletzte seine Oberschenkelarterie. Nach Stunden konnten die Ehefrau und ihr alter Vater einen vorbeikommenden Wagen anhalten. Auf diese Weise gelangten sie ins nächstgelegene Krankenhaus, dem District Hospital in Metema.

So zumindest lautete die offizielle Geschichte, die Ayana und Solomon jedem auftischen würden, der danach fragte.

Die Sonne sank bereits dem Horizont entgegen und es begann zu dämmern, als Solomon und Ayana später ein karges Abendessen auf einer überdachten Terrasse des Krankenhauses einnahmen. Das Hospital war der Nachfolger des Buschkrankenhauses, das die DDR vor fünfundzwanzig Jahren in Metema aufgebaut hatte. Mit der Hüttenanlage um den OP-Container aus Armeebeständen hatte diese neue Klinik nichts mehr gemein. Feste Flachbauten waren mittlerweile errichtet worden, deren Betrieb einigermaßen den modernen medizinischen Standards entsprach.

Ayana und Solomon hatten einen ganzen Tag verschlafen. Ayana fühlte sich immer noch wie erschlagen. Ein Schmerzmittel hielt das Ziehen in ihrer gebrochenen Nase in Schach. Sie war glücklich. Wegeners Operation hatte über eine Stunde gedauert. Nun war er gerettet, musste aber noch einige Zeit das Bett hüten. Ihr Mann würde wieder auf die Beine kommen. Sie hatten gemeinsam den Wahnsinn der vergangenen achtundvierzig Stunden überlebt.

Solomon betrachtete stumm die niedrigen Hütten, die sich in der Entfernung zu dem kleinen, staubigen Grenzstädtchen Metema klaubten. Der Ort hatte knapp sechstausend Einwohner, bestand aus nicht viel mehr als der Nationalstraße in den Sudan, einer kleinen Grenzstation und diversen Bars. In denen verkehrten viele Sudanesen. An

Alkohol war in ihrem Land nur sehr schwer heranzukommen. Dort galten die Gesetze der Scharia. Tagsüber platzte das Städtchen aus allen Nähten: Der Grenzverkehr lockte Händler, Reisende und Schmuggler aller Couleur in den Ort. Jedwede Ware ließ sich hier besorgen, verkaufen oder verschieben, von der Stereoanlage bis zu täglich Hunderten verzweifelter Flüchtlinge, die sich zur Küste Libyens durchschlagen und den lebensgefährlichen Weg über das Mittelmeer nach Europa wagen wollten.

Solomon brach unvermittelt das Schweigen. »Du hast das Schicksal vieler Menschen dort drüben verändert.«

Ayana begriff, worauf ihr Vater hinauswollte.

»Mit dem Geld kann niemand etwas anfangen«, wandte sie ein. »Die Scheine sind auf jeden Fall registriert.«

»In Europa«, sinnierte Solomon. »Und das ist weit weg. Wie viel Geld war in dem Flugzeug?«

»Fünf Millionen Einhundert-Euro-Banknoten.«

»Ein Wunder, dass es nicht zu einer Schießerei gekommen ist«, nickte Solomon bedächtig. »Vielleicht konnte sich ja wirklich jeder dort ein kleines Vermögen mitnehmen.«

Eine Pause entstand. Er dachte nach.

»Wichtig ist nur, dass Tesfanesh nichts geschehen ist«, fügte er schließlich an.

Ayana nickte. »Ich bin ganz sicher.«

Ihre Tochter war frei. In Sicherheit. Sie spürte es mit aller Macht.

Plötzlich ergriff Solomon umständlich Ayanas rechte Hand und drückte sie, so fest er konnte.

»Ich danke dir«, flüsterte er, »meine starke und mutige Tochter. Und ich danke Gott, dass er uns wieder zusammengeführt hat.«

Völlig überrascht erwiderte Ayana seinen Griff. Sie berührten einander zum ersten Mal seit ewiger Zeit. Vater und Tochter sprachen kein Wort. Sie ließen sich von ihrer lang verlorenen Nähe durchströmen.

Freitag, 30. Mai 2014

Wochen hatte es gedauert, bis Fanny wieder schlafen konnte. Monate hatten ins Land gehen müssen, ehe sie die Alpträume endlich unter Kontrolle hatte.

Auch jetzt noch fühlte sie in manchen Augenblicken Panik in sich aufsteigen, empfand den verzweifelten Drang aufzuspringen, zu fliehen, von Angst besessen. Im nächsten Moment jedoch wurde ihr jedes Mal bewusst, dass ihre Peiniger allesamt tot waren.

Vor einem halben Jahr, an jenem frühen Morgen nach ihrer Flucht aus dem Krankenhaus in Weimar, hatte Fanny den gestohlenen Wagen irgendwo am Großmarkt in Moabit abgestellt. Zähneklappernd und frierend hatte sie sich von dort zu Fuß auf den Weg in ihre Wohnung gemacht, wie ein verwundetes Tier sich in seinen Bau zurückschleppt. Zum Glück hatte sie schon vor längerer Zeit einen Ersatzschlüssel bei ihrer Nachbarin im Erdgeschoss deponiert. Die Dame war betagt, freundlich und immer zu Hause.

Nun, sechs Monate später, saß Fanny an einem weiten Sandstrand, der Wind wehte frisch, trotzdem hatte sie sich ihrer Schuhe und Socken entledigt, wollte den Sand an ihren Füßen spüren, auf die spiegelglatte See hinausschauen und an nichts denken als die sanfte Dünung und das Rauschen der kleinen Wellen, die sich ein paar Meter entfernt brachen.

Seit vier Wochen war sie hier, kam jeden Tag her. Mittags blieb der Strand von den meisten Besuchern verschont und sie hatte ihre Ruhe.

Das Knirschen von Schritten im Sand ließ sie herumfahren. Sofort erkannte sie die Gestalt, die nur noch wenige Meter entfernt war und schnurstracks auf sie zusteuerte. Ihr erster Impuls: Flucht. Doch bei näherer Betrachtung erschien ihr der unerwartete Besuch nicht mehr ganz so bedrohlich.

Gesine Bach empfand das Laufen auf Sand als ungewöhnlich anstrengend. Kein Wunder, dachte sie, du schleppst ja auch locker fünfzehn Kilo mehr mit dir herum. Ein paar Schritte von Fanny Wegener entfernt blieb sie stehen.

»In der Klinik drüben sagte man mir, dass Sie ihre Mittagspause immer hier verbringen.«

Fanny musterte Bach schweigend.

Deutlich wölbte sich ein Babybauch unter dem Sommerkleid der Polizistin.

»Darf ich mich zu Ihnen setzen?« Bach wartete die Antwort nicht ab und ließ sich schwerfällig neben Fanny im Sand nieder.

Eine Zeit lang saßen die beiden Frauen nebeneinander und betrachteten das Meer.

»Wievielter Monat?«, fragte Fanny unvermittelt.

»Sechsundzwanzigste Schwangerschaftswoche. Ende August ist der Termin.«

Fanny nickte. Wieder blickten die beiden Frauen eine Weile wortlos aufs Meer.

»Wie haben Sie mich gefunden?«

»Das ist eine lange Geschichte. Sie beginnt vor einem Vierteljahrhundert in Äthiopien.«

»Woher wissen Sie davon?«

»Gombrowitsch hat sie mir erzählt.«

Der Name versetzte Fanny einen Stich.

»Mein Vater ...«

Unaufhörlich hatte sie sich in den zurückliegenden Monaten mit der einen, der alles entscheidenden Frage herumgequält. Am Ende waren ihre Eltern doch noch mit der Wahrheit rausgerückt. Seither hatte Fanny nur noch Wut für die beiden übrig und den Kontakt abgebrochen.

Bach nickte. Sie wagte nicht, die Frau neben sich anzuschauen, und blickte wieder aufs Meer hinaus.

»Ich habe die Stasi-Akte über den Einsatz in Metema gelesen«, entgegnete sie. »Es gibt sogar Tonbandmitschnitte im Archiv. Die haben die Besatzung die ganze Zeit abgehört. Ihr Stiefvater, Hans-Joachim Wegener, nimmt in den Unterlagen sehr viel Raum ein. Über seinen Namen war es dann ein leichtes, Sie zu finden.«

»Scheißüberwachungsstaat«, sinnierte Fanny.

Was wollte die Polizistin von ihr?

»Werden wir jetzt alle verhaftet?«

»Ich betrachte das als eine Art Privatrecherche.« Bach zuckte die Achseln. »Niemand wird irgendwen verhaften.«

Fanny hatte Schwierigkeiten, das soeben Gehörte in den richtigen Bahnen zu verarbeiten. Konnte das wahr sein?

»Sind Ihre Eltern wohlbehalten zurückgekehrt?«, fragte Bach.

Fanny nickte. »Mehr oder weniger.«

»Ich habe lange darüber nachgedacht, wie ich gehandelt hätte.« Bach seufzte. »Wahrscheinlich genauso.«

»Sie hätten Ihre Tochter ein halbes Leben lang belogen?«

Bach betrachtete eine Weile den Horizont. Und schwieg.

»Ich muss mich auf den Weg machen. Mein Zug fährt bald.« Sie erhob sich mühselig.

Fanny beobachtete die Kommissarin irritiert. »Warum sind Sie überhaupt gekommen?«

»Sie haben mir das Leben gerettet.« Bach strich sacht über ihren runden Bauch. »Und der kleinen Dame hier auch. Ich wollte Ihnen meinen Dank aussprechen.«

Mit diesen Worten machte Bach auf dem Absatz kehrt und stapfte davon, in Richtung des Strandaufgangs. Nach ein paar Metern drehte sie sich ein letztes Mal um.

»Niemand sonst weiß von der Geschichte. Versprochen«, rief sie aus der Ferne. »Leben Sie wohl.«

Dann setzte sie ihren beschwerlichen Weg fort, bis sie schließlich hinter dem Deich verschwand.

Sollte es das gewesen sein? Hatte die Polizei tatsächlich keinerlei Anhaltspunkte, nach wem sie zu suchen hatte?

So gut wie nichts war über die Geschehnisse in die Öffentlichkeit gedrungen: Am selben Tag, als der Frankfurter Flughafen nach einer falschen Bombendrohung evakuiert worden war, hatte sich eine Maschine der German Continental aufgrund eines Softwarefehlers verflogen. Und damit nicht genug, das Flugzeug hatte am Ende seines Irrwegs mit einem technischen Defekt im slowenischen Maribor notlanden müssen. Darüber hinaus war in einem Parkhaus der Frankfurter Innenstadt ein vermeintlicher Terroreinsatz wegen eines Fehlalarms ausgelöst worden. An einer Haltestelle der Frankfurter Verkehrsgesellschaft hatte sich ein tödlicher Verkehrsunfall ereignet. Die Kripo suchte nach Hinweisen zu einem Raubmord, der an jenem Tag in der Frankfurter Paul-Ehrlich-Straße geschehen war und in Eisenach war es zum tragischen Zusammenstoß eines Sportfliegers mit einem Polizeihubschrauber gekommen.

Alle Ereignisse hatten es in die Medien geschafft. Doch den Zusammenhang hatte niemand hergestellt.

Durfte schlicht nicht sein, dass man der Europäischen Zentralbank eine halbe Milliarde Euro und einer der größten Fluglinien Deutschlands einen Passagierjet klaute – mir nichts, dir nichts?

Fanny hatte seit dem Vorfall in der beständigen Angst gelebt, entdeckt zu werden. Auch ihre Eltern fürchteten sich davor, das wusste sie. Obwohl sie seit Wochen kein Wort mehr mit den beiden sprach.

Und nun hatte die Polizistin endgültig Entwarnung gegeben.

Fannys Handy summte. Eine Nachricht von Torben.

Bin um 17:00 am Bahnhof.

Er war bislang an allen Wochenenden mit dem Regionalexpress aus Berlin gekommen. Sie würde ihn auch heute in Stralsund abholen, dann ging es gemeinsam über die Brücke nach Rügen zurück.

Die Kurklinik, in der sie nun als Physiotherapeutin arbeitete, lag direkt hinter dem Deich. Und von ihrer neuen Wohnung aus hatte sie ungehinderten Blick auf den Strand.

Sie liebte es, auf einer Insel zu leben.

Über den Autor:
Ilya Rosmarin wurde im letzten Jahrhundert im Rheinland geboren.
Er lebt und arbeitet als Autor und Journalist in Leipzig.
Very Important Cargo ist sein Thriller-Debüt.